Lea Wilde

Aus lauter Liebe
zu dir

Roman

Fischer Taschenbuch Verlag

Die Frau in der Gesellschaft
Herausgegeben von Ingeborg Mues

Originalausgabe
Veröffentlicht im Fischer Taschenbuch Verlag GmbH,
Frankfurt am Main, April 2001

© Fischer Taschenbuch Verlag GmbH, Frankfurt am Main 2001
Satz: Pinkuin Satz und Datentechnik, Berlin
Druck und Bindung: Clausen & Bosse, Leck
Printed in Germany
ISBN 3-596-14857-X

Inhalt

Zum Fressen schön

Johannes Hopstein suchte einen Parkplatz, an einem Samstag kurz vor Ladenschluss ein fast schon aussichtsloses Unterfangen. Er tat es trotzdem, heute trieb ihn niemand, niemand wartete auf ihn. Das Wochenende gehörte ihm allein, wenn man von etlichen unter der Woche liegen gebliebenen Extrawünschen der Kundschaft und diesem Einkaufszettel absah. »Sechs frische Eier«, das »frisch« unterstrichen, des Weiteren »100 Gramm Putenbrust, 100 Gramm Corned Beef, eine Gurke, zwei rote Paprika, ein Dutzend Blutorangen und sechs Boskop, Klammer auf, Äpfel, Klammer zu«.

Glaubte Karin ernsthaft, er wüsste nicht, dass es sich bei »Boskop« um eine Apfelsorte handelte? Obendrein um die gesündeste, und wenn sie das sagte, würde es stimmen. Eine der vielen Eigenschaften, die er an seiner Frau schätzte, war ihre Ehrlichkeit.

Er warf einen Blick auf die Uhr am Armaturenbrett und nahm zugleich mit der Zeitanzeige die Schönheit des warm schimmernden Holzes in sich auf. Zirbelholz, er liebte es. Der Stundenzeiger hatte die Drei erreicht, seine Frau musste jede Minute bei ihren Eltern eintreffen, hoffentlich waren ihre Kopfschmerzen mittlerweile verschwunden, sie hatte auch so schon genug am Hals.

Er kreiste nun bereits das dritte Mal um die Apostelkirche, auf dem Platz davor war Markt, etliche Stände wurden schon abgeräumt, wenn er noch etwas bekommen wollte, musste er sich ranhalten. Er hatte vorgehabt, dort rasch diesen Einkaufszettel abzuarbeiten und dann einen Abstecher in die Galerie Habermann zu machen. René Habermann war einer seiner wichtigsten Auftraggeber, dafür musste man auch ab und zu eine solche

Vernissage in Kauf nehmen. Ohne Karin an seiner Seite eine noch ärgere Tortur, Johannes hätte liebend gern darauf verzichtet.

Denk dran, du darfst den Habermann auf gar keinen Fall verärgern!

Johannes seufzte, seine Frau hatte auch in diesem Punkt Recht. Der da oben schien ihren Handlanger spielen zu wollen, in der geschlossenen Parkreihe vor dem Bazar de Cologne leuchteten Rücklichter auf, er bremste ab, wartete und rangierte wenig später gottergeben in die frei gewordene Lücke. Hinreichend groß für sein Auto, an dem er hing, obwohl es heutzutage eher als schick galt, ein Auto als Gebrauchsgegenstand abzutun und es gegen ein neues Modell auszutauschen, bevor sein Wiederverkaufswert sank oder erste Macken sichtbar wurden. Er stieg aus, verriegelte von Hand, strich einmal fast liebevoll über die dunkelgrüne Lackierung, überquerte die Straße, wollte schon in das bunte Markttreiben eintauchen, als sein Blick auf die Auslage des Cafés an der Ecke schräg gegenüber fiel.

Ein gutes Café, sogar der Baumkuchen und die Pralinen wurden dort noch selbst hergestellt, das galt auch für die Köstlichkeiten aus Marzipan. Der bloße Gedanke ließ ihm das Wasser im Mund zusammenlaufen, ein gutes Marzipan war pures Glück, das langsam auf der Zunge zerging. Die Freude fürs Auge nicht zu vergessen. Zügigen Schrittes steuerte er das Schaufenster an, er hatte sich nicht geirrt, man hatte umdekoriert, den Mittelpunkt bildete nun ein Marzipanschwein von der Größe eines echten Ferkels. Was für ein profanes Wort für ein Gebilde von solch hinreißender Schönheit, dachte er und ertappte sich bei der Vorstellung, wie er genüsslich seine Zähne in diese rosige Hinterbacke grub und dann ohne zu kauen der Süße ihren Lauf ließ, bis die frohe Botschaft sich überall in seinem Körper breit machte. Ein Körper, das war sein nächster Gedanke, den er – wenn es nach Karin ging – an diesem Wochenende um wenigstens ein Kilo erleichtern sollte. Mit sauren Äpfeln, magerem Aufschnitt, Rohkost … ihn schauderte.

Wie von magischen Fäden gezogen griff er nach dem altmodischen Türgriff, ein nicht weniger altmodisches Klingeln untermalte seinen Eintritt, die Kleine hinter der Kuchentheke lächelte ihn wie den alten Bekannten an, der er war.

»Guten Tag, Herr Hopstein! Schön, Sie mal wieder zu sehen.«

»Mal ist gut, eigentlich sollte ich einen Bogen um Ihr Café machen, bis ich mindestens fünf Kilo runterhabe. Aber Ihr Schwein hat mich schwach gemacht.«

»Sie müssen ja nicht das ganze Schwein nehmen, Herr Hopstein. Ein Stück davon tut's ja auch. Was hätten Sie denn gern? Noch haben Sie die freie Wahl.«

»Dann nehme ich ein Stück vom Hinterteil, das ist bei richtigen Schweinen am saftigsten, warum soll's bei denen aus Marzipan anders sein.«

Das Mädchen kicherte. Der Chef kam zu Hilfe, um das Kunstwerk mitsamt Tranchierbrett aus der Auslage zu heben, ein blitzendes Messer wurde aus dem hölzernen Messerblock gezogen, senkte sich in die rosige Pracht: »So?«

Johannes nickte und verfolgte fasziniert den Anschnitt, sog den Geruch von Bittermandel ein, genoss auch dieses fast feierlich zu nennende Ritual und freute sich wie ein Kind, als er das ebenfalls naturgetreue Ringelschwänzchen als kostenlose Dreingabe bekam. Nachdem alles sorgfältig verpackt worden war, machte er sich auf den Weg zur Galerie. Die Aussicht, sich dort die Beine in den Bauch stehen zu müssen, war weitaus weniger deprimierend, wenn hinterher solch ein köstliches Trostpflaster auf ihn wartete.

Obwohl heute Samstag und Juliane ihr eigener Herr war, hatte sie seit dem Frühstück vor lauter Arbeit kaum Luft holen können. Genau genommen war schon das Frühstück im *Dom*-Hotel Bestandteil ihres Jobs gewesen, auch wenn René so tat, als ob er ihr und sich lediglich etwas Gutes tun wollte, bevor die Wogen der heutigen Vernissage über ihm zusammenschlugen. In Wirklichkeit war es ihm wohl vor allem darum gegangen, sein Outfit von ihrem professionellen Auge begutachten zu lassen.

Für einen Mann, der wie René zielsicher den nächsten Publikumsliebling aus einer Vielzahl junger Künstler kreierte, war er

erstaunlich unsicher, was die Ästhetik seiner eigenen Erscheinung betraf. Zwar passte alles vom Hemd bis zur Socke perfekt
zusammen, ebenso wie die Frisur und die Brille als solche keinen Grund zur Beanstandung gaben, doch es gelang ihm wie
vielen seiner Zeitgenossen nicht, eine Harmonie zwischen sich
und der jeweiligen Situation herzustellen. Zu sagen: Hier stehe
ich, da will ich hin, mit dieser Verpackung schaffe ich's am
schnellsten.

Ein Manko, von dem Juliane lebte. Nicht schlecht lebte, wie sie
zugeben musste. Im Grunde litt sie auch nicht ernsthaft darunter, regelmäßig einen großen Teil ihrer Wochenenden opfern zu
müssen. Unterm Strich war es allemal befriedigender, sich als
Verpackungskünstlerin feiern zu lassen, als wie das Gros der
Frauen in ihrem Alter den Kehraus der eigenen Brut in die Wege
zu leiten und sich zu fragen, ob es vielleicht noch zu einem Halb-
tagsjob als Hilfskraft wo auch immer reichte. Ihr Ding wäre das
jedenfalls nicht.

Ein Resümee, das schlagartig den leisen Anflug von Erschöpfung von ihr abfallen ließ und die nächste Aufgabe in den Mittelpunkt rückte. Als erfolgreiche Stilberaterin – so die offizielle
Berufsbezeichnung – war sie praktisch permanent ihre eigene
Werbung und verkörperte durch ihr Auftreten die Botschaft, die
sie ihrer Kundschaft in Wort und Tat predigte.

Juliane zog die verspiegelte Falttür des über die gesamte Front
reichenden Einbauschrankes auf, griff in die bunte Fülle, zog
zielsicher ein schlicht wirkendes schwarzes Kleid und eine tail-
lenkurze Jacke in Orange heraus, eine mehr als gewagte Farbe
zu ihren rotblonden Haaren und der sehr hellen Haut und deshalb genau richtig. Hingucker einerseits, Understatement andererseits, egal wie voll es sein würde, sie konnte sicher sein, dass
niemand sie übersah oder – das andere Extrem – ihr den Vorwurf der Übertreibung machen konnte. Wer bereits ihre Dienste
in Anspruch genommen hatte, würde sich in seiner Entscheidung bestätigt fühlen und bei Bedarf erneut auf sie zukommen.
Wer sie noch nicht kannte, fragte sich oder seinen Nebenmann
unweigerlich: »Wer ist denn das?« und schuf solcherart ebenfalls

einen optimalen Nährboden für die frühere oder spätere Inanspruchnahme ihrer Dienste. Sie konnte mit sich zufrieden sein. Sie war es. Sie schenkte sich selbst ein Lächeln, alles stimmte, lediglich beim Griff nach der passenden Handtasche zuckte sie kurz zusammen.

Dieser Nagel! Mein Gott, das sah ja aus, als ob sie an den Nägeln knabberte. Es gab nichts Schlimmeres, eine schreckliche Unart, als Kind hatte sie deshalb von ihrer Mutter Senf auf die Fingerkuppen geschmiert bekommen …

Erster Schultag, die Schultüte ist fast so groß wie ich, und was drin ist, weiß ich auch schon. Ich darf's nicht wissen, aber meine Neugier ist größer, nach dem »Schlaf gut!« von Paps und dem Zusatz »und schnell!!!« von Mama bin ich rasch nochmal aus dem Bett gestiegen, habe vorsichtig am unteren Ende der Tüte den Falz aufgepiddelt und herausgefunden, was sich unter Süßigkeiten und Malstiften verbirgt: genau die Armbanduhr, die ich mir gewünscht habe und die angeblich viel zu teuer ist. Ich bekomme sie doch, das Herz schlägt mir bis zum Hals, Jubel gemischt mit schlechtem Gewissen, und morgens beim Frühstück entdeckt meine Mutter prompt die Mausezähnchen an meinen Nägeln.

»Juliane, du hast ja schon wieder …!«

Wenn sie sauer auf mich ist, nennt sie mich Juliane, sonst heiße ich »Julchen«. Für meinen Vater bin ich immer nur Julchen, ihm verdanke ich bestimmt auch die Uhr. Gegen den Senf auf meinen Fingerkuppen, den man riecht – sogar die Lehrerin ist neben meiner Bank stehen geblieben und hat geschnuppert –, unternimmt er nichts, er hätte sowieso keine Chance gehabt, aber er macht die Blamage trotzdem wett. Heimlich, ich bekomme zusätzlich zu der Schultüte und der Uhr einen neuen Hula-Hoop-Reifen: »Sei nicht sauer auf deine Mama, Julchen, eigentlich hat sie ja Recht!«

Der Abscheu vor Senf war geblieben, eine verspätete Dankbarkeit für ihre Mutter war dazugekommen, manchmal musste man einfach hart gegen sich selbst sein.

Keine Stunde später erhielt Juliane in der Galerie Habermann einen weiteren Beweis dafür, was aus Menschen wurde, die eben diese Härte nicht aufbrachten. Die Beleuchtung war notgedrungen hell, die Exponate ringsum an den hohen weißen Wänden erforderten viel Licht. Punktstrahler, die zugleich mit diesem und jenem Acryl auf Leinwand die Schwächen der geladenen Gäste bloßlegten. Rundrücken, Knickbeine, Speckrollen und Augen, die hektisch zu glänzen begannen, je näher die Besucher in den Dunstkreis von René rückten.

Man hätte meinen können, er selbst wäre der Künstler, sein Anblick stach wohltuend hervor, vermittelte Juliane ein positives Gefühl. Sie hatte wieder einmal gute Arbeit geleistet. Die Gestik war ausgewogen, das Lächeln charmant – ohne anbiedernd zu wirken –, der Anzug betonte den schlanken Wuchs, die neue Brille, die sie für ihn ausgesucht hatte, war das Tüpfelchen auf dem »i«. Sie verlieh ihm einen Hauch »Lagerfeld«, der Apo-Schnauzer war verschwunden, statt Seidenrollis trug René auf ihr Anraten hin vorzugsweise Oberhemden mit Schaltuch, er redete nun auch langsamer, weniger mit Händen und Füßen, gerade in Hinblick auf die Kundschaft von fünfzig aufwärts war das wichtig.

Diese Altersgruppe hatte ab einem bestimmten Einkommen nun mal das größte Interesse an der Verschönerung der eigenen vier Wände mit echten Kunstwerken. Was nicht bedeutete, dass Juliane sich zu Rundrücken & Co besonders hingezogen fühlte, sie musste zum Glück auch keinen Hehl aus ihrer mangelnden Begeisterung machen. Das fiel diesmal in Renés Ressort. Sie beschloss, sich im Hintergrund zu halten, bis die Rede ans Volk vorbei war. Stühle gab es keine, dafür waren einzelne Bistrotische aufgestellt worden, die meisten waren besetzt. Sie steuerte einen freien Platz an, der weder in der Toilettenschneise noch im Einzugsbereich der Bar lag.

»Ist hier noch etwas frei?« Eine Floskel. Ihre Augen suchten den Aushilfskellner, der mit einem Tablett voller Getränke herumging, zoomten es auf sich zu, Sekunden später hielt sie ein Glas Champagner in Händen. Nicht die teuerste Marke, aber immerhin Schampus. René ließ sich nicht lumpen, seitdem sie ihm klargemacht hatte, dass er besser auf Schnittchen und so weiter verzichtete, statt an der Qualität der Getränke zu sparen.

»Der Champagner prägt sich ein«, hatte sie zu ihm gesagt, »das merkt sich jeder, lappige Schnittchen hingegen gibt es überall, ihr Erinnerungswert ist gleich null und, wenn schon, eher negativ.«

Sogar die Temperatur stimmte, sie nahm einen kräftigen Schluck, genoss das vertraute Kribbeln und hörte schon das Knattern des Mikrophons – gleich war es so weit! –, als ein Knistern unmittelbar neben ihr ihre nach vorn gerichtete Aufmerksamkeit ablenkte. Sie blickte zur Seite, der Mann neben ihr – groß, kräftige Statur, breite Schultern, der Rettungsring an der Taille fiel erst auf den zweiten Blick auf – zog etwas aus seiner Tasche. Sehr behutsam, so als ob es sich um ein zerbrechliches Kleinod handelte, folglich keine Zigaretten und auch kein Paket Papiertaschentücher, das Einwickelpapier kam ihr vage bekannt vor, klaffte nun, enthüllte etwas Rosiges, gleichzeitig begann es sehr intensiv zu duften.

Nach Weihnachten, dachte Juliane, sie assoziierte diesen Duft spontan mit »Apfel, Nuss und Mandelkern«, brennenden Kerzen und bunt bemalten Papptellern, randvoll mit Naschwerk, es war viele Jahre her, seit sie zuletzt auf diese Weise Heiligabend gefeiert hatte. Seitdem ihre Mutter im Heim war und Weihnachten fragte, ob jetzt Ostern sei, flog sie die Feiertage über in den warmen Süden.

»Wollen Sie auch etwas?« Der Fremde, synchron zur Sprechprobe von René. Das Drängen und Schieben nach vorn nahm, falls das überhaupt möglich war, noch zu.

»Wie bitte?«, fragte sie irritiert.

»Es ist das beste Marzipan von ganz Köln.«

»Aber ...«

»Ich bin süchtig danach, ich konnte einfach nicht widerstehen, diese wunderbare Sau hat mich angeblinzelt – eigentlich wollte ich nur rasch zum Markt –, und schon bin ich ihr verfallen. Kosten Sie ruhig, Sie können es sich ja leisten im Gegensatz zu mir. Aber was ist das Leben, wenn man sich alle Wonnen verkneift?«

»Es kommt immer auf das rechte Maß an.«

»Das sagt meine Frau auch immer. Kasteien Sie sich, um so dünn zu bleiben?«

»Ich kasteie mich nicht«, Juliane flüsterte nun, trotzdem war es ihr ein Bedürfnis, diesen Satz noch zu Ende zu bringen, »ich sehe lediglich zu, dass mein Verhalten und meine Optik und eben alles dem jeweiligen Anlass entsprechen.«

»So.« Und eine Weile später: »Sie haben schöne Hände.«

Juliane sah auf ihre Hände, ließ sich buchstäblich von diesen braunen Augen an die Hand nehmen, zuckte zusammen, zog im Reflex den Zeigefinger mit dem auffällig kurzen Nagel ein, dachte an das Glas Löwensenf in ihrem Kühlschrank und an die letzte Nacht, als sie endlos lange wach gelegen hatte, um eine Entscheidung zu treffen. Es lag ihr nicht, sich von den Ereignissen überrollen zu lassen.

Ob sie etwa im Halbschlaf …?

Sie sah hoch, sah nach vorn, suchte den Blick des eleganten Redners, der im Mittelpunkt stand, obwohl der Star dieses Nachmittags Renés Worten zufolge ein hoffnungsvoller junger Künstler war, dessen Exponate noch bis zum Ende des Monats hier ausgestellt und käuflich zu erwerben waren.

»Natürlich steht Donald Ihnen gleich zu Gesprächen über seine Impressionen in Acryl zur Verfügung«, sagte René gerade, »er signiert auch gerne mit einer persönlichen Widmung. Und nun möchte ich mit Ihnen auf den Erfolg von Donald anstoßen, der meiner bescheidenen Meinung nach schon bald zu den bekanntesten zeitgenössischen Künstlern zählen wird. Salute!«

Juliane hob ihr Glas und wünschte sich, dass René zu ihr hinsähe, es wäre ein Zeichen. Der Kellner verbaute ihr die Sicht, sie wollte ihn schon fortschicken, als der unmögliche Fremde neben ihr »Die Dame möchte Nachschub!« sagte.

»Woher wollen Sie wissen, was ich möchte?«

»Sie haben ein leeres Glas an die Lippen geführt. Sie haben übrigens wirklich schöne Hände. Sie sind überhaupt eine sehr bemerkenswerte Frau.« Sprach's und machte sich mitsamt seinem angebissenen Stück vom Marzipanschwein davon, bevor sie ihm mitteilen konnte, was sie von ihm hielt. Vielleicht war es besser so. Sie hatte noch nie etwas für Marzipan übrig gehabt und für übergewichtige Mittvierziger noch viel weniger.

Johannes fuhr nicht sofort heim, obwohl ihm klar war, dass es vernünftiger wäre, die liegen gebliebene Arbeit hinter sich zu bringen und den Rest des Wochenendes zur freien Verfügung zu haben. Wobei dieses »frei« relativ war, denn spätestens wenn Karin anrief und fragte, was er gerade tat, und er daraufhin sagte, dass er schon alles erledigt hätte, würde sie etwas anderes ausgraben.

Nicht etwa, dass sie ihm keine Ruhe gönnte, ganz im Gegenteil. Sie neigte lediglich dazu, auch die Phasen der Entspannung zu reglementieren. Wenn sie etwa seinen Wunsch, einfach mal wieder durch die Stadt zu bummeln, aufgriff, plante sie gleich, was man vorher und hinterher tun könnte. In aller Regel war von der Sache her nichts gegen ihre Vorschläge einzuwenden, trotzdem war Johannes manchmal versucht, dagegenzureden. Ein kindisches Unterfangen, wie er sich im nächsten Moment sagte und dann gewöhnlich nachgab.

Es mochten Überreste dieses kindischen Trotzes sein, die ihn an diesem Spätnachmittag dazu trieben, alle möglichen Umwege zu fahren. Er war eine Ewigkeit lang nicht mehr am Neptunplatz gewesen, als er ein Kind war, hatte seine Mutter ihn hierher zum Einkaufen geschickt, und einmal die Woche waren sie beide im alten Neptunbad schwimmen gewesen. Die Halle düster und imposant zugleich, die violettblauen Glassteine ließen nur gedämpftes Licht durch, das Wasser plätscherte leise, es duftete nach Shampoo und Pflegecremes, auf der hölzernen Empore standen Liegen, aber er hatte die einfachen Stühle an den runden Tischen in der Halle bevorzugt, nur dort durfte man sich stärken. Seine Stärkung befand sich stets in einer Butterbrotdose aus Metall. Darin zwei Doppelscheiben Schwarzbrot mit Butter, dick mit Zucker bestreut, weil er schon immer für sein Leben gern Süßes aß und seine Mutter ihn dafür belohnen wollte, dass er Sport trieb.

Während Johannes die Leute beobachtete, die den Jugendstilbau ansteuerten, glaubte er den Zucker zwischen seinen Zähnen knirschen zu hören. Jemand hupte hinter ihm, er hob entschuldigend die Hand und fuhr weiter, steuerte ebenfalls, ohne weiter nachzudenken, die schmale Seitenstraße an, in der es bereits vor dreißig Jahren so etwas wie den Vorläufer jener Studios gegeben hatte, die heute überall wie Pilze aus dem Boden schossen. Sein Vater hatte energisch darauf gedrängt, dass er seinen Körper ertüchtigte, mit ein paar läppischen Runden Schwimmen gab er sich nicht zufrieden. Es war gut gemeint gewesen und buchstäblich der letzte Versuch. Der Fußballverein hatte bereits ebenso auf Johannes verzichtet wie Alpenverein und Ruderclub, er wollte weder regelmäßig kicken noch kraxeln, noch bei Wind und Wetter über den Rhein schippern. Dem Training mit Hanteln und Rudermaschine hatte er nur um des lieben Friedens willen zugestimmt.

Er fuhr langsamer, jetzt musste gleich der Hauseingang kommen, das Studio hatte halb im Keller gelegen, ständig roch es nach Schweiß, am besten war noch der Traubenzucker gewesen, den er von seiner Mutter als eiserne Reserve mitbekam. Mal mit Vanille-, mal mit Schokogeschmack, rückblickend war es schon ziemlich verrückt, sich für die paar Täfelchen die Seele aus dem Leib gekeucht zu haben. Immerhin hatte er damals noch keine Diät gebraucht.

Erneut schauderte es ihn bei dem Gedanken an die Fastenkur, die Karin von ihm erwartete. Obwohl sie sonst kein Blatt vor den Mund nahm, äußerte sie ihre Erwartungen an seine Figur durch die Blume, etwa indem sie ihm aus der Zeitung vorlas, welches Körpergewicht bei welcher Größe die höchste Lebenserwartung verhieß, oder indem sie Pudding mit Süßstoff und Magermilch zubereitete, ihr Arsenal war schier unerschöpflich. Trotzdem legte er seit Monaten Pfund um Pfund zu, angeblich hatte er keinen blassen Schimmer, woher das kam. Lüge! Mit einer Mischung aus schlechtem Gewissen und Genugtuung torpedierte er heimlich alle Bemühungen um seine schlanke Linie und naschte noch mehr als zuvor, den tieferen Grund hätte er nicht zu sagen vermocht.

Neulich hatte er Karin im Gegenzug vorgerechnet, wie viel Kalorien man beim Liebesakt verbrannte. Sie war nicht unbedingt prüde, fand es aber offenbar geschmacklos, ein Stück Havannatorte gegen eine Runde Sex aufzurechnen. Bei dem Gedanken an guten Sex begann er zu schlucken, prompt fiel ihm das Stück Marzipan in seiner Tasche wieder ein, er tastete danach, das Knistern führte ihn zu der Frau, die vorhin neben ihm gestanden hatte. Auch keine Freundin vom Naschen, so viel stand fest, eindeutig zu dünn für seinen Geschmack. Wahrscheinlich fühlte sie sich ähnlich unbequem an wie dieses thronartige Gebilde, das Karin klammheimlich an die Stelle seines urgemütlichen Ohrensessels gesetzt hatte und das sie »Geburtstagsüberraschung« nannte. Sein Protest war abgeschmettert worden, sogar sein Neffe Moritz fand den Sitzthron *cool. Echt cool, hej!*

Immer wenn Moritz das sagte, sah seine Mutter drein, als ob sie gerade in eine Zitrone gebissen hätte. Mit Zitronen kannte Sigrid sich bestens aus, rückblickend kam Johannes die Kindheit seiner zwei Jahre älteren Schwester wie eine Aneinanderreihung von Diäten mit Zitrusfrüchten und bei den Bundesjugendspielen gewonnenen Urkunden vor. Als Junge hatte er möglicherweise ähnlich unter ihr gelitten wie heute Moritz. Moritz war schwer in Ordnung, sein *Echt cool, hej!* war's ebenfalls, auch wenn sich das garantiert nicht auf eine Vertreterin des weiblichen Geschlechts bezog. Für den Zehnjährigen waren Mädels noch durch die Bank *Echt Panne, hej!*.

Johannes überlegte, ob die Lady von vorhin Familie hatte. Er entschied dagegen, mal ganz abgesehen von dem fehlenden Ehering – was heutzutage nicht mehr viel zu bedeuten hatte – machte sie nicht den Eindruck, als ob sie viel Zeit am Herd oder in der Waschküche oder beim Pampern des Nachwuchses verbrächte. Nicht mal seine Schwester schaffte es, auch nur annähernd so gepflegt auszusehen. Und obendrein elegant, ohne deshalb übertrieben zu wirken. Raffiniert, ja, das war das passende Wort. Lediglich diese Nägel passten nicht ins Gesamtbild. Sehr kurz, unlackiert, der Nagel des linken Zeigefingers hatte wie abgeknabbert ausgesehen. Aber wieso sollte eine solche Frau an den Nägeln herumbeißen? Es schien sie gefuchst zu haben, dass er ausgerechnet ihre Hände bewunderte, dabei war das nicht gelogen gewesen. Er hatte ihre Hände auf Anhieb gemocht, weil sie nicht »cool« waren. Es musste einen Grund geben, warum sie …

Geht dich das etwas an? Johannes musste zugeben, dass es ihn nicht die Bohne anging. Alle Anzeichen sprachen dafür, dass er nur nach einem Vorwand suchte, um dem Plan zu entkommen, den Karin für dieses Wochenende für ihn entworfen hatte. Okay, er hatte keine Lust auf Kaninchenfutter, aber das war noch längst kein Grund, im Nostalgietaumel durch die halbe Stadt zu gurken und von Schwarzbrot mit Zuckerstreuseln zu träumen. Wie wär's, wenn er versuchte, Moritz aus den Fängen seiner Mutter zu befreien?

Juliane wusste, dass sie endlich nach vorn gehen und René zu seiner gelungenen Ausstellung gratulieren sollte. So wie alle anderen oder auch nicht ganz wie alle anderen, weil sie beide neben dem Kommerz und der Kunst ja möglicherweise noch eine dritte Größe verband. Ob er ein guter Liebhaber war? Vermutlich schon, seine Handküsse hatten etwas durchaus Elektrisierendes, wenn er dabei sekundenlang die Lippen öffnete und in aller Öffentlichkeit mit der Zungenspitze ihren Handrücken koste oder gar zu der dünnen Haut an der Innenseite ihres Handgelenks abglitt. Andererseits war die Tatsache, dass er überhaupt Handküsse verteilte, eher befremdlich, das galt im Übrigen auch für seinen »Wiener Schmäh«. Dabei war er nicht mal gebürtiger Wiener, sondern kam aus Tirol, diese Information verdankte sie seiner Schwester. Ob sie heute auch dabei war? Der Habermann-Clan ließ, wie es hieß, so rasch keine Gelegenheit aus, persönlich an den Sternstunden von René teilzunehmen.

Juliane überflog die Gesichter der Anwesenden, nickte flüchtig, wenn sie jemanden erkannte, und verspürte leichten Überdruss bei dem Gedanken, sich in die Reihe der Gratulanten einzureihen. Küsschen links, Küsschen rechts, René war voll und ganz in seinem Metier, etliche Handküsse hatte er auch schon appliziert. Einen pro gekauftes Bild, dachte sie und überlegte, was für einen Profit er sich erhoffte, wenn er ihre Hand …

Ein idiotischer Gedanke, sie verglich gerade Äpfel mit Birnen, trotzdem zog sie es vor, sich noch eine Weile abseits zu halten. Sie nahm sich ein weiteres Glas Champagner und zog sich auf die Empore zurück, von wo man einen guten Blick über das Treiben unten hatte, ohne direkt hineingezogen zu werden. Ameisengewirr, Stimmengesumm, ab und an ein zu schrilles Lachen, lediglich die hohen Wände behielten Contenance, daran änderten auch die auffällig gerahmten Mickymäuse in Acryl nichts. Donald Duck mit dem Lächeln der Mona Lisa und in der Pose von Elvis Presley, der Künstler hatte die Kultfigur des Comics genommen und mit charakteristischen Merkmalen anderer Berühmtheiten dekoriert, gar nicht mal schlecht.

»Gefällt es Ihnen hier oben auch besser?« Stimme neben ihr, der Mann selbst eher klein, unauffällig, wenn sie es nicht besser wüsste, wäre sie nie auf die Idee gekommen, ihn für den Künstler zu halten.

»Sollten Sie nicht unten sein und brav signieren?«

»Ich habe nicht den Eindruck, dass mich jemand vermisst.« Es klang nicht so, als ob es ihm andersherum lieber wäre.

»Heißen Sie wirklich Donald?«

»Nein, aber René findet, dass es besser fürs Marketing ist, wenn ich wie die Figur heiße, die ich ständig verfremde.«

»Tja, von Marketing versteht René wirklich etwas. Und Sie arbeiten also vorzugsweise in Ihrem Atelier in Manhattan?«

»Schön wär's. Soll ich Ihnen mal was verraten? Ich war noch nie in den Staaten.«

»Verstehe, auch nur Verkaufsmasche. Und wo arbeiten Sie wirklich?«

»Für einen Blauen zeige ich es Ihnen.«

War es die Neugier, die Juliane einen Hunderter springen lassen ließ? Eine Laune? Der Wunsch, eine Seite von René Habermann kennen zu lernen, die er nicht selbst preisgab? Gut möglich, jedenfalls folgte sie Donald, der nicht wirklich Donald hieß, zu einer schweren Eisentür neben der Teeküche.

»Ist das nicht der Notausgang?«

»Ja, und gleichzeitig ist es der Eingang zu meinem …«

»… Atelier?«

»So könnte man es mit etwas gutem Willen nennen.«

»Und wie nennen Sie es?«

»Mein Gefängnis, aber verpetzen Sie mich ja nicht. Seit drei Monaten arbeite ich hier wie verrückt für die Ausstellung und darf erst im Dunkeln über die Feuertreppe raus, weil mich ja sonst jemand erkennen und die PR-Masche platzen lassen könnte. Anfangs fand ich's noch ganz witzig, so à la Spion in geheimer Mission, aber mittlerweile hängt es mir zum Hals raus. Ich bin froh, wenn der Affenzirkus vorbei ist.«

»Und warum besorgt René Ihnen nicht einfach etwas außerhalb, wo niemand Sie mit Kunst in Verbindung bringt?«

»Weil er dann befürchten müsste, dass ich tage- oder wochenlang versumpfe. Wenn ich Geld in die Finger bekomme, ist das so. Arbeiten ist einfach nicht mein Ding, man muss mich buchstäblich dazu treiben und festnageln, und das beherrscht René perfekt.«

»Er wird Sie ja wohl kaum einschließen.«

»Nein, das muss er auch nicht. Er gibt mir nur nicht mehr Geld auf die Hand, als ich für eine Schachtel Zigaretten und einen Espresso brauche, alles andere besorgt er für mich. Natürlich keinen Alk und erst recht keinen Koks. Die große Kohle gibt's erst, wenn die Show hier gelaufen ist und möglichst viele Bilder einen Käufer gefunden haben. Gefallen Ihnen meine Bilder?«

»Ein Bild gefällt mir besonders gut, weil es so schwerelos, so abgehoben ist. Kommen Sie, ich zeige Ihnen, welches ich meine.«

»Okay, dann verschieben wir den Besuch bei mir im Knast auf ein anderes Mal, viel verpasst haben Sie sowieso nicht. Ein Zimmer, Kochnische, Duschbad, die Möbel erinnern mich an das Zeug, das meine Mutter ihren Untermietern reinstellt, nur das Fenster ist größer und die Neonröhre an der Decke heller. Also, welches Bild meinen Sie?«

»Das da.« Juliane zeigte über die Brüstung hinweg und zuckte, als er zu lachen begann, zusammen, zog rasch die Hand zurück.

20

Ob er über ihren ausgefransten Fingernagel …?

»Das ist komisch oder, besser gesagt, genial.«

Sie entspannte sich, ihre Nägel konnte er doch nicht meinen.

»Was ist genial?«

»Dass Sie auf Anhieb kapiert haben, worum es bei diesem Bild geht. Ich habe es für mich ›flying high‹ getauft, und das kommt ziemlich genau auf Ihre Interpretation hinaus. Es ist abgehoben, Donald hebt in allen Farben ab, alles, was den grünen und gelben, roten und blauen Donald noch hält, sind diese Wollschnüre.«

»Und was passiert, wenn man sie kappt?«

»Dann bekommt René einen Anfall und ich keinen Penny.«

»Gut, dann kaufe ich es eben. Als neue Besitzerin kann ich damit tun und lassen, was ich will. Vielleicht hänge ich es mir aber auch nur an die Wand und stelle mir vor, wie es wäre, wenn Donald abhebt.«

»Hört sich an, als ob Sie selbst gern an seiner Stelle wären.«

»Nein, da irren Sie sich, ich bin sehr fest in diesem Leben verwurzelt, ich bin überhaupt ein sehr disziplinierter Mensch. Ganz anders als Sie, ich genieße es regelrecht, wenn alles nach Plan abläuft, vorausgesetzt …«

»… es ist Ihr Plan?«

»Vielleicht. Wir sollten zusehen, dass wir zu René kommen, bevor er uns ernsthaft vermisst.« Juliane ging vor, der junge Künstler folgte ihr auf dem Fuß. Das Lachen, mit dem René sie empfing, war einen Touch zu laut und zu herzlich. Weil er argwöhnte, sein Schützling könnte ihr mehr erzählt haben, als ihm lieb war? Mit einem spöttischen Lachen bediente sie sich erneut von dem Tablett, das der Kellner umhertrug. Das vierte Glas Champagner auf nüchternen Magen, vielleicht hätte sie doch ein Stück Marzipan annehmen sollen. Irre Idee, der ganze Typ war irre gewesen, packte mitten auf einer Vernissage ein Stück von einem Marzipanferkel aus. *Diese wunderbare Sau hat mich angeblinzelt, und schon bin ich ihr verfallen.*

»Darf ich mitlachen?«

Sie sah René an, brauchte einen Augenblick, um auf ihn umzuschalten, schüttelte den Kopf. »Nein, aber du darfst etwas anderes.«

»Nämlich?«

»Einen Punkt an ›flying high‹ pappen. Das ist Bild Nummer elf.«

»Und wer ist der Käufer?«

»Ich.«

Obwohl es ihn freuen sollte, freute er sich nicht. Hinter seiner Stirn arbeitete es sichtlich, er vergaß sogar, wie wenig vorteilhaft dieser »Wiener Schmäh« für ihn war, in den er nun wieder verfiel. Geschäftlich betrachtet, privat auch, ihr war endgültig die Lust vergangen, den Abend in seiner Gesellschaft ausklingen zu lassen. Sie verabschiedete sich, während er in ein weiteres »Küss-die-Hand-gnä'-Frau!« für eine weitere Käuferin abtauchte, auf Französisch.

Sigrid hatte Moritz wie immer, seit er das Gymnasium besuchte, von der Schule abgeholt. Er hätte genauso gut allein mit dem Rad fahren können, die ersten Wochen hatte er das auch getan. Mit dem Erfolg, dass sie permanent mit dem Essen auf ihn wartete und zu spät in die Apotheke kam, welche die Basis für jede Menge Wohnkomfort war, für ein neues Auto alle zwei Jahre und für alles das, wodurch sie sich von ihrem jüngeren Bruder unterschied. Johannes würde es nie lernen. Manchmal fürchtete sie, dass ihr einziger Sohn tatsächlich nach ihm kam. Es war besser, wenn die beiden nicht zu viel Zeit miteinander verbrachten, obwohl sie andererseits froh und dankbar für jede Stunde sein musste, die Moritz unter Kontrolle verbrachte. Ihr schwante, dass er hinter ihrem Rücken Dinge tat, die alles andere als wünschenswert waren. Ob sie ihn vielleicht doch wieder im Hort anmelden sollte?

Wenn du das tust, hau ich zu Onkel Johannes ab!

Neben ihr auf dem Beifahrersitz begann Moritz zu zappeln, gleichzeitig spielte er an ihrem neuen CD-Player herum, neulich hatte er es geschafft, ihn so zu programmieren, dass er von allen Scheiben nur noch das letzte Lied spielte. Sie hatte getobt und dann klein beigegeben, weil sie selbst nicht in der Lage war, den ursprünglichen Zustand wieder herbeizuführen. Vielleicht hätte sie sich doch nicht von seinem Vater trennen sollen, aber wer wusste schon vorher, wie schwierig es war, ein Kind allein großzuziehen.

»Moritz, könntest du das bitte lassen!«

»Ich mach doch gar nix.«

Sie überging das, solche Diskussionen führten zu nichts, es gab andere Druckmittel. Bessere. Entzug von Fernsehen, Süßigkeiten, Besuchen bei seinem Onkel. Sie überlegte, ob sie Moritz schon jetzt sagen sollte, dass sie heute Abend ausging? Besser nicht. Stattdessen begann sie aufzuzählen, was sie an diesem Samstagnachmittag von ihm erwartete.

»Dein Essen steht fix und fertig in der Mikrowelle, vergiss nicht wieder den Salat, und danach machst du bitte deine Hausaufgaben, ich möchte nicht noch einmal unterschreiben müssen, dass mein Sohn nur die Hälfte erledigt hat.«

»Was gibt's zum Nachtisch?«

»Obst. Frisches Obst. Davon kannst du dir nehmen, so viel du willst.«

»Ist wenigstens wieder was Ordentliches zu trinken da?«

»Mineralwasser ist das beste Getränk überhaupt. Durstlöschend, kalorienarm, reich an wertvollen Mineralien.«

»Kann ich heute G.Z.s.Z. gucken? Ich hab's mir aufnehmen lassen, weil ich ja unter der Woche nicht gucken durfte. Dabei haben praktisch alle 'ne Eintragung ins Merkheft bekommen, sogar Nadine, und die ist 'ne Streberleiche.«

Einen Augenblick lang war Sigrid gerührt, weil er sich offenbar mal an ihr Verbot gehalten und nicht heimlich geguckt hatte. Dann fiel ihr ein, dass sie das Fernsehkabel kassiert hatte. Und diese Fixierung auf eine Mehrheit, die in den seltensten Fällen existierte, durfte sie ihm auch nicht durchgehen lassen.

»Es spielt keine Rolle, was *alle* tun. Es kommt darauf an, was du selbst für richtig hältst.«

»Okay, ich finde G.Z.s.Z. echt geil.«

»Kannst du dir bitte endgültig diese Kürzel, die kein Mensch versteht, abgewöhnen.«

»Jeder weiß, dass das ›Gute Zeiten, schlechte Zeiten‹ heißt.«

»Pass auf, ich muss mich wirklich beeilen. Du erledigst jetzt alles, was ich dir gesagt habe, Vokabeln üben inklusive, und dann schauen wir weiter. Spätestens um halb acht bin ich zurück, wir haben heute bis sieben Bereitschaftsdienst.«

»Warum soll ich heute Vokabeln üben, wenn ich erst übermorgen Englisch habe? Bis dahin hab ich sowieso die Hälfte wieder vergessen.«

»Gut, dann siehst du eben kein GSZ.« Sigrid war nicht gewillt, weiter über ein Thema zu diskutieren, dass sie schon tausendmal durchgehechelt hatte.

»Es heißt G.Z.s.Z., außerdem kapier ich nicht, was Vokabeln mit Fernsehen zu tun haben.«

»Nimm es einfach als erzieherische Maßnahme.«

»Johannes sagt immer, dass drohen Scheiße ist.«

»Du kannst ihm ausrichten, dass sein Vokabular in dieselbe Kategorie fällt. Außerdem hat er noch nie den Unterschied zwischen drohen und konsequent sein begriffen.«

»War das, als Oma und Opa verreist waren und du allein mit ihm zu Hause warst und ihm gesagt hast, er bekäme die ganze Woche lang nur Zitronen und Möhren zu essen, wenn er nicht Staub saugt und so?«

»Er war faul. Stinkfaul. Genauso faul wie du heute. Falls du es vergessen haben solltest, dein Zimmer ist der reinste Saustall und ebenfalls aufzuräumen. So, und jetzt dalli, ich komm nicht mehr mit rein, deinen Hausschlüssel hast du ja hoffentlich dabei?«

Statt einer Antwort zerrte Moritz an der schweren Metallkette, die in seine Hosentasche führte, nun klirrend heraussprang, nur haarscharf das Armaturenbrett verfehlte, sie musste erneut an sich halten. Es war nicht leicht, manchmal hatte sie die Nase gestrichen voll und wünschte alle Kerle zur Hölle. Allen voran ihren Bruder, ihren Ex und gelegentlich auch Moritz. Er war eben auch ein Kerl, zwar noch ein ziemlich kleiner, doch von Tag zu Tag zeigte er deutlicher, wes Geistes Kind er war.

Es war ein Glück, dass sie nicht mehr mitbekam, wie Moritz die

Abdeckhaube über seinem Mittagessen lupfte, die Nase rümpfte, die gefüllte Fenchelknolle mitsamt Vollkornreis und Salat in die Tageszeitung einwickelte – Vorsicht war die Mutter der Porzellankiste –, alles tief in den Mülleimer drückte und sich dann eine Schüssel randvoll mit Schoko-Flakes füllte. Sein Onkel Johannes versorgte ihn großzügig mit derlei, andernfalls wäre er vermutlich schon verhungert. Seitdem sein Vater ausgezogen war, gab es praktisch nur noch Diätkost, dabei war er genauso dünn wie seine Mutter. Zu dünn, hatte der Schularzt gesagt. Onkel Johannes fand das auch.

Auszeit

René hatte nicht mitbekommen, wie Juliane verschwand. Bei diesem Trubel kein Wunder. Wie meist bei solchen Veranstaltungen wollten sich alle gleichzeitig verabschieden, sein Mund war schon ganz ausgefranst, Küsschen hier und Küsschen da und immer wieder: »Danke, dass Sie kommen konnten!« Seine Top-Kunden waren nicht nur zahlreich erschienen, sondern hatten auch fleißig gekauft, es gab allen Grund zum Feiern, er hatte sogar schon einen Tisch für zwei Personen bestellt. Erst die Arbeit, dann das Vergnügen! In diesem Fall hätte er beides haben können, wenn Juliane ihm nicht einen Strich durch die Rechnung gemacht hätte. Warum? Was war los? Hatte Donald etwa blödes Zeug geschwätzt? Ungeduldig wartete er, bis auch die letzte Kundin verschwunden war, um sich den Künstler vorzuknöpfen, der gerade mit einer Flasche Schampus unter dem Arm in seiner Mansarde verschwinden wollte.

»Stopp, Donald! Wir hätten da noch etwas zu bereden.«

»Lieber morgen, René, ich bin echt ziemlich k. o. Oder wolltest du mich schon auszahlen? Hat ja heute ordentlich in der Kasse geklimpert.«

»Wir haben einen Vertrag bis Ende des Monats, und solange du den nicht restlos erfüllt hast …«

»Okay, dann horche ich jetzt 'ne Runde an der Matratze, damit ich morgen weiter schaffen kann.«

»Was war mit Juliane?«

»Juliane? Kenn ich nicht.«

»Stell dich nicht dümmer, als du bist.«

»Ach so, du meinst die Rotblonde, die mein *flying high* gekauft hat?«

»Sie ist zufällig meine Verlobte.«

»Davon hat sie nichts gesagt.«

»Es ist auch noch nicht offiziell. Jedenfalls wäre es mir mehr als unangenehm, wenn du irgendeinen Blödsinn bei ihr verzapft hättest.«

»Wir sind prima miteinander klargekommen.«

»Ich hoffe, du vergisst nicht, wie wichtig es ist, deiner Vita als Donald treu zu bleiben.«

»Wenn sie mit dir verlobt ist, schadet es ja wohl nichts, dass sie meinen richtigen Namen kennt. Sie ist übrigens ziemlich helle.«

»Das kann man von dir umgekehrt nicht unbedingt behaupten. Also, merk es dir für die Zukunft: Juliane ist allein meine Angelegenheit.« René fragte sich, was Donald wohl noch außer seinem richtigen Namen preisgegeben hatte und inwieweit ihm das selbst schaden konnte. Es wurde höchste Zeit, dass er heiratete, das fanden auch seine Mutter und seine Schwester, mit Juliane wären sie einverstanden, jeder wäre das. Juliane war haargenau die richtige Frau zum Heiraten, sie machte nicht nur etwas her, sondern verhieß auch jede Menge Spaß im Bett. Die Art, wie sie auf seine Handküsse der besonderen Art reagierte, war mehr als eindeutig, die Lady war ein Lustpaket und wartete nur darauf, nach allen Regeln der Kunst aufgeschnürt zu werden.

»Ist Ihnen was über die Leber gelaufen, Boss?« Die Kleine vom Empfang, sie sammelte gerade die letzten schmutzigen Gläser ein. Den Aushilfskellner hatte er schon entlohnt und weggeschickt, von seinen anderen festen Mitarbeitern war auch niemand mehr zu sehen, was mit Sicherheit daran lag, dass es für die Teilnahme an derlei Veranstaltungen keine Sondervergütung gab. Umso erfreulicher war es, dass sein jüngstes Pferd im Stall ihm die Treue hielt. Fast noch ein Fohlen, sehr süß, noch etwas unbeholfen, doch das erhöhte den Reiz eher. Ihr Mund war klein, die Lippen fest und fleischig, wenn sie wie jetzt einen Flunsch zog, war man versucht hineinzubeißen. Er hatte sie wie alle seine Mitstreiter persönlich ausgesucht, ihr erster Arbeitstag in der Galerie lag schon über einen Monat zurück, trotzdem könnte er nicht sagen, wie sich dieses vorwitzig unter dem kurzen Top blitzende Bäuchlein anfühlte. Seidig braune Haut, blutjung, warum eigentlich nicht?

»Vergiss den Boss mal für einen Moment, Haserl. Und was meine Leber betrifft, so brauche ich jetzt einfach etwas Gutes zu essen und zu trinken. Wenn du heute Abend noch nichts vorhast, darfst du dich eingeladen fühlen. Sozusagen ein verspätetes Willkommen.«

»Aber ich muss noch die Gläser spülen und …«

»Montag ist auch noch ein Tag, die Arbeit läuft dir schon nicht davon.« René hatte beschlossen, die Reservierung in einem der besten Lokale Kölns nicht ungenutzt verfallen zu lassen.

Sigrid betrat die Apotheke, die ihr ganzer Stolz war, und prallte zurück. Hinter der Theke stand ihr Bruder und bediente. Wegen der Kundin konnte sie ihn schlecht auf der Stelle zum Teufel jagen. Mit einem gepressten »Guten Tag!« stolzierte sie an der Theke vorbei in die Garderobe, die zugleich Aufenthaltsraum und Büro war. Leer, sowohl der Mantel wie auch der persönliche Krimskrams ihrer Angestellten fehlten, sogar ihre Hustentropfen waren verschwunden. Wenige Minuten später teilte Johannes ihr seelenruhig mit, dass er Susi schon mal losgeschickt hatte.

»Hörte sich ja schlimm an, sie gehört dringend in ärztliche Behandlung. Ich habe einfach unseren alten Hausarzt angerufen, der arbeitet, wenn es sein muss, auch samstags, er erwartet sie in seiner Praxis.«

»Das ist …«

27

»… ziemlich nett von mir, ich weiß.«

»Es ist dreist, die pure Anmaßung, was willst du überhaupt in meiner Apotheke?«

»Bei dir zu Hause war keiner, es ist auch keiner ans Telefon gegangen, also habe ich in dem hübschen Apothekenkalender geblättert, den du mir zu Weihnachten geschenkt hast, und gesehen, dass du heute Bereitschaft schiebst. Dann versuchst du dein Glück eben auf diesem Weg, habe ich mir gesagt. Und hier bin ich.«

»Glück?«, echote Sigrid.

»Ich meine nicht dich, keine Bange. Ich wollte nur wissen, ob ich dir Moritz abnehmen kann. Er könnte auch bei uns schlafen. Und morgen Mittag besuche ich mit ihm zusammen unsere Eltern, die wissen nämlich bald schon nicht mehr, wie ihr Enkel aussieht.«

Sigrid gab nach. Erstens, weil es im Hinblick auf ihre Verabredung mehr als praktisch war. Zweitens, weil sie nicht die geringste Lust verspürte, ihren einzigen freien Tag in der Woche für den überfälligen Besuch bei ihren Eltern zu verplempern. Seitdem ihr Vater in den Ruhestand getreten war und auch keine Pimpfe mehr auf dem Fußballplatz trainierte, wurden die Mahlzeiten immer opulenter und die Gesprächsthemen immer skurriler, neulich hatte sie sich sogar fragen lassen müssen, ob sie es mit ihrer Diät und dem Laufen nicht übertreibe. Dabei hielt sie sich nur fit, die wenigsten schätzten sie auf Mitte vierzig, dafür musste man etwas tun, das begriff sogar ihre Schwägerin. Karin war der beste Garant dafür, dass Moritz nicht zu sehr über die Stränge schlug, wenn er seinen Onkel besuchte. Unter Karins Obhut würden die Gummibärchen ebenso limitiert werden wie der Konsum von G.Z.s.Z. und ähnlichem Zeug.

Die Empfangsdame ließ sich ihr Erstaunen nicht anmerken, als Juliane am Freitagabend kurz vor acht in die Lobby trat, die mehr Ähnlichkeit mit der eines teuren Hotels als mit der Eingangshalle eines Seniorenheims besaß. Die Preise waren dementsprechend, doch das machte nichts, solange sie selbst genug verdiente, um die Differenz aus der eigenen Tasche zu bezahlen. Hauptsache, es ging ihrer Mutter so gut, wie das unter den gegebenen Umständen nur möglich war. Deren nicht eben üppige Witwenrente war weiß Gott das kleinste Problem.

»Sie kennen ja den Weg, Frau Oberle. Es könnte allerdings sein, dass Ihre Mutter schon nicht mehr so richtig ansprechbar ist, sie dürfte inzwischen ihr Schlafmittel bekommen haben.«

»Das macht nichts.« Es machte wirklich nichts, dachte Juliane, während sie mit einem freundlichen Nicken weiterging. Ihre Mutter war auch ohne Baldrian oder Valium oder irgendwelche Sedativa nicht mehr richtig ansprechbar, seit dem Tod des Vaters verwandelte sie sich zunehmend in eine Sprechpuppe, die mechanisch Nahrung aufnahm und sich anzog und Worte zu Sätzen formte, die allenfalls den Anschein erweckten, einen Sinn zu ergeben. Sie taten es nicht. Nicht wirklich. Wer im Dezember fragte, ob die Rosen wieder Läuse hätten, lebte nicht mehr wirklich in dieser Welt. Julianes Mutter stand mit Jahreszeiten und Personen auf Kriegsfuß, an schlechten Tagen erkannte sie nicht einmal ihre einzige Tochter. Am schlimmsten war jedoch, wenn sie unvermittelt aus ihrer Lethargie aufschreckte und nach einer Leiter verlangte.

Man muss immer eine Leiter nehmen, sonst ist es lebensgefährlich.

Eine stereotype Redewendung, die regelmäßig in Tränen mündete, bis der zierliche Körper der bald Siebzigjährigen von Kopf bis Fuß zitterte und die Pflegerin ihr etwas zur Beruhigung geben musste. Dann fiel sie wieder in sich zusammen. Bis zum nächsten *»Man muss eine Leiter nehmen«*. Julianes Vater hatte regelmäßig gelacht, wenn sie das sagte, aber eines Tages hatte er nicht mehr gelacht, weil er so unglücklich von der Kommode abgerutscht und mit dem Kopf aufgeschlagen war, dass er starb. Juliane schüttelte sich, sie fröstelte auch, so als ob sie selbst schon mit einem Bein im Grab stünde. Es musste an diesem Gebäude liegen, in dem alle naselang jemand starb. Und wer nicht starb, vegetierte oft jahrelang vor sich hin, ohne etwas von den freundlichen hellen Räumen, dem Warmwasserbewegungsbad mit Schleuse ins Freie, dem guten Essen und den zahlreichen kulturellen Veranstaltungen zu haben. Da saßen sie dann vor der Bühne, auf der getanzt und rezitiert, gesungen und gezaubert wurde. Etliche nickten ein, den Kopf zur Seite geneigt oder nach vorn auf die Brust gesenkt, ein Speichelfaden tröpfelte aus dem Mundwinkel, Schnarchlaute – keineswegs nur die alten Männer schnarchten – im Wettstreit mit dem offiziellen Programm. Trotzdem versuchte Juliane immer wieder, ihre Mutter zur Teilnahme zu bewegen. Früher war sie sehr interessiert an derlei gewesen.

Juliane ging nun schneller, passierte den Saal, in dem wie jeden Samstagabend um diese Zeit Bingo gespielt wurde. Sie grüßte die Pflegerinnen, die in der hintersten Reihe saßen und ungeduldig darauf warteten, dass endlich ihr eigener Feierabend begann. Man sah es ihnen an, einige waren schon für den Start ins Wochenende geschminkt, lediglich der Nachtdienst musste ausharren. An den großen Saal schloss sich ein kleinerer Aufenthaltsraum an, in dem auch geraucht werden durfte, dann folgten jenseits der doppelten Glastür die Zimmer der Pflegestation, wo alles darauf ausgerichtet war, die Versorgung von Menschen zu erleichtern, die mehr oder weniger hilflos waren. Genau genommen zählte Julianes Mutter dazu, auch wenn ihr körperlicher Zustand recht gut war. Juliane hatte die guten medizinischen Befunde benutzt, um den Verbleib in einer der im Seitenflügel befindlichen Wohnungen durchzusetzen, die mit eigenen Möbeln eingerichtet werden durften, über eine windgeschützte Loggia und sogar eine winzige Küche verfügten.

Ob ihrer Mutter der Unterschied überhaupt auffiel?

Sie klopfte und trat, als sich hinter der geschlossenen Tür nichts rührte, leise ein. Das normale Türschloss war gegen einen Drehknauf ausgewechselt worden, damit die Schwestern jederzeit nachschauen konnten, ob noch alles in Ordnung war. Die Deckenlampe war bereits ausgeschaltet, dafür brannten die Stehlampe mit dem Schirm wie altes Pergament und die beiden Nachttischlämpchen mit den im Lauf der Jahre immer blasser gewordenen Goldtroddeln. Das Einzelbett war das einzige neue Möbelstück, es konnte dank Motor mühelos in der Höhe verstellt werden, was dem Personal nutzte. Zwei kreisrunde Lichtkegel fielen auf das Bett, einer von rechts, einer von links. Eigentlich hätte eine von diesen beiden Nachtleuchten vollauf genügt, doch Juliane hatte sich bei dem Umzug ins Heim nicht entschließen können, das Duo auseinander zu reißen. Sie hatte ihre Mutter gefragt und wie üblich eine Antwort erhalten, die keine war. *Mach es, wie du meinst!*

Diese Gleichgültigkeit hatte sich sogar auf die Bilder erstreckt, die einst ein ganzes Haus gefüllt hatten und nun zusammengedrängt an den Wänden der zwei ineinander übergehenden Räume hingen. Bilder, die einst sorgfältig auf Tapeten und Wohnzweck abgestimmt waren, im Schlafzimmer hatten Pastelltöne dominiert, in Julianes Kinderzimmer hingen Scherenschnitte mit Märchenmotiven, über dem Sofa die Ahnen und über dem Klavier ein Porträt von Mozart, im Treppenaufgang gepresste Blumen, Landschaften und ihre eigenen ersten Malversuche, das Hochzeitsbild stand auf dem Schreibtisch, die ebenfalls gerahmte Ernennungsurkunde ihres Vaters zum Beamten auf Lebenszeit lag in der Schublade. *Wenn sie mich zum Ministerialrat küren, kannst du mich aufhängen, Gertrud, früher nicht!*

Er hat es nicht mal bis zum Oberamtmann gebracht, dachte Juliane und fixierte die Urkunde, die nun doch noch einen Platz an der Wand gefunden hatte. Sie hatte einfach alles aufgehängt, vielleicht in der Hoffnung, dass diese Bilder ihre Mutter ein Stück in die Gegenwart zurückholten. Nichts dergleichen war passiert. Einmal allerdings, als die Putzfrau beim Staubwischen ein nicht besonders großes und erst recht nicht wertvolles Bild zu Boden fallen ließ, hatte die Mutter wie früher Juliane dafür zur Verantwortung gezogen.

Ich habe dir tausendmal gesagt, dass du beim Staubwischen aufpassen sollst, Juliane. Du musst immer eine Hand drunterhalten. Und nimm eine Leiter, man muss immer eine Leiter nehmen, dann passiert das nicht …

Juliane hatte darauf verzichtet, den Sachverhalt klarzustellen, und hastig versprochen, den Schaden wieder gutzumachen. *»Ich lasse das Bild sofort neu rahmen!«* Genutzt hatte es nicht viel, zuletzt musste wieder die Schwester mit den Tabletten kommen, und Juliane war mit dem Gefühl heimgegangen, erneut alles falsch gemacht zu haben. Wie damals …

»Mama? Schläfst du schon?«

Keine Antwort. Juliane ging auf das Bett zu, die Bettdecke wölbte sich nur wenig, ihre Mutter war leicht wie ein Floh, immer schon. »Floh«, so hatte der Vater sie manchmal genannt. Sie schlief mit über der Brust gekreuzten Armen, die Beine gerade ausgerichtet, der einzige Ausreißer war ein Zeh, der unten heraussah. Behutsam zog Juliane an dem Laken und stopfte es am Fußende fest, dann zog sie sich einen Hocker heran und setzte sich, streichelte über die Hand, die ihr am nächsten war und auf dem Nachthemd ruhte, das ohne Knitterfalten war. Es war ihr schleierhaft, wie jemand so schlafen konnte. Sie verstand auch nicht, wie ihre Mutter es schaffte, das Leben einerseits an sich vorbeigleiten zu lassen und andererseits stets tipptopp auszusehen.

Die Gewohnheit von Jahrzehnten, die sich eingegraben hatte?

Würde sie selbst in dreißig Jahren auch so daliegen? Formvollendet, fast wie tot?

Nun, immerhin hatte sie kein Kind ins Leben gesetzt, das sich dann mit seinem schlechten Gewissen herumplagen musste. Überhaupt gab es keinen Grund, sich Vorwürfe zu machen. Es hätte nichts geändert, wenn sie damals nach dem Abitur noch länger zu Hause geblieben und den Zustand der Mutter weiter vertuscht hätte. Es war ihr gutes Recht gewesen, in München zu studieren. Zwei Jahre lang hatte sie nach dem Tod des Vaters durchgehalten, mehr konnte niemand von ihr verlangen. Trotzdem war es ein Schock gewesen, als noch vor Ablauf des ersten Semesters die Einweisung ihrer Mutter ins Heim erfolgte. Nicht in dieses, es war ein fürchterlicher Bau gewesen, dunkel und abweisend, hier hingegen war alles hell und freundlich. Ihrer Mutter ging es so gut, wie das unter diesen Umständen nur möglich war. Und wenn sie sich nur etwas zusammenrisse, könnte sie sogar noch jede Menge Spaß haben.

Juliane lauschte nach draußen, das Bingo war vorbei, alle kehrten in ihre Apartments zurück, verabschiedeten sich, erzählten noch, spürten der Spannung nach, die ein schmaler Streifen Papier mit fett gesetzten Zahlen darauf in ihnen erzeugt hatte. *Was hat er gesagt? Die Sieben?* Viele hörten trotz Hörgerät schlecht, die Betreuer – darunter etliche Zivis – mussten die Zahlen oft wiederholen, es machte nichts, weil die alten Leute alle Zeit der Welt hatten.

Juliane zog ihre Hand zurück, verschränkte die Arme, plötzlich war ihr kalt.

»Mach das Fenster zu, wenn du frierst, Julchen.« Tadelnd, trotzdem liebevoll, das lag an dieser Koseform. Julchen. Die Augen nun weit geöffnet, der Körper regte sich nicht, ob sie überhaupt wusste, welches Jahr man schrieb?

»Ja, Mama, ich mache es zu.« Juliane stand auf, zog den Griff der Fenstertür leise auf und drückte ihn dann geräuschvoll zurück. »Ich glaube, ich gehe jetzt besser auch schlafen, Mama.« Eine Formulierung, die vor dreißig Jahren ebenso gepasst hätte wie heute.

»Dann nimm das mit!« Ungeduldig, was vielleicht auch der Schublade des Nachttischs galt, die leicht sperrte, dann mit einem Ruck aufsprang und den Blick auf ein Päckchen freigab. Juliane erkannte das Papier und den Schriftzug des Cafés. Ein gutes Café.

»Ich mag kein Marzipan, Mama.«

»Es ist kein Marzipan. Es ist Baumkuchen.«

»Ich mag auch keinen Kuchen, Mama.«

»Aber dein Vater mag ihn. Man muss ihm den Baumkuchen in ganz viele dünne Scheibchen schneiden, hauchdünn, das sieht nach mehr aus und erspart die Gabel. Dein Vater vergisst immer die Kuchengabel, das weißt du doch.«

Sie sollte das nicht sagen, dachte Juliane. Sie sollte endlich damit aufhören, so zu tun, als ob sie sich noch immer um den Mann kümmern müsste, der vor einem Vierteljahrhundert Opfer genau jener Trägheit geworden war, die sie ihm zeitlebens vorgeworfen hatte. Es war makaber, sinnlos, eine Tortur für sie alle. Es war nichts, worüber man sprechen konnte. Man musste sie ablenken.

»Und wer hat dir den Kuchen mitgebracht? Wer hat dich besucht? Du hast mir gar nicht erzählt, dass du Besuch hattest.«
»Ich weiß nicht. Es spielt keine Rolle, oder?« Und leise, fast unhörbar: »Gib ihn deinem Vater.«

René hatte sich Cola zum Essen bestellt, der Oberkellner hatte keine Miene verzogen, in solch einem noblen Schuppen war man vermutlich einiges gewöhnt. Das »Haserl« – mit dieser Anrede lag er immer richtig – hatte gekichert, sich die Hand vor den Mund gehalten und »Dann nehme ich auch Cola« gesagt. Im Verlauf des mehrgängigen Menüs hatten sie noch mehrmals nachbestellt, seine jüngste Angestellte hatte keinen Hehl daraus gemacht, wie toll sie es fand, dass er sich traute, Carpaccio von der Ente, Graved Lachs und Lammrücken in der Kartoffelkruste mit Cola zu paaren.
»Wetten, dass mir das keiner glaubt, wenn ich es einem erzähle.«
»Du sollst es ja auch nicht erzählen, Haserl. Das ist unser Geheimnis, gell?«
»Gell hört sich lustig an. Schön lustig. Sie sind genau so, wie ich mir die Wiener immer vorgestellt habe. Sehr galant, die reinsten Herzensbrecher.«
»Darauf trinken wir auch.« Er hob sein Glas, es amüsierte ihn, die grenzenlose Begeisterung in diesen Augen zu sehen. So jung, so naiv … »Du bist doch schon achtzehn?«
»Klar, das wissen Sie doch, ich bin kein Baby mehr.«
»Andernfalls würde ich auf der Stelle ein Faible für Babys entwickeln.«
»Sie meinen …?«
»Ich meine, dass du wunderhübsche Tittchen und den süßesten Bauchnabel der Welt hast.«
»Meinen Sie das ernst? Finden Sie meinen Bauch nicht zu dick?« Sie hielt die Luft an, auch das war rührend. Flugs ließ er seine Hand unter das Tischtuch gleiten und streichelte über die samtige Wölbung.
»Ich schwör's dir, Haserl.«

»Wenn ich abends viel esse, ist es besonders schlimm, dann habe ich eine regelrechte Wampe.«

René bot an, den objektiven Schiedsrichter zu spielen. Bei ihm zu Hause, weil die Gäste hier ja schon mit dem Anblick von Colaflaschen restlos überfordert waren. Sie willigte ein, und er spürte das sattsam bekannte Ziehen, konnte es plötzlich vor Ungeduld kaum noch aushalten, cancelte das Dessert, zahlte und legte ein Tempo vor, bei dem seiner süßen Beute garantiert keine Zeit mehr für einen Rückzieher blieb. Er war heute nicht in der Laune, zweimal einen Korb einzustecken. Ihm war auch nicht danach, jene Regeln einzuhalten, die Juliane ihm eingetrichtert hatte. Manchmal musste er wieder er selbst sein dürfen, heute Abend war er es, redete mit Händen und Füßen und allem, was ihm zur Verfügung stand.

»Das wäre Ihr Preis gewesen, Madame!«, dachte er, als er sich keine halbe Stunde später über den nackten Körper senkte. Die Nacht war noch jung, das Haserl war jung, auf es mit Gebrüll, man musste die Feste feiern, wie sie fielen. Morgen war ein neuer Tag. In einer kurzen Verschnaufpause beschloss er, Juliane gleich nach dem Aufwachen ein paar Blumen zu schicken. Das machte sich immer gut und zeigte ihr, dass er ihr nichts nachtrug.

»Was denkst du gerade?« Ihr Blick war eher noch schwärmerischer geworden.

»Dass du außer den süßesten Tittchen und dem niedlichsten Bäuchlein auch noch die schönsten Klimperwimpern hast. Und jetzt, schlage ich vor, schlafen wir eine Runde.« Ihre Antwort bekam er nicht mehr mit, falls sie überhaupt noch etwas sagte. Er hatte unter anderem die Gabe, in jeder Stellung einzuschlafen, wenn er k. o. war.

Johannes klingelte, klingelte nochmals, hörte Klappern und endlich Schritte, offenbar hatte sein Neffe es nicht gerade eilig, die Tür zu öffnen. Das änderte sich allerdings schlagartig, als Moritz sah, wer da stand.

»Geil! Komm rein, Onkel Jo, ich hab schon gedacht, es wäre die Mama.«

»Wenn du das gedacht hast, hätte ich mir an deiner Stelle allerdings erst mal den Milchschnäuzer abgewischt, was mit Schoko muss auch dabei gewesen sein. Schätzungsweise nicht das, was deine Mutter dir zum Essen hingestellt hat.«

»Nö, ganz bestimmt nicht. Würdest du Fenchel essen? Das ist schon als Tee schlimm genug.«

»Da halte ich mich lieber raus, in puncto gesunde Ernährung bin ich wirklich kein Vorbild. Wie wär's, hast du Lust auf ein Wochenende mit einem Grufti? Ich warne dich vor, deine Tante ist nicht da, um uns zu bekochen. Sie hat auch nichts vorgerichtet, weil ich offiziell auf Diät bin.«

»Du meinst, ich darf auf der Stelle mitkommen?«

»Soll so sein, ich komme geradewegs aus der Apotheke.«

»Dann nichts wie los, bevor Mama es sich anders überlegt. Ich muss nur noch rasch meine Sachen holen und nachschauen, ob die Bude clean ist. Hilfst du mir?«

Johannes nickte, es fiel ihm nicht besonders schwer, das Terrain mit den Augen seiner Schwester zu sondieren, das steckte ihm noch in den Knochen. Er empfahl, den Mülleimer zu leeren, weil es daraus verdächtig nach Fenchel roch, fischte selbst eine Packung Kekse zwischen Sofa und Wand hervor und verfolgte die klebrige Spur einer Flasche Limonade von der Diele bis zum Kleiderschrank von Moritz: »Schlechtes Versteck!« Bewaffnet mit dem geliehenen Videoband und Schlafzeug machten sie sich auf den Weg und trafen so pünktlich in Zollstock ein, dass sie noch vor *Veronas Welt* um elf Uhr das Video mit allen fünf Folgen von *Gute Zeiten, schlechte Zeiten* anschauen konnten, dazu gab es Gyros und Fritten vom Griechen, Malzbier und für jeden ein dickes Stück Marzipan nebst einem halben Ringelschwänzchen.

»Wenn deine Tante uns so sähe, würde sie uns umbringen.«

»Und Mama würde ihr assistieren.«

Sie grinsten sich wie zwei Verschwörer an und einigten sich darauf, dass es jetzt auch nicht mehr drauf ankäme. Zumal sowieso alle anderen aus der Klasse von Moritz *South Park* sehen durften und das Blättereis im Gefrierschrank schon mindestens zwei Wochen alt war.

»Ehe es schlecht wird«, sagte Johannes, teilte die Fünfhundert-Gramm-Packung gerecht durch zwei und reichte Moritz seinen Teller, als das Telefon anschlug. Es war fünf vor zwölf, im Werbeblock war gerade auf die neue Folge der Animationsserie hingewiesen worden, die in wenigen Minuten begann. Vor Schreck ließ Johannes das Messer zu Boden fallen. Er hatte völlig vergessen, bei Karins Eltern anzurufen.

»Das muss Karin sein.«

»Oder Mama.«

Vorsichtig griff Johannes nach dem Telefon, meldete sich und winkte ab, immerhin blieb sein Neffe verschont. »Hallo, Karin, tut mir Leid, ist mir völlig durchgegangen, dass ich dich anrufen wollte – Ja, klar war ich bei der Vernissage – was soll Besonderes gewesen sein? Es war wie immer! – Ich höre mich seltsam an? Das bildest du dir nur ein – Klar geht's mir gut, mir geht's immer gut, wenn ich Moritz bei mir habe – Ja, der Junge ist hier, Sigrid hatte etwas vor – Und wie geht's bei dir?«

Das Eis begann schon zu schmelzen, vorsichtig stippte Johannes einen Finger hinein, führte ihn zum Mund und hielt wie ein auf frischer Tat ertappter Sünder inne, als Karin wissen wollte, ob er etwas äße. Er verneinte die Frage, weil Eis ja wohl kaum unter die Kategorie Essen fiel, und drohte stumm seinem Neffen, weil der sich halb totlachte und dabei hochgradig das empfindliche Sofa mit seiner eigenen Eisportion gefährdete. Die Drohgebärde wirkte auf Moritz eher wie ein Verstärker, er hopste und kicherte völlig außer Rand und Band, es war ein Wunder, dass seine Tante davon nichts mitbekam.

Johannes war heilfroh, als das Gespräch endlich über die Bühne war, es war ihm keineswegs lieb, Karin so anzuschwindeln, obendrein vor den Ohren seines Neffen. Was sollte der Junge denn da denken? Schlechtes Vorbild, keine Frage, andererseits hatte er wirklich keine Wahl gehabt. Oder sollte er den Stress seiner Frau etwa noch vergrößern?

»Das war deine Tante«, sagte er laut und schob sich einen großen Löffel in den Mund, wenigstens die Schokoladenstücke waren noch fest, es war eine Schande um das leckere Eis. »Ich soll dich schön von ihr grüßen, wenn du morgen früh aufwachst. Sie bildet sich ein, dass du längst schläfst, wie es sich gehört. Und zum Frühstück soll ich dir mindestens zwei frische Orangen auspressen. Leider haben wir keine, aber das kann sie ja nicht wissen.«

»Macht nichts, Hauptsache, es ist noch genug Limo da. Können wir jetzt endlich weitergucken?«

Die Fernsehsession ging bis null Uhr zwanzig, danach spielten sie noch vier Runden *Skip-Bo*, von denen Moritz drei gewann, als Gewinner hatte er einen Wunsch gut. »Blanko?«, fragte er verschmitzt, und Johannes nickte, der Junge war ganz schön pfiffig, außerdem konnte er ihm sowieso nicht gut etwas abschlagen. Vor dem Zubettgehen setzte Johannes immerhin noch gründliches Zähneputzen durch, den Teppich säuberte er allein. Es war ein schöner Abend gewesen, dachte er und fragte sich, ob man als Vater oder Mutter wirklich alles verbieten musste, was irgendwelche Pädagogen oder Medizinmänner für schädlich erklärten. Er kam zu der Schlussfolgerung, dass er einen kriminell schlechten Vater abgäbe, aber als Onkel gar nicht so übel war. Mit diesem Ergebnis schlief er ein und wurde erst wieder wach, als Moritz ihn rüttelte und verkündete, dass er Frühstück gemacht habe: »Ganz allein, ich hab sogar Kaffee für dich gekocht.«

Der Kaffee erwies sich als Lorke, bei der man bis auf den Tassengrund sehen konnte. Das Brot war viel zu dick geschnitten und lag ohne Korb auf dem Tisch, Milch und Butter waren nicht umgefüllt, die Limoflasche nahm sich recht eigenartig aus, trotzdem trieb es Johannes die Tränen der Rührung in die Augen, wie sie sich da beide mit verstrubbelten Haaren im Pyjama gegenübersaßen. Er war nicht nur sehr vernascht, sondern hatte auch ziemlich nah am Wasser gebaut.

Über dem Disput mit René hatte Dirk – der sich seit drei Monaten Donald nennen ließ und neulich bei einem Anruf daheim sogar selbst »Ich bin's, Donald« gesagt hatte – die Flasche Champagner stehen lassen. Holen konnte er sie sich auch nicht mehr, weil die Galerie allabendlich vom Chef persönlich verrammelt und verriegelt wurde. Im Moment gut verständlich, weil an nunmehr sechzehn Exponaten eines gewissen Donald Punkte klebten, welche jedem Besucher kundtaten, wie gut die jüngste Entdeckung von René Habermann anlief.

Dirk hatte nichts dagegen gehabt, sich entdecken zu lassen, es leuchtete ihm sogar ein, dass niemand in ihn investierte, ohne sich entsprechend abzusichern. Trotzdem begann dieses Gefängnis – denn darauf lief es hinaus – an seinen Nerven zu zerren. Wenn er wenigstens einen Joint, eine Flasche *Batida de Coco* und ein nettes Mädchen zur Hand hätte. Zu »nettes Mädchen« fiel ihm automatisch die Rotblonde ein, obwohl sie ganz bestimmt kein Mädchen mehr war, und was das Nettsein betraf, hatte er auch so seine Zweifel. Trotzdem blieb die Tatsache bestehen, dass sie seit Monaten das erste weibliche Wesen war, bei dem es in seiner Hose lebendig geworden war.

Ob sie wirklich Renés Verlobte war?

Falls sie es war, hatte sie sich heute Abend reichlich komisch benommen. Sie war einfach abgetaucht, nachdem sie sein »flying high« erworben hatte. Wohin? Sie sah nicht so aus, als ob sie den Samstagabend wie eine Nonne verbrachte. Sie sah klasse aus, leicht deep frozen, doch das änderte sich bekanntlich schnell, wenn der richtige Eisbrecher kam.

Während René durch seine winzige Mansarde tigerte, nochmals den Kühlschrank inspizierte – Fehlanzeige! –, sich die vorletzte Zigarette anzündete und tief inhalierte, stellte er sich vor, wie er René den Entzug von allem, was das Leben bunt machte, durch eine heiße Nummer mit seiner eigenen »Verlobten« heimzahlte. Leider hatte Dirk keinen blassen Schimmer, wo sie wohnte, er kannte ja nicht mal ihren Nachnamen. Scheiße!

Er trat ans Fenster und starrte hinunter auf die Straße, wo es ziemlich turbulent zuging. Die einen waren auf dem Weg ins Kino, andere gingen essen oder legten gleich mit einem Saufgelage los, keine Sau verbrachte den Samstagabend allein. Keiner außer ihm. Wie zur Bestätigung seiner düsteren Gedanken sah er wenig später seinen Schirmherrn, begleitet von dem kleinen

Flunschgesicht vom Empfang, aus dem Glaskasten treten, der Galerie und Privatwohnung miteinander verband. Sie nahmen ein Taxi, folglich war exzessives Saufen angesagt, die Art, wie René die Kleine auf den Rücksitz bugsierte, verhieß noch ganz andere Freuden. So viel zum Thema »treuer Bräutigam«. Erbost verfolgte Dirk, wie der Mietwagen davonfuhr, zündete sich seine letzte Zigarette an, kontrollierte noch einmal den Kühlschrank und besann sich schließlich auf seine Geldbörse. Immerhin war er dank Juliane seit ein, zwei Stunden stolzer Besitzer eines Hundertmarkscheins. Die mit Abstand größte Summe, über die er seit langem verfügte.

Noch vor Mitternacht wusste er, dass er die Kaufkraft von hundert Mark ganz entschieden überschätzt hatte. Dabei war er lediglich in zwei Pinten gewesen, die eher schäbig aussahen, er hatte auch keineswegs die Karte rauf und runter getrunken, gegessen hatte er lediglich eine mittelmäßige Pizza, zuletzt blieb ihm nicht mal genug für ein Trinkgeld, geschweige denn für eine weitere Packung Zigaretten. Der Gedanke, dass heute für seine Werke sage und schreibe vierundfünfzigtausend Mark kassiert worden waren und er trotzdem total blank war, drückte seine Laune endgültig in den Keller und vertiefte die Wut auf René. Ein Scheißkerl, wie er im Buch stand. Vergnügte sich mit seiner dämlichen kleinen Pussi und hinterging gleichzeitig seine Braut und den Mann, der seine Kasse zum Klingeln brachte. Unter diesem Aspekt waren Juliane und er sogar Leidensgenossen.

Voller Ingrimm beobachtete er kurz darauf, wie René und das Mädel innig umschlungen den Glasanbau betraten, das alberne Kichern des Mäuschens in seinem Arm hörte man bis hier oben hin, also stimmte es wirklich, was man sich so unter der Hand erzählte: Der Boss testete bei einer Neuanstellung keineswegs nur Kenntnisse in Steno oder Kunstgeschichte. Ob Juliane etwas davon ahnte? Ziemlich unwahrscheinlich, dazu war sie einfach nicht der Typ Frau. Es wurde wirklich höchste Zeit, dass er herausfand, wo sie wohnte.

Juliane hatte sich den Wecker gestellt, obwohl sie sowieso nie verschlief und es in diesem Fall ohnehin nicht darauf ankam, ob sie eine halbe Stunde früher oder später dran war. Alle zwei Wochen frühstückte sie bei Renate, ihrer besten und mittlerweile einzigen Freundin, die diesen Titel verdiente. Renate hatte mit ihr die Schulbank gedrückt, sie beide waren vermutlich das gewesen, was man »unzertrennlich« nannte, sie hatten sich sogar während der ersten sechs Semester in München eine Bude geteilt. Dann zog die Freundin zu Carsten, den sie unmittelbar nach dem Philosophikum heiratete, um nun danach zu fiebern, endlich schwanger zu werden. Weil das erst mit etlichen Jahren Verspätung klappte – dann aber Schlag auf Schlag –, hatte sie ihren Ehrgeiz nach einer wissenschaftlichen Karriere zuerst mal auf Eis gelegt, wie sie das nannte. Ein Thema, über das sie nicht zu diskutieren wünschte, sie war nicht einmal bereit, nach einem vernünftigen Kompromiss zu suchen. So als ob jemand, der insgesamt neunzehn Jahre lang mit links alle Einser und »summa cum laude« eingeheimst hatte, ernsthaft damit zufrieden sein könnte, von morgens bis abends nur die eigene Familie zu umglucken. Wobei Juliane durchaus zugab, dass Renate Glück im Unglück hatte. Ihre vier Kinder im Alter von zwei bis neun waren so, wie man sich Kinder wünschte, wenn man sich überhaupt welche wünschte, und auch Carsten war als Ehemann keineswegs die schlechteste Wahl. Ein liebenswerter Zeitgenosse, solange seine Leidenschaft für die Musik nicht betroffen war. Unter dieser Einschränkung akzeptierte er neben der eigenen Kinderschar auch die wechselnde Anzahl von zweibeinigen und vierbeinigen Mitessern, die Renate anzog wie die Motten das Licht.

Das Sonntagsfrühstück bei den Meyer-Redlichs begann offiziell um neun – das war die Zeit, zu der das Kleinste seine Milchflasche verlangte und Renate synchron die erste Maschine Kaffee durchlaufen ließ – und endete irgendwann am späten Nachmittag. Mittag- und Abendessen fielen am Sonntag aus, lediglich im Sommer wurde bei schönem Wetter noch gegrillt. Die Zeit für Würstchen und Stangenbrot war jetzt allerdings endgültig vorbei.

Juliane schlüpfte in enge schwarze Slacks und knöpfte sich gerade die grau gestreifte Weste über dem schlichten weißen T-Shirt zu, als es klingelte. Der bombastische Strauß roter Rosen, den der Bote ihr wenig später überreichte, bewies, dass René seine Lektion anscheinend noch immer nicht gelernt hatte. Er übertrieb wieder mal und versuchte, auf diese Weise zum Ziel zu kommen. Sie beschloss, die Blumen mit zu Renate zu nehmen.

Wie üblich geriet sie dort in ein ebenso fröhliches wie lautes Durcheinander, von oben verlangte eine Männerstimme nach Socken – »Jemand hat wieder meine Socken geklaut, verdammt!« –, von unten brüllte Renate zurück, dass er mal bei den Kindern im Schrank nachsehen solle. Behindert durch Blumenstrauß und weitere Mitbringsel, war Juliane außerstande festzustellen, wer sie gerade reichlich stürmisch attackierte. Bei näherem Hinsehen machte sie ein paar Hundepfoten aus.

»Ich wusste gar nicht, dass ihr auf den Hund gekommen seid«, sagte sie laut. »Jedenfalls schönen guten Morgen miteinander.«

»Morgen, Juliane, der Köter gehört uns auch nicht, zum Glück gehört er uns nicht, dieses Riesenvieh futtert einen arm und produziert noch mehr Dreck als die Kinder, pass nur auf deine schicken Klamotten auf. Was willst du denn mit dem Busch Rosen?«

»Der ist für dich.«

»Ich nehme ihn nur, wenn du Carsten verklickerst, dass er wirklich von dir ist. Seinem Kollegen ist gerade die Frau ausgespannt worden, da ging's allerdings mit Rosinenschnecken zur Sache, der heimliche Verehrer besitzt nämlich eine Bäckerei. Kommst du mit durch in die Küche? Ich versuche seit einer Stunde oder so, ein paar dämliche Eier im Glas zu kochen. Dolly, weg da! So heißt sie, Dolly, die Rasse liegt zwischen Neufundländer und Bernhardiner, auf jeden Fall ist sie enorm kinderlieb. Und Socken liebt sie auch, aber sag's Carsten nicht. Ich fürchte, seine neuen Socken sind ebenfalls Dolly zum Opfer gefallen, sie steht offenbar auf Männersocken, meine und die von Lilly verschmäht sie zum Glück. Was hast du denn da schon wieder alles angeschleppt?«

»Nur Plunder, den ich selbst geschenkt bekommen habe. Taucherbrillen und aufblasbare Wasserhandschuhe, das soll unter dem Motto *Schmerzloses Boxen im Pool* der Knüller werden. Ich habe aber lediglich den mittelalten Hersteller gestylt, damit er den Anschluss an seine junge Ware schafft. Und das da ist Kuchen, genauer gesagt Baumkuchen, passt vielleicht ganz gut zum Frühstück.«

»Ich glaub, mich laust der Affe.«

»Magst du keinen Baumkuchen? Ist aus einer wirklich guten Konditorei gleich am Apostelmarkt.«

»Ich weiß, da hab ich ihn ja selbst vor zwei Tagen gekauft.«

»Du warst das also? Meine Mutter konnte sich einfach nicht darauf besinnen, wer ihr den Kuchen mitgebracht hat. Wie kommst du überhaupt auf die Idee, ihr Kuchen zu schenken? Sie hat zwar alles Mögliche vergessen, aber bestimmt nicht, dass Süßes schlecht für die Zähne und für die Figur ist.«

»Als ich das letzte Mal bei ihr war, hat sie eine Ewigkeit darüber geredet, aus welchen Zutaten dieser Kuchen besteht und wie man ihn aufschneiden muss. Es ist die einzige Sorte, die sie nie selbst gebacken hat, weil ihr Ofen das nicht hergab. Sie wusste sogar noch, wo es ihn zu kaufen gibt. Und da dachte ich mir, wenn sie so davon schwärmt, bringe ich ihr etwas davon mit.«

»Es ist die alte Story, sie will noch immer nicht begreifen, dass es niemanden mehr gibt, dem sie die Kalorien abzählen und den Hintern nachtragen muss.«

»Früher hast du das anders ausgedrückt.«

»Früher war ich selbst faul, wahrscheinlich hatte mich mein Vater infiziert. Dicker war ich auch, erinnerst du dich noch? Als Kind war ich viel pummeliger als du.«

»Und ob ich mich erinnere. Leider ist es heute genau umgekehrt, ich brauche so was wie diesen Kuchen nur anzusehen, und schon nehme ich zu. Tu mir den Gefallen und stell ihn ganz weit weg von meinem Platz, und wenn du dann noch diesen Köter und vielleicht noch Carsten bändigen könntest und den Kindern Bescheid sagst, dass es gleich Atzung gibt und sie sich wenigstens die Pfoten waschen sollen, mach ich endlich diese Eier fertig.«

»Ist Carsten denn schon angezogen?«

»Wenn er's nicht ist, macht es auch nichts, weil seine Brille hier auf der Fensterbank liegt, und ohne ist er blind wie ein Maulwurf.«

»Es geht darum, was ich zu sehen bekomme. Denk dran, ich bin Junggesellin und auf nüchternen Magen nichts Nacktes gewöhnt.«

»Wenn er's nicht mitbekommt, ist es egal.«

»Bist du eigentlich nie eifersüchtig?«

»Warum sollte ich? Er braucht mich, um seine Noten zu finden und seine Kinder zu bändigen und mindestens einmal die Woche zu hören, dass sein an ihm festgewachsener *Fiedelbogen* der beste ist.«

»Und einmal die Woche reicht dir?«

»Na ja, dank G.Z.s.Z. schaffen wir auch schon mal das Doppelte, die Kleinen sind taub und blind, wenn diese Serie läuft. Für Dolly gilt das allerdings nicht, letzten Freitag – das war ihr erster Tag bei uns – hat sie an unserer Tür gekratzt und gejault, bis Lilly angerannt kam. Lilly hat natürlich sofort geschnallt, was für ein *Nickerchen* das war, du kennst sie ja.«

»Sie hat voll den Durchblick.«

»Wenn du damit meinst, dass dein Patenkind Carsten und mich am Freitagabend beim Essen darauf hingewiesen hat, dass man in unserem Alter besser joggt, weil man dann im Falle des Falles wenigstens auf zwei getrennten Tragen fortgeschafft wird, solltest du das zumindest nicht laut vor Carsten sagen. Er ist ziemlich ausgerastet, und das passiert bei ihm bekanntlich selten. Sogar seine Schnippelbohnen in Sauerrahm hat er stehen gelassen. Er hat unsere Tochter als frühreifes Früchtchen bezeichnet und diese Serie dafür verantwortlich gemacht: Bis Monatsende kein G.Z.s.Z. mehr. Vielleicht sollte ich doch mit Joggen anfangen, was meinst du?«

»Ich meine, dass deine Kinder jetzt erst mal Frühstück brauchen, da oben geht's ziemlich wüst zu.«

»Walte deines Amtes als beste Patentante der Welt, ich kümmere mich um die Eier!«

»Auf dein Risiko.« Juliane steuerte die mit Wäschestücken, Zeitungen und Spielzeug voll gepackte Holztreppe an, rief vorsichtshalber noch einmal »Achtung, ich komme!« und stand wenig später Carsten gegenüber, der trotz spärlicher Bekleidung nur komisch aussah. Dabei hatte er durchaus eine vernünftige Figur, nichts schwabbelte, und seitdem er bei Wind und Wetter mit dem Rad zu der Schule fuhr, an der er Musik unterrichtete, waren seine Beine richtig schön muskulös. Im Moment benutzten seine beiden mittleren Söhne ihn als Tor, ein rot-weiß getupfter Gummiball titschte vernehmlich auf den Holzdielen, während Klein-Erich mit dem Sauger des Milchfläschchens zwischen den Zähnen aus dem alten Puppenhaus von Lilly lugte. Von ihr selbst war nichts zu sehen, allerdings konnte man sie hören und riechen. Sie stylte sich offenbar gerade mit Föhn und jeder Menge Haarspray.

»Hallo, Carsten, hast du deine Socken gefunden?« Juliane wich rasch aus, um nicht selbst von dem Ball getroffen zu werden.

»Nein, aber dafür meine Mundharmonika, die ich seit Wochen wie verrückt suche. Zwischen den Strümpfen von Lilly.«

»Ich kann mir nicht vorstellen, dass sie jetzt Mundharmonika lernen will.«

»Selbst wenn sie es wollte, hätte sie keine Chance mehr. Dieser Köter hat meine schöne Mundharmonika mit einem Knochen verwechselt und rundum abgenagt, bevor er sie in Lillys Schrank verbuddelt hat. Kannst du mir mal verraten, was ich jetzt mache?«

»Zieh ein paar andere Socken an und komm erst mal frühstücken, sonst nimmt Dolly sich vielleicht noch deine Geige vor.«

Das wirkte, Carsten setzte sich in Bewegung, während Juliane sich zuerst Klein-Erich und gleich danach seine beiden Brüder schnappte und sie dazu brachte, ihre Pyjamas gegen halbwegs normale Kleidung auszuwechseln. Ein Kunststück, wie ihre Freundin ihr kurz darauf bestätigte. Die Eier im Glas waren nun auch fertig. Zuletzt erschien Lilly. Winziges Top, die Flatterhose wurde von einem mit Pailletten bestickten Gürtel aus dem Bestand von Renate zusammengehalten, die zierlichen Füße steckten in Sportschuhen mit Sohlen so hoch wie ein Handrücken, die Schnürsenkel glitzerten ebenfalls, der Kirschton der Lippen war eindeutig künstlicher Natur.

»Sie sieht aus, als ob sie mit einem aus ihrer *Bloodhound Gang* auf 'ne Party gehen wollte«, meinte Carsten.

»Mit dem geht man nicht auf Partys, Dad, zu dem geht man ins Konzert.«

»Nennt man das Gejaule neuerdings Konzert? Mir will nicht in den Kopf, dass jemand das ernst nimmt und sogar Geld dafür bezahlt.«

»Das ist ja gerade das Tolle. Die nehmen sich nicht mal selbst ernst. Wisst ihr, was Jimmy – das ist *Superhound* – neulich gesagt hat? Er hat gesagt, dass alles, was man bei ihm lernen kann, ist, wie man seine Fürze mit einem Zippo-Feuerzeug anzündet.«

Das Wort »Fürze« ließ Lillys Geschwister aufmerken, sie hörten auf zu kauen und kicherten, Klein-Erich krähte dazwischen, dass er das auch konnte.

»Das kann jeder Idiot«, versicherte sein Vater und rückte ihm den Schlabberlatz zurecht.

»Nur mit dem Unterschied …«, Lilly warf ihrem jüngsten Bruder einen abfälligen Blick zu, »dass die nur so tun, als ob sie doof wären. In Wahrheit sind sie nämlich richtig klug, *Superhound* hat einen Magistergrad in Geschichte, und *Sexyhound* ist sogar Betriebswirt, alle fünf haben ihr Examen abgelegt, sie haben sich ja überhaupt erst an der Uni kennen gelernt.«

»An einer Uni in Hollywood? Kann mir mal bitte jemand das Salz anreichen?« Als nicht gleich jemand reagierte, ruckte Carsten von seinem Stuhl hoch und griff über den Tisch, er fühlte sich ganz eindeutig auf den Fuß getreten. Egal, wie locker er sonst drauf war, wenn es um Musik ging, verstand er keinen Spaß mehr. Er schien es als persönliche Beleidigung zu nehmen, dass seine eigene Tochter für fünf Typen schwärmte, deren Markenzeichen schräge Zitate aus allen Stilrichtungen von Country bis Pop waren, von körperlichen Entgleisungen ganz zu schweigen. Mindestens genauso sehr ärgerte es Carsten, dass nicht einmal Renate ihn verteidigte. Ganz im Gegenteil.

»Vielleicht solltest du einfach mal mit Lilly zu einem solchen Konzert hingehen, bevor du das Fallbeil zückst«, schlug sie vor.

»Eher bringe ich mich um. Woher kommen übrigens die roten Rosen?«

»Von Mamas Lover.« Lilly schloss die Augen, spitzte die kirschroten Lippen und knutschte hingebungsvoll die Luft vor sich, es sah sehr komisch aus, alle lachten.

»Muss ein ziemlicher Luftikus sein«, meinte Carsten und grinste ebenfalls. Beim Frotzeln über Renates »heimlichen Liebhaber« wurde er wieder der Alte, offenbar hegte er keinerlei Zweifel an der Treue seiner Frau. Soweit Juliane wusste, zumindest in den letzten zehn Jahren zu Recht, die kurzen Abstände zwischen den Schwangerschaften hätten wohl kaum ausgereicht, um Renate noch einmal ausbrechen zu lassen.

Wie im Knast, dachte Juliane und sagte sich, dass sie froh sein sollte, niemandem Rechenschaft schuldig zu sein, tun und lassen zu können, was sie wollte. Sie widmete sich ihrem Toast, lobte das mit frischen Kräutern gewürzte Ei im Glas und begleitete ihr Patenkind nach der Verteilung ihrer Mitbringsel in das winzige Zimmer, zu dem »das kleine Gemüse« keinen Zutritt hatte, wie ein Totenkopf mit entsprechendem Untertext an der Tür verkündete. Sicherheitshalber schob das Mädchen von innen noch seinen Schreibtisch dagegen, einen eigenen Schlüssel hatte sie bislang nicht durchsetzen können.

»Kannst du nicht mal mit Mom reden, Juliane? Das ist einfach grässlich, wenn diese Zwerge hier ständig reinplatzen. Ich schwör dir, später mach ich's genau wie du, nie im Leben halse ich mir so kleine Kinder auf, und mein Geld will ich auch für mich allein ausgeben. Haben wir nächste Woche wieder unseren Frauentag? Der hält mich am Leben, weißt du. Der und Sexyhound, er ist so was von süß. Warum muss ich nur drei kleine Brüder und einen Vater haben, der mit seiner klassischen Musik verheiratet ist?«

Juliane zog Lilly an sich, sie war so hübsch und steckte voller Leben, probierte alles aus, selbst diese Schwärmerei für die »bellenden Bluthunde« war zumindest teilweise nur eine Waffe, die sie zückte, um die eigenen Grenzen im Familienleben neu auszutesten. Ein niedliches kleines Biest, mit allen Wassern gewaschen, doch wenn es drauf ankam, verteidigte sie ihre lästigen kleineren Geschwister auch. Mal so, mal so, sie probierte einfach alles aus, und wenn man mit ihr zusammen war, konnte man sich einbilden, selbst noch einmal völlig frei zu sein.

Eine Illusion, keine Frage, es war ja schon ein Problem, sich einmal die Woche die paar Stunden für den »Frauentag« mit Lilly abzuknapsen. Ursprünglich war das einmal der Nachmittag gewesen, den Juliane zusammen mit Lillys Mutter verbrachte, doch dann folgte Schwangerschaft auf Schwangerschaft, immer wieder kam etwas dazwischen, es hatte sich einfach so ergeben, dass nun Julianes Patenkind in den Genuss dieses Nachmittags kam. Manchmal nahm sie das Mädchen noch mit zu einem Termin, in jedem Fall redeten sie stundenlang über Gott und die Welt und neuerdings natürlich über *Sexyhound*. Mit etwas Glück würden sie sich Lillys Schwarm am nächsten Freitag sogar live in der Kölnarena zu Gemüte führen, doch das war noch topsecret. Die Vorstellung, wie dumm Carsten aus der Wäsche schauen würde, wenn seine Tochter leibhaftig mit den »Furzern« in Berührung kam, amüsierte Juliane königlich.

Bellende Hunde beißen nicht

Nach dem Frühstück hatten Johannes und Moritz drei weitere Partien *Skip-Bo* gespielt, diesmal musste der Junge hart um den Sieg kämpfen. Er gewann zwei zu eins mit nur einer einzigen Karte Vorsprung. Sie einigten sich darauf, dass der am Vorabend zugesagte »freie Wunsch« nun noch etwas üppiger ausfallen durfte, und überlegten gerade, ob man die Spuren des nächtlichen Gelages vor oder nach dem Besuch bei den Großeltern entfernen sollte, als das Telefon klingelte. Wieder zuckten sie synchron wie zwei auf frischer Tat ertappte Sünder zusammen.

»Glaubst du an Telepathie oder wie das heißt?«, flüsterte Moritz. Johannes konnte ihn beruhigen, sie waren nochmals davongekommen, es war lediglich sein Vater, der wissen wollte, ob er mit Moritz schon zum Mittagessen käme. Die Aussicht auf Rheinischen Sauerbraten mit vielen Rosinen in der sämigen Sauce und Karamellpudding zum Nachtisch machte jede weitere Diskussion über sofortiges Aufräumen überflüssig, sie mussten sich sputen, bei den Hopsteins wurde pünktlich um eins gegessen. Extra für Moritz war noch ein Pflaumenkuchen ins Rohr geschoben worden, die Wartezeit überbrückten sie mit Skat, und als der Kuchen bis auf ein einziges Stück vertilgt war, klopften sie weiter Karten. Der Zehnjährige erwies sich als ernst zu nehmender Mitspieler, und für einen Spaziergang war es sowieso schon zu frisch. Erst als es zu dämmern begann und die Pendelleuchte über dem Esstisch angeknipst werden musste, besann Johannes sich wieder auf die Zeit.

»Das gibt Ärger«, prophezeite er, »wenn wir jetzt nicht auf der Stelle losfahren. In Sachen Pünktlichkeit versteht Sigrid keinen Spaß, bestimmt wartet sie schon mit dem Abendessen auf dich, Moritz.«

»Dann nehme ich mir besser noch das letzte Stück Kuchen auf die Faust mit, neuerdings soll ich abends immer Rohkost essen. Und dazu Frischkäse statt Butter und Wurst, nicht mal Marmelade darf ich abends nehmen und *Nutella* sowieso nicht.«

Die Großeltern sagten nichts darauf, warfen sich allerdings einen Blick zu, der von geheimem Einverständnis zeugte, und dann bekam Moritz außer dem letzten Stück Pflaumenkuchen auch noch einen halben Marmorkuchen und Spritzgebäck eingepackt, zehn Mark gab es außerdem. Auf der Heimfahrt philosophierte der Junge darüber, wie seltsam es war, wenn alte Leute plötzlich jünger waren als ihre Kinder. Johannes, der nicht richtig zugehört hatte, weil er gerade überschlug, wie viel Zeit ihm noch bis zur Ankunft von Karin blieb, stutzte. Was hatte Moritz da gerade gesagt? War das vielleicht nur etwas, das er aufgeschnappt hatte? Andererseits passte es nicht zu ihm, einfach drauflos zu schwafeln.

»Und wie meinst du das konkret?«

»Na ja, ich meine natürlich nicht, dass Oma und Opa wirklich jünger als Mama sind, das ginge ja auch gar nicht. Aber im Kopf sind sie jünger geworden, dabei war besonders Opa früher noch schlimmer als Mama, wenn's um die Gesundheit ging. So schrecklich verbissen, kommt wahrscheinlich davon, dass er Amtsarzt war. Manchmal hat er mich schon vor dem Essen ans Zähneputzen erinnert und mir die Eieruhr hingestellt, damit ich ja nicht zu kurz putze. Und dann sollte ich immer Kniebeugen und Liegestütze machen und diesen ekligen Saft trinken, sogar die Geschenke waren Scheiße. Immer nur Sportkram, so als ob's nichts Schöneres gäbe, als Fußball oder Basketball zu spielen. Ich hasse Ballspiele, und dann sollte ich mich auch noch freuen. Glaubst du, dass ich dieses Jahr zum Geburtstag was bekomme, was ich mir wirklich wünsche?«

»Bestimmt, du kannst mir ja sagen, was, und ich gebe es dann weiter.«

»Okay, so machen wir's, sonst wird nachher in der Übersetzung von Mama aus einem neuen CD-Player und *Hooray for Boobies* 'ne Hantel oder so.«

»CD-Player sagt mir ja noch was, aber was ist das andere?«

»Meine Güte, Onkel Johannes, du bist doch sonst nicht von gestern. So heißt das neue Album von der *Bloodhound Gang*. Ich weiß jetzt übrigens auch, was ich mir von dir wünsche.«

»Zum Geburtstag?«

»Nö, fürs Gewinnen.«

»Lass hören! Noch eine CD von deinen Bluthunden.«

»Besser.«

»Zwei CDs?«

»Noch besser.«

»Übertreib's nicht, Neffe. Mein Laden ist keine Apotheke.«

»Ich glaub nicht, dass zwei Karten für die Kölnarena so furchtbar teuer sind. Und wenn doch, kannst du mir ja das, was sie zu viel kosten, schon auf den Geburtstag anrechnen. Am Freitag kommen die *Bloodhounds* nämlich nach Köln, und das ist einfach die Chance. Die sind echt geil, die haben Sachen drauf, das glaubst du gar nicht. *Cyberhound* zum Beispiel – das ist der Gitarrist – ist neulich auf allen vieren über die Bühne gedüst und mit 'nem Hechtsprung im Publikum gelandet, weil der Bassist ihn mit 'ner 8-Liter-Supersoaker-Wasserkanone angegriffen hat, du glaubst ja nicht, was das für 'ne Gaudi war. Und dann hat so 'ne Tusse sich den BH ausgezogen und damit den Bassisten verprügelt, weil sie in *Cyberhound* verknallt war und nicht kapiert hat, dass alles nur Jux war. Da hat sie auch ihr Fett beziehungsweise Wasser abbekommen, und das ist nur ein Joke von vielen. Bei denen ist einfach immer was los, da geht die Post ab, nun sag schon ja. Karten gibt's auch noch, aber nur ein paar, haben sie heute in Radio Köln gesagt.«

»Und du glaubst, dass dich deine Mutter mit mir auf so ein Konzert gehen lässt?«

»Wenn du Mama vor vollendete Tatsachen stellst, kann sie nichts mehr dagegen machen. Sie kann schließlich nicht von dir verlangen, dass du die teuren Karten verfallen lässt.«

»Ich denke, sie sind gar nicht so teuer.«

»Ich hab insgesamt viermal beim *Skip-Bo* gewonnen, und ich könnte dir auch dein Auto putzen.«

»Schauen wir mal.« Als Johannes wenig später an der Haustür seiner Schwester klingelte, war er auf ein Donnerwetter gefasst. Doch das blieb aus, Sigrid war erstaunlich zuvorkommend und fragte ihn sogar, ob er noch einen Augenblick hereinkommen wolle.

»Theoretisch gern, aber Karin …«

»Stimmt, sie wartet bestimmt mit dem Essen auf dich. Dann grüß sie mal schön, es war wirklich nett, dass ihr Moritz übers Wochenende zu euch genommen habt.«

Johannes widersprach nicht, was nützte die größte Wahrheitsliebe, wenn man damit nur Unfrieden stiftete? Er beeilte sich, um noch vor Karins Heimkehr Ordnung zu schaffen und wenigstens die Post von Samstag verschwinden zu lassen. Ungeöffnete Kuverts und erst recht die noch original verpackte, dringend erwartete Lieferung Goldstaub für eine originalgetreue Patina sprachen Bände. Bestimmt musste er eine Nachtschicht einlegen, wenn Karin schlief, um alles aufzuarbeiten, doch dieser Tag mit seinem Neffen war es wert gewesen.

Juliane war in Gedanken schon bei ihrem neuen Auftrag, als René anrief und wissen wollte, wo sie denn das Wochenende über gesteckt hätte. Es hörte sich an, als ob sie ihn versetzt hätte, was keineswegs der Fall war. Sie teilte ihm mit, dass sie bis über die Ohren in Arbeit steckte, und enthielt ihm bewusst jede Information über die Gestaltung ihres Samstagabends und des darauf folgenden Sonntags vor. Es würde ihn zwar beruhigen zu hören, dass sie bei ihrer Mutter und ihrer Freundin gewesen war, doch sie sah keinerlei Veranlassung, seinen Seelenfrieden wiederherzustellen. Männer, die sich Fragen stellten, waren durch die Bank aufmerksamer und bemühter, darunter verstand sie allerdings keinen Busch rote Rosen.

»Hast du übrigens meine Blumen bekommen?«

»Danke, der Bote wäre um ein Haar damit im Türrahmen stecken geblieben. Und jetzt muss ich wirklich auflegen.«

Er schluckte die Anspielung, was für ihn sprach, und versuchte es mit einem neuen Anlauf. »Wir könnten heute Abend nett essen gehen«, schlug er vor. »Eigentlich wollte ich schon Samstagabend schnuckelig mit dir …«

»Tut mir Leid, aber ich habe keine Ahnung, wie spät es bei mir wird.«

»Klingel doch einfach durch, wenn du ein Ende absiehst, ich werde heute sowieso länger in der Galerie sein. Das Geschäft boomt.«

»Donald alias Dirk verkauft sich also weiterhin gut?«

»*Ich* verkaufe ihn gut.«

»Ja, ohne Schnauzbart und Rolli wirkst du richtig seriös.«

»Ich bin seriös, Juliane. Ich hoffe nicht, dass du dir da von irgendwem einen Floh ins Ohr setzen lässt. Aber müssen wir darüber wirklich am Telefon reden? Es gibt so vieles, was ich dir gerne unter vier Augen sagen möchte.«

»Und wer sollte mir diesen Floh ins Ohr setzen?«

»Niemand Bestimmtes, es war nur so dahingesagt. Wir sollten uns wirklich mehr Zeit füreinander nehmen, was meinst du?«

»Ich finde, du und deine Galerie, ihr seid jetzt ziemlich perfekt gestylt. Die Kasse stimmt auch, was willst du mehr? Hättest du für *flying high* übrigens lieber einen Scheck oder Bargeld?«

»Du willst dieses Bild also wirklich kaufen? Übrigens sprach ich eben keineswegs von deinen Fähigkeiten als Stilberaterin ...« Weiter kam er nicht, weil sie ihm ins Wort fiel.

»Weißt du was, sobald ich diese Woche Land sehe, komme ich vorbei, um mein Bild abzuholen, natürlich will ich es haben. Dann kann Donald, wie du ihn nennst, den Titel noch eigenhändig dazuschreiben. Das sagt doch viel mehr als eine Nummer. Bis dann.« Juliane legte auf, überprüfte rasch den Sitz von Kostüm und Frisur und machte sich auf den Weg, bevor René oder sonst jemand sie erneut aufhielt.

Die Art, wie er geschleimt hatte, zeigte, dass noch jede Menge Arbeit vor ihr lag, wenn sie sich tatsächlich privat mit ihm zusammentun wollte. Es sei denn, gerade eben wäre nicht nur wieder der Wiener Schmäh mit ihm durchgegangen, sondern die Angst vor jemandem, der ihr einen Floh ins Ohr setzte. Sie beschloss, wirklich ein paar Takte mit Donald alias Dirk zu reden. Außerdem durfte sie nicht vergessen, wegen der Karten für die *Bloodhounds* nachzuhaken.

Zwei gute Vorsätze, die im Lauf der nächsten Tage jedoch zunächst einmal in Vergessenheit gerieten. Das lag eindeutig an der neuen Aufgabe, die sich ihr stellte. Diesmal hatte Juliane es mit einer Frau in ihrem eigenen Alter zu tun, die den Ehrgeiz hatte, rund zweihundert Mitarbeitern zu zeigen, dass sie eine würdige Nachfolgerin ihres Vaters war. Keine einfache Aufgabe, weil nicht nur die Branche von knallharten Managern dominiert wurde, sondern auch im eigenen Haus alle, die etwas zu sagen hatten, Männer waren. An der Spitze entschieden Männer, welche Möbel ins Sortiment aufgenommen wurden, wie man sie präsentierte und bewarb und zu welchem Preis die Ware angeboten wurde.

Man sah der neuen Chefin deutlich an, wie sehr sie unter Strom stand. Während des ersten Gesprächs mit Juliane hatte sie ihre Hände keine Sekunde lang ruhig halten können, sie sprach auch viel zu schnell, so als ob sie ständig mit einer Unterbrechung rechnete, und als tatsächlich nach einem kurzen Klopfen der Vertriebsleiter hereingestürmt kam, reagierte sie dermaßen harsch, dass der Mann praktisch keine andere Chance hatte, als zurückzuschreien.

»Warum ich mich nicht angemeldet habe, wollen Sie wissen, Frau Ehrich? Das kann ich Ihnen sagen: Weil es brandeilig ist, möglicherweise geht es sogar um unsere Existenz.« Details zu einer Offensive der Konkurrenz folgten, und auch ohne in die Materie eingearbeitet zu sein, konnte Juliane unschwer heraushören, dass dieser Mann die Auffassung vertrat, die Tochter des verstorbenen Firmengründers verwechsele Wohltätigkeit mit der Leitung eines Möbelzentrums, das mehr als fünfzehn Millionen Umsatz im Jahr machte.

Und was tat Katja Ehrich? Sie zeigte ihre Verletzlichkeit, indem sie ihr Engagement für diabeteskranke Kinder verteidigte, auf das der Mann anspielte, statt ihn auf das Problem festzunageln, um das es hier ging. Es endete damit, dass sie »Scheren Sie sich hinaus!« brüllte und er mit einem süffisanten Grinsen um die Lippen verschwand.

Eine Situation, an die Juliane anknüpfte, um ihrer Auftraggeberin klarzumachen, wo ihr Hauptfehler lag. Ein schwieriges Unterfangen bei jemandem, der mit dem autoritären Führungsstil des Vaters aufgewachsen war und der dessen Vorbild in kritischen Situationen automatisch zu kopieren suchte. Mit mäßigem Erfolg.

»Ich dachte, Sie würden mit mir zusammen trainieren, wie ich meiner Geschäftsleitung zeigen kann, was eine Knute ist. Das hat in meiner Ausbildung nämlich gefehlt. Ich habe Betriebswirtschaft und Möbeldesign studiert, die letzten sechs Jahre habe ich in Mailand als freie Mitarbeiterin gearbeitet, es war herrlich, niemand hat mich wie ein Greenhorn behandelt. Ich war wer. Ich war die Frau, die jedes Holz und jeden Stoff und jeden Trick kennt, mir hat so leicht niemand etwas vorgemacht, es hat auch keiner ernsthaft versucht. Ich habe 1001 Ideen mitgebracht, wie man die Flaute hierzulande überbrücken könnte, aber alles, was ich zu hören bekomme, sind Anspielungen auf mein soziales Engagement. Das mache ich nebenbei und aus meinem Privatvermögen, warum begreift das niemand? Es muss an meiner Ausstrahlung liegen, das ist doch Ihr Spezialgebiet, nicht wahr? Helfen Sie mir, damit diese Herren endlich begreifen, dass sie mit mir nicht so umspringen können, wie sie das tun. Ist meine Stimme zu hoch oder mein Haar zu lang? Was meine Kleidung betrifft, trage ich ohnehin nur noch Hosenanzüge in gedeckten Farben, aber vielleicht sollte ich mir außerdem einen Schlips umbinden und auf Schmuck verzichten und die alten Kupferstiche wieder aufhängen, sie sind das Einzige, was ich hier geändert habe.«

»Es ist also sonst noch alles so, wie es zu Lebzeiten Ihres Vaters war?«

»Genau so. Es ist keineswegs so, als ob ich versuchen würde, seine Verdienste zu schmälern, ganz im Gegenteil. Ich habe alles beibehalten, was er eingeführt hat, selbst so alberne Dinge wie diesen Rundgang jeden Morgen. Bis zuletzt hat er jedes Büro, die Schreinerei, das Lager, die Ausstellung, den Fuhrpark und eben einfach alles heimgesucht, um Präsenz zu zeigen. Man muss ständig Präsenz zeigen und den Daumen draufhalten, war seine Devise, und wenn ihm etwas nicht passte, hat er mit seinem Stock auf den Boden geklopft. Soll ich mir jetzt etwa noch einen Stock zulegen? Ich bin mit meiner Weisheit echt am Ende, dabei habe ich alle möglichen Ideen, wie man es besser, zeitgemäßer machen könnte.«

»Dann tun Sie es!«

»Aber wie? Sie haben doch eben selbst mitbekommen, wie es läuft, und das war nur die Spitze vom Eisberg. Wenn ich aufwache, habe ich schon Magenschmerzen bei dem Gedanken, gleich wieder die Runde machen zu müssen und zu wissen, dass alles, was ich tue, hinterher wieder verrissen wird. Ich bin nun mal nicht siebzig und kein Mann.«

»Genau das sollten Sie betonen.«

»Wie? Was haben Sie da gesagt?«

»Zeigen Sie, dass Sie eine Frau sind. Benutzen Sie Ihre weiblichen Waffen und hören Sie auf, Ihren Vater zu imitieren. Erst recht, wenn Sie davon überzeugt sind, dass diese Rundgänge und so weiter in eine andere Ära gehören. Wie viele weibliche Mitarbeiter haben Sie?«

»Es ist das Übliche. In der Geschäftsleitung sitzen drei Herren, die vom Alter her samt und sonders mein Vater sein könnten, im mittleren Management gibt es zwei Frauen, eine sehr begabte Innenarchitektin und eine Abteilungsleiterin, die sich mit Kündigungsabsichten trägt, je weiter Sie in der Hierarchie nach unten kommen, umso mehr Frauen und Mädchen finden Sie vor. Unterm Strich hält es sich etwa die Waage. Quantitativ.«

»Dann rechnen Sie noch die jüngeren Männer dazu, die in der Regel sehr viel weniger Probleme damit haben, sich von einer Frau etwas sagen zu lassen, und Sie haben gewonnenes Spiel mit einem Outfit, das zu Ihnen passt. Sie haben neben dem nötigen Know-how und Auslandserfahrung eine gute Figur, schöne lange Haare, offenbar auch ein mitfühlendes Herz, was wollen Sie mehr? Reizen Sie es aus, und den Herren aus der Chefetage bleibt nur noch der Mund offen stehen. So, und jetzt sollten wir uns an die Arbeit machen. Womit fangen wir an? Mit Ihrer eigenen Verpackung oder mit diesem Büro? Richten Sie es so ein, dass Sie selbst sich bei der Arbeit wohl fühlen. Und stellen Sie sich vor, welche Leute Sie hier empfangen, was Sie ihnen vermitteln wollen. Dieses Büro ist jetzt Ihre Visitenkarte, nicht die Ihres Vaters. Was mögen Sie persönlich am liebsten? Sagen Sie es spontan, ohne lange nachzudenken.«

»Bei mir zu Hause ist alles ganz hell und licht, mit vielen farbenfrohen modernen Bildern und natürlich Blumen und Grünpflanzen, und in jedem Raum habe ich eine beleuchtete Steinkugel platziert, aus der Wasser rinnt, das hat etwas zugleich Beruhigendes und Belebendes, diese Kugeln habe ich übrigens in Mailand entdeckt. In Deutschland werden sie noch nirgends vertrieben.«

»Wunderbar, das hört sich gut an. Am besten wäre es natürlich, wenn derlei auch zu Ihrem Sortiment gehörte.«

»Ich habe es vorgeschlagen, speziell für diese Kugeln habe ich sogar schon einen günstigen Lieferanten an der Hand. Aber die Lobby für Stilmöbel und Apfelsinenkästen in unserer Geschäftsleitung ist beinhart.«

»Wer hat die Mehrheit?«

»Mein Vater und auf dem Papier jetzt ich, wir sind ein reiner Familienbetrieb geblieben.«

»Dann schlagen Sie nichts vor, sondern schaffen Sie Tatsachen. Mit einem reizenden Lächeln, in hellen, betont femininen Kleidern – Sie sollten Naturfarben tragen – und mit einer guten Reservebank, notfalls bluffen Sie erst mal. Angenommen, einer Ihrer leitenden Herren droht Ihnen damit, alles stehen und liegen zu lassen, signalisieren Sie ihm Erleichterung, das haut ihn um. Ab einem gewissen Alter ist es auch für die Herren der Schöpfung verdammt schwierig, noch einmal neu anzufangen, erst recht in dieser Gehaltsstufe.«

»Und Sie meinen, damit komme ich durch?«

»Wenn Sie voll dahinter stehen, schon. Sie müssen natürlich wissen, wie ernst es Ihnen damit ist, diese Firma zu führen. Sie müssen zueinander passen, und dahin führt meiner Erfahrung nach nur ein Weg, das steht schon in der Bibel.«

»Mein Vater war ein großer Bibelkenner.«

»Aber möglicherweise hatte er eine andere Interpretation als Sie für die Stelle, wo es heißt: ›Macht euch die Erde untertan!‹ Sie sind eine Frau, dies ist Ihre Firma, also ran an den Speck!«

Voller Erleichterung beobachtete Juliane, wie sich bei diesen Worten die Züge der attraktiven Frau entspannten, einem vorsichtigen Lächeln Platz machten, auch das nervöse Hantieren mit Büroklammern oder Briefbeschwerer ließ nach.

Es war eine ganz eigene Erfahrung, einer Geschlechtsgenossin zu helfen, ihren Platz zu behaupten. Zum ersten Mal war Juliane in ihren Ratschlägen so weit gegangen, hatte sich derart echauffiert, viel mehr angesprochen als die Kunst der passenden Verpackung. Von Möbeln verstand sie kaum mehr als jeder andere mit einem sicheren Geschmack, doch sie kannte diese Strukturen, die sich hielten wie versteckter Schimmel, sie kannte sie von der anderen Seite her, hatte unzählige Male mit daran gewirkt, dass ein Mann seine Position gegen andere Männer behauptete. Diesmal siegte eine Frau, dafür würde sie sorgen.

Vier Tage vergingen wie im Flug, zusammen mit Katja Ehrich ging sie shoppen, zum Friseur, knobelte mit ihr Strategien aus, empfahl simple Tricks, trainierte die Stimme der Unternehmerin in weicheren Tönen, gefälligeren Redewendungen, riet ihr dazu, ihren Golden Retriever fortan mit ins Büro zu bringen, ein lebendiges Wesen voller Zuneigung, das man streicheln konnte, wenn es mal wieder hoch herging. Und statt einer Kiste mit Zigarren gab es fortan Schalen mit Gebäck, ohne weiter nachzudenken empfahl Juliane das Café, in dem es den besten Baumkuchen gab. Von Marzipan sagte sie nichts. Wer bot schon fremden Leuten ein Stück vom Hinterteil eines Marzipanschweins an?

Moritz war ziemlich überrascht gewesen, dass seine Mutter keinen Terz wegen der Verspätung am Sonntagabend gemacht hatte. Sie regte sich nicht einmal auf, als er ihr Kaninchenfutter verschmähte, sondern sagte lediglich: »Dann lass es stehen, ich bin mir sicher, dass du in Zukunft mehr Appetit hast.« Eine Andeutung, die ihm hätte zu denken geben sollen. Aber er war nur erleichtert und zudem hundemüde, schließlich hatte er die Nacht zuvor mehr oder weniger mit seinem Onkel durchgemacht.

Das böse Erwachen folgte am Montagnachmittag, als seine Mutter so überraschend hereinplatzte, dass er weder den Fernseher ausschalten noch die Packung Schoko-Flakes verschwinden lassen konnte. Sie nahm beides kaum zur Kenntnis, das war erst recht verdächtig.

»Beeil dich, Moritz, ich habe mir extra zwei Stunden freigenommen, damit wir alles Nötige für heute Abend besorgen können.«

»Und was ist heute Abend?«

»Das ist eine Überraschung. Du beklagst dich doch immer über zu wenig Abwechslung.«

Moritz schwante, dass seine Mutter unter einer gelungenen Überraschung etwas völlig anderes als er selbst verstand, doch das konnte er schon im Hinblick auf das Konzert am Freitag nicht sagen. Hoffentlich bekam sein Onkel noch Karten. Tief in seinem Inneren war Moritz überzeugt davon, dass Johannes alles schaffte, was er ernsthaft wollte. Er war keineswegs die »trübe Tasse«, als die seine Mutter ihn gern hinstellte.

»Nun mach schon, Moritz! Ich möchte Susi nicht zu lange alleine wirken lassen, zumal sie noch immer nicht voll auf dem Damm ist. Es macht sich schlecht, wenn man der Kundschaft ein hochwirksames Hustenmittel verkaufen soll und sich dabei selbst die Seele aus dem Leib bellt.«

»Und warum arbeitet sie, wenn sie so krank ist?«

»Sie ist nicht krank, sondern erkältet. Stell dir vor, was aus unserer Wirtschaft würde, wenn jeder sich wegen eines Zipperleins ins Bett legte. Leider scheinen manche Ärzte noch immer nicht zu begreifen, dass es niemandem dient, wenn sie mit Krankschreibungen um sich werfen.«

»Hat der Arzt Susi denn krankgeschrieben?«

»Dein Onkel Johannes hat sie am Samstag zu unserem alten Hausarzt geschickt. Es sollte verboten sein, dass jemand in diesem Alter noch praktiziert und jüngeren Ärzten die Kundschaft durch Gefälligkeitsatteste abjagt. Aber das ist ein anderes Thema. Bist du endlich so weit?«

Moritz nickte, folgte seiner Mutter zum Auto, bis zur Innenstadt brauchten sie über eine halbe Stunde, das war der Preis dafür, dass man direkt am Stadtwald wohnte. Kölns größter und nobelster Park, dem Moritz noch nie viel abgewinnen konnte, weil man dort alle naselang einem Nachbarn oder Lehrer begegnete und alles so clean wie im OP war. Der Volksgarten, in dessen Nähe sein Onkel wohnte, gefiel ihm da schon besser, dort war viel mehr los.

Sie steuerten ein Parkhaus an, von dem aus sie noch ein Stück zu Fuß laufen mussten. Nicht sehr weit, doch seine Mutter nutzte die Chance weidlich, um seinen Gang zu monieren.

»Du schlurfst, Moritz, merkst du das eigentlich nicht?«

»Wieso schlurfe ich? Ich gehe ganz normal.«

»Das tust du keineswegs. Ich fürchte, du merkst schon gar nicht mehr, wie schlecht deine Gehtechnik ist. Man muss den Fuß immer ordentlich abrollen, und dann kommt es natürlich noch auf das richtige Schuhwerk an.«

Moritz dämmerte, worauf diese Aktion abzielte. Er sollte »richtige Schuhe« aufgezwungen bekommen, dieses Spiel wiederholte sich regelmäßig, allerdings waren die Intervalle dazwischen größer geworden, die letzte Attacke auf seine »Turnschuhe« lag mindestens ein halbes Jahr zurück. Jetzt ging es also schon wieder los, ihr wollte einfach nicht in den Kopf, dass man sich nur lächerlich machte, wenn man in dem, was sie »richtige Schuhe« nannte, in die Schule kam. Alte Opis trugen so was. Na gut, sein Onkel tat's auch, aber das war etwas anderes, der lief außer Konkurrenz. Moritz überlegte, ob er es gleich im Laden zum offenen Zwist kommen lassen sollte und was das für Auswirkungen auf das Konzert am Freitag hätte. Wie wäre es, wenn er einfach zu allem Ja und Amen sagte und die Schuhe heimlich wechselte, sobald seine Mutter außer Sicht war?

»So, da wären wir«, verkündete seine Mutter in sein Grübeln hinein. Er hatte nicht einmal auf den Weg geachtet.

»Hier willst du Schuhe für mich kaufen?« Der Laden war Moritz bestens bekannt, es gab verteilt auf drei Etagen Schuhwerk für jede nur denkbare Sportart, dazu echt gute Klamotten und vor allem obergeile Freizeitschuhe. Wobei dieses »Freizeit« nicht wörtlich zu nehmen war, sondern lediglich eine Abgrenzung zu Gesundheitslatschen für Gruftis darstellte. Er verstand rein gar nichts mehr. Ein Köder?

»Haben die überhaupt normale Schuhe?«, fragte er misstrauisch. Seine Skepsis war berechtigt, wie ihm wenig später der Disput mit einer Verkäuferin bewies, die so aussah, als ob sie die letzte Olympiade nur knapp verfehlt hätte. Mit Blick auf genau die *Nikes*, die er liebend gern gehabt hätte, musste er »Run & Fun«-Schuhe anprobieren. Niemand reagierte auf seinen Protest, er verstand nur noch »weicher Boden« und »unebener Untergrund« und »links besteht ein eindeutiger Übertritt nach außen«, die Farben waren ebenfalls Scheiße, trotzdem gab seine Mutter erst Ruhe, als ein Paar von diesen Dingern gekauft war. Glatt fünfzig Mark teurer als die *Nikes*, er glaubte es nicht.

»Und was soll ich damit? Das lohnt sich wirklich nicht für die paar Mal, die wir mit der Schule draußen laufen, und Waldboden haben wir bestimmt keinen, auch keine Hubbel, nur Asche.«

»Und was ist mit dem Stadtwald?«

»Wir laufen nie im Stadtwald.« Zum Glück nicht, ergänzte Moritz stumm und fügte laut hinzu: »Bis wir dort angekommen wären, wäre die Stunde vorbei.«

»Hast du meine Überraschung schon vergessen? Punkt sieben Uhr geht es los.«

Hätte jemand Moritz prophezeit, was um sieben Uhr auf ihn zukam, so hätte er sich vielleicht den Knöchel verstaucht oder ein Stück Seife gegessen, davon bekam man angeblich auf der Stelle Fieber. Er tat's nicht und stand abends völlig unvorbereitet einer Frau gegenüber, gegen die jedes echte Skelett aus den »Körperwelten« im Zelt auf dem Heumarkt eine lebendige Schönheit war. Die Haut wie zähes Leder, die Haare kürzer als englischer Zierrasen, das Schlüsselbein stand weiter vor als der Busen, aber am schlimmsten war, was die Person – die sich ihm als die neue Freundin und Trainingsleiterin seiner Mutter vorstellte – mit ihm selbst vorhatte.

»Wir beide werden uns heute erst einmal mit Funktionsgymnastik beschäftigen. Dann trainieren wir auf dem Trampolin und widmen uns deiner Lauftechnik, eine gründliche Analyse ist das A und O, bevor es hinaus in die freie Natur geht. Selbstverständlich gehört auch die richtige Ernährung dazu, gute Laufschuhe hast du ja schon, und wenn alles so läuft, wie ich es mir vorstelle, laufen wir in deinen nächsten Ferien alle drei zusammen in Bad Bergzabern gegen die Winterträgheit, die ist bekanntlich am schlimmsten.«

»Aber das sind die Weihnachtsferien, und da sind wir immer zu Hause.« Und bei Onkel Jo, ergänzte Moritz stumm, sein Onkel

machte jedes Jahr zwischen Heiligabend und dem Dreikönigs-
fest Betriebsferien.

»Diesmal wird es anders sein, viel spannender, du wirst sehen.
Während Hinz und Kunz sich mit fettem Essen und Süßigkeiten
voll stopfen und einen Herzinfarkt riskieren, laufen wir uns frei.«

»Und was ist mit den Geschenken? Und dem süßen Teller mit
Spekulatius und Zimtsternen und dem Baumstamm aus Nougat
und Marzipan? Ich bekomme sogar zwei süße Teller, einen bei
meinen Großeltern und einen bei meinem Onkel.«

»In Bergzabern hast du echte Bäume, zwischen denen du bis
dahin leicht wie eine Feder durchjoggst. Das gibt dir ein Gefühl
besser als alles andere, du wirst ein völlig anderer Mensch, sieh
nur deine Mutter an. Sie ist auf dem richtigen Weg, und du wirst
es auch schaffen, wir werden eine wunderbare Zeit haben. Ganz
zu schweigen von dem Drumherum, es gibt zusätzlich jeden Tag
eine Vitaminbombe, Aquatraining, Krafttraining, Fachvorträge,
Dampfsauna und einen Vollwert-Kochkurs, ist das nichts?«

»Das ist …« Moritz schluckte das »Scheiße« hinunter, obwohl
es stimmte wie nie zuvor. In seinem Kopf trafen soeben die
Bloodhounds auf die sattsam bekannten Erziehungsmethoden seiner Mutter. Wenn er dieser schrecklichen Person, an der sie
einen Narren gefressen hatte, Kontra gab, konnte er sich
mindestens eine Woche lang alles abschminken, was Bock
machte. Nur noch ein paar Tage, dann war Freitag, vielleicht
wusste sein Onkel ja auch, wie man diese Jogging-Ziege schach-
matt setzen konnte.

Mit zusammengebissenen Zähnen ließ Moritz die erste Lektion
über sich ergehen, danach verschwand er freiwillig in der Badewanne. Während er in der Wanne lag, hörte er die beiden Frau-
en auf eine Weise schnattern, die ihm Angst und Bange machte.
Wenn er es nicht besser wüsste, hätte er glatt annehmen können,
die beiden wären angesäuselt. Vielleicht waren sie es ja auch, allerdings nicht von Alkohol. Eine verdammt komische Geschichte. Es schnatterte noch, als er schon im Bett lag. Wenn das mal
gut ging.

Johannes war froh, an diesem Montag vor lauter Arbeit kaum zum Luftholen zu kommen. Geschweige denn zu einem ernsthaften Gespräch über seine Versäumnisse. Na gut – oder auch nicht gut –, er hatte Karin am Sonntagabend nicht wie verabredet am Bahnhof abgeholt, aber war das wirklich solch eine Katastrophe? Sie hätte ein Taxi nehmen können, darauf kam es nun wirklich nicht an, niemand verlangte von ihr, dass sie hoch bepackt mit der Bahn fuhr. Wobei dieses Zeug, das sie da wieder angeschleppt hatte, aus seiner Sicht sowieso mehr als überflüssig war, sie tat ja gerade so, als ob es in Köln nicht mal Kartoffeln zu kaufen gäbe. *Die schmecken einfach anders,* behauptete sie mit schöner Regelmäßigkeit und ließ keinen Zweifel daran, dass er nicht mal was von Kartoffeln verstand.

Gestern war es allerdings gar nicht erst so weit gekommen, dass sie sich über den Unterschied zwischen *Bintje* und *Hansa,* fest kochend und mehlig, ausgetauscht hätten, dazu war er viel zu perplex gewesen, als sie unvermittelt hereinrauschte. Wobei er weniger von dem Geräusch ihres Eintretens, als vielmehr von ihrem Klappern und Knistern wach geworden war. Er schlug die Augen auf, fand sich auf dem Sofa liegend vor, der Fernseher lief, und seine Frau eliminierte die Spuren seines harmlosen nächtlichen Vergnügens mit Moritz.

»Tut mir Leid«, hatte er gesagt, »ich wollte nur noch rasch die Nachrichten sehen und dann klar Schiff machen ... bin wohl kurz eingenickt ... wieso bist du überhaupt schon da?«

»Weil mein Zug pünktlich in Köln eingelaufen ist. Bist du sicher, dass Moritz nicht sterbenskrank war, als du ihn bei deiner Schwester abgegeben hast? Oder hattet ihr noch mehr Partygäste?«

»Falls du die Packung Eis meinst, so was ist für einen Zehnjährigen was für den hohlen Zahn.«

»Und für einen Mittvierziger?«

»Spuck's ruhig aus! Warum sagst du nicht offen heraus, dass du sauer bist, weil ich statt deiner sauren Äpfel was aufgetischt habe, was Moritz und wahrscheinlich jedem normalen Zehnjährigen schmeckt?«

»Verstehe, du hast also lediglich ihm zuliebe mitgegessen.«

»Das habe ich nicht gesagt.« Ein Wort gab das andere, er war nicht einmal mehr dazu gekommen, sich nach ihren Eltern zu erkundigen oder zu fragen, ob die Migräne noch immer so schlimm war. Er hatte sich in seine Werkstatt verdrückt, aufs Geratewohl nach dem nächstbesten Stück Holz gegriffen und daran herumgefeilt, als ob es um sein Leben ginge. Wie lange, wusste er nicht mehr. Alles, was er behalten hatte, war, dass Karin irgendwann auch hier aufgetaucht war. Er hatte direkt in ihr Gesicht gesehen, sie sah sehr müde aus, völlig down, sogar ihre Stimme klang erschöpft. Er war schon versucht gewesen, sich zu entschuldigen und endlich nach ihren Kopfschmerzen zu fragen, als ihr Wortlaut ihn bremste.

»Wäre es nicht klüger, wenn du zuerst die drei noch fehlenden Rahmen fertig stellst, die du René Habermann fest für morgen zugesagt hast? Der Goldstaub für die Taler war übrigens in der Post.«

Er hatte ihr das Päckchen aus der Hand genommen, ein »Danke vielmals!« geknurrt, es vor ihren Augen beiseite gelegt und solcherart demonstriert, dass er sich nicht gängeln ließ. Mit dem Erfolg, dass er den ganzen Montag damit zubrachte, die bewussten drei Rahmen mit stilisierten Goldtalern – passend zu Donald Duck in Acryl, diese Idee stammte von ihm – zu bestücken und sich zwischendurch wegen der Verzögerung von dem Galeristen beschimpfen zu lassen. Es war ein Horrortag, er war nicht mal dazu gekommen, sich um die Karten für die *Bloodhounds* zu kümmern. Als Karin ihn zum Abendessen rief, war er noch immer nicht ganz fertig. Sei's drum! Er hatte auch nur zwei Hände und außerdem richtigen Hunger.

»Was gibt's denn Leckeres?«

»Süßsaure Linsen mit gebratenem Saibling und dazu kleine Kartoffeln und zum Nachtisch pochierte Birne.«

»Das hört sich an, als ob du stundenlang in der Küche gestanden hättest, dabei sind deine Kopfschmerzen bestimmt noch immer nicht ganz weg, das dauert bei dir doch immer drei, vier Tage. Du hättest dich besser ausgeruht.«

»Du musst es ja nicht essen.«

»Aber ich will, ich bin völlig verrückt darauf, ich dachte nur an dich und daran, dass ich wohl wirklich keine Belohnung verdient habe. Es riecht übrigens köstlich, hast du die Zutaten alle von daheim mitgebracht?«

»Ja, das meiste stammt aus dem Garten meiner Eltern, besonders die Birnen sind absolut köstlich. Und ehe mein Vater in den Birnbaum klettert, tue ich's lieber selbst. Du kennst ihn ja, er sieht aus dem Fenster und entdeckt eine reife Frucht, und schwups, schon klettert er auf die Leiter. Es fehlt noch, dass meine Mutter ihn pflegen muss.«

»Es hat sich also nichts gebessert?«

»Wie denn? Er ist stur wie eh und je und vergisst, dass er den Herd eingeschaltet und die Säge rausgeholt und auf der Wiese liegen gelassen hat, irgendwann fackelt er das Haus ab oder bringt sonst wie alle zu Tode, natürlich will er nach wie vor nichts von einem Seniorenheim und nicht einmal von einer Hilfe wissen, die täglich kommt. Wir machen das schon, sagt er dann, wir sind noch sehr rüstig. Aber der einzige Ort, wo er rüstig ist, ist … Möchtest du Brot dazu? Für die Sauce, sie ist sehr leicht, ich habe sie nur mit Gemüse angedickt.«

Johannes nickte, ihm war nach allem und davon viel, die Anspielung auf die nicht nachlassende Manneskraft von Karins Vater beschwor ein weiteres Gelüst, je satter er sich fühlte, umso intensiver beschäftigte ihn die Frage, ob Karin heute Lust hätte. Es war erstaunlich, ja geradezu imponierend, wie sein Schwiegervater alles vergaß, nur das eine nicht. Karin hatte ihm anvertraut, dass ihre Mutter am liebsten aus dem Ehebett auszöge oder es vom Schreiner teilen ließe; als sie das sagte, war ihm die Frage durch den Kopf geschossen, ob so etwas erblich war …

Laut lobte er die Sauce und den Fisch und vor allem die Linsen, sie waren genau so zubereitet, wie er sie am liebsten mochte. Karin war eine exzellente Köchin, wenn sie ihre Nährstofftabellen vergaß. Auch die Apfelringe waren vom Feinsten, die Fruchtsäure wurde durch die Weinschaumsoße mit saftig aufgequollenen Rosinen darin ausgeglichen, er hätte problemlos die doppelte Menge vertilgen können, doch er verkniff sich ihr zuliebe eine zweite Portion.

»Weißt du was?«, sagte er stattdessen. »Wenn ich es nicht besser wüsste, könnte ich glatt annehmen, dass du mich verführen willst. Das war einfach ein Hochgenuss.« Er stand auf, umrundete den Tisch, stand nun hinter ihr und begann sanft, ihre Nackenmuskeln zu massieren. Er spürte, wie sie unter seiner Berührung erschauderte, die Verspannung sich langsam löste, was sich von ihm selbst nicht sagen ließ. Der runde Tisch stand voller Geschirr, es wäre zu zeitaufwendig, ihn abzuräumen, aber es gab ja noch eine Anrichte. Kaum zu glauben, sie hatten noch niemals im Esszimmer … warum eigentlich nicht? … im Schlafzimmer irritierte ihn sowieso dieser Geruch wie aus der Apotheke, es mochte auch am Putzmittel liegen, scharf einerseits und säuerlich andererseits, in jedem Fall abschreckend, und im Dunkeln verstärkte sich der unangenehme Geruch noch. Leider ließ Karin immer sofort, wenn sie das Licht anknipste und das Bett aufdeckte, die Rollläden hinunter, damit keiner aus dem Haus gegenüber reinsah. Dabei müssten die schon auf den Schrank klettern, um über die Ulme hinweg einen Blick ins Schlafzimmer der Hopsteins zu erhaschen. Das Esszimmer war jedenfalls nicht einsehbar, egal wie man sich verrenkte.

Vorsichtig schlängelten sich seine Fingerspitzen nach vorn, massierten das Schlüsselbein und verirrten sich immer tiefer, sie besaß sehr hübsche Brüste, von oben sah er in den Spalt dazwischen, oh, là, là, das war mehr als nur hübsch. Er wurde mutiger, nahm seine zweite Hand dazu, presste die beiden Kugeln zusammen und überlegte, wie er sie dazu brachte, von ihrem Stuhl aufzustehen und sich von ihm auf die Anrichte heben zu lassen, als sie ganz von selbst aufstand. Etwas abrupt, aber das machte nichts. Ehe sie auch nur Piep sagen konnte, umschlang er ihre Taille und trug sie, ohne sich weiter um ihr Zappeln zu kümmern, zu dem Möbel aus mattem Edelholz. Fast so schön wie das Armaturenbrett in seinem Auto, darin hatten sie beide auch noch nie … obwohl der BMW schon sieben Jahre alt war. Aber vielleicht …

»Bist du verrückt geworden, Johannes? Lass mich sofort runter!«

»Tu ich ja, mein Liebes. Alles, was du willst. Weißt du überhaupt, wie appetitlich deine Brüste sind, dafür lasse ich sogar gern die Apfelringe stehen, komm, zier dich nicht, der Anrichte passiert schon nichts, ich passe auf.«

Er kam nicht dazu, sein Versprechen zu halten. Sie entschlüpfte ihm, schalt ihn weiter einen Verrückten – »Reicht es nicht, dass mein Vater verrückt spielt?« – und empfing ihn wenig später im Bett mit einer Kompresse auf der Stirn. Rühr mich nicht an, hieß das.

»Du willst jetzt also wirklich schlafen?«

»Ich werde es zumindest versuchen. Es war nicht gerade sehr sensibel von dir, unter diesen Umständen …«

»Entschuldige, dass ich als Mann geboren worden bin.«

»Darum geht es nicht.«

»Ich glaube schon, dass es darum geht. Ich bin kein Grufti, auch wenn Moritz mich so nennt, aber aus der Warte eines Zehnjährigen ist das etwas völlig anderes. Weißt du, wann wir zuletzt miteinander geschlafen haben?«

»Zählst du etwa mit?«

»Nein, das tue ich nicht, ganz bestimmt nicht, aber man muss kein großer Rechenkünstler sein, um zu wissen, dass Weihnachten bei uns öfter ist.«

»Das ist gemein.«

»Okay, ich bin ein Mann und gemein, vermutlich ist das so ziemlich dasselbe. Aber ich könnte genauso gut versuchen, mir das Atmen oder Essen abzugewöhnen.«

»Etwas weniger falsches Essen würde dir bestimmt nicht schaden.«

»Gibt es auch falschen und richtigen Sex?«

»Es gibt einen falschen und einen richtigen Zeitpunkt, und dieser ist bestimmt völlig verfehlt.«

»Dann sag mir, wann es passt! Das Wochenende scheidet aus, weil du da neuerdings regelmäßig bei deinen Eltern bist, montags musst du dich davon erholen, dienstags und donnerstags hast du Rückengymnastik und Massage, mittwochs gehst du zum

Yoga, und freitags haben wir unseren Theaterkreis, hinterher hast du gewöhnlich Kopfschmerzen, weil jemand geraucht hat, so ist das doch.«

»Wirfst du mir jetzt vor, dass ich etwas für meine Gesundheit tue? Oder dass ich mich um meine Eltern kümmere?«

»Nein, ich werfe dir nichts vor. Ich frage mich nur … ach, vergiss es. Ich gehe noch 'ne Runde spazieren, vielleicht sollten wir uns doch einen Hund anschaffen, das wäre irgendwie geselliger.« Er ging aus dem Zimmer, sie rief ihm noch etwas hinterher, wahrscheinlich, dass er leise sein sollte, wenn er zurückkam. Er zog seine Schuhe an, die sauber auf einem eigens dafür bestimmten Rost neben der Haustür standen, zog seinen Mantel über und marschierte los, Richtung Volksgarten. Er war noch nicht weit gekommen, als er hinter sich eilige Schritte hörte, er drehte sich um, es war seine Frau.

»Ich komme mit«, sagte sie, »ich will nicht, dass du dich allein fühlst. Ich liebe dich doch.« Sie schmiegte ihre Hand in seine, es war ein sehr schönes Gefühl, auch ein wenig traurig, und so gingen sie zu zweit durch die Dunkelheit und sprachen von ihren Plänen für die Zukunft, ohne direkt anzusprechen, was sie daran hinderte, etwas davon schon jetzt wahr werden zu lassen.

Man konnte schlecht laut sagen, dass man sich wünschte, die eigenen Eltern mögen einem nicht länger im Weg stehen. Keine Reise mehr, nicht mal mehr für ein paar Tage, seit über zwei Jahren waren sie nie weiter weg als bis nach München gereist, und selbst das war zu viel gewesen. Dabei verreisten sie für ihr Leben gern, die gemeinsame Vorbereitung solcher Reisen war stets ein ähnlich starkes Band gewesen wie die Begeisterung für all die Museen, die sie bereits aufgesucht hatten und noch aufsuchen wollten, wobei er selbst besonderes Gewicht auf die Harmonie von Werk und Rahmen legte, das war sein Metier.

Die alte Pinakothek in München beispielsweise war ihr gemeinsamer Favorit, stundenlang konnten sie sich dort aufhalten, und hinterher verzehrten sie gemütlich dieses oder jenes Schmankerl, am besten gefiel es ihm noch immer im *Café in der Glyptothek*, wo man im Winter im Saal der Sphinx und im Sommer in dem baumbestandenen Innenhof saß und sich zugleich an dem unglaublich blauen Himmel delektierte. So blau war der Himmel über Köln nie. Es war ein Himmel, der Träume wahr werden ließ.

Vielleicht, dachte Johannes, war es einfach zu lange her, dass sie zuletzt in München gewesen waren. Karins Vater schien zu riechen, wenn seine Tochter sich aus seiner Nähe entfernte, prompt war die Hölle los gewesen, bei ihrer letzten Rückkehr aus der Bayernmetropole hatte der alte Mann ein genageltes Schlüsselbein und seine Frau einen Schock, und ein Ende war nicht in Sicht. Karins Vater wollte nicht ins Heim, keine fremde Hilfe, keinen Umzug nach Köln, nichts: *Hier tragt ihr mich nur mit den Füßen zuerst raus!*

Wann?, dachte Johannes und erschrak über sich selbst, drückte Karins Hand und fragte sich, ob sie nicht wirklich einen Hund haben sollten. Moritz würde jubeln, er selbst hätte Bewegung, und immer wäre da jemand, der sich freute, wenn man ihn kraulte. Karin wollte kein Tier, weil es sie daran hindern würde, nach Lust und Laune zu reisen. Lust und Laune war gut.

Frauentag

Es war René, der Juliane am späten Donnerstagnachmittag an ihr Privatleben und folglich daran erinnerte, dass sie ihr Patenkind mit zwei Karten für das Konzert der *Bloodhounds* überraschen wollte. Keine Sekunde zu früh, sie wusste genau, dass ihre Kontaktperson im Rathaus auf die Minute pünktlich den Füller aus der Hand zu legen pflegte, und dieser Zeitpunkt war spätestens in einer Viertelstunde gekommen. Sie versprach René, gleich in der Galerie vorbeizukommen, wählte noch kurz die Theaterkasse an – alles ausverkauft, damit hatte sie gerechnet – und stellte sich schweren Herzens auf ein längeres Telefonat mit

dem Amtsschimmel ein. Dieser spezielle Vertreter war besonders nervenaufreibend, weil er aus Prinzip oder Langeweile, das
war nicht genau auszumachen, grundsätzlich die absurdesten
Einwände konstruierte, bevor er endlich nachgab. Als sie ihn
vor etlichen Jahren im Auftrag seines gut betuchten Schwiegervaters für den Schritt zum Altar präpariert hatte, war sie mehrmals nahe dran gewesen, ihr Honorar zurückzugeben. So viel
konnte einem niemand bezahlen, wie dieser Kerl an Nerven kostete.

Es hatte sich nichts geändert, wie Juliane wenig später feststellte.
Er zierte sich endlos, während Juliane ungeduldig Gartenzäune
auf ihre Schreibunterlage malte. Sehr akkurat, die Holme mit
gleichmäßigen Abständen zueinander, das lenkte sie von dem
Geschwafel am anderen Ende der Leitung ab und half ihr, nicht
aus der Haut zu fahren. Es war schließlich ihre letzte Chance, Lilly zu einer hautnahen Begegnung mit *Sexyhound* zu verhelfen.

»Sie schaffen das schon«, sagte sie, »Sie sind doch dafür bekannt,
dass Sie buchstäblich alles schaffen. Und in diesem Fall geht es
auch noch um mein Patenkind. Sie mögen doch Kinder, nicht
wahr?« Es war noch nicht sehr lange her, da war in einem Zei-
tungsartikel zu lesen gewesen, dass er eine Besucherin des Amtes
verwiesen hatte, weil ihre beiden kleinen Kinder vor seiner Tür
gesungen hatten, um die Wartezeit zu überbrücken. Dieses Verhalten oder vielmehr die Tatsache, dass es publik wurde, hatte
ihm einen Rüffel von höchster Stelle eingetragen, seitdem be-
mühte er sich notgedrungen um ein kinderfreundliches Image.

»Natürlich bin ich kinderlieb, ich liebe Kinder.«

»Dann ist ja alles klar.«

»Weil Sie es sind, Frau Oberle, normalerweise dürfte ich das
nicht. Angenommen, unser Bürgermeister besänne sich doch
noch anders und würde zurückgewiesen, weil seine beiden Ehrenkarten schon anderweitig vergeben sind, also das könnte
mich meinen Job kosten.«

»Ich denke mal, der Bürgermeister käme notfalls auch ohne Ein-
trittskarten rein, so bekannt ist er immerhin schon. Außerdem
hat er morgen Abend laut Pressemitteilung ein Date mit dem

Festkomitee, das Thema Karneval steht ihm vermutlich näher als kreischende Teenager und ein Schuss aus der Wasserpistole.«
»Und das wollen Sie sich wirklich antun, Frau Oberle?«
»Für mein Patenkind schon.«
»Tja, für Kinder tut man ja alles. Kinder sind ja sozusagen unsere Hoffnung für die Zukunft.«

Juliane verkniff sich die Frage, ob er damit die Gewährleistung seines Pensionsanspruches meinte. Sie bedankte sich, legte auf, informierte kurz Renate über ihre Pläne für den morgigen Frauentag – »Aber verrat Lilly noch nichts, sag ihr nur, sie soll sich schick machen!« – und hinterlegte ihrer Auftraggeberin, die gerade ihren Golden Retriever Gassi führte, eine Nachricht des Inhalts, dass sie erst am kommenden Montag wieder zur Verfügung stünde. »Diese Ruhepause haben wir uns wirklich verdient«, schrieb sie. Das stimmte, rein optisch waren die Unternehmerin und ihr Büro schon jetzt kaum wiederzuerkennen, und bekanntlich bestand gerade bei Frauen eine enge Kopplung zwischen Optik und Inhalt. Es müsste mit dem Teufel zugehen, wenn Katja Ehrich sich nicht gegen drei Fossilien behauptete. Juliane war schon auf dem Weg zu ihrem Auto, als ihr Handy erneut dudelte. René wollte wissen, wo sie denn bliebe.

»Schon unterwegs«, sagte sie und fragte sich, warum er es plötzlich so verdammt eilig hatte. Etwas brannte ihm unter dem Hintern, so viel stand fest. Als sie wenig später die Galerie durch den Hintereingang betrat, sah sie als Ersten Donald, der sichtlich erfreut auf sie zustürzte. Sein Anblick erinnerte sie an ihre Absicht, ihn ein wenig auszuhorchen. Die Gelegenheit schien günstig, offenbar hielt sich René im vorderen Teil auf, sie konnte sogar seine Stimme hören, dieses Säuseln deutete auf eine gut betuchte Kundin hin. Sie grinste und folgte Donald auf Zehenspitzen die Treppe zur Empore hoch.

»Hier haben wir uns kennen gelernt, wissen Sie noch?«
»Ich mag zwar eine gute Portion älter als Sie sein, aber verkalkt bin ich noch nicht«, erwiderte sie.
»Nein, das sind Sie ganz bestimmt nicht, Sie sind … also für einen Mann sind Sie ganz schön starker Tobak, wissen Sie das

überhaupt? Seit Samstag denke ich in einem fort an Sie, und wenn ich gewusst hätte, wo ich Sie finde, hätte ich nichts unversucht gelassen, das schwöre ich Ihnen.«

»Warum haben Sie nicht René gefragt? Er kennt meine Adresse.«

»Ja, aber er hätte sie mir wohl kaum gesagt.«

»So?« Juliane legte genau jene Mischung aus Skepsis und Interesse in ihre Stimme, von der sie wusste, dass sie den meisten Männern die Zunge löste.

»Wissen Sie etwa nicht, wie sehr er darauf bedacht ist, seinen Besitz zu verteidigen?«

»Es ist mir jedenfalls neu, dass ich ein Besitzgegenstand bin.«

»René macht keinen großen Unterschied zwischen einem Bilderrahmen, für den er bezahlt, oder einem Künstler, den er auch irgendwann bezahlt, und einer Frau, bei der er sich gute Chancen ausrechnet.«

»Und diese Frau bin also ich?«

»Unter anderem, er scheint auf zwei Hochzeiten tanzen zu wollen.«

»Und wie darf ich das verstehen?«

»Nun, einerseits ist er mit Ihnen verlobt, und andererseits … aber das sollte ich wohl nicht verraten.«

»Meine Mutter hat mir beigebracht, dass man einen angefangenen Satz immer zu Ende bringen muss, weil es sonst extrem unhöflich ist. Also raus mit der Sprache.«

»Aber Sie verraten mich nicht?«

»Freunde und solche, die es werden könnten, verrate ich grundsätzlich nicht.«

»Wäre auch mehr als Freundschaft drin?«

»Schauen wir mal. Also, wie war das mit René?«

»Man erzählt sich, dass er jede neue Angestellte persönlich testet, und das in jeder Disziplin.«

»Man erzählt sich viel.«

»Aber Samstagnacht habe ich selbst gesehen, wie sie eng umschlungen heimkamen, die Kleine ist über Nacht geblieben, und seitdem schmachtet sie ihn an wie sonst was. Seiner Schwester ist es auch gleich aufgefallen, sie ist nämlich zu Besuch da und hat ihm gleich nach ihrer Ankunft kräftig die Leviten gelesen, dabei betet sie ihn ansonsten fast so sehr an wie seine Mutter.«

»Sie haben aber sehr genau hingehört.«

»Wegen Ihnen, ich finde es einfach nicht anständig von René. Und wo Sie doch mit ihm verlobt sind.«

»Erzählt man sich das auch?«

»Das habe ich von René selbst. Stimmt es etwa nicht?«

Juliane versetzte ihm einen Nasenstupser, er war wirklich noch sehr jung und sehr direkt, er musste noch viel mehr lernen als beispielsweise René. Man konnte die beiden unmöglich miteinander vergleichen, doch in einem Punkt waren sie gleich: Wenn das Jagdfieber mit ihnen durchging, kannten sie keine Hemmungen. Leider traf das für sie selbst nicht in gleicher Weise zu, andernfalls hätte sie jetzt die gute Gelegenheit beim Schopf ergriffen und ein Date mit Donald ausgemacht. Wetten, dass sie auf ihre Kosten käme? Nicht für lange, es wäre einfach ein hübsches Intermezzo, das ihr die Gelegenheit gab, gewisse körperliche Gelüste sauber von dem anderen zu trennen. Dieses andere waren langfristige Pläne, zu denen üblicherweise auch ein fester Partner gehörte. Die Tatsache, dass René anscheinend wieder mal mehr als nur geschäkert hatte, störte sie nicht allzu sehr, schließlich hatten sie beide noch nichts miteinander, gar nichts. Im Fall des Falles würde sich das ändern, dafür würde schon seine Familie sorgen, fragte sich nur, wie ernsthaft sie selbst an einer solchen Entwicklung interessiert war.

»Sie haben mir noch immer keine Antwort gegeben, Juliane.«

»Worauf?« Sie schreckte aus ihren Gedanken hoch.

»Ob es stimmt, dass René ihr Verlobter ist.«

»Es stimmt, dass noch nicht aller Tage Abend ist. Wie wär's, wenn Sie mir jetzt eine persönliche Widmung auf mein ›flying high‹ schreiben?«

»Ich könnte es Ihnen auch aufhängen. Wir könnten zusammen den besten Platz aussuchen. Und wenn es hängt, könnten wir …« Weiter kam der junge Künstler nicht, weil René im Sturmschritt nahte.

»Was treibt ihr denn hier oben? Da warte und warte ich darauf, dass du endlich kommst, Juliane, und dann bist du längst da und ...«

»Soll ich wieder gehen?«

»Nein, natürlich nicht.« Sein Blick ließ keinen Zweifel daran, wer verschwinden sollte. Es war keine besonders überzeugende Rolle, für Eifersucht war Juliane ohnehin noch nie sonderlich empfänglich gewesen. Nachdem sie seine Schwester begrüßt, ein paar Worte über das Wetter, verstopfte Autobahnen und die Prognosen fürs Wochenende ausgetauscht und aus reiner Höflichkeit ein Nusskipferl zu einer Tasse Kaffee mit Schlagobers – was für ein Wort – akzeptiert hatte, nutzte sie das Auftauchen von Renés jüngster Angestellten, um sich zu verabschieden. Er schien allen Ernstes zu glauben, das täte sie wegen dieses Backfischs, den er »Haserl« nannte.

»... das geht wirklich nicht, du siehst doch, dass ich Besuch habe. Wir reden am Montag drüber, Haserl.« Das »Haserl« war ihm sichtlich unangenehm, seine Erklärungsversuche machten alles nur noch schlimmer, er führte sich tatsächlich wie ein in flagranti ertappter Bräutigam auf, und seine Schwester musterte ihn, als ob sie ihm am liebsten eins hinter die Löffel geben würde. Sie war mindestens zehn Jahre älter als er. Sie versuchte nun ihrerseits, Juliane zum Bleiben zu überreden.

»Ich habe Szegediner Gulasch für den Rainer gekocht, es ist reichlich, und dazu Schupfnudeln und Marillenkompott.«

»Tut mir Leid, aber ich muss noch einen Krankenbesuch erledigen.«

»Dann morgen. Wie wär's mit morgen?«

»Morgen bin ich in einem Konzert.« Juliane hatte nicht übel Lust, die Natur dieses Konzerts preiszugeben, doch dann ließ sie es bleiben. Es war ja keineswegs so, dass sie jedes Interesse an René – seine Schwester nannte ihn Rainer, interessant! – verloren hätte, sie brauchte lediglich noch etwas Zeit. Auch wenn ihr Kopf schon ja gesagt hatte, weil der Galerist bei all seinen kleinen Macken – die hatte schließlich jeder – sehr attraktiv, erfolgreich und vermutlich sogar ernsthaft in sie verliebt war. Was wollte sie mehr? René würde ihr genau jenen Freiraum lassen, den sie brauchte, dabei war er alles andere als bloß ein nett verpacktes Weichei. Sie würde nicht denselben Fehler wie ihre Mutter machen. Hundertprozentig nicht. Wenn überhaupt, so würde sie sich mit einem Mann zusammentun, der ähnliche Prioritäten wie sie selbst setzte und diese energisch verfolgte.

Als Johannes am Donnerstag mit drei weiteren Rahmen für die Acryl-Arbeiten des Donald-Duck-Spezialisten in der Galerie Habermann aufkreuzte, hatte er die Karten für das Konzert der »bellenden Hunde«, wie er sie bei sich nannte, in der Tasche. Dabei hatte es zunächst mehr als düster ausgesehen. An der Vorverkaufskasse hatte man bedauernd die Schultern gezuckt, er war ziemlich ratlos stehen geblieben, was sich als gut erwies, weil er auf diese Weise ein paar Minuten später zwei Rückläufer ergatterte. Wenn Karin wüsste, dass er dafür mehr als für ein Konzert von Anne-Sophie Mutter bezahlt hatte, würde sie aus dem Hemd springen. Nein, nicht aus dem Hemd, dann wäre sie ja halb nackt und riskierte einen neuen Schub jener Gelüste, die ihre Mutter am liebsten mit der Axt bekämpfte.
Er näherte sich dem Galeristen mit dem festen Entschluss, den Preis der Karten für sich zu behalten und seiner Frau zur Entschädigung dafür, dass sie morgen nicht ins Theater begleiten konnte, heute Abend einen dicken Blumenstrauß mitzubringen. Immer vorausgesetzt, der Blumenladen hatte noch auf, wenn er seine Schwester weich gekocht hatte. An diesem Punkt seiner Überlegungen angelangt, hätte er René Habermann seine drei Rahmen am liebsten rasch in die Hand gedrückt und auf dem Absatz kehrtgemacht. Das ließ dieser jedoch nicht zu, warum auch immer schien er auf eine Grundsatzdiskussion erpicht zu sein. Das Thema hieß Zuverlässigkeit, darauf ritt er herum, tat gerade so, als ob Johannes ihn nicht all die Jahre hindurch mehr als prompt bedient und sogar oft genug Nachtarbeit eingeschoben hätte. *Können Sie mir nicht noch rasch …?* Und stets hatte Johannes eingewilligt, wenn er es nicht selbst tat, erledigte Karin

das für ihn. Offenbar war das für sein Gegenüber Schnee von gestern, alles was zählte, waren ein paar läppische Stunden Verspätung letzten Montag und nicht mal eine ganze Stunde heute. Und deswegen sollte er sich jetzt zur Schnecke machen lassen? Nicht mit ihm.

»Es tut mir Leid, Herr Habermann, aber mir ist etwas dazwischengekommen. War's das? Ich bin nämlich in Eile.«

»Nett, Sie sind also in Eile, und was ist, wenn die Rahmen nicht passen? Die Kunden wollen noch heute beliefert werden, alles wartet nur auf Sie, Herr Hopstein.«

»Meine Rahmen passen immer, wenn ich selbst Maß genommen habe.«

»Ist das nicht sehr überheblich? Ich würde es mir überlegen, ob ich meinem besten Auftraggeber so käme. Das bin ich doch für Sie, oder etwa nicht? Allein im letzten Jahr haben Sie von mir mehr als doppelt so viel Aufträge erhalten wie im Jahr zuvor, ich könnte mir gut vorstellen, dass Sie inzwischen gar keine anderen Arbeiten mehr annehmen.«

Johannes verkniff sich die Antwort, dass dies zweifelsfrei ein Fehler war. Obendrein einer, den er nicht selbst zu verantworten hatte, er hatte Karins Drängen nachgegeben. »Der Habermann ist eine sichere Sache«, pflegte sie zu sagen, »der macht nicht so rasch Pleite wie die kleinen Galerien, bei denen du ständig deinem Geld hinterherläufst oder sogar auf einem geplatzten Scheck sitzen bleibst. Außerdem ist es doch viel einfacher für dich, wenn du mit einem einzigen Entwurf für ein Dutzend oder mehr Bilder auskommst.« Es war einfacher und langweiliger, erinnerte ihn mitunter an Fließbandarbeit, was dazu führte, dass er in die verbleibenden Entwürfe noch mehr Zeit und Liebe steckte. Jeder einzelne war ein kleines Kunstwerk, erregte oft mehr Beachtung als das Bild darin, das bezahlte ihm keiner, und zum Dank nun dies.

Möglicherweise wäre es zum offenen Eklat gekommen, wenn sich nicht eine ihm unbekannte Frau eingeschaltet hätte. Dem Dialekt nach war sie ebenfalls aus Österreich, eine gewisse Ähnlichkeit mit René – den sie Rainer nannte – war unverkennbar, sie preschte auf ihn zu und streckte beide Arme aus: »Herr Hopstein, gell? Sie san wirklich ein Genie mit Ihren Bretterln!«

Sekundenlang befürchtete er, sie würde ihm um den Hals fallen, doch dann ließ sie es bei einem Tätscheln seiner Schulterpolster bewenden, weitere fünf Minuten später gelang es ihm, sich dem unermüdlichen Redefluss zu entziehen. Eine ziemlich anstrengende Familie, dachte er, musste diese Einschätzung aber kurz darauf in der Apotheke seiner Schwester wieder relativieren. Sigrid war kaum weniger nervig. Sie unterzog ihn einem regelrechten Kreuzverhör, warum er nicht vor dem Kauf der Karten mit ihr gesprochen hatte.

»Wir hätten für morgen schließlich schon etwas anderes vorhaben können«, endete sie.

»Ich denke, du kannst ausnahmsweise auch mal ohne Moritz joggen.«

»Er hat dir also von unserem Lauftraining erzählt? Ich hoffe, du versuchst nicht, ihn mit deiner Trägheit anzustecken, dann werde ich nämlich in Zukunft anders reagieren.«

»Heißt das, er darf mit?«

»Nur wenn du dir absolut sicher bist, dass ihm dort nichts passieren kann. Eigentlich ist er doch noch viel zu jung für ein Popkonzert, man hört so schreckliche Sachen über Ausschreitungen, ich hoffe nicht, dass es sich bei dieser Popgruppe – wie heißt sie noch einmal? – um etwas in dieser Richtung handelt.«

»Garantiert nicht, das sind lauter Akademiker.«

»Und dort willst *du* hin?«

»Sie spielen ja hauptsächlich für Kids im Alter von Moritz, da komme ich noch so gerade mit.« Er musste an sich halten, um nicht schärfer zu reagieren, ihre Überheblichkeit stank zum Himmel. Nur, weil sie ihm das große Latinum und ein paar Semester graue Theorie voraushatte, bildete sie sich ein, ihn wie einen Vollidioten behandeln zu dürfen. Wenn Moritz nicht wäre … Er holte tief Luft, bevor er fortfuhr: »Also ich hole ihn dann morgen am besten gleich an der Schule ab und nehme ihn mit zu uns; wenn du einverstanden bist, kann er auch wieder bei uns übernachten.«

»Meinetwegen, vorausgesetzt, es wird Karin nicht zu viel.«

Es überraschte Johannes, dass seine Schwester erneut einer Übernachtung zustimmte. Ob sie einen neuen Freund hatte? Trotz des üblichen Hickhacks schien es ihr ganz angenehm zu sein, wieder einen freien Abend zu haben. Er gab sich Mühe, sich nichts von seinen Gedanken anmerken zu lassen, wünschte Susi noch rasch gute Besserung – er verstand nicht, warum sie sich nicht zu Hause auskurierte – und schaffte es gerade noch auf den letzten Drücker bis zum »Aaronstab«. Dieses Blumengeschäft war ihm mit Abstand das liebste, wahrscheinlich lag das daran, das sein Besitzer ähnlich unwirtschaftlich dachte wie er selbst. Jeder einzelne Strauß unterschied sich vom anderen, hier wurden Dinge verarbeitet, die so schnell niemand in Verbindung mit Rosen-Tulpen-Nelken brachte, die Wirkung war frappierend, und der Preis stimmte auch.

»'n Abend, Herr Mervar, habe ich noch eine Chance, etwas Hübsches für meine Frau zu ergattern?«

»Sie immer, Herr Hopstein. Soll's für einen besonderen Anlass sein?«

»Nur ein kleiner Sympathiebote.«

»Das bekommen wir schon hin.«

Eine allzu optimistische Einschätzung, wie Johannes feststellte, als er Karin das wirklich wunderschöne Gebinde überreichte. Sie witterte sofort, dass mehr dahinter steckte, und weil er einfach nicht gut darin war, einen Sachverhalt zu seinen Gunsten zu drehen und zu wenden, platzte er ziemlich unverblümt mit diesem Konzert heraus.

»Und was ist mit unserem Theaterkreis?«

»Der tagt alle zwei Wochen, die *Bloodhounds* kommen höchstens alle Jubeljahre nach Köln, und Moritz ist nun mal völlig versessen darauf. Wie wär's, wenn du morgen an meiner Stelle ausnahmsweise jemand anders mitnimmst?«

»Und an wen dachtest du?«

Gute Frage! Johannes überlegte krampfhaft, ihr Bekanntenkreis beschränkte sich genau genommen auf die fünf Paare, mit denen sie seit einer Ewigkeit zweimal im Monat ins Theater und hinterher noch etwas essen gingen. Für die Auswahl des jeweiligen kulturellen und leiblichen Genusses war reihum jemand aus ihrer Mitte zuständig, auf diese Weise kam jede Geschmacksrichtung zum Zug.

»Wie wär's mit Philipp?«, schlug er endlich vor.

»Du redest von unserem Auszubildenden?«

»Du tust gerade so, als ob Philipp irgendein pickeliger Azubi wäre, dabei ist er gerade mal zehn Jahre jünger als wir und voll auf der Höhe, was Theater und so weiter betrifft. Wenn ich mich nicht sehr irre, hat er sogar ein paar Semester Theaterwissenschaften studiert. Wetten, dass er mit Edward III. viel mehr als ich anfangen kann.«

»Heißt das übersetzt, dass du keine Lust auf *Die Regierung des Königs Edward III.* von William Shakespeare hast?«

»Das habe ich damit keineswegs sagen wollen. Nun komm, sei nicht so, gönn Moritz seinen Spaß. Wenn du möchtest, rufe ich auch selbst bei Philipp an, und du versorgst derweil die Blumen. Sind sie nicht wirklich außergewöhnlich? Diese lange in der Mitte, die wie eine Lanze aussieht, heißt *Helikonie* oder im Lateinischen *heliconia spendula*, man kann sie später auch trocknen lassen, da hast du sehr lange Freude dran.«

»Ja, Blumen haben etwas ungeheuer Symbolisches, sie erinnert wirklich an eine Lanzenspitze. Übrigens haben wir keine Vase für Gewächse, die länger als einen Meter sind.«

»Da fällt mir schon etwas ein, manchmal muss man eben improvisieren. Weißt du noch, wie ich dir in unserem ersten gemeinsamen Urlaub in dieser klitzekleinen Pension einen Arm voll Sonnenblumen angeschleppt habe und wir zuletzt den Putzeimer nehmen mussten, mit deinem Tuch und jeder Menge Alufolie sah es aus wie gewollt.«

»Du hast schon immer ein Talent dafür gehabt, erst zu handeln und dann zu denken. Das Tuch war übrigens ein echtes Seidentuch, die Flecken sind nie mehr rausgegangen.«

»Ja, und der verschwenderische Umgang mit Alufolie ist eine Umweltsünde, aber das wusste ich damals zum Glück auch noch nicht.«

»Ich finde nicht, dass du ein Recht hast, dich über mich lustig zu machen.« Sie ging hinaus, die Blumen ließ sie liegen. Vermutlich hätte er ihr nachgehen sollen, doch bei dem Gedanken verspürte er Lustlosigkeit. Lieber ließ er sich etwas einfallen, wie man diesen Strauß angemessen aufbewahrte, er nahm ihn mit in die Werkstatt hinüber und werkelte dort so lange an einem passenden Gefäß, bis er zufrieden war.

Das Ergebnis erinnerte ihn an jenes Provisorium, das er vor einem Vierteljahrhundert für einen Arm voll Sonnenblumen kreiert hatte. Lediglich mit dem Unterschied, dass der Dekostoff hier sein eigener war. Er trug das Arrangement ins Esszimmer, rechnete damit, dass der Tisch gedeckt war und Karin jeden Moment »Essen ist fertig!« rufen würde, sie aßen abends immer warm. Nichts dergleichen war der Fall, es roch auch nicht nach Essen, die Tür zur Küche stand offen, sie war leer, dafür hörte er Karins Stimme nun aus der Diele, wo der Hauptanschluss des Telefons stand. Es dauerte eine Weile, bis sie hereinkam.

»Hast du mit Philipp telefoniert?« Er fragte sich, warum sie es sich nicht mit dem Mobilteil auf dem Sofa bequem gemacht hatte.

»Ja.«

»Es war ein ziemlich langes Gespräch.«

»Hast du etwas dagegen?«

»Nein, natürlich nicht, ich habe ja selbst vorgeschlagen, dass du ihn fragst. Wie wär's, wenn wir heute zur Abwechslung draußen etwas essen gehen? Eben, als ich an der *Malzmühle* vorbeigefahren bin, habe ich auf der großen Tafel neben dem Eingang gelesen, dass es heute Grünkohl mit Kasseler und Röstkartoffeln gibt, wäre das nichts?«

»Denkst du eigentlich immer nur ans Essen?«

»Nein«, antwortete Johannes und fühlte sich hilflos, traurig, keine Spur von Trotz war mehr in ihm. Es war schlimm, dass die Dinge sich so entwickelten, er hatte es nicht gewollt. Noch schlimmer war vielleicht, dass er nicht einmal mehr wusste, was er überhaupt wollte. Er hatte die Vision eines unglaublich blauen Himmels vor Augen und wie er und Karin einander unter

diesem Himmel in die Augen sähen und etwas von dem wieder-
fänden, was schön und wichtig war.

»Ich hätte es mir denken können«, sagte sie in seine Gedanken
hinein.

»Was hättest du dir denken können?«

»Dass du keine Gelegenheit auslässt, um mich darauf hinzuweisen, dass dein sexueller Appetit mindestens so gewaltig ist wie
deine Gier auf Eisbein.«

Er verzichtete darauf, sie daran zu erinnern, dass er kein Freund
von Eisbein war. Er sagte auch nichts davon, dass er gerade eben
nur an ihre Augen gedacht hatte. Ihm war, als ob nichts von
dem, was er sagte, mehr so bei ihr ankam, wie es gemeint war.

Als Juliane die Einladung von Renés Schwester ablehnte, war
sie noch fest entschlossen, ihre Mutter wirklich zu besuchen. Die
Umschreibung »Krankenbesuch« entsprach nicht ganz den Tatsachen, war aber auch nicht direkt gelogen. Sie sparte das Thema »Familie« lieber aus, es ging niemanden etwas an, was mit
ihrer Mutter los war. Renate war die Einzige, mit der sie gelegentlich über den Zustand von Gertrud Oberle sprach, die beiden kannten sich schließlich seit einer halben Ewigkeit.

Auf dem Weg von der Galerie zum Parkhaus kamen Juliane jede
Menge Leute entgegen, viel Jungvolk, aber es waren auch ältere
Semester dabei, die meisten davon Paare oder in einer größeren
Clique, sie fühlte sich schlagartig isoliert und war fast versucht,
zurückzugehen und zu sagen, dass sie dem Gulasch mit Sauerkraut doch nicht widerstehen könnte. Sie tat es nicht, weil ihr
Verstand ihr sagte, dass ein solches Verhalten einfach kindisch
wäre. Konsequenz war das halbe Leben, und wenn sie es wirklich ernst mit René meinte, durfte sie bei ihm auf keinen Fall den
Eindruck erwecken, nicht genau zu wissen, was sie wollte. Ein
solches Eingeständnis von Schwäche führte in aller Regel dazu,
dass man untergebuttert wurde.

Sie ging also weiter, nicht mehr ganz so zügig, ihr Blick blieb an
einem Schaufenster hängen. Es war keineswegs die Auslage, die
sie faszinierte. Knetwerke interessierten sie ebenso wenig wie

die neuesten Dampfbügelautomaten, sie gab ihre Wäsche weg, ließ zweimal die Woche eine Putzfrau kommen und kochte auch so gut wie nie selbst, dazu war ihre Zeit zu kostbar. Was sie in diesem Augenblick verharren ließ, war ihr eigenes Spiegelbild, sie hatte sich dabei ertappt, dass sie mit hängenden Schultern durch die Gegend lief, wohin das führte, erlebte sie tagtäglich. Krummrücken, Witzfiguren, ganz zu schweigen von handfesten medizinischen Problemen.

Schon verspürte sie ein Stechen und Ziehen, erschrak, versuchte den Entstehungsort zu lokalisieren, vergeblich, es war wieder alles, wie es sein sollte. Zögernd ging sie weiter, lauerte regelrecht auf eine Wiederholung, hielt sich nun sehr gerade, wollte schon aufatmen und bezichtigte sich gerade selbst der Hypochondrie, als es erneut pikste und kribbelte. Ein Gefühl wie bei eingeschlafenen Füßen, nicht wirklich schmerzhaft, trotzdem musste sie automatisch an eine Reportage über Durchblutungsstörungen denken, die sie neulich gesehen hatte. Neben Rückenleiden einer der Hauptgründe, warum Frauen in ihrem Alter, die bis dahin kerngesund waren, plötzlich von Arzt zu Arzt rannten.

Juliane hatte einen ziemlichen Horror vor Ärzten, es reichte, ständig mit Vertretern dieser Berufsgruppe über ihre Mutter sprechen und heraushören zu müssen, dass die Fachleute ähnlich ratlos wie sie selbst waren. Die Symptome bei Gertrud Oberle erinnerten an Alzheimer, doch sämtliche Tests sprachen dagegen. Keine verhärteten Zellen im Gehirngewebe, gute Blutwerte, die Knochendichte stimmte ebenfalls, auch Herz und Kreislauf ließen nichts zu wünschen übrig, blieb nur noch die Psyche als Dirigent des zu beobachtenden Verfalls. Unfassbar, unberechenbar, eingesperrt in Sätzen wie *Man muss immer eine Leiter nehmen, sonst ist es gefährlich.*

Juliane dachte, dass sie es nicht aushielte, diesen Satz heute zu hören. Noch viel weniger würde sie es ertragen, selbst Opfer eines solchen Krankheitsbildes zu werden. Man musste etwas dagegen tun. Sie musste etwas dagegen tun. Was?

»Wollen Sie hier festwachsen oder wie?«

Juliane schrak zusammen, sah von dem Parkscheinautomaten

unmittelbar vor sich zu den beiden Halbstarken hin, die sie musterten, als ob sie nicht mehr alle Tassen im Schrank hätte. Was in gewisser Weise sogar zutraf, sie hatte nicht einmal bewusst registriert, dass sie schon bezahlt hatte, der entwertete Parkschein und das Rückgeld lagen im Auswurfschlitz, und sie stand davor, versperrte den Weg.

»Tut mir Leid.« Statt die Tür zu öffnen, welche zum Parkdeck A führte, wo ihr Wagen stand, steuerte sie die Treppe an, die zurück ins Freie führte. Spöttisches Lachen folgte ihr, die Jungs machten sich lustig über sie, wer wollte es ihnen verübeln? In diesem Alter war die Welt für sie selbst auch noch eine unmissverständliche Aufforderung gewesen, den Alten zu zeigen, worauf es wirklich ankam. Alt war jeder über zwanzig, mit dreißig war man schon scheintot, Lilly würde sagen »ein Grufti«, danach gab es nur noch eine Steigerung, nämlich die »Verwesis«, das waren die über Vierzigjährigen. Seit einem Jahr gehörte sie selbst dazu.

Ich will nicht, dachte sie, suchte nach einem rettenden Anker, doch ihr Kopf glich einem viel zu tiefen Becken, in dem sie als Nichtschwimmer landete, alles, was sie zum Festhalten fand, war die schwache Erinnerung an eine raffiniert gemachte Schaufensterwerbung, an der sie eben vorbeigekommen war. Unmittelbar neben den Haushaltsgeräten, es war um Jugend, Gesundheit, *fit forever* gegangen, diese Information schob sich nun nach oben und bewirkte, dass sie denselben Weg wieder zurückging.

Sie hatte sich nicht geirrt. Rundlaufende Lichtpunkte zogen die Aufmerksamkeit auf sich, konturierten irgendwelche Geräte, über einem stand »Der Strecker macht ihr Kreuz stark«, es schien die direkte Antwort auf das Ziehen und Stechen vorhin zu sein. Das Geschäft hatte noch geöffnet, der Verkäufer sah so aus, als ob er selbst fleißig Gebrauch von seiner Ware machte, erzählte wahre Wundermärchen von der positiven Wirkung auf seine Freundin, und obwohl Juliane normalerweise eher misstrauisch reagierte, wenn jemand ihr etwas in den höchsten Tönen anpries, verfolgte sie nun geradezu begierig die Show, die für sie allein inszeniert wurde, und ließ sich zu guter Letzt einen

Rückenstrecker für vierhundertachtzig Mark, bei dem ihr eigenes Körpergewicht der Trainingswiderstand war, in den Kofferraum wuchten.

»Hübsches Auto, das Sie da haben.«

»Es ist nur ein Leihwagen.«

»Macht ja nichts. Jedenfalls noch viel Spaß mit dem Strecker, und wenn Sie noch Fragen haben: Ich bin jederzeit für Sie da.«

Juliane war in Schweiß gebadet, als die Neuerwerbung endlich in ihrer Wohnung stand. Der Hausmeister hatte ihr geholfen, trotzdem war es eine ziemliche Prozedur gewesen, dieses Ding war schwer wie Blei, auch schien dem Mann nicht einzuleuchten, warum sie ausgerechnet am Freitagabend ihren Rücken strecken wollte. Er wollte jedenfalls gleich mit seiner Frau ins Kino. Weil sein Sohn im *Ufa* arbeitete und sie umsonst reinließ, waren die beiden zu treuen Kinogängern geworden. Diesmal ging's in den »Knochenjäger«. Während der Hausmeister nach einem Blick auf die Uhr auch noch die Kartonage entfernte und wie selbstverständlich zu montieren begann – der passende Inbusschlüssel lag bei –, schilderte er die übliche Reaktion des zarten Geschlechts auf blutrünstige Szenen und wie er selbst in solchen Fällen zum Beschützer avancierte: »Dann ist meine Frau ganz klein mit Hut und kriecht vor Angst bald in mich hinein.« Der Blick, mit dem er Juliane streifte, signalisierte ihr, wie rätselhaft ihm ihre eigene Rolle erschien.

Als sie ihn wenig später mit einem Zwanzigmarkschein verabschiedete, stellte sie sich vor, wie er seiner Frau unterwegs von der »komischen Mieterin im dritten Stock« erzählte, die nichts Besseres mit ihrem Freitagabend anzustellen wusste, als auf einem Chromgestell ihren unteren Rücken und die Pomuskulatur zu stärken. *Da kennen wir doch 'ne viel angenehmere Methode, Schatz!,* glaubte sie ihn sagen zu hören.

Gelegentlich wünschte sie sich, die Dinge nicht immer aus verschiedenen Warten zu sehen, im Job war das durchaus hilfreich, doch privat schuf es oft eine zusätzliche Entfremdung zu sich selbst. So wie jetzt. Es war verflixt komisch, sich halb nackt – sie trug nun nur noch Slip und BH – in der großen Spiegelfläche ihres Kleiderschranks gut einen Meter über dem Boden »schweben« zu sehen. *Köpfchen in die Tiefe, Zehen in die Höh,* lediglich das Becken lag auf. Das Blut stieg ihr zu Kopf, sie konzentrierte sich auf die Anweisungen des Fachverkäufers, verankerte die Füße fester unter den Polstern an der hinteren Teleskopstange, hob den Oberkörper langsam an, kreuzte die Arme vor der Brust, hielt die Spannung so lange wie eben möglich, ließ sich wieder nach unten klappen, bis ihre Haare den Boden berührten, wiederholte dieselbe Übung immer wieder, bis sie leicht taumelig ins Bad schwankte, sich unter die prasselnde Dusche stellte und sich fragte, für wen sie sich eigentlich so abquälte. *Für dich selbst!* musste die Antwort lauten, hoffentlich klangen diese Worte überzeugender, wenn sie ihren Kunden damit kam.

Nach so vielen Ehejahren hatten sich zwangsläufig Rituale herausgebildet, dazu gehörte, dass Johannes als Erster aufstand und im Bad die elektrische Zusatzheizung aufdrehte, weil Karin sehr schnell fror. An diesem Morgen machte sie ihm einen Strich durch die Rechnung, hatte sich vor ihm ins Bad geschlichen und sogar abgeschlossen. Auch das war mehr als ungewöhnlich, es bedurfte keines herumgedrehten Schlüssels, um ihn daran zu erinnern, dass sie bei intimeren Verrichtungen gern allein gelassen wurde. Andererseits störte es sie nicht, sich die Zähne zu putzen und die Haare zu föhnen, während er sich rasierte. Er mochte es, mit einem Seitenblick Zeuge ihrer allmorgendlichen Verwandlung aus einem sehr verschlafenen, wortkargen Wesen in eine gepflegte Frau zu werden, bei der jedes Haar so lag, wie sie es wollte. Manchmal küsste er sie dann zart auf den Nacken und sagte sich, dass er von Glück reden konnte, mit ihr verheiratet zu sein. In seinen Augen war sie noch genauso hübsch wie vor zwanzig Jahren.
Er kam sich leicht lächerlich vor, als er vor der verriegelten Tür stand, die zur Hälfte immerhin auch ihm gehörte, genauso wie das Bad dahinter.
»Karin, nun mach schon auf! Was soll der Blödsinn?«
Die Antwort war das vertraute Surren des Föhns, es roch auch

nach ihrem Haarfestiger, er glaubte sie vor sich zu sehen, sie dort drinnen und er hier draußen, es war zweifelsfrei die kindische Retourkutsche dafür, dass er heute mit seinem Patenkind ins Konzert ging.

Dabei behauptete sie immer, er wäre derjenige, der sich kindisch verhielt. Etwa wenn er sie aus einer Laune heraus packte und durchs Haus trug, sie war so leicht und klein, und obwohl sie zappelte und ihn beschimpfte – »Setz mich sofort ab!« –, schaffte er es gewöhnlich, sie bei solch einer Aktion zum Lachen zu bringen, denn sie war auch sehr kitzelig. Oder aber er ließ sich von einem etwas tieferen Ausschnitt dazu verleiten, sie mit einer Brotkugel zu bewerfen und laut zu jubeln, wenn er ins volle Leben traf und zusehen durfte, wie sie sich die Krumen aus dem BH klaubte. »Du bist wirklich nicht recht gescheit, Johannes!« Tadelnd, gewiss, doch zugleich liebevoll oder zumindest nachsichtig.

An diesem Morgen spielten sie mit vertauschten Rollen. Er hätte ihr gern gesagt, dass sie seinen Part denkbar schlecht ausfüllte, doch durch die geschlossene Tür war auch das mehr als fragwürdig. Ihm blieb keine andere Wahl, als zu warten, bis sie sich zum Öffnen der Tür bequemte, oder schon einmal zu frühstücken. Er entschied sich für die zweite Möglichkeit, das sah immerhin nicht so aus, als ob er sich von ihr zum Hampelmann machen ließ.

Es war dies, soweit er sich erinnern konnte, der erste Morgen seit langem, an dem sie ohne greifbaren Grund nicht zusammen frühstückten.

Am Samstagmorgen wachte Juliane mit einem fürchterlichen Muskelkater auf. Sie rief ihre Mitarbeiterin an, die in der eigenen Wohnung für sie arbeitete, was dank der neuesten Technologien ebenso unkompliziert wie kostensparend war. Die Termine vor Ort nahm Juliane ohnehin stets persönlich wahr, und wenn nötig, konnte sie jederzeit auf einen mehr oder weniger großen Konferenzraum im *Crown Plaza* zurückgreifen.

»Hallo, Esther, ich habe doch da gleich noch das Vorgespräch mit diesem Malermeister, der viel mehr als nur ein Malermeister ist, aber an seinem alten Image festpappt.«

»Ja, natürlich, der Termin ist um neun Uhr dreißig in seinem Betrieb, danach steht nur noch die Möbeltante in deinem Terminkalender, du wolltest ja heute früh Schluss machen.«

»Mit Katja Ehrich habe ich schon gesprochen, aber du musst bitte den ersten Termin für mich verschieben, ich falle heute aus.«

»Bist du etwa krank?«

»Krank ist vielleicht nicht die richtige Definition, ich habe mich gestern Abend einfach zu sehr auf dem Rückenstrecker verausgabt.«

»Nennt man das jetzt so? Mein Rückenstrecker ist übrigens wieder mal mit dem Unterhalt für unsere gemeinsame Tochter überfällig, dieses Problem hast du ja wenigstens nicht. Und was soll ich unserem Malermeister sagen?«

»Dass ich ihn gern am Montag aufsuche, falls es ihm dann passt, möglichst früh, weil da noch nichts ansteht. Und jetzt nehme ich erst mal ein Heilbad – aus der Apotheke wohlgemerkt – und hoffe, dass ich mich bis zum Konzert der *Bloodhounds* wieder halbwegs normal bewegen kann.«

»Du gehst wohin? Sag das nochmal.«

»Lilly – du weißt schon, mein Patenkind – ist total verrückt auf diese Band.«

»Nicht nur sie. Hoffentlich weißt du, was du dir da antust, ich bin einmal mit meinem Mariechen bei so was gewesen, einmal und nie wieder, um ein Haar wäre ich von einer Hundertschaft fliegender Teddybären erschlagen worden.«

Juliane versprach, Acht zu geben und später genau zu berichten, wie es gewesen war. Vorausgesetzt, das Bad half und sie überstand das Kreischen von abertausend Teenagern ohne bleibenden Schaden.

Es war erst kurz nach zwölf, als sie das Haus der Meyer-Redlichs erreichte. Immerhin humpelte sie nicht mehr wie ihre eigene Großmutter, sondern bewegte sich nur noch etwas steif. Renate hatte die beiden mittleren Jungs gerade aus dem Kindergarten abgeholt, sie kickten munter Kieselsteine aus der Auffahrt in den

Abfluss, während ihre Mutter sich mühte, mit dem Jüngsten auf der Hüfte und zwei Einkaufstüten in einer Hand die Haustür aufzuschließen. Lilly dürfte noch in der Schule sein. Als Renate Juliane sah, machten sich prompt ein paar der zuoberst gepackten Äpfel selbständig, die Kleinen kreischten begeistert, als die Früchte über den Weg titschten, die Kieselsteine waren nicht länger aktuell.

»Träume ich? Die viel beschäftigte Juliane Oberle, ihres Zeichens Verpackungskünstlerin, frönt vor meiner Haustür am helllichten Tag dem Müßiggang?« Und zu den Kindern: »Gebt ihr wohl die Äpfel her!«

»Nun krieg dich schon wieder ein …«, setzte Juliane an, es war ihr peinlich, so angesprochen zu werden.

»Den Teufel werde ich tun, wenn sie mit Lebensmitteln Fußball spielen.«

»Das meinte ich nicht. Ich hab's nur nicht so gerne, wenn du so tust, als ob ich 'ne Art Workaholic wäre.«

»Bist du's nicht?«

»Siehst du doch. Ich habe heute einfach alles abgesagt, was nach Job aussieht, um halbwegs gestärkt Lillys Idol in die Pupille zu sehen.«

»Das heißt, du kannst zum Essen bleiben. Prima, dann gibt's besser doch keinen süßen Reis, für Süßkram warst du ja noch nie zu haben. Ich könnte Geschnetzeltes machen, das geht fix, oder Ratatouille, sofern Carsten noch was von den Paprika übrig gelassen hat. Seitdem er gelesen hat, dass rote Paprika wahre Bomben – du weißt schon wofür – sind, isst er die pfundweise. Ziemliche Verschwendung, wenn du mich fragst. Erstens sind rote Paprika zurzeit sauteuer, und zweitens ist die sinnvolle Umsetzung dank Streichung von G.Z.s.Z zurzeit ohnehin so gut wie ausgeschlossen.«

»Man soll die Hoffnung nie aufgeben. Wie wär's, wenn ich rasch Pizza für uns alle hole?«

Renate protestierte, ihre Söhne jubelten, das Ende vom Lied war, dass Juliane losfuhr und fast gleichzeitig mit ihrem Patenkind mit den gewünschten Sorten zurückkam. Sie schmausten in der Küche, weil es dort nicht darauf ankam, ob jemand etwas fallen ließ oder mit der Limonade kleckerte, die Juliane auch noch mitgebracht hatte. Wennschon, dennschon.

Dolly saß mit sehnsüchtigen Augen und wedelndem Schwanz neben dem Tisch und wartete darauf, dass ihr jemand heimlich etwas zusteckte. Offiziell duldete Renate es nicht, dass der Hund gefüttert wurde, deshalb sah sie einfach im richtigen Moment weg, wenn ihre Söhne etwas fallen ließen. Eine Regelung, der Juliane sich anschloss. Nachdem die drei Kleinen zum Mittagsschlaf hingelegt worden waren, brühte Renate Kaffee auf, es würde noch eine Weile dauern, bis Lilly sich in Schale geworfen hatte.

»Wo gehen wir eigentlich hin?«, hatte sie wissen wollen und einen niedlichen Flunsch gezogen, als ihre Patentante die Schultern zuckte und sie dann zu foppen begann.

»Schauen wir mal, wie wär's denn mit dem Zoo?«

»Das ist nicht dein Ernst! Ich bin doch kein Baby mehr. Nun sag schon, was machen wir? Wo du heute mal so richtig schön früh dran bist, könnten wir doch was ganz Tolles machen. Na ja, ganz toll geht schon nicht mehr, weil alle Karten für die *Bloodhounds* ausverkauft sind, aber wir könnten wenigstens Gokart fahren, die Bahn in Godorf ist megageil, das sagen alle.«

»Tut mir Leid, Süße, aber alles, was auch nur annähernd mit Sport zu tun hat, scheidet heute für mich aus. Ich bin kreuzlahm.«

»Und wie wär's mit Kino? Es laufen jede Menge gute Filme. *American Beauty* oder *American Pie* oder …«

»Gibt's auch noch was Gutes ohne ›American‹ im Vorspann?«, warf Renate ein.

»Typisch Mama, sie ist schon von meinem Vater infiziert. Also, wie wär's nun mit Kino, wenn wir uns beeilen, schaffen wir sogar noch die Nachmittagsvorstellung.«

»Das wird nicht gehen.«

»Und warum nicht?«

Juliane verriet nichts, ihr Patenkind wurde immer zappeliger, versuchte schließlich, aus der Reaktion auf ihre Garderobe

Rückschlüsse auf den Plan für den heutigen Frauentag zu ziehen, und resignierte leicht genervt, als sie zu hören bekam, dass sie einfach in allem hübsch aussähe.

Wie immer hatte Karin zuerst die Post sortiert. Die meisten Schreiben bearbeitete sie selbständig, mittlerweile wusste sie besser als Johannes, welche Lieferanten am günstigsten und zuverlässigsten waren, wo man auf die Schnelle kleine Mengen nachkaufen konnte, wann welche Rechnung zu bezahlen war und wie man es schaffte, dem Leiter der hiesigen Sparkasse klarzumachen, warum der Dispositionskredit überschritten war und dennoch kein Grund zur Sorge bestand. Letzteres war ihr immer besonders unangenehm gewesen, sie hasste derlei Bittgänge, zumal nie ganz sicher gewesen war, ob die säumigen Kunden tatsächlich in den zugesagten Raten abstottern würden, was sie schuldig waren. Dank René Hoffmann war dieses Thema praktisch passé, er bezahlte immer pünktlich und durfte sich im Gegenzug darauf verlassen, dass er nicht nur prompt beliefert wurde, sondern obendrein immer wieder neue, pfiffige Entwürfe bekam. In dieser Hinsicht war Johannes kaum zu überbieten, er war ein Meister seines Fachs, das bestätigte auch Philipp immer wieder.

Es war nicht in Ordnung, dachte Karin, dass Johannes sie gestern so mir nichts, dir nichts an Philipp abgeschoben hatte. Es gehörte sich nicht, einen Auszubildenden zum Stellvertreter zu nominieren, was sollten denn da die anderen Paare im Theaterkreis denken?

Sie warf einen Blick durch die Scheibe, die ihr Büro von der Werkstatt trennte. Philipp leimte gerade zwei Vierkantstäbe, sein Profil war ihr zugewandt, es stimmte allerdings, dass er kein pickliger Jüngling mehr war. Wie alt war er überhaupt? Es irritierte sie, nicht genau zu wissen, wie alt beziehungsweise jung der einzige Mitarbeiter war, den sie hatten. Sie stand auf, wollte an den Aktenschrank treten und sich Gewissheit verschaffen, als Philipp aufsah und ihr zuwinkte. Eine sehr vertrauliche Geste, wie sie fand, sie sah rasch weg, empfand deswegen fast im selben Moment etwas wie Beschämung und öffnete, einer spontanen Eingebung folgend, die Verbindungstür.

»Philipp, hätten Sie nicht Lust, einen Tee mit mir zu trinken?«

»Gern.«

»Gut, sagen wir in zehn Minuten.«

Der Gedanke, wie Johannes reagieren würde, wenn er gleich aus der Lackiererei kam, um wie an jedem Arbeitstag in ihrer Gesellschaft seinen Kaffee zu trinken, dabei seine Post durchzusehen und offene Fragen mit ihr durchzusprechen, und dann Philipp auf seinem Platz sitzen sah, verschaffte ihr ein Gefühl innerer Genugtuung. Johannes hatte einen Denkzettel verdient, diese Sache mit heute Abend war ja nur das Tüpfelchen auf dem »i«. Er war ein Egoist, zugegebenermaßen einer, der sehr liebevoll tat, aber in Wahrheit setzte er sie dadurch nur noch mehr unter Druck.

Sie schaltete den Wasserkocher ein, richtete den Tee vor, füllte Kandiszucker in die hübsche Dose nach, die zu dem Teeservice gehörte, das nur sie allein benutzte, weil Johannes lieber Kaffee trank. Die Kaffeemaschine ließ sie heute links liegen, dafür arrangierte sie etwas von dem Gebäck, das ihre Mutter ihr für Johannes mitgegeben hatte, auf einer Schale. Noch zwei Zitronenviertel und wahlweise Sahne, dann war alles fertig, und als sie aufsah, näherte sich auch schon Philipp. Er war immer sehr pünktlich, das hatte ihr von Anfang an gefallen.

Einen Moment lang fühlte sie sich unsicher, die Gratwanderung zwischen Arbeitgeberin und Gastgeberin fiel ihr nicht leicht, gewöhnlich zog sie es vor, die Dinge sauber voneinander zu trennen. Sie griff nach der Teekanne, er hob ihr seine Tasse entgegen, sie wollte schon eingießen, als er einen Rückzieher machte, ein paar Tropfen erwischten seinen Unterarm, sie wollte etwas sagen, als er ihr auch schon ihre eigene Tasse hinhielt.

»Andersrum wäre es schon okay gewesen«, sagte sie und musste lächeln.

»Sie sollen doch nicht denken, dass Sie heute Abend mit einem Stoffel ausgehen.«

»Das dächte ich keine Sekunde lang.«

»Ich freue mich übrigens riesig, dass Sie mich gefragt haben. Natürlich ist mir klar, dass ich kein Ersatz für Johannes bin, trotzdem werde ich mir alle Mühe geben, Sie nicht zu enttäuschen.«

»Das tun Sie bestimmt nicht. Wie geht es Ihrem Arm? Der Tee ist kochend heiß.«

»Halb so wild.«

»Ich habe Brandsalbe da.« Sie gab nicht eher Ruhe, als bis er den Hemdärmel aufrollte. Tatsächlich waren ein paar winzige rosa Pünktchen zu sehen, wäre seine Haut nicht so hell, wären sie wohl kaum aufgefallen. Sie betupfte sie trotzdem mit Salbe, es war der Moment, in dem Johannes das Büro betrat.

Er erfasste die Szene mit einem Blick, natürlich kannte er die Vorgeschichte nicht. Was er sah, war seine Frau, die sich über den Mann beugte, der ihn vor gut zwei Jahren förmlich angefleht hatte, ihn zum Kunstschreiner auszubilden. Philipp hatte sich die Hacken auf der Suche nach einer guten Stelle abgelaufen, niemand wollte ihn haben, den einen war er zu alt, um sich mit den anderen »Stiften« zu arrangieren, die anderen glaubten nicht daran, dass ein Studierter bei der Stange bleiben würde. Bislang hatte Johannes keinen Grund gehabt, seinen Entschluss zu bereuen.

»Störe ich?«, fragte er nun und schraubte die Dose auf, in der das Kaffeemehl aufbewahrt wurde. Karin hatte seinen Kaffee vergessen, falls nicht sogar Absicht dahinter steckte. Als er die Plätzchen auf dem Tisch entdeckte, reichte es ihm endgültig, er nahm sich die Post mit hinüber in die Werkstatt.

Das Rätselraten über die Gestaltung des heutigen Frauentags wurde im Auto fortgesetzt. Als Juliane statt der City – wo die Kinos lagen – die Gladbacher Straße ansteuerte, war nochmals unverhohlene Enttäuschung angesagt.

»Du willst doch nicht etwa mit mir nach Bergisch Gladbach?«, protestierte Lilly. »Da liegt echt der Hund begraben, da in der Nähe hat Papa uns mal zu 'nem Kirchenkonzert hingeschleppt, und hinterher mussten wir endlos wandern, außer Kirchen und Kühen gibt's da praktisch nichts.«

»Doch, ein Seniorenheim, meine Mutter wohnt dort. Wenn ich sie nicht besuche, macht sie sich womöglich Sorgen.«

»Ich dachte, sie wirft sowieso alles durcheinander?«

»Nein, nicht alles und auch keineswegs immer, manchmal ist sie wieder voll da.«

»Und dann?«

»Dann merkt sie, dass der Kuchen dort nicht so ist wie der Kuchen, den sie früher selbst gebacken hat, und ist traurig.«

»Mag sie so gerne guten Kuchen?«

»Nein, überhaupt nicht, aber mein Vater war ein großer Kuchenfreund. Seitdem er tot ist, und das ist nun schon bald fünfundzwanzig Jahre her, beschäftigen sie praktisch nur noch Dinge, die ihr früher gleichgültig oder sogar zuwider waren. Wie eben Kuchen oder am helllichten Tag vor sich hinträumen oder Fragen, auf die es keine Antwort gibt. Mein Vater war so, sie hat ihm vorgeworfen, dass er seine eigene Karriere verpennt.«

»Hört sich nicht an, als ob sie ihn sehr gemocht hätte.«

»Das habe ich damals auch gedacht, aber inzwischen … Ach, ich weiß es selbst nicht, es ist ziemlich kompliziert. Wenn du willst, kannst du auch draußen auf mich warten, ich mache schnell, und hinterher steht was echt Gutes auf unserem Programm, das verspreche ich dir.«

»Ich komme lieber mit. Übrigens …«

»Ja?«

»Ich will nicht, dass du denkst, ich käme nur gerne mit, wenn was Besonderes gebacken ist. Die Hauptsache ist, dass wir beide zusammen sind. Ich bin echt gern mit dir zusammen, du kapierst einfach alles, und wenn du's doch nicht kapierst, machst du's mir wenigstens nicht madig. Ich find's einfach Scheiße, wenn einem was madig gemacht wird, bevor man 'ne reelle Chance hat, sich selbst 'ne Meinung zu bilden. Papa beispielsweise sagt von vorneherein, dass meine Musik Scheiße ist, dabei kann er nicht mal *Oli.P* von *Sexyhound* unterscheiden.«

»Du kannst ja auch keinen Brahms von Mozart unterscheiden, vielleicht ärgert ihn das manchmal genauso.«

»Kann sein, vielleicht, aber ich mach's ihm wenigstens nicht direkt madig.«

»Na ja, das hab ich etwas anders im Ohr.«

»Ich sag nur, dass sein Mozart 'ne Scheißmusik ist, wenn er vorher einen von meinen Stars durch den Kakao gezogen hat.« Sie hatten nun den Speisesaal erreicht, in dem lediglich die Notbeleuchtung brannte, trotzdem war der Raum schon gut gefüllt. Ein Anblick, der Lilly bewog, das Thema zu wechseln, was ihr vielleicht ohnehin ganz angenehm war. »Hör mal, wieso sitzen die da alle so rum und stieren Löcher in die Gegend? Sieht ja echt grauslich aus.«

»Sie warten aufs Abendessen.«

»Aber so früh gibt's doch noch kein Essen.«

»Manche haben eben nichts Besseres zu tun.«

»Gibt's denn hier nichts, was Bock macht?«

»Schon, es wird alles Mögliche angeboten, aber viele ältere Leute sind einfach nicht daran gewöhnt, sich ständig mit fremden Menschen auseinander zu setzen, die wenigsten sind ja hierher gekommen, weil es ihnen so gut gefällt. Meistens ist der Ehepartner gestorben oder der eigene Zustand so schlecht, dass man sich allein nicht mehr zu helfen weiß. In solchen Fällen dauert es ziemlich lange, bis die Umstellung klappt, manchmal klappt sie auch nie.« Wie bei meiner Mutter, dachte Juliane und spürte, dass die Neunjährige ihre Gedanken erriet. Diese kleine Hand, die sie da streichelte, trieb ihr fast die Tränen in die Augen. Lilly war ein Schatz, das bewies sie auch bei diesem Besuch, der dank ihrer Mithilfe halbwegs glimpflich über die Bühne ging. Sie verzog auch keine Miene, als Julianes Mutter sie zum Abschied »Julchen« nannte und ihr auftrug, immer eine Leiter zu benutzen. Nicht einmal draußen auf dem Gang fragte sie, was das zu bedeuten hatte, sie wirkte sehr nachdenklich. Erst als sie schon fast wieder in Köln waren, schlug sie vor, demnächst etwas für Julianes Mutter zu malen.

»Sie hat so viele Bilder da hängen, also mag sie Bilder wohl besonders gern, und ich hatte in Malen immer eine Eins, du musst mir nur sagen, welches Motiv ihr am besten gefällt.« Und mit einem verschmitzten Lächeln: »Meinetwegen male ich auch 'ne Leiter und 'nen Kuchen, das ist dann schon fast surrealistisch, oder?«

Johannes hatte Moritz wie abgemacht am Gymnasium abgeholt und mit zu sich nach Hause genommen, er war sicher, dass Karin ihre Mucken nicht an einem Zehnjährigen auslassen würde. Er irrte sich. Normalerweise tischte sie extra für Moritz schon mittags etwas Leckeres auf, es waren die einzigen Tage, an denen auch Johannes in den Genuss von zwei warmen Mahlzeiten kam. Mal gab es Pfannkuchen, mal Spaghetti Bolognese, er hatte absolut nichts gegen die typischen Lieblingsgerichte von Kindern einzuwenden, ihm schmeckten ja auch Pizza und Milchreis mit Zimt und Zucker. Heute gab es nichts von alldem, das Untergeschoss seines Hauses war verwaist.

»Und wo ist Tante Karin?«

Es lag Johannes auf der Zunge zu erwidern, dass er das auch gern wüsste. Er beherrschte sich. »Es könnte sein«, sagte er, »dass sie wieder ihre Migräne hat. Ich schau mal rasch oben im Schlafzimmer nach.« Gesagt, getan, das Ergebnis war ebenfalls negativ, dabei hatte er ihr vor nicht mal einer Stunde mitgeteilt, dass er jetzt den Jungen abholte.

»Und? Schläft sie?«

»Fehlanzeige. Vielleicht ist sie drüben in der Werkstatt. Sekunde, das haben wir gleich.« Er konnte nicht verhindern, dass Moritz ihm folgte und Zeuge wurde, wie sein Auszubildender ihm erklärte, wo seine eigene Frau war.

»Sie ist zum Friseur«, sagte Philipp. Er tat so, als ob es die selbstverständlichste Sache der Welt wäre, besser über den Verbleib von Karin informiert zu sein als sein Chef.

»Dann richte ihr aus, dass ich mit Moritz etwas essen gegangen bin.«

»Wird gemacht, Chef.«

In Johannes kochte es, ihm kam es so vor, als ob dieses »Chef« regelrecht höhnisch geklungen hätte, sonst nannten sie sich beim Vornamen. Worüber hatten die beiden heute früh geredet? Über ihn, Johannes? Was hatte Karin so nah an Philipp zu schaffen gehabt? Ausgerechnet sie, die sonst peinlich darauf achtete, keinen Körperkontakt zu haben. Könnte ja mehr daraus werden, Sex beispielsweise. Ob sie drauf aus war, ihn eifersüchtig zu machen? Da konnte sie lange warten.

»Ist was mit dir, Onkel Jo?«

»Was soll sein? Ich habe mir nur gerade gedacht, dass es ein Glück ist, dass ich keine Frau bin und mich stundenlang färben und dauerwellen lassen muss.«

»Färbt Tante Karin sich denn schon die Haare?«

»Ja, weil sonst die grauen Ansätze rausgucken.« Johannes fühlte sich nicht wohl in seiner Haut, als er das verriet, doch er kam einfach nicht gegen den Impuls an, sich zu rächen. Wenigstens ein klein wenig. Es gefiel ihm nicht, dass seine Frau mehr Aufwand mit ihrem Aussehen trieb, wenn sie ohne ihn ausging, das schlug ihm sogar auf den Appetit.

Während Moritz eine Riesenportion Lasagne und hinterher noch ein großes Eis mit Schokoladensauce verdrückte, begnügte er selbst sich mit einer Minestrone und stellte sich vor, wie er bei seiner Rückkehr in die Werkstatt so tun würde, als ob nichts wäre.

Ein Vorsatz, der nicht eben einfach einzuhalten war, weil seine Frau es offenbar darauf anlegte, ihn zu provozieren. Kaum war sie von ihrem Friseurtermin zurück, verdrückte sie sich auch schon wieder, um sich in Ruhe umzuziehen. Und als ob das nicht reichte, hatte sie Philipp ohne Rücksprache mit ihm freigegeben, um sich ebenfalls in Schale zu werfen. Plötzlich war Philipp verschwunden, über das Haustelefon erfuhr Johannes von Karins eigenmächtigem Handeln. Dies war der Moment, in dem er sich beim besten Willen nicht länger beherrschen konnte. Er stürmte ihr nach, wie zu erwarten, befand sie sich im Bad.

»Kannst du mir mal bitte verraten, wie du dazu kommst, über meinen Azubi zu verfügen?«

»Es ist genauso gut meiner«, erwiderte sie und fuhr fort, an ihren Augenbrauen herumzustrichen.

»Nur dass du im Gegensatz zu mir keine Ausbildungsbefugnis hast. Wenn ich nicht wäre, säße er morgen wieder auf der Straße.«

»Und wenn er nicht wäre, säße ich heute Abend allein im Theater und wäre die Blamierte.«

»Das kann man wohl kaum miteinander vergleichen. Übrigens wäre ich dir sehr dankbar, wenn du etwas mehr Rücksicht auf Moritz nehmen würdest.« Er zeigte auf die Treppe, die hinunter in die Diele und weiter in die Werkstatt führte, irgendwo dort saß oder stand der Junge und machte sich seinen eigenen Reim. »Was soll er nur von uns denken?«

»Daran hättest du besser vorher gedacht. Es ist immer dasselbe.«

»Wie wahr.« Er knöpfte sich das Hemd auf, zog den Gürtel aus der Schnalle, stieg aus der Hose, warum sollte er Rücksicht auf sie nehmen, wenn sie das umgekehrt auch nicht tat? Es war genauso gut sein Bad wie ihres, und ihm war nach einer Dusche. Als er das heiße Wasser aufdrehte, floh sie nach draußen, und als er keine Viertelstunde später hinunterkam, war sie schon weg. Mit dem Golf, den er vor zwei Jahren für sie gekauft hatte. Sein eigener BMW hatte schon sieben Jahre auf dem Buckel. Er war außerstande, diesen Tatbestand in Relation zu seinen eigenen Wünschen zu setzen, schließlich hatte niemand ihn gezwungen, seinem Oldie so lange die Treue zu halten. Es war Moritz, der ihn aus seinen düsteren Gedanken riss.

»Du siehst schick aus, Onkel Jo. Ist das graue Hemd neu? Es steht dir viel besser als die gestreiften Hemden, die du sonst immer anhast.«

»Deine Tante hat eine Vorliebe für blau und weiß gestreifte Hemden, sie kauft sie immer für mich ein.«

»Und weil ihr sauer aufeinander seid, ziehst du jetzt was anderes an?«

»Nee, ich will's nur nicht riskieren, dass mich tausend Teenager auspfeifen, weil ich wie mein eigener Opa antanze. Die jungen Leute tragen doch heute fast alle Grau und Schwarz, da habe ich mir gedacht …« Weiter kam Johannes nicht, weil sein Neffe ihm nun laut jubelnd um den Hals fiel.

»Geil, Onkel Jo, das ist echt geil, ich hätte nie gedacht, dass du wirklich mit mir zu den *Bloodhounds* gehst.«

Backstage

»Seid ihr jetzt völlig bekloppt?« Die Stimme des Ordners überschlug sich, mit hochrotem Gesicht und zuckender Halsschlagader stemmte er sich gegen die Schlange drückender Teenies. Das Gedrängel behagte dem Mann in der gelben Neonjacke offenbar überhaupt nicht, das ließ sich ebenso für seine Kollegen sagen, die mit ihm zusammen Tausende von Kids in Schach halten sollten. Nur vereinzelt entdeckte Juliane ein erwachsenes Gesicht in dem Tumult, vermutlich ähnlich verlegen wie ihr eigenes, es war einfach eine Ewigkeit her, seit sie selbst so außer Rand und Band gewesen war, weil jeden Moment ein echter Star auftauchen konnte.

»Was hat der Opi denn?«, rief jemand hinter ihr, gleichzeitig schubste es in ihren Rücken, die Vorwärtsbewegung übertrug sich auf Lilly und weiter auf das Mädchen davor und immer so fort, spiegelte sich in dem Belfern des Ordnungshüters vor ihnen, der nun noch röter anlief, sofern das überhaupt möglich war. Er glich einem gekochten Krebs.

Hoffentlich bekommt er keinen Herzanfall, dachte Juliane, wobei sie keineswegs Mitleid mit dem Mann empfand, der in diesem Job schließlich für derlei geeicht sein sollte.

»Ja was hat er denn eigentlich?«, wiederholte sie laut.

»'nen Knall«, erwiderte Lilly trocken und riss wie alle anderen die Hände in die Luft, eine Welle wogender Arme, begleitet von hellen Stimmen, die einen Song intonierten, der unerwartet zahm begann: »Hallo, liebe Mama ...«

»Ist das auch von den *Bloodhounds*?«, fragte Juliane. Besser gesagt, sie rief es in die Richtung, wo sie Lillys Ohr vermutete. Das

Mädchen lehnte den Kopf nach hinten, sah zu ihr auf, grinste, eine Antwort erübrigte sich durch den Text, der folgte: »Hallo, liebe Mama, hier ist Jimmy, ich such ein Wort, das sich auf Vagina reimt.«

»Schweinskram«, schimpfte der Ordner, »euch sollte man reihenweise übers Knie legen, wenn ihr mir gehörtet …«, dann übertönte ihn das Kreischen. Eine Weile später, als Juliane ihm ihre beiden Karten vorwies, schlug er andere Töne an. Weil sie doppelt, wenn nicht gar dreimal so alt war?

»Mit den Karten hätten Sie überhaupt nicht anstehen müssen. Warten Sie, ich lass Sie hier durch.« Ein Drängelgitter wurde angehoben, Buhrufe ertönten, nur mit Mühe gelang es den Aufpassern, den neuen Ansturm zurückzudrängen, während Juliane mit Lilly in die gewiesene Richtung weiterging. Weg vom Pulk.

»He, was haben wir denn da für Karten?«, wollte Lilly wissen.

»Ehrenkarten, wir vertreten sozusagen den Bürgermeister.«

»Ist ja echt geil. Und wo tun wir das?«

»Im Backstage-Bereich, die Loge muss gleich über der Bühne liegen, ein Büfett gibt es auch.«

»Ist ja der Wahnsinn.« Lilly war sichtlich beeindruckt, das änderte sich allerdings, als sie die Loge betraten. »Die sind hier ja alle so alt wie Methusalem.«

»Na ja, wenn man zu Amt und Würden gekommen ist, muss das wohl so sein.« Juliane musterte die Leute auf den gepolsterten Stühlen – Glas in der Hand –, die genauso gut zu einer Vernissage von René gepasst hätten. Sehr viele waren es nicht, höchstens zwei Dutzend, die meisten trugen Abendkleidung. Was die Damen betraf, hätte es sich auch sehr wohl um eine Präsentation der neuesten Herbst-/Winterkollektion handeln können, wenn nicht die Trägerinnen zu viele Jahre und Pfunde mit sich herumschleppten.

»Nö«, protestierte Lilly, »dann sähst du ja auch so aus. Können wir nicht wieder zurück? Da unten ist jetzt schon der Bär los. Oder wenigstens nach nebenan, da sind noch mehr in meinem Alter dabei.«

»Okay, wir versuchen es.« Sie traten den Rückzug an und erreichten das Restaurant, wo sich die Gäste aus den umliegenden Logen laben konnten. Im Gegensatz zu den VIPs mussten sie allerdings für jeden Happen extra zahlen, darüber hinaus war die Auswahl deutlich bescheidener als auf dem separaten Büfett für Ehrengäste. Lilly regte sich gerade lautstark über die Mondpreise auf – »Die haben sie ja wohl nicht mehr alle!« –, als eine Männerstimme unmittelbar hinter ihnen »Sieh mal einer an!« sagte.

»Der meint dich«, Lilly knuffte Juliane in die Seite, »glaub ich jedenfalls.«

»Bestimmt nicht, außer dir kenne ich niemanden, der freiwillig zu einem Konzert der *Bloodhound Gang* geht.«

»Ich glaub, der hat auch ein Kind dabei.«

Vielleicht ein ehemaliger Auftraggeber? Juliane wandte sich um und begegnete einem breiten Lächeln.

»Und ich dachte schon, Sie erkennen mich nicht.«

»O doch. Sie sind der erste Mann, der mir auf einer Vernissage ein Stück von einem Marzipanschwein angeboten hat. So was prägt sich ein.«

Das Lächeln des Mannes vertiefte sich, ihre anzüglich gedachte Bemerkung schien ihm keineswegs peinlich zu sein, und der hübsche Junge neben ihm – sein Sohn? – grinste übers ganze Gesicht und meinte: »Typisch Onkel Jo!«

Damit war auch das geklärt. Juliane wollte nach Lillys Hand greifen und sie weiterziehen, als sie merkte, dass das Mädchen sich selbständig gemacht hatte. Offenbar war Lilly der Meinung, dass der fremde Junge besser in der Lage war, die Örtlichkeiten zu beurteilen. In der ihr eigenen direkten Art befragte sie ihn und kümmerte sich nicht darum, dass er zunächst recht einsilbig blieb.

»Lilly!«, sagte Juliane mahnend. »Wir müssen allmählich zurück an unsere Plätze, es geht bestimmt gleich los.« Sie hätte besser den Mund gehalten, denn schon ließ Lilly sich über die Klientel nebenan aus: »Marke Steinzeit«, sagte sie, »Juliane hat einem von denen zwei Karten abgeluchst, kostenlos zu essen und zu trinken gibt's auch jede Menge, sieht nicht übel aus, viel besser als hier, aber die Stimmung ist echt wie in 'ner Gruft, und außerdem sieht man von da nur auf die Hinterköpfe der Band. Was hab ich denn davon, wenn ich *Sexyhound* nur von hinten sehe, he?«

Der Junge nickte zustimmend. Und dann, ehe Juliane es sich versah, hatten die beiden Kids einen Tausch beschlossen: Gruftis zu Gruftis, Teenies zu Teenies, alles ging so schnell, dass Juliane einfach nicht zum Protestieren kam. Zumal »Onkel Jo« – wie hieß er überhaupt richtig? – bereitwillig zustimmte, was vermutlich an der Aussicht auf kostenloses Essen in Hülle und Fülle lag. Wer so aussah und seiner Gier nicht einmal in einer Galerie widerstehen konnte, dachte wahrscheinlich an nichts anderes als ans Essen.

Auf der Fahrt zum Schauspielhaus überkam Karin das beklemmende Gefühl, einen Fehler zu machen. Was würden ihre Theaterfreunde denken, wenn sie plötzlich mit einem wildfremden Mann erschien? Sie erinnerte sich nur zu gut an die Diskussionen, die es gegeben hatte, als vor fünf, sechs Jahren das Gerücht kursierte, ein Paar wolle sich trennen, rein prophylaktisch war erörtert worden, ob gegebenenfalls ein Ausschluss vorzunehmen sei, und wenn, wer davon betroffen sein sollte. Die Sache war im Sand verlaufen, der »Kurschatten« hatte sich als völlig harmlos entpuppt.

So wie bei mir, dachte Karin und musterte verstohlen von der Seite den Mann, der ihren Golf chauffierte. Philipp besaß lediglich einen Motorroller, sie hatte ihm das Steuer wie selbstverständlich überlassen. Wenn sie zusammen mit Johannes unterwegs war, chauffierte auch immer er.

»Sie sehen sehr hübsch aus, wenn ich mir diese Bemerkung erlauben darf.« Philipp lächelte ihr kurz zu und konzentrierte sich dann wieder voll auf den Verkehr, was ihr die Möglichkeit gab, nun ihrerseits sein Äußeres zu begutachten. Nicht zu fassen, dachte sie, wie sehr es einen Menschen verändert, wenn er statt ausgebeulten Jeans und T-Shirt einen dunklen Anzug trägt.

»Sie sehen auch gut aus«, erwiderte sie. »Mögen Sie überhaupt Shakespeare?«

Eine überflüssige Sorge, denn ein paar Stunden später wusste sie, dass Philipp den wohl größten englischen Dramatiker nicht nur schätzte, sondern in dessen Werken auf eine Weise bewandert war, die sogar ihre Theaterfreunde verblüffte. Ein Wissen, das er nach der Vorstellung im *Örgelchen* offenbarte, wo bereits ein großer Tisch für sie alle reserviert worden war. Wie selbstverständlich plauderte er über seine erste Begegnung mit Shakespeare in der Schule, wie er sich zunächst an dem nicht zu leugnenden Pathos und Redeprunk gestoßen habe und dann doch fast gegen seinen Willen dem prallen Leben verfiel, das einem in allen Shakespeare-Dramen begegnete.

»Natürlich war damals mein Favorit *Romeo and Juliet*, für den Historienstil der zweiten Schaffensperiode habe ich mich erst viel später erwärmen können.«

»Viel später ist gut«, warf einer aus der Runde ein, was zweifelsfrei eine Anspielung auf seine Jugend war.

Philipp parierte sie mit einem entwaffnenden Lächeln und räumte ein, gerade erst seinen dreißigsten Geburtstag gefeiert zu haben. »Aber das Alter ist bekanntlich genauso relativ zu werten wie alles andere«, fügte er hinzu, »für jemanden, der noch nicht einmal seine Ausbildung abgeschlossen hat, bin ich sogar verdammt alt.« Diese unverblümte Ehrlichkeit ließ Karin kurz die Luft anhalten, in einem Kreis, wo jeder es zu etwas gebracht hatte, die meisten sogar mit akademischem Abschluss, mochte ein Lehrling als nicht ebenbürtig gelten. Doch dem war erfreulicherweise nicht so, der Abend nahm seinen Gang, man redete über Gott und die Welt und natürlich vor allem übers Theater, das all dies auf unvergleichliche Weise komprimierte und spiegelte. Als man sich verabschiedete, war Mitternacht längst vorbei, der Gründer des Theaterkreises verabschiedete sich von Philipp mit den Worten, es wäre schön, ihn wieder einmal dabeizuhaben, alle anderen nickten, und Karin spürte, wie ihr vor Freude oder Erleichterung ganz heiß wurde. Schließlich wäre es auf sie zurückgefallen, wenn ihr

Begleiter sich als Kulturbanause oder Schwätzer entpuppt hätte.

»Das war wirklich ein sehr angenehmer Abend«, sagte sie deshalb ehrlichen Herzens, als sie wieder vor ihrem Haus ankamen, wo Philipp auf seinen Roller umstieg.

»Ja, und er wird mir in unvergesslicher Erinnerung bleiben.«

»Sie übertreiben, Philipp. Für jemanden wie Sie, in Ihrem Alter, muss es doch zig Möglichkeiten geben, sich zu amüsieren.«

»Vielleicht bin ich einfach kein Amüsiertyp, das ist wohl auch der Grund, warum ich so schwer Anschluss finde. Verraten Sie es keinem, aber ich hatte gehofft, durch das Studium der Theaterwissenschaften zu lernen, wie man aus sich herausgeht. In meinem Herzen weiß ich es ganz genau, nur fehlen mir zum rechten Zeitpunkt die Worte. Beim Kunstschreinern ist das nicht ganz so schlimm, dort kann ich meine Hände sprechen lassen.«

Obwohl es töricht war, ging sie auf seine Geheimnistuerei ein, vielleicht war auch nur der Wein schuld, den sie getrunken hatte. »Ich verrate Sie ganz bestimmt nicht«, sagte sie und floh ins Haus, bevor er mitbekam, wie sie rot wurde.

In der Diele fiel sie zur Abwechslung gleich über zwei Paar Schuhe, solche aus Leder und ein zweites Paar von der Art, wie junge Leute sie heutzutage keineswegs nur zum Sport trugen. Sie hatte glatt vergessen, dass Moritz bei ihnen schlief. Im Gästezimmer war es still und dunkel, das galt auch für die übrigen Räume. Es irritierte sie, dass Johannes einfach ins Bett gegangen war.

Er hätte auf sie warten und fragen können, wie es gewesen war, sonst ging er ja auch immer als Letzter schlafen. Sie hätte eine versöhnliche Geste von ihm erwartet, zumal am kommenden Morgen kaum Zeit zum Reden blieb. Wie all die Wochen zuvor würde sie von Samstag auf Sonntag ihre Eltern besuchen, das war ihre verdammte Pflicht und Schuldigkeit. Wollte Johannes ihr etwa auf diese Weise zu verstehen geben, dass er nicht einmal in diesem Punkt zurückstehen wollte? Sie wusste nicht, ob es wirklich so war, doch allein der Gedanke, dass es so sein könnte, verletzte sie tief und bestärkte sie in ihrer Einschätzung, dass Johannes seinen Egoismus übertrieb.

Sie kleidete sich aus, wusch sich, legte sich neben ihn und starrte mit geöffneten Augen in die Dunkelheit, die sich mit heroischen Gestalten und großen Gefühlen der viktorianischen Ära füllte. Normalerweise klang der Theaterabend mit der Bewertung des genossenen Essens aus, so als ob die Qualität von einem Stück Fleisch oder Wild wichtiger wäre.

Juliane hatte ihre liebe Not gehabt, bis Lilly endlich Ruhe gab. Nach dem Konzert war sie wie aufgedreht gewesen, ihr Mundwerk stand keine Sekunde lang still, wobei sie keineswegs nur die Gags der Band und den verschwärmten Silberblick ihres Idols nachkostete, ein Großteil ihrer Aufregung galt diesem hübschen Jungen, mit dem sie den Abend verbracht hatte. Sie fand ihn »sooo süß«, das tat sie keineswegs nur einmal kund, es störte sie auch nicht, dass Juliane ihr Verrat an *Sexyhound* vorwarf.
»Nö«, sagte sie sehr bestimmt, »du musst das einfach so sehen: *Sexyhound* ist was fürs Plakat überm Bett und so, im richtigen Leben könnte der sogar ’ne ziemliche Pleite sein, tierisch arrogant und wie von einem anderen Planeten. Momo dagegen ist wie ich, er ist auch im Sommer aufs Gymnasium gekommen und mag dieselbe Musik und überhaupt, er wohnt nicht mal so sehr weit weg, wenn wir uns am Südfriedhof träfen, wär’s für jeden mit dem Rad höchstens fünfzehn Minuten, und von seinem Onkel aus ist es nur ein Katzensprung. Der ist übrigens auch schwer in Ordnung, oder?« Und mit einem Kichern: »Oder soll ich besser sagen: Er ist schwer *und* in Ordnung, ein Leichtgewicht ist er ja wirklich nicht. Aber nett, und Momo ist einfach …«
»… sooo süß«, hatte Juliane ergänzt und gehofft, dass sich Lillys Überschwang am nächsten Morgen gelegt hätte. Dem war nicht so. Kaum schlug sie die Augen auf, ging es schon wieder los, sie erwartete allen Ernstes, dass Juliane ihr half, ein erstes Rendezvous zu arrangieren.
»Er ist einfach noch ziemlich schüchtern, weißt du.« Lilly beugte sich vor, um sich im glänzenden Chrom der Espressomaschine betrachten zu können.
»Vielleicht ist er einfach noch nicht reif genug, um sich schon

mit Mädchen abzugeben. Du sagst doch selbst, dass die Jungs in deiner Klasse praktisch nichts anderes im Sinn haben, als euch Mädels zu hänseln. Nimmst du auch Orangensaft?«

»Nö, den gibt's zu Hause auch immer. Und was Momo betrifft, der ist anders.«

»Und woher willst du das wissen?«

»Das spürt man einfach. Findest du, ich sollte meine Sommersprossen bleichen? Vom Sommer sind noch tierisch viel Sommersprossen übrig geblieben, irgendwie macht mich das jünger, als ich bin. Momo wird übrigens schon bald elf, aber das sind die meisten in meiner Klasse ja auch, zwei Jungs sind sogar schon zwölf, trotzdem benehmen sie sich wie Babys.«

»Deine Sommersprossen sind sehr niedlich.« Juliane verzichtete darauf, mit Lilly um Monate zu feilschen oder gar zu versuchen, sie auf ihre neun Jahre festzunageln. Das besorgte ihr Vater schon zur Genüge, ihm wollte einfach nicht in den Kopf, dass seine Tochter es zurzeit keineswegs als Pluspunkt betrachtete, in ihrer Klasse die Jüngste zu sein. Lilly galt schon jetzt als »Überflieger«, offenbar schlug Renates schnelle Auffassungsgabe bei ihr voll durch.

»Hm.« Sehr überzeugt klang das nicht, es mochte allerdings auch sein, dass Lilly in Gedanken bereits bei dem nächsten Thema war, das ihr auf den Nägeln brannte. Eines, das in keiner Beziehung zu Moritz alias Momo zu stehen schien. Aus heiterem Himmel wollte sie auf einmal wissen, was ihre Patentante vom Joggen hielt.

»Es soll gesund sein, solange man es nicht übertreibt«, antwortete Juliane ausweichend und musste spontan an ihre Streckübungen denken. Ihr Muskelkater war immer noch nicht völlig weg.

»Außerdem«, fügte sie hinzu, »kommt es natürlich immer darauf an, wo man läuft, in der Stadt über Asphalt finde ich's ziemlich idiotisch und zudem lächerlich.«

»Wie wär's mit dem Stadtwald?«

»Bist du überhaupt jemals im Stadtwald gewesen?«, fragte Juliane zurück und schaltete den Backofen aus, die Brötchen waren fertig. Vorsichtig griff sie ins Innere.

»Nö, aber man muss ja alles mal ausprobieren.«

»Nur für den Fall, dass du es noch nicht weißt: Dort tummeln sich vorzugsweise die reichen Langeweiler mit oder ohne Fiffi.«

»Das sagt Momo auch. Trotzdem find ich's gut, dass er so 'ne Art Lauftraining absolviert. Er ist selbst noch ganz am Anfang, so gesehen würden wir uns auch nicht blamieren, überhaupt war ich beim letzten 1000-Meter-Lauf fast so gut wie Speedy, das ist unsere Sportskanone. Wir könnten ihnen ganz zufällig begegnen.«

»Ihnen? Du willst mir doch nicht weismachen, dass dein neuer Freund mit seinem Onkel joggt?«

»Keine Ahnung, Momo hat nur ›wir‹ gesagt, dann kam das ›Hoch auf die Titten‹, du weißt schon, der neue Titelsong von den *Bloodhounds,* bei dem alle restlos ausgeflippt sind.«

Juliane machte Lilly klar, dass sie bei aller Liebe keinerlei Neigung verspürte, an diesem oder einem anderen Sonntagvormittag durch den Stadtwald zu joggen. Sicherheitshalber fügte sie hinzu, dass sie nicht einmal über das nötige Schuhwerk verfügte, stumm für sich ergänzte sie, dass sie auch keinesfalls welches kaufen würde. »Und jetzt sollten wir endlich frühstücken, bevor unsere Brötchen wieder kalt geworden sind.«

»Meinetwegen.« Obwohl Lilly diese Sorte Brötchen für ihr Leben gern aß und mühelos etliche davon verputzte, wirkte sie für ihre Verhältnisse ungewohnt nachdenklich, als sie mechanisch strich, abbiss, kaute, neu strich. »So, nun kann ich wirklich nicht mehr. Was machen wir jetzt?«

»Wie wär's, wenn wir zum krönenden Abschluss doch noch ins Kino gingen? In diesen *Amerikanischen Apfelkuchen*, da wolltest du doch unbedingt rein.«

»Lass uns lieber in *American Beauty* gehen.«

»Mir soll's recht sein.« Juliane hatte zwar im Kopf, dass ihr Patenkind am Vortag noch dem *American Pie* den Vorzug gegeben hatte, doch in diesem Alter änderten sich die Vorlieben bekanntlich rasch. Was hoffentlich auch auf das Faible für diesen Jungen zutraf, gegen den als Person bestimmt nichts zu sagen war, der Juliane aber automatisch an seinen Onkel denken ließ.

Zugegeben, er hatte sich gestern sehr zurückgehalten, sie konnte sich nicht erinnern, ob er überhaupt etwas gegessen hatte, statt mahlender Kiefer hatte ihre Erinnerung ein warmes Lächeln abgespeichert, das ebenso in den Mundwinkeln wie auch in den Lachfältchen rund um die braunen Augen nistete. Sehr schöne Augen, wie sie zugeben musste, sehr lebendig, dieser Mann hatte es geschafft, sie die Krummrücken und Wichtigtuer ringsum vergessen zu lassen, zu zweit waren sie eine Insel gewesen. Zwei Menschen, die sich ihren Schützlingen näher fühlten als den VIPs in ihrem eigenen Alter.

»Ist es nicht herrlich?«, hatte er gefragt, es war nicht wirklich eine Frage gewesen, und seine Augen hatten geglänzt, als ob er gleich vor Rührung ein paar Tränen vergießen wollte. »Ist es nicht herrlich, wie unsere Kids noch fest daran glauben, die Welt gehörte ihnen und nur ihnen allein, und sie brauchten nur mit den Fingern zu schnippen oder in das *Hoch auf die Titten* einzustimmen, und alles, was sie aufhält, wäre vom Tisch.«

Juliane hatte ihm zugestimmt, was sich im Nachhinein als vorschnell erwies. Zunächst einmal waren es nicht ihre Kids, die sich dort die Seele aus dem Leib kreischten. Weder er noch sie hatten eigene Kinder. Außerdem hatte das *Hooray for Boobies* Lilly und Moritz keineswegs so gefangen genommen, dass sie nicht noch Zeit für ein Gespräch über Joggen gefunden hätten, was die beiden ebenfalls aus der Menge heraushob. Noch zwei Inseln, dachte Juliane und war froh, Lilly via Kinoprogramm auf andere Gedanken gebracht zu haben.

Normalerweise hatte René absolut nichts dagegen, wenn seine ältere Schwester oder auch seine Mutter oder beide zusammen ihn heimsuchten, was durchschnittlich einmal im Monat der Fall war. Im Grunde seines Herzens war er ein Familienmensch, wobei es ihm heute sehr viel leichter als früher fiel, diesen Familiensinn zu kultivieren. Das lag zum einen an der sehr beträchtlichen Entfernung und zum anderen an dem Gefühl, endlich den Sprung über den Rand jener Suppenschüssel geschafft zu haben, die Franzensfeste hieß. Die italienische Bezeichnung lautete Franco Forte, seine Jugend war geprägt gewesen von doppelt lautenden Namen und dem Drang, diesem Kuddelmuddel so schnell wie möglich zu entkommen.

Es hatte etliche Anläufe gegeben, ursprünglich wollte er in Wien Karriere machen, doch weil die Wiener nicht begriffen, dass er die Wiener Wesensart besser als die meisten gebürtigen Wiener rüberbrachte und ihm von jetzt auf gleich die Mahnbescheide ins Haus flatterten, hatte er vor nunmehr fünf Jahren die Gelegenheit beim Schopf gepackt, seine Zelte abgebrochen und am Rhein neu aufgeschlagen, als Wiener, schließlich kam er von dort. Es hörte sich ungleich besser an als »Ich komme aus Tirol«, gleichzeitig konnte er den echten Wienern auf diese Weise wenigstens nachträglich eins auswischen. Lediglich seine Mutter und seine Schwester stießen sich gelegentlich an diesem »Schwindel«, was aber weiter keine Rolle spielte, solange sie zu ihm hielten und fleißig Geld einschossen. Jeder Pfennig Erspartes landete in der Galerie, seine Schwester hatte sogar einen Teil vom Vermögen ihres Mannes investiert, als René eine größere Steuernachzahlung drohte. Schnee von gestern, denn mittlerweile lief der Laden wie geschmiert, niemand musste sich mehr ernsthaft um seine Einlage sorgen.

»Ich weiß wirklich nicht, was du überhaupt willst«, sagte er denn auch jetzt, als Sanderl – korrekt hieß sie Sandra – ihn über die leeren Schüsseln hinweg musterte, als ob sie ihn aufspießen wolle. Es hatte den Rest des mit Sauerkraut zusammen gekochten Gulaschs gegeben, auch die Klöße waren von Freitag, seine Schwester hatte sie in Scheiben geschnitten und in der Pfanne gebraten, nicht schlecht, aber kein Vergleich zu frischen Klößen. Wenn Juliane am Freitag wie vorgesehen zum Essen geblieben wäre, wäre nichts zum Aufwärmen übrig geblieben. »Ich kann schließlich nichts dazu, dass Juliane noch einen Krankenbesuch zu erledigen hatte«, fügte er hinzu.

»Das war am Freitag. Und was war Samstag und Sonntag? Soweit ich weiß, habt ihr nicht mal miteinander telefoniert. Was ist das denn für eine Art zwischen Verlobten?«

»Wir sind ja noch nicht offiziell verlobt, außerdem habe ich dir gesagt, dass Juliane ziemlich viel um die Ohren hat.«

»Du hast gesagt, die Sache wäre entschieden. Andernfalls hätte Mutter sich bestimmt nicht darauf eingelassen, ihre Lebensversicherung zu beleihen. Du hast gesagt, du brauchst das Geld, um deiner Juliane zu beweisen, dass es dir nicht um das Vermögen geht, das sie selbst in die Ehe einbringt.«

»Genauso ist es. Anscheinend begreift ihr nicht, dass eine Karrierefrau in diesem Punkt einfach anders denkt und wachsam ist. Wenn ich mit einem Leihwagen vorführe, würde sie logischerweise misstrauisch.«

»Du hast das Geld also für ein neues Auto benutzt?«

»Hab ich das nicht gesagt? Es ist ein Traum von Auto, du bist in sage und schreibe vier Komma sieben Sekunden von null auf 100 km/h. Wenn du willst, machen wir beide noch rasch eine Spritzfahrt damit.«

»Dein letzter Wagen war ebenfalls ein Traum und sündhaft teuer, jetzt ist er nur noch Schrott, weil du die Vorfahrt missachtet hast.«

»Der Typ in dem Van, der mir entgegenkam, hat mir freie Fahrt signalisiert, da siehst du wieder mal, wie schlecht die Menschen sind, Sanderl. Man kann sich auf nichts mehr verlassen. Jedenfalls hab ich jetzt Vollkasko abgeschlossen, du brauchst dir also nicht länger den Kopf zu zerbrechen. Wie ist es nun? Drehen wir noch 'ne Runde?«

»Warum rufst du sie nicht an und fragst, ob sie mitkommt?«

»Weil das nach Drängen aussähe, das habe ich nicht nötig.«

»Verstehe. Aber unser Geld hast du nötig, lange machen wir das nicht mehr mit, und ob dir die Haserl ohne das nötige Kleingeld auch noch die Bude einrennen, bleibt erst mal abzuwarten, Bruderherz.«

René hätte ihr fast eine Wette angeboten, auf seine Verführungskunst war in jeder Lebenslage Verlass. Egal, wie es in seinem Portemonnaie aussah, um Nachschub fürs Bett hatte er sich nie sorgen müssen. Und es waren keineswegs nur die potenziellen Betthäschen, die wie Butter in der Sonne dahinschmolzen, wenn er seine Augen und seine Stimme und halt alles, was sonst noch dranhing, einsetzte. Auch seine Schwester gehörte seit jeher zur Schar seiner Bewunderinnen, er war der Grund, warum in ihrer Ehe noch heute manchmal der Haussegen schief hing. Sandras Ehegespons verkraftete es einfach nicht, dass René die Number one war und blieb.

Im Moment allerdings erinnerte sie ihn nicht unbedingt an geschmolzene Butter. Wenn sie so verkniffen dreinsah, wirkte sie deutlich älter und unattraktiver. Was ihn als Mann markant aussehen ließ, betonte bei ihr die herbe, um nicht zu sagen unweibliche Note. Der Schatten über ihrer Oberlippe war auch mehr geworden, sie würde nicht darum herumkommen, ihn wie die Mutter mit Wachs zu entfernen. Sogar aus den Nasenlöchern lugten dunkle Härchen hervor.

»Was starrst du mich so an, als ob ich Dreck im Gesicht hätte?« Sie fuhr mit der Hand über die Nase, die seiner so ähnlich war. Für einen Mann war es durchaus vorteilhaft, solch eine ausgeprägte Nase zu besitzen, zumal der Volksmund daraus gern Rückschlüsse auf eine tiefer gelegene Extremität zog. In seinem Fall durchaus zu Recht, er konnte sich nicht beklagen, weder über seine Männlichkeit noch über seine berufliche Laufbahn, im Grunde galt das auch für seine Familie. Sie standen zu ihm, da konnte man das bisschen Gemecker schon mal wegstecken.

»Mir ist nur gerade durch den Kopf gegangen, wie ähnlich wir uns sind«, sagte er laut und lächelte sie an.

»Hoffentlich nicht. Wenn ich das Geld wie du mit vollen Händen zum Fenster hinauswerfen würde, hätten wir bald alle den Gerichtsvollzieher auf der Matte stehen.« Die Wortwahl war ironisch, keine Frage, trotzdem hörte René eine gewisse Nachgiebigkeit heraus. Sie war zum Einlenken bereit, er musste ihr nur noch eine kleine Hilfestellung geben.

»Was hältst du davon, wenn wir Juliane in den nächsten Tagen ins *Adelmann* einladen? Du bleibst doch noch bis Ende der Woche, da wird sich schon ein passender Termin ergeben.«

»Und warum nicht hierher? Wozu haben wir ein Vermögen in

den Umbau deiner Privatwohnung gesteckt, wenn du dann nur irgendwelche Haserl hier anschleppst.«

»Juliane ist nicht wie andere Frauen, man muss ihr Zeit lassen und darf nicht zu direkt vorgehen, sonst wird sie kopfscheu. Das *Adelmann* ist sozusagen neutraler Boden, dort sitzt man gemütlich, die Küche stimmt ebenfalls, sie wird sogar deiner kritischen Begutachtung standhalten, und bei deinem nächsten Besuch gehen wir dann einen Schritt weiter.«

»Falls du glaubst, du kannst uns auf diese Weise nochmals Monate oder gar Jahre hinhalten, bist du schief gewickelt.«

»Nun sei doch nicht so schrecklich misstrauisch, Sanderl, ich erkenn dich ja gar nicht wieder. Glaub mir bitte, dass ich selbst die Nase vom Junggesellendasein gestrichen voll habe, diesmal ist es mein heiliger Ernst, Juliane ist endgültig die Richtige. Du wirst sehen, nächstes Jahr steigt die Hochzeit.«

Er hatte auch schon eine konkrete Vorstellung davon, wie er diesen Prozess beschleunigen konnte. *Doppelt genäht hält besser!,* behauptete der Volksmund. Nun gut, er würde seine Zukünftige nicht nur als das stattliche Mannsbild, das er war, locken, sondern ihr auch noch den Schwager vom Inhaber des *Adelmann* als Kunden zuschanzen, derlei verpflichtete. Die Idee war ihm gerade eben gekommen, auf seinen hellen Kopf war ebenso Verlass wie auf das Gegenstück zu seinem Riechkolben. Omnipotent nannte man das wohl.

Es war alles, wie es sein sollte. Über das Stoppelfeld vor dem Haus fegte der Wind, drinnen in der Essstube war es gemütlich warm, trotz des Lüftens roch es noch leicht nach dem Schweinebraten, den die Mutter von Johannes an diesem Sonntag aufgetischt hatte. Gleich würde es Kaffee und Kuchen geben, zwischendurch wurde ein Nickerchen gehalten und geredet. Wie meist in jüngster Zeit über Moritz und in diesem Zusammenhang unweigerlich auch über dessen Mutter.

»Du solltest auf Sigrid einwirken, Johannes, damit sie es nicht übertreibt mit ihrer Lauferei«, meinte sein Vater gerade, was schon deshalb seltsam war, weil er all die Jahre zuvor das Hohelied des Sports gesungen hatte und am besten wissen musste, wie wenig Sigrid auf die Meinung ihres jüngeren Bruders gab.

»Es brächte nichts, Vater. Sie ist überzeugt davon, dass sie die Größte ist. In gewisser Weise ist sie das ja auch, sie hat es im Leben zu etwas gebracht.«

»Eben, deshalb könnte sie sich allmählich etwas mehr Zeit für den Jungen nehmen.«

»Das tut sie ja nun in gewisser Weise, wenn ich sie richtig verstanden habe. Um zu verhindern oder zumindest einen Ausgleich dafür zu schaffen, dass Moritz ständig unkontrolliert fernsieht oder Computer spielt, joggen sie neuerdings täglich zusammen durch den Stadtwald.«

»Zusammen? Reicht es nicht, dass sie sich selbst permanent überfordert?«

»Früher hast du anders geredet, Vater.«

»Sie übertreibt, das kann mehr Schaden anrichten, als es nützt. Ich habe mich erschrocken, als ich sie das letzte Mal gesehen habe. Nicht, dass ich deiner Trägheit – und du warst unglaublich träge – das Wort reden würde, Johannes. Am besten wäre es, wenn unser Enkel in einen Verein ginge, wo er sich sportlich betätigt, ohne ein Fall für den Orthopäden zu werden.«

»In diesem Punkt könnt ihr beruhigt sein, Sigrids neue Freundin ist zugleich ihre Trainingsleiterin, eine diplomierte Sportpädagogin, wenn ich mich nicht irre. Sie laufen jetzt immer zu dritt, und in den nächsten Ferien wollen sie zusammen nach Bad Irgendwas.«

»Du meinst über Weihnachten?«, fragte die Mutter von Johannes dazwischen. Sie kam gerade mit dem frisch aufgebrühten Kaffee aus der Küche und setzte die Kanne so hart auf, dass etwas von dem Inhalt aus der Porzellanschnute auf das weiße Tischtuch schwappte. Unschöne braune Sprenkel, Johannes wartete darauf, dass seine Mutter umgehend das Tischtuch auswechselte oder wenigstens etwas zum Abdecken holte, doch sie tat keines von beidem. Ebenso wie dem Vater schien ihr seine Antwort im Moment wichtiger zu sein.

»Hörte sich jedenfalls so an«, erwiderte er ausweichend. Erstens war Sigrid seine Schwester und hatte somit Anspruch auf ein gewisses Maß an Loyalität. Zweitens verdankte er diese Information Moritz, den er erst recht nicht in die Pfanne hauen wollte.

»Das kann sie dem Jungen doch nicht antun.« Seine Mutter rieb mit einem Finger über die Flecken, als ob das etwas nützte.

Sein Vater runzelte die Stirn, schob kurzerhand die Kuchenplatte über das beschmutzte Leinen und befand, dass es nun reichte.

»Wir müssen gemeinsam alles dransetzen, damit sie mit diesem Blödsinn aufhört, sie hat sich da bestimmt wieder in etwas verrannt.« Bei diesem letzten Satz sah er Johannes an, als ob er ihn persönlich zum verlängerten Arm der Familie küren wolle. Auf diesen *Ich-erwarte-dass-du-mich-nicht-enttäuschst*-Blick hatte er sich schon früher hervorragend verstanden, allerdings wurde da in aller Regel Sigrid auserkoren, um ihren Bruder in die gewünschte Richtung zu dirigieren.

»An mir soll's nicht liegen.«

»Mit Reden ist es nicht getan, Johannes. Du musst den Stier bei den Hörnern packen und deiner Schwester einen akzeptablen Gegenvorschlag machen, natürlich tragen wir gern unser Scherflein bei. Es muss doch etwas geben, wofür unser Enkel sich begeistern könnte, ohne dass seine Mutter gleich wieder ein Haar in der Suppe entdeckt. Jeder Junge in seinem Alter spielt Fußball oder dergleichen. Leg einen Ball auf die Domplatte, und ein Dutzend Jungs, die sich noch nie zuvor gesehen haben, kicken los.«

»Möglicherweise kommt Moritz in dieser Hinsicht ja wirklich auf mich.«

»Falls das so ist, wird es höchste Zeit, dass ihr euch beide ändert. Vielleicht wäre das ja sogar die beste Möglichkeit, um den Jungen für den Vereinssport zu erwärmen, wenn du mit gutem Beispiel vorangehst.«

Johannes erinnerte daran, dass man ihn bereits vor dreißig Jahren sehr viel lieber gehen als kommen sah. »Ich habe Ballspiele und Gemeinschaftskabinen gehasst«, sagte er, »und Moritz geht es in dieser Hinsicht nicht viel anders.«

»Es wird schon etwas geben, was ihm gefällt. Dir vertraut er blind, also lass dir etwas einfallen. Die Kosten übernehmen wir, und du opferst deine Zeit, wie wär's?«

»Die Zeit ist kein Problem, am Wochenende ist Karin sowieso immer bei ihren Eltern, und unter der Woche ist sie nach Feierabend meistens mit ihrer eigenen Gesundheit beschäftigt.«

Dazu sagten seine Eltern nichts, doch Johannes entnahm dem Stirnrunzeln seines Vaters und der verstärkten Fürsorge seiner Mutter – »Nun nimm doch noch ein Stück!« –, dass die beiden mit Karins Verhalten ebenfalls nicht einverstanden waren. Johannes ließ sich ein Stück Nusskuchen auf den Teller legen, das Innere war weich und flockig, wie es sein musste, trotzdem saß er eine Ewigkeit vor dem einen Stück.

»Wieso isst du nicht, Johannes? Schmeckt der Kuchen dir heute nicht?«

»Er schmeckt wie immer vorzüglich.«

»Bist du vielleicht krank? Du hast schon beim Mittagessen wie ein Spatz gegessen.«

»Für einen verhungerten Spatzen sehe ich ziemlich wohlgenährt aus, finde ich.«

»Papperlapapp! Bist du etwa heimlich auf Diät? Hat deine Schwester dich angesteckt?«

»Ich lutsche keine Zitronen aus, keine Bange. Ich habe heute einfach nicht den rechten Appetit.« Er griff nach dem Kartenstoß, der schon bereitlag, und teilte aus, allerdings fiel es ihm heute schwer, sich voll auf das Spiel zu konzentrieren.

Alles Mögliche huschte ihm durch den Kopf. Sein Bauch. Letzte Nacht hatte er versucht, sich vorzustellen, wie eine schlanke Frau reagieren würde, wenn dieser Bauch sich auf sie senkte. Er hatte sich seiner selbst geschämt, die Phantasiefrau war nicht seine eigene Frau gewesen. Noch viel mehr ungereimtes Zeug war ihm durch den Kopf geschossen, zum Beispiel dass er sich schon lange nicht mehr so abgehoben gefühlt hatte wie auf diesem Konzert inmitten von rund sechzehntausend kreischenden Teenagern. Moritz war einer davon gewesen, seine Augen – die denen seines Onkels sehr ähnlich waren – hatten vor Begeisterung geleuchtet, und das keineswegs nur, wenn er hinab auf die

Bühne sah. Diese Kleine hatte es geschafft, ihn binnen weniger Stunden vergessen zu lassen, dass Mädels durch die Bank blöd waren. Natürlich würde er diesen Wandel bestreiten, doch es genügte schon, dass er diese harmlose kleine Notlüge preisgegeben hatte:

Weißt du, Onkel Jo, wo ich doch nun sowieso mit Mama durch den Stadtwald joggen muss, macht's doch auch nichts, wenn ich so tue, als ob ich freiwillig laufe. Ich glaube, Lilly ist ziemlich sportlich, eigentlich ist Sport ja fürchterlich gesund, aber Hamburger und Eis vom Italiener und so mag sie genauso, und in ›American Pie‹ will sie auch reingehen.

Es hatte sich so angehört, als ob Moritz absolut nichts dagegen hätte, die Nichte von Juliane wiederzusehen.

Juliane, was für ein melodischer Name, das »L« in der Mitte ein winziger Zungenbrecher, eine Art Bewährungsprobe, man musste nur das »L« schaffen.

»Was machst du da, Johannes? Übst du das Alphabet?«

Er schüttelte leicht benommen den Kopf, stimmte in das Gelächter ein, sorgte nochmals für Aufsehen, als er die Einladung zum Abendbrot ausschlug – dabei gab es *Arme Ritter* in Vanillesoße –, und nahm ein schlechtes Gewissen mit heim, weil seine Mutter Karin die Schuld an seiner Appetitlosigkeit und Zerstreutheit gab.

»Es taugt einfach nicht«, hatte sie zum Abschied gemeint, »wenn eine Frau ihren Mann ständig allein lässt, auf Dauer geht das nicht gut. Sie soll froh sein, dass sie einen wie dich zum Mann bekommen hat, du hast sie von der ersten Minute an wie eine Prinzessin behandelt, ich an ihrer Stelle würde den Bogen nicht überspannen.«

Es hatte auch nichts genutzt, dass Johannes einen schwachen Ansatz zu Karins Verteidigung unternommen hatte. Zu schwach, wie er sich sagte, oder auch nicht, so sein zweiter Gedanke: Wo stand denn geschrieben, dass immer er derjenige sein musste, der hintenanzutreten hatte? Ihm war danach, wie die Kids am Freitagabend über die Stränge zu schlagen und einfach keinen Gedanken mehr daran zu verschwenden, was sich gehörte.

Eine ziemliche Lachnummer, wie er im nächsten Moment dachte, als er sich selbst im Geist außer Rand und Band springen und kreischen sah. Nicht allein, doch im Gegensatz zu ihm konnte die Frau an seiner Seite es sich erlauben, sie war fast so rank und schlank wie diese Teenager, nur schöner. Sie sah aus wie der Wirklichkeit gewordene Traum, den wohl jeder Mann einmal hatte, egal ob verheiratet oder nicht.

Er hoffte, dass Karin heute nicht früher als sonst von ihren Eltern zurückkam. Ihm war nach ungestörtem Träumen.

Am Sonntag hatte Juliane ihr Patenkind nach dem Kino heimgebracht, noch eine Runde mit Renate gequatscht und sich trotz der Vorwarnung ihrer Freundin auf einen lebhaften Disput mit Carsten über die Qualität des genossenen Pop-Konzerts eingelassen. Hinterher fühlte sie sich besser, es tat gut, einmal ungeniert bei einem Mann Dampf abzulassen, ohne gleich befürchten zu müssen, dass ein Geschäft platzte. Nach einem Abstecher bei ihrer Mutter, die sich erstaunlicherweise sogar den Namen von Lilly gemerkt hatte und darauf bestand, dass deren poppiges Porträt der *Bloodhounds* umgehend aufgehängt wurde – *Sind das Lillys Freunde?* –, nahm Juliane sich die Akte des Malermeisters vor, der am Montagmorgen als Erster auf ihrem Zeitplan stand.

Er und die Unternehmerin Katja Ehrich würden dafür sorgen, dass sie ihren Rhythmus wiederfand, Arbeit war für sie seit jeher die beste Medizin. Nachdem sie bis nach Mitternacht vergeblich nach einem passenden Slogan gesucht hatte, der auf den ersten Blick verriet, dass ein himmelweiter Unterschied zwischen dem üblichen Streichen und dem kreativen Gestalten von Wänden lag, stellte sie ihren Wecker auf sechs Uhr in der Hoffnung, noch vor ihrem ersten Kontaktgespräch eine Erleuchtung zu haben.

Eine überflüssige Mühe, wie sich herausstellte, als sie gerade aus der Dusche kam. Ihre Mitarbeiterin war am Telefon und teilte ihr mit, dass der Malermeister die Grippe hatte und nun seinerseits um eine Verschiebung bat.

»Na toll! Haben wir sonst noch etwas für heute anstehen?«

»Du hast mir ausdrücklich aufgetragen, nie mehr als zwei Aufträge parallel laufen zu lassen.«

»Gut, dann fahre ich eben gleich zu Katja Ehrich hinaus, sie wird sich freuen.«

»Das bezweifle ich.«

»Spinnst du? Was soll das denn heißen?«

»Sie hat ebenfalls eine Mail hinterlassen. Sie lässt sich entschuldigen.«

»Auch die Grippe?«

»Nein. Mailand. Hörte sich an, als ob sie die italienische Luft heftig vermisste. Sofern nicht ein Latin Lover dahinter steckt. Was macht übrigens dein Rückenstrecker?«

»Du kannst ihn haben, wenn du magst, er hat mich bald zum Krüppel gemacht. Bist du sicher, dass du dich nicht verhört hast? Vielleicht meint Katja das nächste Wochenende oder will nur wissen, wann es aus meiner Sicht vertretbar wäre, eine private Pause einzuschieben, in Milano oder wo auch immer.«

»Ich hab's mit Datum schwarz auf weiß. Soll ich's dir rübermailen?«

»Ich begreife das nicht. Wir haben alles lang und breit besprochen, der Erfolg liegt zum Greifen nah, die Frau ist kaum noch wiederzuerkennen, ihr Büro desgleichen, und jetzt haut sie ab, das muss doch auf ihre Geschäftsleitung wie Fahnenflucht oder Angst vor der eigenen Courage wirken.«

»Vielleicht hast du diesmal des Guten einfach zu viel getan. Wenn ich diese Mail richtig verstehe, hat das neu gestaltete Büro sie so sehr an ihre Wahlheimat erinnert, dass sie einfach ein paar Tage dorthin muss.«

»Und wie viele Tage sollen das sein?«

»Da legt sie sich nicht fest. Sie meldet sich, sobald sie zurück ist. Ihre Abschlagszahlung ist übrigens mehr als großzügig.«

»Da kann ich mir jetzt auch nichts für kaufen«, erwiderte Juliane und überlegte gereizt, was sie mit diesem und den nächsten Tagen anstellen sollte.

»Ich wüsste auf Anhieb, was ich dafür kaufte. Was willst du übrigens für den Rückenstrecker haben? Aus lauter Wut auf meinen Ex habe ich mir am Wochenende wieder ein Kilo angefuttert.«

»Du kannst ihn geschenkt haben. Tschüs.« Juliane überlegte, was sie mit all der freien Zeit anstellen sollte. Obendrein mitten in der Woche. Sie sah an sich hinab, kritisch, so als ob ihr Körper bereits jetzt negativ auf die zwangsweise Ruhepause reagieren müsste. Doch alles, was ihr ins Auge stach, waren ein paar hellblonde Härchen an Unterschenkeln und Leisten, unter ihren Achselhöhlen schaute es nicht besser aus, sie hatte sich schon ewig lang nicht mehr rasiert. Kurz entschlossen marschierte sie ins Bad zurück, packte Rasierklinge und Rasierschaum aus und machte sich an die Arbeit.

Ihre Behaarung unterhalb der Region, wo gewöhnlich der Slip aufhörte, war unauffällig, gewiss, doch wenn man darüber strich, verriet sie sogar einem Blinden, dass er sich hier delikatem Terrain näherte. Delikat, was für ein Wort! Dabei war sie alles andere als prüde, ihr Verhältnis zu ihrem Körper war ähnlich unkompliziert wie ihre Einstellung zu Sex im Allgemeinen. Zu viel davon war ebenso abträglich wie zu wenig, es kam auf das rechte Maß an, ein Ungleichgewicht brächte alles durcheinander, was sie sich mühsam aufgebaut hatte.

Das war letztlich auch der Grund gewesen, warum sie Jean-Lucas Anfang April den Laufpass gegeben hatte. Pünktlich zum Fest der Auferstehung, sie hatten sich auch zu Ostern kennen gelernt, das war zwei Jahre zuvor gewesen. Sie waren die beiden Einzigen, die sich getraut hatten, den von Friedensreich Hundertwasser zum Zwiebelturm umgewandelten goldenen Kamin der Müllverbrennungsanlage Spittelau kitschig und unzeitgemäß zu finden. Eine tragfähige Basis für gute Gespräche und guten Sex, solange Jean-Lucas nicht versuchte, über ihre Zeit zu verfügen. Den Ausschlag hatte sein Ansinnen gegeben, das Osterfest diesmal ganz gemütlich im Kreis seiner Familie in Berlin zu verbringen.

Sie sind schon sehr gespannt auf dich!

Juliane hatte noch am selben Tag eine Rundreise durch Irland gebucht, abgesehen vom trüben Wetter hatte es ihr sehr gut gefallen, daran änderten auch die teils spartanischen Unterkünfte nichts. Bei einer ausgeleierten Matratze wusste man anderntags wenigstens, woher die Rückenschmerzen kamen, und konnte für Abhilfe sorgen. Bei Menschen, die einen mit ihrer Gemütlichkeit – manche nannten es auch Liebe – einlullen wollten, funktionierte das nicht so einfach.

An dieser Stelle ihres Spaziergangs in die Vergangenheit gebot Juliane sich energisch Einhalt. Höchste Zeit, weil sie nicht einmal bemerkt hatte, dass ihr mehrfach die scharfe Klinge ausgerutscht war. Es sah schlimmer aus, als es war, trotzdem nahm sie die blutigen Kratzer als Warnung. Im Verbandskasten musste noch ein Stift sein, mit dem man derlei stoppen konnte.

Sie kam jedoch nicht dazu, ihn zu benutzen, weil es klingelte. Es klingelte Sturm, was mehr als seltsam war, weil jeder normale Zusteller wusste, dass sie um diese Zeit so gut wie nie daheim war. Mutter, dachte sie, und merkte nicht, wie absurd das war. Wäre ihrer Mutter etwas zugestoßen, so hätte man sie angerufen.

Bei dem unangemeldeten Besucher handelte es sich um Dirk alias Donald, mit einem breiten Grinsen sprintete er die Treppe hoch und verkündete, dass er sowieso in der Nähe etwas zu erledigen hätte und dann doch gleich sein »flying high« bei ihr aufhängen könnte. Wie er das sagte, hörte es sich sehr intim an, er senkte sogar die Stimme und erinnerte Juliane daran, dass sie außer einem dünnen Morgenrock nichts am Leib hatte.

»Normalerweise wäre ich gar nicht da«, protestierte sie.

»Aber Sie sind da.«

»Es ist der pure Zufall.«

»Pur ist gut.« Sein Grinsen vertiefte sich, offenbar gefiel es ihm, wie die Seide an ihrer noch feuchten Haut klebte.

»Gut, tun Sie, was Sie nicht lassen können. Das Bild soll dort links hin, die Unterkante bündig mit dem Kaminsims, der Handwerkskasten steht hier im Wandschrank, bedienen Sie sich. Ich werde jetzt erst mal meine Wunden verarzten.« Ohne weiter auf ihn zu achten, ging sie zurück ins Bad, streifte den Morgenmantel wieder ab, das Blut war zu dunklen Streifen auf ihrer Haut geronnen, beim Versuch, es abzuwaschen, blutete es erneut.

»Kann ich Ihnen behilflich sein?« Das laufende Wasser hatte das Öffnen der Tür übertönt, plötzlich stand er vor ihr.

»Raus!«

»Aber Sie bluten. Sie könnten verbluten. Lassen Sie mich Ihnen wenigstens helfen.« Seine Augen klebten an ihr, was ihn faszinierte, waren ganz bestimmt keine harmlosen Schnitte, er sah sie an, wie Dagobert Duck einen Haufen goldener Taler ansehen würde, begehrlich und bewundernd zugleich. Obwohl ihr Kopf ihr sagte, dass er ungeheuer dreist war und eine Abreibung verdiente, die er so schnell nicht wieder vergaß, fiel es ihr schwer, ihn in seine Schranken zu weisen. Alles, was sie herausbrachte, war ein weiteres schlappes »Raus!«.

»Das meinen Sie doch nicht wirklich so. Sie sind so schön, ich verspreche Ihnen …« Die Worte quollen aus ihm heraus, von wilden Begierden war ebenso die Rede wie von Diskretion, er schämte sich nicht einmal, an ihr Mitgefühl zu appellieren: »Sie wissen doch selbst am besten, wie René mit mir umspringt, das ist schlimmer als im Knast, es ist ein Martyrium. Erlösen Sie mich, Juliane.«

Sie versetzte ihm einen Stoß gegen die Brust, er taumelte zurück, damit hatte er nicht gerechnet. Sie schlug ihm die Tür vor der Nase zu, drehte den Schlüssel herum, lehnte sich keuchend gegen das weiß lackierte Holz.

»In fünf Minuten sind Sie verschwunden.«

»Und wenn nicht?«

Schließe ich auf und sehe zu, dass mein hormonelles Gleichgewicht wieder ins Lot kommt, dachte Juliane. Natürlich war es lediglich ein verrückter Gedanke, provoziert von ihrer eigenen Nacktheit und der Bestandsaufnahme zuvor und der Tatsache, dass eine höchst appetitliche Portion Mann sich in ihrer Wohnung befand.

»Dann informiere ich auf der Stelle René«, antwortete sie laut und wusste, dass sie erleichtert sein sollte, als ihr ungebetener

Besucher mit einem mauligen »Dann eben nicht« verschwand. Sie war wieder allein.

Johannes hatte noch gearbeitet, als seine Frau am Sonntagabend von ihren Eltern zurückkam. Diesmal war sie mit dem Auto gefahren, folglich musste er sie auch nicht am Bahnhof abholen, eine Absprache darüber hatte es nicht gegeben. Da sie nicht wissen konnte, woran er arbeitete, wäre es normal gewesen, dass sie ihn für seinen Eifer lobte. Nicht, dass er darauf besonders abfuhr, es erinnerte ihn allzu sehr an seine Schulzeit, wenn die Lehrerin ihn lobte, weil er weniger patzig als die anderen »Rabauken« reagierte. Er hatte es noch nie geschafft, ungeniert vom Leder zu ziehen, wenn ihm etwas gegen den Strich ging. Eher fraß er seinen Frust und seine Wut und gewöhnlich noch ein paar Schokoriegel zum Trost in sich hinein. An dieser Reaktion hatte sich nicht viel geändert, auch wenn Karin nicht seine Lehrerin und er selbst längst der Pubertät entwachsen war.

Diesmal hatte er keine Gelegenheit, sich insgeheim über Karins Lob zu amüsieren oder zu ärgern, denn sie ignorierte sein Tun und schien auch nicht zu erwarten, dass er sich nach ihren Eltern erkundigte, also ließ er es bleiben. Ihr Verhalten bestätigte ihn in seinem Vorsatz, Jip-Jip unter die Arme zu greifen.

Jip-Jip war Künstler und Galerist in Personalunion, er hatte sich vorgenommen, für seine Heimatstadt Köln etwas Ähnliches zu werden wie Hundertwasser für Wien. Auch er eiferte gegen die Nachfahren von Bauhaus und Neuer Sachlichkeit und hatte unlängst sogar eine Demonstration vor der unter Denkmalschutz stehenden Kolonie im Süden der Stadt angezettelt, wo sich normalerweise Heerscharen von Architekturstudenten versammelten. Für den Fall, dass man ihm einmal eine Professur antragen würde, hatte er versprochen, wie sein großes Vorbild die Auflösung der starren Formen zu lehren und selbst mit gutem Beispiel voranzugehen, indem er zuerst einmal Schluss mit festen Seminarzeiten und glatten Böden und Wänden machte. So weit war es zum Glück für ihn selbst nie gekommen, denn andernfalls hätte sich zu seinen Schulden vermutlich noch manch saftige Klage auf Schmerzensgeld wegen gebrochener Haxen gesellt.

Jip-Jips chronische Geldknappheit war auch der Grund dafür, warum mehrere der Schecks, mit denen er Johannes bezahlt hatte, geplatzt waren. Auf Karins Betreiben hin hatte Johannes schließlich auf weitere Aufträge dieser Art verzichtet.

Was nicht hieß, dass er nicht wenigstens sein Scherflein zum fünfjährigen Bestehen oder, besser gesagt, Überleben der Galerie beitragen würde. Über das nahe Jubiläum hatte ihn ausgerechnet Moritz informiert.

Eh ich's vergesse, ich soll dich auch schön von Jip-Jip grüßen, und wenn du Lust hast, kannst du ihn am nächsten Freitag im Südbahnhof bewundern, da feiert er sein Fünfjähriges mit einer Performance, es kommt sogar jemand vom Kulturamt. Kann ich auch mitkommen?

Johannes hatte sich schon deshalb nicht festgelegt, weil er in jedem Fall zuerst mit Karin und seiner Schwester sprechen musste. Bislang hatte er weder das eine noch das andere getan. Immerhin hatte er auf der Fahrt zu seinen Eltern einen Abstecher bei Jip-Jip eingeschoben, bei dem so kurz vor seinem ersten großen Auftritt erst recht alles drunter und drüber ging, was aber seiner Begeisterung keinen Abbruch tat. Im Mittelpunkt sollte eine Zeitmaschine stehen.

»Irre Kiste«, hatte Jip-Jip gesagt und geschwärmt, wie die Botschaft von Zeitsprüngen in Wort und Bild das Publikum aufmischen würde, dabei hatte er auf diesen und jenen Karton gezeigt, voll gestopft mit losen Blättern, Pappen, Fotos, undefinierbarem Krimskrams.

»Willst du deine Bilder und Texte mit Heftzwecken an die Wand pinnen?«, hatte Johannes gefragt. Wohl wissend, worauf eine solche Frage hinauslief.

»Na ja, dich darf ich ja nicht mehr fragen, sonst bekomme ich Ärger mit deiner Frau. Und Vorkasse ist nicht, ich hab mir nämlich fest vorgenommen, dass es auch noch gratis was zu saufen gibt.«

»Nimm's als Jubiläumsgeschenk«, hatte Johannes erwidert und sich an die Arbeit gemacht. Die Gedichte und Zeichnungen –

Fotocollagen waren auch dabei – gefielen ihm, wie immer über-legte er, was am besten zum Thema passte, die Zeit vertrug sich ebenso wie Jip-Jip nur schlecht mit einem festen Rahmen, man musste etwas nehmen, was im Fluss war, er entschied sich für zweiseitig beschichtete, flexible Papierrollen, denen es auch nicht schadete, wenn man sie anfasste und verformte. Genau das Richtige für eine Performance, dachte er und verdrängte die Er-innerung an jene Arbeiten, die er noch für René Habermann fer-tig stellen musste. Im Moment konnte ihm dieser arrogante Pin-kel gestohlen bleiben.

Es kam, wie es kommen musste. Am Donnerstag, als Johannes gerade letzte Hand an Jip-Jips Geschenk legte, stürmte Karin mit dem Mobiltelefon, das sie wie eine Pistole auf ihn gerichtet hielt, in seine Werkstatt. Es schien sie auch keineswegs zu stören, dass Philipp anwesend war. Vor seinen Ohren kanzelte sie Johannes wie einen dummen Jungen ab.

»Was denkst du dir eigentlich dabei, einen renommierten Gale-risten einfach hängen zu lassen?«

»Ich lasse mich nicht beleidigen.«

»Von seiner Warte hörte es sich eher so an, als ob du ihn belei-digt hättest. Und offen gestanden bin ich im Moment eher ge-neigt, René Habermann zu glauben. Dürfte ich vielleicht mal erfahren, was du da gerade treibst?«

»Ich arbeite, siehst du das nicht?«

»Für wen? Das sind nicht die Rahmen, auf welche die Galerie Habermann wartet.«

»Mein Freund Jip-Jip hat morgen sein fünfjähriges Jubiläum, das geht vor.«

»Und was feiert er? Seinen endgültigen Bankrott?«

»Dazu würde wohl kaum ein Vertreter vom Kulturamt antan-zen.« Er hielt ihr eine von den Einladungen hin, die Jip-Jip ihm für Interessierte mitgegeben hatte.

»Du erwartest doch nicht ernsthaft, dass ich diesem Anarchisten die Hand schüttele?«

»Hundertwasser war auch ein Anarchist.«

»Aber einer, der sich arrangiert hat.«

»Was bedeutet Arrangement für dich? Dass man ausgefallene Ideen mit einem entsprechenden Guthaben auf der Bank oder einem Titel ausgleicht? Ist Jip-Jip deshalb weniger wert als ein Professor Friedensreich Hundertwasser?«

»Ich werde dich nicht begleiten, das ist alles, was ich dazu sage.«

»Gut, dann gehe ich allein.« Er hatte es kommen sehen. Er hätte es kommen sehen müssen. In ihm waberten Trotz und Scham, alles durcheinander, was übrig blieb, war ein Gefühl von Erleichterung. Die Entscheidung war gefallen, er konnte so oder so nichts mehr daran ändern, und es wäre schön, wenn Moritz tatsächlich mitkäme.

Auf den ersten Blick erinnerte das *Adelmann* Juliane an eine von den vielen Szenekneipen, die es in dieser Stadt gab. Nackte Holztische, die Kellner sahen wie Studenten aus, es war knüppelvoll, sie mussten sich regelrecht durchkämpfen, um zu ihren reservierten Plätzen zu kommen. René spielte den Bahnbrecher, dicht gefolgt von seiner Schwester, die er »Sanderl« nannte und die Juliane zum Willkommen wie den verlorenen Sohn aus der Bibel geherzt und darauf bestanden hatte, auf den Rücksitz des Roadster Z8 überzuwechseln. Eher eine Notbank, von der aus Renés Schwester während der zum Glück kurzen Fahrt von Julianes Wohnung zu diesem Lokal im Friesenviertel ohne Punkt und Komma geredet hatte. Wie sehr sie sich über das Wiedersehen freute … wie schade es war, dass Juliane letzten Freitag verhindert war … ob es der Kranken wieder besser ginge … dass Szegediner Gulasch ihre Spezialität war … Es summte Juliane noch jetzt in den Ohren, sie war sich längst nicht mehr sicher, ob es eine gute Idee gewesen war, diese Einladung anzunehmen. Alles Mögliche hatte zusammengewirkt, es wurde höchste Zeit, dass sie wieder zügig arbeiten konnte.

Der Mann, der nun mit ausgestreckten Händen auf René zutrat, war kein studentischer Kellner, dazu war er zu alt, zu teuer gekleidet und zu dominant. »Freut mich, freut mich wirklich sehr, dass es geklappt hat. Tonio ist ein Stein von der Seele gefallen, als ich ihm mitgeteilt habe, dass nun alles in besten Händen ist.«

Noch bevor das wirklich köstliche Ochsenschwanzragout mit breiten Bandnudeln namens *Papardelle* serviert worden war, wusste Juliane, dass ihre eigenen Hände gemeint waren. Dieser Tonio war der Schwager vom Wirt des *Adelmann*, hing als Diplomat noch bis Ende des Jahres in Moskau fest und sollte am zweiten Januar pünktlich bei der italienischen Botschaft in Köln anfangen. Bis dahin brauchte er eine Wohnung, die exakt den Bedürfnissen seiner Familie entsprach, zwei Autos, Hauspersonal, einen Platz in einem Kindergarten mit internationalem Flair und einen weiteren in der English School am Oberländer Ufer, außerdem eine komplette Einrichtung einschließlich Geschirr, sogar Kühlschrank und Weinkeller sollten bei seiner Ankunft bereits gefüllt sein. Tonio war nicht nur Diplomat und von Haus aus wohlhabend, um nicht zu sagen reich, sondern außerdem ein Perfektionist, der in seinem direkten Umfeld keine Kompromisse duldete.

Eine Charakteristik, an der Juliane nach dem Gehörten nicht den geringsten Zweifel hegte. Ebenso wie ihr klar war, dass dieser Großauftrag ihr wie gerufen kam. Ohne Limitierung des Budgets, alles, was zählte, war Qualität. Sie hätte den Auftrag selbst dann angenommen, wenn ihr Malermeister und ihre Unternehmerin nicht kurzfristig abgesprungen wären. Von Moskau aus würde ihr niemand dazwischenfunken, sie konnte aus dem Vollen schöpfen und musste nur dafür sorgen, dass alles berücksichtigt wurde, was dieser Tonio unverzichtbar fand.

»Es ist zugegebenermaßen eine ziemlich lange Liste, die er mir gefaxt hat«, meinte der Wirt, »ich würde mich ja gern selbst um alles kümmern, aber dieser Laden lässt mir keine freie Minute. Außerdem wüsste ich auch offen gestanden nicht, wo ich etwa eine Wohnung herzaubern soll, in der Tonio sowohl ungestört arbeiten wie auch mit seinen Kindern spielen und obendrein rauschende Feste feiern kann. Mitten in der City, wohlgemerkt, trotzdem mit Blick auf viel Grün, die Decken müssen mindestens zwei Meter achtzig hoch sein, und die Fenster sollten möglichst bis zur Erde reichen.«

»Lass das nur Juliane machen.« René hörte sich sehr überzeugend an, es war wirklich nett von ihm, sich derart für sie ins Zeug zu legen.

»Danke«, sie lächelte ihn an, »aber man sollte den Tag bekanntlich nicht vor dem Abend loben. Am besten schaue ich mir diese Liste gleich einmal an.«

»Aber doch nicht vor dem Essen«, protestierte Renés Schwester. »Natürlich nicht.« Juliane besann sich auf ihre guten Manieren, trotzdem verging die Zeit bis zum Dessert für sie, als wäre sie in Trance. Sie bestätigte, wie delikat alles sei, ohne wirklich zu schmecken, was sie aß. Sie nickte, als Sandra die Vorzüge ihres Bruders hervorhob, obwohl es sich leicht marktschreierisch anhörte, wie sie seinen guten Geschmack und seinen beruflichen Aufstieg und zuletzt das neue Cabrio lobte. Warum betonte sie nur so penetrant, dass es sich keineswegs um einen Ratenkauf oder gar um ein geleastes Fahrzeug handelte? Es hätte nicht viel gefehlt und Juliane hätte eingeworfen, dass sie selbst grundsätzlich nur Leihwagen fuhr. Doch es spielte im Grunde keine Rolle. Während sie halb zuhörte, dabei aß und trank und es duldete, dass René immer wieder nach ihrer Hand griff und sie küsste, wie man gewiss keiner fremden Dame die Hand küsste, ohne eine schallende Ohrfeige zu riskieren, durchforstete ihre Erinnerung die jüngsten Offerten von Immobilienmaklern.

Schwierig, verdammt schwierig, aber da gab es ja noch jede Menge andere Kontakte, es kam immer wieder vor, dass jemand im Gespräch ein Haus oder Wohnungen erwähnte, die frei waren oder wurden. Sie konnte es wirklich kaum erwarten, bis der Wirt mit der Liste auftauchte.

Ihr Espresso wurde kalt, sie las sich fest, hatte auf Anhieb ein Dutzend Ideen. Es war das erste Mal in dieser Woche, dass sie etwas von ihrem alten Elan verspürte. Däumchen drehen und darauf warten, dass sie wieder gebraucht wurde, war eben einfach nicht ihre Stärke. Zum Glück wurde es allmählich leerer, der Schwager ihres neuen Auftraggebers fand Zeit, sich zu ihnen zu setzen und das Bild abzurunden, das sich in ihrem Kopf formte. Zuletzt tranken sie einen Grappa auf ein glückliches Gelingen und – auf das Betreiben von Renés Schwester hin – noch einen weiteren Grappa auf »das zweite glückliche Ereignis im neuen Jahr«. Es war ziemlich offensichtlich, was Sandra damit meinte. Ihre Sorge um René war fast schon rührend, dachte Juliane, ein warmes Gefühl machte sich in ihr breit.

Sandra sorgte sich um René.

René sorgte sich um sie.

Sie sorgte sich um ein standesgemäßes Domizil für Tonio.

»Wie heißt Ihr Schwager eigentlich hintenherum?«, fragte sie laut und löste Gelächter aus, ihre Formulierung war wohl wirklich etwas sehr salopp, sie verbesserte sich hastig. »Mit Nachnamen, meine ich.«

»Pandolfi«, antwortete der Wirt, »Tonio Pandolfi«, dabei wischte er sich die Lachtränen fort, die Stimmung war wirklich großartig. Und als René sie im Hinausgehen liebevoll stützte und vor der Tür seine Hand abgleiten ließ und ihr ins Ohr flüsterte, dass sie selbst hintenherum auch nicht zu verachten wäre, ganz im Gegenteil, empfand sie fast so etwas wie Bedauern darüber, dass es nur ein paar Schritte bis zum Auto waren und seine Schwester mit von der Partie war. Ansonsten wäre es womöglich noch heute zu einer Siegesfeier der ganz besonderen Art gekommen. Beim Abschied vor ihrer Haustür begnügte René sich diesmal nicht mit ihrer Hand, seine Lippen waren angenehm kühl und fest, es fiel ihr wirklich schwer, sich von ihm loszureißen. Zumal sie nicht mehr ganz standfest war.

Seltsam schön

Johannes hatte sich den Kopf zerbrochen, wie er seine Schwester davon überzeugen sollte, dass tägliches Joggen mit zwei erwachsenen Frauen für einen Zehnjährigen wohl kaum das Richtige war. Er konnte sich lebhaft vorstellen, wie sie ihn bei der leisesten Kritik an ihrem Lauftraining fragen würde, ob er es besser fände, wenn Moritz zur *Coach Potatoe* würde, eine Anspielung auf seine eigene Trägheit würde so sicher wie das Amen in der Kirche folgen, Gleiches galt für die Auswirkungen auf Figur und Gesundheit. Es würde wohl auch nichts bringen, wenn er ihr ins Gesicht hinein sagte, dass sie selbst immer mehr jenen Zitronen glich, die sie schon als Kind ausgelutscht hatte, um jedes Gramm Fett wegzuätzen. Ganz abgesehen davon, dass ihn im entscheidenden Moment vermutlich sowieso der Mut verließe, derlei über die Lippen zu bringen.

Während er widerwillig den nächsten Rahmen für René Habermann in Angriff nahm – irgendwann musste er diesen Auftrag ja zu Ende bringen –, ging er alle Sportarten durch, über die er jemals mit Moritz gesprochen hatte, und schied systematisch eine nach der anderen aus. *Doof, affig, idiotisch, total Banane,* hatte das vernichtende Urteil von Moritz gelautet, seine einzige zumindest andeutungsweise positive Bemerkung hatte sich ausgerechnet auf das Joggen bezogen, was allerdings eindeutig daran lag, dass er Lilly imponieren wollte.

Mein Gott, war das bei ihm selbst auch so früh losgegangen?

Seine Gedanken spazierten in die Vergangenheit, zeigten ihn rank und schlank, dafür mit reichlich Pickeln und einem heißen Faible für ein Mädchen mit Schleifen so groß wie Propeller, einmal rutschten sie ihr von den Zöpfen ab, er hatte sie aufgehoben. *Ich glaube, du hast da was verloren!* Schallendes Gelächter ringsum, wie er da mit den roten Seidenbändern vor ihr stand, sie hatte prompt geleugnet, dass sie ihr gehörten, aber später hatte sie es doch zugegeben, unter vier Augen, sie hatten sich geküsst, es war seine erste große Liebe gewesen.

Für Cordula hatte er gesungen, gedichtet, Mundharmonika gespielt, an sie hatte er gedacht, wenn er Hanteln stemmte oder im Schwimmbad seine Runden drehte, sie war noch viel süßer als der knirschende Zucker zwischen zwei Scheiben Schwarzbrot gewesen. Eines Tages war sie mit ihren Eltern nach Freiburg gezogen, und er hatte allen Ernstes daran gedacht, von daheim auszureißen und ihr zu folgen. Seine Schwester hatte ihm einen

Strich durch die Rechnung gemacht und ihn verpetzt, es hatte die ersten und letzten Hiebe seines Lebens gesetzt.

Mechanisch rieb er sich sein Hinterteil, glaubte erneut den Schmerz zu spüren, den er damals am ganzen Körper und tief in seinem Inneren empfand. Sie hatten ihn nicht ernst genommen, weil er erst zehn war. So alt wie Moritz heute.

Er würde den Jungen ernst nehmen und ihm helfen.

Mit diesem Vorsatz steuerte er die Apotheke an. Sigrid schien keineswegs erstaunt, ihn schon wieder zu sehen. »Ich dachte mir schon, dass du kommst.«

Ob sein Vater Ernst gemacht und mit ihr geredet hatte? Warum flippte sie dann nicht aus? Vorsichtshalber schwieg er. Es war besser, erst einmal zu hören, wie die Dinge lagen.

»Es ist wirklich unglaublich«, sagte sie.

»Nun ja, kommt immer darauf an, wie man's sieht.« Diplomatisch, wie er fand. Feige wäre vielleicht ein anderer Ausdruck. War er etwa feige? Er wollte gerade einen mutigen Vorstoß wagen, als seine Schwester ihm eröffnete, was sie so unglaublich fand. Kein Komplott, das sie witterte, sondern einzig und allein die Tatsache, dass Moritz seit Tagen wie umgedreht war, sogar freiwillig ans Telefon sprintete, sobald es klingelte, und sich, wenn es für ihn war, weder über »doofe Weiber« noch über nicht weniger »doofe Lehrer« mokierte.

»Es hörte sich fast schon wie ein Gespräch unter Menschen an«, schloss sie, »wenn ich mich nicht sehr täusche, ging es unter anderem sogar um eine Kunstausstellung im Südbahnhof, zu der er gern gehen würde. Kannst du dir das vorstellen? Mein Sohn will freiwillig etwas mit den schönen Künsten zu tun haben?«

Johannes schluckte die Bemerkung hinunter, dass es sie nichts anging, worüber ihr Sohn sich unterhielt. Ihre Neugier erinnerte ihn an früher, als sie ihn selbst belauschte und gängelte und wenn nötig – aus ihrer Sicht wohlgemerkt – verpetzte. Ein Kommentar brächte nichts, zumal er es in diesem Fall sehr viel einfacher haben konnte, sie legte ihm die Worte praktisch in den Mund.

»Er muss diese Ausstellung im Südbahnhof meinen«, sagte er vorsichtig, »ich habe eine Einladung dafür bekommen.«

»Du? Ach so, stimmt ja, du machst ja die Rahmen, da fällt logischerweise auch schon mal eine Einladung ab. Also offen gestanden hätte ich nichts dagegen, wenn du ihn mitnehmen könntest, ich kann nämlich absolut nicht, wir entwerfen gerade eine Power-Card, die auf den neuesten Erkenntnissen beruht, wonach Bewegung noch viel besser als jede Diät ist. Wusstest du, dass jeder Deutsche im Schnitt dreitausendzweihundert Kalorien zu sich nimmt, gleichgültig ob er sie braucht oder nicht? Aus diesem Missverhältnis entsteht dann überschüssiges Fett.« Ihre Augen blieben an seiner Leibesmitte hängen. »Du hast nicht zufällig abgenommen? Irgendwie kommst du mir heute schlanker vor.«

»Ich doch nicht. Du kennst mich doch. Also, was Moritz betrifft, nehme ich ihn natürlich gerne mit.« Geschafft, frohlockte es in ihm. Was seine Frau betraf, hatte er auch schon eine Idee, wie er ihr den Wind aus den Segeln nehmen konnte.

Karin fühlte sich wie zerschlagen, vermutlich war die letzte Nacht daran schuld. Zweimal hatte das Telefon geläutet, normalerweise hob Johannes zu solch fortgeschrittener Stunde ab, meist um irgendeinem Trunkenbold klarzumachen, was davon zu halten war, wenn man anständige Leute aus ihrem wohlverdienten Schlaf holte. Diesmal war sie selbst die Dumme gewesen, Johannes musste bis kurz vor zwei Uhr morgens in seiner Werkstatt geblieben sein, und die beiden Anrufe waren ohnehin für sie bestimmt gewesen. Kein alkoholisierter Witzbold, sondern ihre Mutter.

Dein Vater besteht darauf, dass ich dich anrufe, weil er felsenfest davon überzeugt ist, dass du weißt, wo die Printen sind.

Trotz Halbschlaf hatte Karin sofort zu sagen gewusst, dass sie noch gar keine Printen eingekauft hatten, und hinzugefügt, dass der Vater wegen seiner Prothese schon seit Jahren kein so hartes Gebäck mehr aß, erst recht nicht mitten in der Nacht. Es hatte nichts genützt. Sie war gerade wieder eingeschlafen, als das nächste Läuten sie hochschrecken ließ. Ihr Vater hatte keine Ruhe gegeben und wollte selbst mit ihr sprechen, seine Stimme klang quengelig wie die eines kleinen Kindes.

Sag deiner Mutter, wo die Printen sind, ich weiß genau, dass ihr sie vor mir versteckt, ihr schließt ja alles vor mir weg, nicht mal in die Küche komme ich mehr rein.

Geduldiges Zusprechen, ihre Nerven lagen bloß, der Protest des alten Mannes bohrte sich in sie hinein, bis sie am liebsten laut geschrien hätte, doch sie tat es nicht, weil zweifelsfrei ihre Mutter die Leidtragende gewesen wäre. Lange geht das nicht mehr gut, hatte sie gedacht und bis ins Morgengrauen wach gelegen und gehofft, dass Johannes, als er endlich zu ihr ins Bett schlüpfte, ein paar tröstende Worte fände. Er hatte sich auf die Seite gedreht und geschnarcht, nicht besonders laut, aber doch laut genug, um ihre hilflose Wut auf ihn zu konzentrieren. Am nächsten Morgen hatte er ihr eröffnet, dass er die Werkstatt heute um zwölf schließen würde. *Ich habe mein Pensum diese Nacht erledigt, und dir tut es bestimmt auch gut, wenn du mal wieder einen freien Nachmittag hast.*

So, dachte sie jetzt, das tat ihr also gut. Und was sollte sie bitte schön mit der freien Zeit anfangen? Sich ausmalen, was ihr Vater sich als Nächstes einfallen ließ? Sie nahm wie gewohnt die Post entgegen, begann zu sortieren, bediente ebenso mechanisch das Telefon, jemand aus der Galerie Habermann informierte sie darüber, dass ihr Mann gerade eben beim Ausliefern der letzten Rahmen eine CD liegen gelassen habe.

»Eine CD?«, fragte sie leicht irritiert.

»Ja, noch originalverpackt, sie heißt *Hooray for Boobies*.«

»Ich werde es ihm ausrichten«, antwortete sie mühsam beherrscht und stellte sich vor, wie man sich in der Galerie lustig machte. Jeder täte das. Ein erwachsener Mann mit einer CD, die das Hohelied der *Wuchttitten* sang. Durfte ja nicht wahr sein.

Ihre eigenen Brüste waren eher klein und fest, fast mädchenhaft, was vielleicht auch daran lag, dass sie nie ein Kind geboren und gestillt hatte. Dieser Kelch war zum Glück an ihr vorübergegangen, schon ein Hund wäre unter den gegebenen Umständen zu viel. Alles, wonach sie sich sehnte, war das Ende dieser permanenten Anspannung. Dieses ständige Gewehr bei Fuß stehen müssen sollte endlich aufhören. Sie ließ den Hörer sinken, presste die Handballen an die Schläfen, hinter denen es bohrte und pochte, zu dem Schmerz gesellte sich das Wissen, dass ihr Vater sich nicht damit begnügen würde, seine Familie mit der Suche nach Printen, die es nicht gab, zu tyrannisieren.

»Geht es Ihnen nicht gut, Frau Hopstein? Kann ich etwas für Sie tun?« Philipp stand im Türrahmen, leicht linkisch, so als ob er befürchtete, seine Grenzen zu überschreiten.

»Nein, nein, es ist nichts Besonderes.«

»Wieder Ihre Migräne?«

»Ich hoffe nicht. Ich habe wirklich keine Lust, den ersten freien Nachmittag seit langem im abgedunkelten Zimmer zu verbringen.«

»Sie nehmen sich heute frei? Das ist sehr vernünftig.«

»Sie haben ebenfalls frei, Philipp. Mein Mann schließt die Werkstatt heute schon um zwölf.«

»Dann haben Sie beide bestimmt etwas besonders Schönes vor?«

»Schön wär's. Mein Mann muss zu einem Jubiläum.«

»Und Sie begleiten ihn nicht?«

»Liegt nicht ganz auf meiner Wellenlänge. Ich bleibe zu Hause.«

»Also, wenn Sie es nicht als unverschämt empfinden … ich hätte da nämlich die Möglichkeit, für heute Abend an zwei Karten für die *Fledermaus* zu kommen. Leichte Kost, gewiss, aber doch auch sehr anrührend. Ein ehemaliger Kommilitone von mir wirkt als Statist mit. Ich würde mich wirklich gerne für letzten Freitag revanchieren.«

Karin versicherte ihm, dass dies nicht nötig sei, und nahm sein Angebot fast noch im selben Atemzug an. Gemessen an einem *Hurra auf die Titten* war die Operette von Johann Strauß Weltklasse auf höchstem Niveau. Als Johannes kurz darauf zurückkehrte, teilte sie ihm mit, dass die Galerie Habermann angerufen habe und sie selbst jetzt zum Friseur gehe.

»Schon wieder? Warst du nicht erst letzte Woche?«

»Na und? Findest du, dass ich die sechsunddreißig Mark nicht wert bin?«

»Natürlich nicht.« Johannes überlegte, ob sie auf einen Streit aus war. Sie legte ihm Worte in den Mund, von denen sie genau wissen musste, dass er sie nicht einmal im Traum dächte.

»Und warum fragst du dann?«

»Weil du sonst höchstens alle zwei Monate gehst oder wenn etwas Besonderes ansteht.«

»Wenn du die *Fledermaus* dieser Kategorie zuordnest, könntest du sogar Recht haben.«

»Du gehst allein in die Oper?«

»Es handelt sich um eine Operette«, verbesserte Karin und dachte, dass es typisch war, dass er nicht mal eine Oper von einer Operette unterscheiden konnte. Solche Probleme hatte er garantiert nicht, wenn es um das Erkennen einer Schokoladensorte ging.

Im Nachhinein sagte Juliane sich, dass es kein Zufall sein konnte, wenn zwei Ereignisse, die ursächlich absolut nichts miteinander zu tun hatten, sich genau zum richtigen Zeitpunkt kreuzten. Sie hatte sich gerade mit Volldampf in den neuen Auftrag gestürzt, den sie René verdankte, als Katja Ehrich sie aus Mailand anrief. Die tadellose Verbindung ließ Juliane zunächst fürchten, die Unternehmerin wäre in ihre Firma zurückgekehrt. Wobei es schon ziemlich paradox war, etwas zu fürchten, worauf man vor vierundzwanzig Stunden noch ungeduldig gewartet hatte. Der Grund für ihren Sinneswandel war zweifelsfrei dieser Tonio Pandolfi, der etwas suchte, das es nach Aussage der diversen Makler, die sie bereits kontaktiert hatte, praktisch nicht gab. Ihr Ehrgeiz war geweckt, folglich atmete sie erleichtert auf, als die Anruferin zögernd gestand, noch länger in Italien bleiben zu wollen.

»Das Wetter hier ist unglaublich sonnig«, sagte sie, »in Deutschland ist es bestimmt noch immer grau in grau, wahrscheinlich habe ich mich in den letzten sechs Jahren einfach zu sehr an das schöne Wetter und an Menschen gewöhnt, die sich lieber nach der Sonne als nach einer festen Betriebsordnung richten.«

»Wir sind ja gerade dabei, diese starre Konzeption umzumodeln.«

»Schon, es sieht jetzt alles viel freundlicher aus, trotzdem bezweifle ich offen gestanden, dass man Menschen so umkrempeln kann, wie es bei meiner Geschäftsleitung nötig wäre. Sie würden vielleicht mitziehen, wenn wir ihnen keine andere Wahl ließen, aber trotzdem hätte ich weiterhin das Gefühl, mich in feindlichem Terrain zu bewegen. Das ist vielleicht dumm, doch es ist nun mal so. Nicht dass Sie denken, ich wäre Ihnen nicht dankbar, ich bin Ihnen sogar über alle Maßen dankbar, weil Sie mir Mut gemacht haben, mein Ziel passend zu mir zu definieren ...«

... und zum Anlass, wollte Juliane einwerfen, doch die Unternehmerin sprach bereits weiter, sie hörte sich nun regelrecht fröhlich an, fast schon triumphierend: »Und das habe ich jetzt getan. Ich habe mein Ziel definiert und gefunden, ich werde die Firma verkaufen und mit dem Erlös etwas Neues hier in Mailand anfangen, besser gesagt in der Nähe von Mailand, es ist ein Traum, Sie müssen mich unbedingt einmal besuchen kommen.«

»Dann wünsche ich Ihnen viel Glück.« Juliane meinte es ernst, auch wenn sie nicht gegen das Gefühl ankam, dass Katja Ehrich ihr die eigenen Worte im Mund herumdrehte und beflügelt vom mediterranen Lebensgefühl oder wovon auch immer – vielleicht gab es ja tatsächlich einen Latin Lover – eine Dynamik entwickelte, die zugleich gefährlich und beneidenswert war.

»Uno momento! Legen Sie nur ja nicht auf. Ich wollte Sie nämlich bitten, sich um die Vermietung zu kümmern.«

»Ich denke, Sie wollen verkaufen? Außerdem übersteigt so etwas ganz entschieden meine Kompetenzen.«

»Ich rede nicht von der Firma, das ist alles im Testament meines Vaters festgelegt. Doch da gibt es schließlich noch das Haus.«

Und so erfuhr Juliane, dass es im Herzen von Köln ein Haus gab, denkmalgeschützt, mit hohen Decken und französischen

Fenstertüren, wo die Großeltern Ehrich einst den Grundstein zu einem der größten Möbelhäuser in der Region gelegt hatten. Mittlerweile gab es dort nur noch ein leer stehendes Ladenlokal im Parterre, darüber ein seit längerem ungenutztes Stadtbüro, zwei weitere an einen Anwalt und einen Spediteur vermietete Etagen und ganz oben Katja Ehrichs eigene Wohnung mit ausgebautem Dachgeschoss und Blick direkt auf den Dom.

»Kann ich mir alles kurzfristig ansehen? Es könnte nämlich sein, dass ich schon passende Mieter für Sie hätte.« Dies war der Augenblick, in dem Juliane fast an eine höhere Fügung glaubte. Alles schien zu passen, sie brannte darauf, das Objekt umgehend in Augenschein zu nehmen, darüber hätte sie beinahe ihr Patenkind vergessen.

Lilly fiel ihr ein, als sie schon fast an der angegebenen Adresse angekommen war. Sie machte noch einmal kehrt, um das Mädchen abzuholen, das seltsam zappelig wirkte und in einem fort von einer Zeitmaschine erzählte. Juliane hörte nur mit halbem Ohr zu, das galt erst recht, als sie das wunderschöne alte Haus aus der Jahrhundertwende betraten. Allein das in grünem Marmor gehaltene Entree war eine Augenweide, geradeaus gelangte man durch eine Flügeltür mit Glasornamenten in zwei riesige, ineinander übergehende Räume, man konnte schon von einem Saal reden, wo bis vor kurzem Pelze verkauft worden waren. Wie geschaffen für repräsentative Empfänge, somit wäre Punkt eins auf der Liste des anspruchsvollen Botschafters abgehakt.

Ohne weiter auf Lilly zu achten, die mittlerweile über irgendwelche Entfernungen rätselte, die doch größer als angenommen waren, stieg sie die Treppe hoch, in dem ungenutzten Büro roch es staubig, die Tapeten waren vergilbt, die langen Portieren sahen aus, als ob sich Heerscharen von Motten in ihnen wohl fühlten, das Parkett musste dringend abgeschliffen werden, trotzdem würde es kein Kunststück sein, hieraus ein Büro für den Diplomaten zu machen. Punkt zwei war ebenfalls so gut wie erledigt, frohlockte sie.

Der absolute Höhepunkt war jedoch die Wohnung von Katja Ehrich, keineswegs nur der Ausblick war herrlich, und es war so gut wie sicher, dass die meisten der Möbel bleiben konnten, sie waren von klassischer Eleganz und obendrein bequem, lediglich das Dachgeschoss musste komplett neu für die beiden Kinder der Pandolfis hergerichtet werden, was gemessen an allem Übrigen ein Kinderspiel war.

»Gebongt«, sagte Juliane laut.

»Du gehst also mit mir hin?«, fragte es hinter ihr.

»Wohin?« Juliane drehte sich um, sah irritiert Lilly an, sie hatte das Mädchen tatsächlich völlig vergessen.

»Na, davon rede ich doch die ganze Zeit.«

»Ist ja schon gut, beruhige dich! Ich muss nur nochmal rasch telefonieren, dann bestimmst du über alles Weitere.« Sie konnte nicht ahnen, dass Lilly dieses Versprechen nicht nur auf den Besuch einer Performance im Südbahnhof anwandte, sondern auch aufs Bogenschießen. Erst nachdem der Wirt des *Adelmann* darüber informiert war, dass soeben das Unmögliche konkrete Formen annahm, dämmerte Juliane, wie geschickt Lilly ihre geistige Abwesenheit vorhin zum eigenen Vorteil genutzt hatte.

»Du hast eben gesagt, alles Weitere entscheide ich, und ich will nun mal rasend gern Bogenschützin werden. Das ist sonst keiner in meiner Klasse. Wetten, dass die alle vor Neid platzen, wenn sie das hören? Und Momo wird auch Bauklötze staunen, glaubst du nicht?«

»Du hast also noch immer Kontakt zu ihm?«

»Wie soll ich mich denn sonst mit ihm am Volksgarten verabredet haben?«

»Ihr habt euch sogar schon getroffen?«

»Nein, haben wir nicht, er hat's nicht gepackt, zur Entschädigung hat er mich ja für heute Abend zu dieser Performance eingeladen. Ohne dich dürfte ich nie im Leben hin.«

»Performance?«

»Na mit der Zeitmaschine, oder hast du das auch schon wieder vergessen?«

»Nein, nein, bestimmt nicht. Und wo finden wir die?«

»Am Südbahnhof. Du bist heute wirklich verdammt komisch, noch schlimmer als Papa, wenn er fiedelt und vergisst, dass er

eigentlich mit Abendbrot dran ist und die Kleinen ins Bett bringen muss, weil Mama mal ausnahmsweise weg ist.«
Juliane gelobte Besserung und unterdrückte die Frage, ob »Onkel Jo« ebenfalls mit von der Partie war.

Karin war so nervös, dass sie beinahe einen Rückzieher gemacht hätte. Sie griff zum Telefon, entschied sich wieder dagegen, begann sich umzuziehen, zog erneut eine Absage in Erwägung und sagte sich im nächsten Augenblick, dass es mehr als verletzend wäre, wenn sie das täte. Nicht einmal unter dem Vorwand, sie hätte nun doch ihre Migräne bekommen, durfte sie das tun. Philipp würde es unweigerlich persönlich nehmen, sie selbst täte das an seiner Stelle auch, und wenn sie eines wusste, dann dass solch ein feinfühliger, rücksichtsvoller Mensch das nicht verdient hatte. Also vervollständigte sie ihre Garderobe, packte ihre Tasche um und überprüfte das Make-up, das ihre Friseuse aufgetragen hatte. Sie hatte im Salon eigentlich nur laut gedacht, und das junge Mädel hatte Karins kritische Bemerkung über die eigene Blässe aufgegriffen und eine dezente Tönungscreme vorgeschlagen. War sie wirklich dezent? Sie schwankte noch, ob sie nicht doch alles wieder abwischen sollte, als es dreimal hupte. Das Zeichen für sie, so hatten sie es vereinbart. Auf dem Weg nach draußen schoss Karin durch den Kopf, dass schon der junge Johannes sie auf diese Weise auf ein Rendezvous eingestimmt hatte. Lang, lang war's her. Was er wohl sagen würde, wenn er erführe, dass sie Philipp bereits heute Mittag den Golf überlassen hatte?
Da stand er nun neben ihrem Auto, die eine Hand an der Beifahrertür abgestützt, die andere halb hinter dem Rücken verborgen, bei ihrem Anblick ging ein Ruck durch ihn hindurch, er streckte sich, holte tief Luft, so als ob ihm eine Mutprobe bevorstünde, dann überreichte er ihr den Blumenstrauß, den er hinter dem Rücken versteckt hatte.
»Ich hoffe, Sie betrachten es nicht als aufdringlich, aber ich bin nun mal ein altmodischer Mensch, und wenn ich eine schöne Frau wie Sie abholen darf, braucht es meiner Meinung nach ein

paar Blumen. Sie wissen ja, mit Worten bin ich eher ungeschickt, deshalb …«

»… lassen Sie Blumen sprechen«, ergänzte Karin und fühlte sich seltsam jung, gleichzeitig fiel die Nervosität von vorhin von ihr ab, was blieb, war die Freude auf den bevorstehenden Abend mit einem Mann, der sie ganz gewiss nicht enttäuschen würde. Sie stieg ein, hielt die Fahrt über den Strauß fest umklammert, dessen Stiele vorsorglich mit Alufolie umwickelt waren, und stellte erst in unmittelbarer Nähe des Opernhauses fest, dass es sehr viel klüger gewesen wäre, die Blumen noch daheim zu versorgen.

»Ich bin wirklich ein Schaf.«

»Nein, das sind Sie ganz gewiss nicht, Sie sind eine entzückende Frau, die im Moment einfach zu viel um die Ohren hat.«

»Und woher wissen Sie das?«

»Wenn man einen Menschen sympathisch findet, schaut man eben genauer hin und entdeckt solche kleinen Anzeichen. Beispielsweise zucken Sie neuerdings immer zusammen, wenn Ihr privates Telefon geht, und manchmal reiben Sie sich nach einem Gespräch so fest die Schläfen, dass man den Abdruck Ihrer Fingerkuppen noch eine Stunde später erkennt.«

»Meine Güte, Sie sind wirklich ein scharfer Beobachter. Aber Sie haben Recht, ich habe in jüngster Zeit regelrecht Angst vor einer neuen Hiobsbotschaft von meinen Eltern, besser gesagt von meinem Vater, er hängt über unserem Leben wie eine dunkle Wolke. Pardon, das hört sich jetzt bestimmt so an, als ob wir ihn nicht gern hätten …«

»Sie müssen sich nicht entschuldigen.«

»Vielleicht doch. Es ist bestimmt nicht in Ordnung, so etwas auch nur zu denken, dabei habe ich ihn einmal abgöttisch geliebt, und in gewisser Weise liebe ich ihn noch immer, ihn oder das Bild von ihm, das überlebt hat. Ist das nicht schrecklich? Ich mag den Menschen, den es nicht mehr gibt, lieber als das, was von ihm übrig geblieben ist.«

»Ich würde es eher natürlich nennen. Es ist der elementare Drang, wenigstens vorübergehend etwas weniger Schönes in der

Gegenwart durch schöne Erinnerungen zu ersetzen. Oder durch etwas anderes Schönes wie etwa die Melodien von Johann Strauß, die schon vor 175 Jahren die Menschen vergessen ließen, was sie konkret plagte.« Er begann zu summen, spontan stimmte Karin ein, sie hatte sogar den Text behalten: »Glücklich ist, wer vergisst …« An diesem Abend fiel ihr das Vergessen erstaunlich leicht, sie dachte tatsächlich einmal nicht an daheim und daran, was alles passieren könnte. In der Pause durften sie dank Philipps Freund hinter die Bühne, und nach der Vorstellung trafen sie sich in den *Opernterrassen*, die noch heute etwas vom Flair einer vergangenen Zeit ausstrahlten. Besonders im Dunkeln, wenn man auf die illuminierten Springbrunnen und das berühmte Glockenspiel von 4711 sah und noch einmal das eben Gehörte nachkostete. Die Zeit verging wie im Flug, und hätte nicht die Kellnerin gefragt, ob sie kassieren dürfe, wären sie wohl noch länger zusammengeblieben.

»Ich fürchte, wir müssen aufbrechen«, meinte Philipp.

»Ja, es wird höchste Zeit.« Sie stand auf, ließ sich in den Mantel helfen, dann steuerten sie das Parkhaus an der Oper an.

»Karin, sind Sie's oder sind Sie's nicht?« Über etliche Kühlerhauben hinweg, gesprenkelt vom Licht einer defekten Neonröhre: Der Rufer gehörte zum Theaterkreis und kam nun direkt auf sie und Philipp zu. Die Vorstellung, welchen Eindruck es machen musste, wenn sie schon wieder mit jemand anderem als ihrem eigenen Mann unterwegs war, trieb ihr das Blut ins Gesicht und verhedderte ihre Worte.

Noch später im Bett sah sie die Szene gestochen scharf vor sich. Das Bett neben ihr war noch immer leer, anscheinend nutzte Johannes die Chance zu einem Besäufnis mit diesem verkappten Anarchisten, er tat wirklich alles, um ihre Probleme zu vergrößern. Er sollte sich nur ja nicht beschweren, wenn beim nächsten Treffen mit dem Theaterkreis dumme Fragen auftauchten. Ob ihm die Blumen auf dem Esstisch auffielen?

Johannes war vollauf damit beschäftigt, Jip-Jips Werk ins rechte Licht zu rücken und trotzdem noch genügend Platz für die Teilnehmer an der heutigen Vernissage zu schaffen. Jener Teil des Bahnhofs, der nicht unbedingt vonnöten war, um den Reiseverkehr aufrechtzuerhalten, sollte an diesem Abend dazu dienen, das Thema *Zeit* in Wort und Bild zu verdeutlichen. Außer der Zeitmaschine, die an einen blinkenden Roboter erinnerte, dessen Arme im Wechsel *stop and go* befahlen, gab es mit Verkehrszeichen bestückte Pfade, die an den von Johannes präparierten Folien vorbei zu einer Badewanne führten, in die sich zum krönenden Abschluss lauter Buchstaben ergießen würden. Daraus sollte dann jeder Einzelne seinen persönlichen Wunsch an die Zeit formen. Sofern die Buchstaben passten und die Leute sich nicht vorher den Hals brachen.

»Sind genug Vokale dabei?«, fragte er Jip-Jip, der pausenlos die digitale Leuchtschrift an den Armen seines Roboters an- und wieder ausknipste, es war zum Verrücktwerden.

»Wobei?«

»Bei der Munition für dein Badewannen-Finale natürlich.«

»Glaube schon.«

»Glauben ist nicht wissen. Moritz?« Johannes drehte sich einmal um die eigene Achse, wo steckte der Junge nur? Er entdeckte ihn vor dem Eingang, es sah aus, als ob er nach jemandem Ausschau hielte, überhaupt war er auffällig nervös, so als ob Jip-Jip ihn bereits angesteckt hätte. Begriffsstutzig war er heute auch, er brauchte eine kleine Ewigkeit, um seine Aufgabe zu verstehen. »Du zählst einfach nach und machst eine Strichliste, okay? Notfalls schnippeln wir noch ein paar Es oder Us nach, die Schablonen liegen noch da.«

Nachdem das erledigt war, wandte Johannes sich dem nächsten Problem zu, das war der von Jip-Jip gestaltete Boden, er hatte sich wirklich alle Mühe gegeben, damit kein Schritt wie der andere ausfiel. Kies, sodann eine angeblich nicht fest pappende Masse, die unter den Füßen quatschte, des Weiteren Metallstücke, die so aussahen, als ob er in der Nachbarschaft alle Wasserventile geklaut hätte, wenn man nicht höllisch aufpasste, rutschte man aus oder stolperte.

»Hoffentlich bist du gut versichert«, knurrte Johannes.

»Versichert? Ich doch nicht.«

»Dann hast du hoffentlich heute einen guten Schutzengel, der auf dich und deine Gäste aufpasst. Sonst wird's teuer.«

»Wieso?«

»Weil dieser Boden eine Katastrophe ist.«

»Das ist Kunst, und wer das nicht kapiert, ist ein Banause. Frag Hundertwasser.«

»Der ist tot.«

»Aber sein Geist lebt weiter, mit meiner Unterstützung nicht nur in Wien, wo er sogar im öffentlichen Wohnungsbau den Boden gewellt hat, weil es schließlich auch in der Natur nirgends einen total platten Boden gibt.«

»Möglicherweise ist der öffentliche Wohnungsbau in Österreich risikofreudiger. Ich schlage vor, dass wir wenigstens die groben Niveauunterschiede etwas ausgleichen, damit deine Veranstaltung nicht baden geht, bevor sie beginnt.«

Jip-Jip fügte sich mit sichtbarer Unlust, er unternahm auch keinerlei Anstalten, Johannes bei seinen Rodungsarbeiten zu helfen, alles, was er aktiv beitrug, waren ein paar zusätzliche Pappbuchstaben. Es war ein Glück, dass die meisten geladenen Gäste alternativ angehaucht und deshalb unpünktlich waren, denn sie wären keineswegs zu der ausgedruckten Zeit fertig geworden. So schaffte Johannes es immerhin gerade noch rechtzeitig.

Als die doppelte Glastür aufschwang und die erste Ladung hereinstürmte, rückte Jip-Jip sich in Pose und genoss es sichtlich, Vorschusslorbeeren einzuheimsen, während Johannes im Hintergrund den Mundschenk spielte, Sektflaschen öffnete, Gläser füllte und nicht Hände genug hatte. Wo steckte bloß wieder sein Neffe? Wie schon zuvor entdeckte er ihn unmittelbar am Eingang.

»Moritz, nun komm schon, ich brauche dich drinnen. Die saufen wie die Stiere.«

»Aber ich muss Lilly abpassen, ich hab's ihr versprochen.«

»Du meinst die Kleine von neulich aus dem Pop-Konzert?«

»'türlich, eigentlich wollten wir uns Mittwoch am Volksgarten treffen, aber ich hab sie versetzt, weil ich schon 'ne Ewigkeit nicht mehr Rad gefahren bin und mir die Kette abgesprungen ist. Hinterher sah ich aus wie 'n Schwein, jedenfalls habe ich sie zur Entschädigung für heute Abend eingeladen. Wie findest du eigentlich meine Haare?«

»So wie immer.«

»Aber sie sind nicht wie immer. Fällt dir denn nicht auf, dass ich...«, mehr verstand Johannes nicht, weil schon wieder der Ruf nach Getränken laut wurde. Während er weiter Gläser herumtrug, ertappte er sich immer wieder dabei, wie er nun ebenfalls den Eingang fixierte, als ob gar Wunderbares von dort zu erwarten wäre. Doch der einzige spektakuläre Gast, der sich blicken ließ, war der Vertreter vom Kulturamt, leicht zu erkennen an seinem dunklen Anzug, der gewichtigen Miene und einer unter den Arm geklemmten Aktentasche.

»Sehr gut«, sagte er zu Johannes, »dass der Künstler sich doch besonnen und einen Kellner engagiert hat.«

»Tut mir Leid, Sie enttäuschen zu müssen, aber ich bin nur eine Art Freund.«

»Oh, verstehe, bitte den kleinen Irrtum zu entschuldigen, kann ja mal vorkommen, heutzutage ist es ja bekanntlich nicht leicht, Herr und Geschirr auseinander zu halten, stimmt's oder habe ich Recht, ha-ha.« Der städtische Vertreter war noch längst nicht am Ende, die Beschaffenheit des Bodens war sein nächstes Thema, begleitet von einem bedenklichen Mienenspiel zitierte er Paragraphen zur Sicherheit in öffentlichen Gebäuden und beschwor die Folgen für den Fall der Übertretung. Obwohl Johannes zuvor noch selbst in eine ähnliche Richtung Bedenken angemeldet hatte, übernahm er nun umgehend die Perspektive von Jip-Jip und dessen großem Vorbild.

Dieser Kulturmensch war ihm von ganzem Herzen zuwider, daran änderte sich auch nichts, als er endlich die Laudatio auf einen »progressiven Kölner Künstler, dem zu Ehren wir heute ...« anstimmte. Er redete und redete, während immer wieder die Glastür aufging und neue Leute hereinkamen, mittlerweile hatte sich das Risiko eines Sturzes schon deshalb deutlich reduziert, weil jeder Fall automatisch von jemand anders aufgefangen werden würde. Die Luft begann stickig zu werden, die Scheinwerfer taten ein Übriges, die Rede hatte den Schwung einer Gebetsmühle. Ein Aufatmen ging durch den Raum, als Jip-Jip endlich selbst loslegen durfte. Zusammen mit zwei jungen Schauspielerinnen, die ein Gedicht nach dem anderen von der Wand nahmen, es vortrugen und gleichzeitig mit ihren Händen verformten. Ein hübsches Spektakel, zumal die beiden jungen Damen höchst appetitlich anzuschauen waren.

Ein Anblick, den auch Johannes durchaus genossen hätte, wenn er nicht nach wie vor auf diese Glastür fixiert gewesen wäre, die nun schon mindestens zehn Minuten nicht mehr bewegt worden war.

Ob Lilly wieder in Begleitung ihrer Patentante kam?

Die beiden schienen es sehr gut miteinander zu können, in keinem Fall würde eine Neunjährige so spät noch allein unterwegs sein, vielleicht kamen sie ja auch überhaupt nicht. Das wünschte er seinem Neffen wirklich nicht, dessen Gesicht wurde schon jetzt immer länger, die Veranstaltung selbst interessierte Moritz offenbar nicht die Bohne. Seine Hand verschwand in der Hosentasche, ein kurzes Rascheln, dann bewegte sich der Kiefer, brachte Bewegung in das Gesicht des Jungen, der anscheinend auf ähnliche Trostpflaster abfuhr wie sein Onkel. Knistern, kauen, knistern, ein Vorgang, der sich eine ganze Weile lang wiederholte, die Tasche musste einen ordentlichen Vorrat bergen.

Dann, als ein Reim deklamiert wurde, in dem die Zeit mit einer gierig schnappenden Vagina verglichen wurde – na ja! –, begann Moritz plötzlich wie von der Tarantel gestochen zu hüpfen und zu winken, was ihm etliches Geschimpfe eintrug. Er kümmerte sich nicht darum. »Hier! Hier sind wir!«

Sie sieht irgendwie gedopt aus, dachte Johannes, natürlich meinte er nicht Lilly, sondern ihre erwachsene Begleiterin. Deren Augen schienen weit weg zu sein, sie achtete weder auf den Boden noch auf die Leute ringsum, sie stolperte kurz, schien es nicht zu bemerken, reagierte nicht einmal, als ihr Patenkind sich losriss und zu Moritz durchschlängelte. Man muss ihr helfen, bevor sie wirklich auf der Nase liegt, dachte Johannes und machte sich ebenfalls auf den Weg.

»Hallo!« Mit Rücksicht auf den Vortrag des Trios flüsterte er nur, als er Juliane endlich erreichte.

»Hallo.« Ihre Augen beendeten die Innenschau von was auch immer, hefteten sich auf ihn wie auf etwas Vertrautes. »Sie sind also auch hier. Lilly hat mich hergeschleppt, zuerst hat sie nur von der Vernissage geredet, das hätte mich schon misstrauisch machen müssen. Erst ganz zuletzt hat sie die Katze aus dem Sack gelassen.«

»Meinen Sie damit mich?«

»Nein, diesmal spreche ich von Ihrem Neffen. Er gefällt Lilly, glaube ich, und wenn ihr etwas gefällt, geht sie geradewegs darauf zu.«

»Das spricht für sie.«

»So, finden Sie?«

»Ich finde es besonders gut, dass Sie im Schlepptau sind, wenn ich das mal so ausdrücken darf.«

»Haben Sie keine Angst, ich könnte Ihnen wieder etwas madig machen?«

»Heute habe ich kein Marzipanschwein dabei.«

»Na so was. Dabei hätte ich heute vielleicht sogar ein Stück angenommen, mir hängt der Magen nämlich bald an den Knien, vor lauter Arbeit bin ich gar nicht zum Essen gekommen.«

»Das sollten wir ändern, sobald das hier vorbei ist. Wenn Sie mögen, kann ich Ihnen vorab schon mal ein Glas Sekt bringen. Immer vorausgesetzt, ich schaffe den Weg bis zu den Getränken und wieder zurück.«

»Etwas zu trinken wäre nicht übel.« Sie sah ihm nach, wie er sich von ihr entfernte, es sah aus, als ob er über Eier tanzte, der Boden war seltsam uneben, und die Luft war zum Schneiden, gleichzeitig erzählte jemand etwas von einer Vagina, konnte gar nicht genug bekommen von diesem Wort, kombinierte es mit Jahreszeiten und Jahrzehnten, die Sprecherin war eine Frau, doch der Text stammte garantiert von einem Kerl, der ein weibliches Geschlechtsorgan benutzte, um alles hineinzupacken, was ihm zum Thema sprießen-sich-lieben-gebären-wachsen-verwel-ken-sterben einfiel. Der Kopf brummte ihr, darin rumorte noch immer dieses Haus, das ihr wie ein Geschenk des Himmels erschien, sie für dieses Spektakel weich gekocht hatte. Diese Luft war kaum zum Aushalten, am liebsten würde sie auf dem Absatz kehrtmachen. Es ging nicht, Lilly war längst abgetaucht. Wenn sie noch lange hier eingepfercht stehen musste, kippte sie womöglich um.

»Alles in Ordnung? Hier ist Ihr Sekt.«

»Ich glaube, ein Stuhl wäre mir lieber«, entgegnete Juliane schwach.

»Okay, das haben wir gleich.« Ein Arm legte sich um ihre Schulter, schob sie ein Stück vorwärts auf eine Wanne zu, die sehr groß und altertümlich war. Der einzige Platz, an dem sich die Leute nicht drängten, dachte Juliane und sah zu, wie Johannes nach einem von zwei roten Hockern griff, ihn ihr unterschob, es war herrlich, endlich sitzen zu dürfen. Erst als es plötzlich über ihr zu rauschen begann und Hunderte von Buchstaben in die Wanne purzelten und die Massen vordrängten, um sich zu bedienen, wurde ihr klar, dass sie mitten in der Dekoration saß. Die beiden Tritthocker sollten den Griff in die Wanne erleichtern. Sie fuhr hoch.

»Tut mir Leid«, sagte sie, »ich habe wohl eine ziemlich komische Nummer abgegeben.«

»Ich glaube nicht, dass Sie das überhaupt könnten. So, und jetzt gehen wir etwas essen, bevor Sie mir doch noch umkippen, ich habe unseren beiden Kids schon Bescheid gesagt. Sie kommen nach, wenn sie ihre Wünsche gelegt haben, das Lokal ist gleich nebenan, Moritz kennt sich aus.«

Nie zuvor war Juliane beim Anblick von etwas Essbarem so dankbar gewesen wie wenig später in der *Beisel*. Fast konnte sie verstehen, dass jemand sich fürs Essen begeisterte, sie genoss jeden Löffel der cremigen Kartoffelsuppe und dazu das kräftige Zwiebelbrot. »Jetzt bin ich wieder ein Mensch«, verkündete sie und stimmte in das allgemeine Gelächter ein, mittlerweile waren auch die beiden Kinder aufgetaucht. Es wurde ein sehr fröhlicher Abend. Fröhlich und spät. Weil Juliane ein Glas zu viel getrunken hatte, um noch selbst zu steuern, akzeptierte sie das Angebot von Johannes, sie und Lilly abzusetzen: »Sie liegen praktisch bei uns auf dem Weg!«

Es war ihre Nichte, die dem netten Jungen namens Moritz vorschlug, noch rasch mit reinzukommen und sich etwas anzuschauen, wovon sie ihm zuvor erzählt haben musste. Juliane kam gar nicht dazu zu protestieren, sie versuchte es nicht einmal. Stattdessen kredenzte sie den Kids eine Flasche Limonade und Kekse und schlug vor, für ihren »Chauffeur« und sich selbst einen Cappuccino italiano zu kochen.

Er war schon wieder gefahren, als ihr auffiel, dass er keinen einzigen Keks gegessen hatte. Er war ihr sogar schlanker vorgekommen, natürlich konnte das auch am Schnitt seines Sakkos liegen. Im Grunde ein netter Typ, dachte sie, einer zum Pferdestehlen, dann schlief sie ein. Fest und traumlos.

Johannes war ein guter Beobachter, das galt erst recht im Hinblick auf seine Frau. Manchmal merkte er schon vor ihr, wenn ein neuer Migräneanfall im Anmarsch war, die Botschaft ihrer an die Schläfen gepressten Fingerspitzen war ihm ebenso vertraut wie das Zusammenzucken bei einem völlig harmlosen Geräusch, wie es etwa das Aufsetzen der metallenen Butterdose auf den Tisch darstellte. An diesem Samstagmorgen reagierte sie darauf ähnlich irritiert, wie es sonst bei starken Kopfschmerzen der Fall war, doch ihr Aussehen sprach dagegen. Sie sah sehr hübsch aus. Nicht etwa, dass er sie sonst nicht hübsch fände, es war lediglich ungewohnt, dass sie der Natur schon am helllichten Tag nachhalf. Wenn sie sich schlecht fühlte, begrenzte sie ihre Körperpflege auf ein Minimum, heute hingegen hatte sie eine schier endlose Zeit im Bad zugebracht und sich sogar geschminkt. Folglich ignorierte er ihr Zusammenzucken, löffelte mechanisch drei Löffel Zucker in seinen Kaffee, fügte einen kräftigen Schuss Sahne hinzu, rührte und glaubte, während er das tat, unversehens eine plustrige Haube aus geschäumter Milch vor sich zu sehen. Er leckte sich über die Lippen, räusperte sich.

»Ist etwas?« Karin sah auf.

»Wir sollten uns eine Espressomaschine mit Milchschäumer anschaffen, was hältst du davon?«

»Wenn du sonst keine Probleme hast.«

»Es hat nichts mit einem Problem zu tun. Ich finde nur, dass italienischer Cappuccino sehr gut schmeckt und außerdem bestimmt viel weniger Kalorien als das hier hat.«

»Seit wann kümmerst du dich um Kalorien?«

»Ich erwähne es nur, weil du immer sagst …«

»Seit wann kümmerst du dich um das, was ich sage?«

»Könnte es sein, dass deine Oper – pardon, Operette – nicht ganz nach deinem Geschmack war?«

»Sie war perfekt.«

»Schön. Freut mich für dich. Und du fährst gleich wirklich zu deinen Eltern?«

»Ich fahre jeden Samstag hin, falls dir das entfallen ist.«

»Sicher, aber du siehst heute so anders aus.«

»Es muss dir nicht gefallen, wie ich aussehe.«

»Ich habe nicht gesagt, dass es mir nicht gefällt.«

»Dann ist es ja gut. Ich mache mich jetzt auf den Weg.« Kein Einkaufszettel, keine Hinweise auf vorbereitetes Essen im Kühlschrank, nicht einmal die Bitte, die Spülmaschine anzustellen oder die Wäsche auf Schleudern zu stellen, nicht einmal ein Hinweis auf das Verkehrsmittel, das sie zu nehmen gedachte.

Sie hatte den Golf genommen, wie er wenig später feststellte, als er sein eigenes Auto aus der Garage holte. Er überlegte, ob er Juliane anrufen sollte, um sich nach ihrem Befinden zu erkundigen, immerhin war sie gestern beinahe zusammengeklappt. Er hatte sie festgehalten, sie hatte sich sehr gut angefühlt, keineswegs nur Haut und Knochen, an den entscheidenden Stellen war sie durchaus gut ausgepolstert. Seine Phantasie preschte vorwärts und kehrte zu dem Anruf zurück, der ihm vorschwebte. Und wie fing er an? *Hallo, Frau Oberle, ich bin's, Johannes … Sie wissen schon, Onkel Jo … der Johannes mit dem Marzipanschwein …* Die Vorstellung, sie könnte ihn nicht an der Stimme erkennen, war alles andere als lustig, es wäre allemal besser, sich ohne einen Telefondraht dazwischen nach ihrem Wohlbefinden zu erkundigen. Fragte sich bloß, wie sie reagierte, wenn er plötzlich bei ihr auf der Matte stand. Vielleicht doch keine so gute Idee, er musste sich etwas einfallen lassen, wie er ihr den Wind aus den Segeln nehmen konnte. Vielleicht mit ein paar Blumen? Etwas Kleines, auf gar keinen Fall übertrieben, bestimmt wusste sein Blumenhändler Rat.

Michael Mervar wirkte leicht erstaunt, als Johannes schon wieder bei ihm auftauchte.

»Ihre Frau kann sich glücklich schätzen, solch einen aufmerksamen Gatten zu haben.«

»Diesmal soll es etwas ganz Kleines sein, klein und originell und möglichst eine Anspielung auf die Zeit. Ich – beziehungsweise wir – waren nämlich gestern auf einer Vernissage und sind nicht mehr dazu gekommen, unsere eigenen Wünsche an die Zukunft zu benennen, besser gesagt zu legen, die Luft war ziemlich stickig.«

»Wie wäre es mit Pusteblumen? Jedes Pusten ein Wunsch.«

»Mein Gott, so etwas haben Sie?«

»Sie wissen doch, dass ich leicht verrückt bin.«

»Zum Glück sind Sie das.« Und ich bin's auch, dachte Johannes. Schenke einer wildfremden Frau, die wahrscheinlich im Geld badet und von jedem angehimmelt wird, einen Strauß Pusteblumen, die ihre Köpfe schon vor dem Ziel verlieren, wenn ich mich zu heftig bewege. Nun, nachdem er den ersten Schritt getan hatte, erschien ihm sein Vorhaben sehr waghalsig. Er beschloss, zuerst bei Momo vorbeizufahren. Vielleicht durfte der Junge ihn ja begleiten. Juliane hatte eine ausgesprochen nette Art mit Kindern, kein bisschen von oben herab. Gestern hatten sie jede Menge Spaß gehabt, daran musste man anknüpfen. Es wäre wirklich gut, wenn sein Neffe mitkäme.

Seine Schwester hatte noch immer ihre huldvolle Tour drauf. Sie köchelte gerade etwas, das so ähnlich wie Vogelfutter aussah und auch nicht unbedingt appetitanregend roch, eine Frau leistete ihr Gesellschaft, sie wurde Johannes als »meine Freundin und Trainingsleiterin« vorgestellt. Wie er erfuhr, hatten die beiden gerade seinen Vorschlag diskutiert.

Vorschlag? Sollte er unverblümt fragen, was zum Teufel sie überhaupt meinten? Besser nicht, dann fiel er womöglich Moritz ins Kreuz. Der hatte bestimmt wieder etwas ausgeheckt, wobei er Unterstützung brauchte.

»Soso«, sagte Johannes, das passte immer und ermunterte zum Weiterreden.

»Offen gestanden hätte ich nie und nimmer gedacht, dass ausgerechnet du es schaffst, Moritz so weit zu bringen, dass er ernsthaft einem Sportverein beitreten will.«

Es erstaunte ihn selbst noch viel mehr als seine Schwester, dass er derlei vollbracht haben sollte. Hoffentlich merkte sie ihm seine Überraschung nicht an.

»Und wo steckt unser zukünftiger Vereinssportler?«, fragte er laut.

»Am Telefon, das wird noch seine Lieblingsbeschäftigung, er erkundigt sich gerade, wo man am besten Pfeil und Bogen kauft und was das in etwa kostet.«

»Pfeil und Bogen«, echote Johannes, »frei nach Wilhelm Tell, wie?« Innerlich fluchte er, weil der Junge ihn nicht wenigstens vorgewarnt hatte. Halt! Stopp! War gestern Abend bei Juliane nicht die Rede von etwas in dieser Richtung gewesen? Er erinnerte sich vage an ein Faltblatt, das Lilly seinem Neffen unbedingt zeigen wollte. Die beiden hatten angeregt die Köpfe zusammengesteckt, worum es konkret ging, hatte er nicht mehr mitbekommen, weil er Juliane in die Küche gefolgt war und gefragt hatte, ob er ihr helfen könne.

»Schon passiert«, hatte sie gesagt und auf einen Knopf gedrückt. Er hatte es genossen, ihr zusehen zu dürfen, wie sie dort hantierte, zuletzt Kakaopulver über den Milchschaum stäubte und Gebäck auf einer Schale anrichtete. »Das dürfen Sie rübertragen«, hatte sie gesagt. Er erinnerte sich auch noch, dass er keinen von diesen Keksen gekostet hatte, dabei stammten sie aus seiner Lieblingskonditorei. Er war vollauf damit beschäftigt gewesen, sie anzusehen. Sie selbst, nicht ihre zweifelsfrei perfekte Verpackung. Sie ist sehr viel fesselnder als jeder Rahmen, hatte er gedacht, sie würde jeden Rahmen sprengen, weil sie voller Überraschungen steckt. Beispielsweise die Art, wie sie sich aus einer unterkühlten Karrierefrau in ein Wesen verwandelte, das mit untergeschlagenen Beinen auf dem Boden saß – das Sofa hatten ja die beiden Kids beschlagnahmt, und den Sessel hatte sie ihm zugewiesen – und die Schur vom Teppich pflückte und zwischen Daumen und Zeigefinger zu einer Kugel rollte, so wie Kinder das manchmal taten.

»Wenn es fliegt, müssen Sie sich etwas wünschen«, hatte er gesagt.

Sie hatte gelacht, die Augen geschlossen und die Wollkugel von ihrer Hand gepustet, sie war in ihrer Tasse gelandet. Platsch.

»Mein Wunsch ist abgesoffen«, hatte sie gesagt.

»Dann müssen Sie es noch einmal versuchen«, darauf er.

»Und dann ist mein Teppich kahl.« Ihr Lächeln leicht schief, so als ob sie sich schämte, so kindisch daherzureden. Sie hatte rasch das Thema gewechselt, ihn gefragt, ob er ein Kunde der Galerie Habermann oder aber ein Fan von Donald Duck war, er hatte Letzteres aufgegriffen, sie hatten sich über die Welt von Mickymaus unterhalten, in der alle Rollen sauber verteilt waren, hier der Geizhals und dort der Scherzbold, sie waren vom Hölzchen aufs Stöckchen gekommen.

Was sie wohl sagen würde, wenn er sie heute mit einem Strauß Pusteblumen überfiel?

»Das haut sie um«, prophezeite Moritz, als sie zu zweit aufbrachen. Sein Optimismus mochte allerdings sehr wohl seinem schlechten Gewissen entspringen, Johannes nicht wenigstens vorab darüber informiert zu haben, dass das Erlernen des Umgangs mit Pfeil und Bogen angeblich sein Vorschlag war. »Hab gedacht, du hättest es mitbekommen«, hatte die Erklärung gelautet, treu nach dem Motto, dass Angriff immer noch die beste Verteidigung war. Der Zusatz, dass Johannes am Vorabend ohnehin nur die Hälfte mitbekommen hätte, veranlasste ihn, nicht weiter auf diesem Thema herumzureiten, also war er auf seinen Blumenstrauß zu sprechen gekommen und hatte gefragt, wie

Moritz den fand. Johannes sagte sich, dass dessen positive Reaktion ein gutes Zeichen war.

Auf ihr Klingeln hin rührte sich erst einmal nichts. »Vielleicht pennt sie ja noch«, meinte Moritz und fügte hinzu, dass er auch nichts dagegen hätte, samstags mal wieder auszuschlafen.

»Das glaube ich nicht, der Typ ist sie einfach nicht«, erwiderte Johannes gerade, als ihre Stimme sich über die Sprechanlage meldete.

»Ist zufällig von mir die Rede?«

»Ja. Nein. Also das ist so … wir wollten nur … könnten Sie wohl mal kurz aufdrücken?«

Der Türsummer schnarrte, Moritz versetzte Johannes einen aufmunternden Puff und fügte im Aufzug hinzu, dass er sich eben wirklich nicht mit Ruhm bekleckert hätte: »Du bist doch sonst nicht auf den Mund gefallen, Onkel Jo.«

»Klappe!« Wie machte man einem Zehnjährigen klar, dass es schlicht und ergreifend peinlich war, wenn man über jemand anders sprach und dieser Jemand es mitbekam. Ob sie etwa wirklich eben erst aus dem Bett kam? Er hatte eine Vision von kuscheliger Wärme und viel Haut, beschäftigte sich gerade mit der Frage, ob sie wohl eher wie Karin im Nachthemd oder aber im Pyjama oder vielleicht sogar nackt schlief, was in Anbetracht des ersten Nachtfrosts allerdings eher unwahrscheinlich war, als ein Ruck ihn in die Wirklichkeit zurückholte. Sie waren im dritten Stock angelangt.

Juliane empfing sie im T-Shirt zu schmal geschnittenen Jeans, selbst in dieser völlig alltäglichen Aufmachung sah sie sensationell gut aus, ihre Füße waren nackt, was irgendwie rührend wirkte, besonders wenn sich die dicken Zehen wie jetzt in den hellen Flokati bohrten, ihre grauen Augen waren ebenso ungeschminkt wie die Lippen, die rotblonden Haare hatte sie zum Pferdeschwanz hochgebunden, das rote Band war der einzige Farbtupfer, wenn man von dem schon arg verschossenen Aufdruck auf ihrem Shirt absah. Nur das erste Wort war noch gut zu entziffern, es lautete »Money's« und betonte ihre linke Brust.

»Echt geil, hei«, sagte Moritz und streckte seine Hand vor, sein

Zeigefinger verharrte höchstens einen Zentimeter vor der linken Brustspitze.

Johannes holte tief Luft. »Sie müssen entschuldigen.«

»Ich glaube, er meint nur den Slogan.« Sie lächelte halb ironisch, halb schelmisch, es war ein sehr umwerfendes Lächeln.

»Das ist kein Slogan, sondern der Anfang vom Refrain von einem Welthit von *Simply Red*, davon haben die schon über vierzig Millionen verkauft. Heißt übersetzt so viel wie *Ich scheiß auf dein Geld* und soll 'ne Attacke auf alle Kapitalisten sein.«

»Stimmt, das hat Lilly auch gesagt«, bestätigte Juliane, »ich habe das Hemd letztes Jahr von ihr zum Geburtstag geschenkt bekommen.«

»Dann bekommen Sie dieses Jahr bestimmt was mit *Sexyhound* drauf«, mutmaßte Moritz und versetzte seinem Onkel erneut einen Schubs, diesmal erwischte er ihn seitlich, bevor er fortfuhr: »Aber heute bekommen Sie auch schon was. Dürfen wir reinkommen?«

»Sicher dürft ihr.« Juliane ging vor, was ein Glück war, weil sie auf diese Weise zumindest nicht mitbekam, wie Johannes den Übermut seines Neffen deckelte. Derart aufmüpfig hatte er den ja noch nie erlebt. »Wenn du nicht auf der Stelle mit diesem Blödsinn aufhörst«, zischelte er, »gibt's Ärger, du stellst mich ja wie den letzten Idioten hin.«

»Immerhin hab ich's geschafft, dass wir reinkommen dürfen und du deine Pusteblumen loswirst, bevor alle Köpfe ab sind.«

Sechs dicke, fleischige Stängel, die ehemals runden Plusterköpfe hatten indes auf dem Weg in Julianes Wohnung eindeutig gelitten, nur drei Exemplare waren noch vollständig.

»Tut mir Leid, jetzt haben Sie nur noch drei Wünsche frei. Sie wissen schon, als Ersatz für gestern.«

»Drei sind eine ganze Menge.«

»Sie können mir ja einen abgeben, wenn's noch immer zu viel für Sie ist«, warf Moritz ein und grinste leicht verlegen. »Oder einen halben, eigentlich würde es mir schon genügen, wenn mit dem Bogenschießen alles klappte.«

»Solltest du das nicht besser mit deiner Mutter abklären?«

»Das ist schon alles durch, Onkel Jo hat eben mit ihr geredet, aber ich hab das dumpfe Gefühl, als ob Lilly 'ne echte Sportskanone wäre, und wenn das so ist, wüsste ich's einfach gerne vorab.«

»Warum fragst du sie nicht selbst?«

»Weil sie garantiert schummelt. Sie ist das erste Mädchen, das ich kenne, das nach unten schummelt, normalerweise geben die Weiber immer bloß an wie sonst was. Ich bin ja vielleicht nicht der Hellste, aber dass Lilly enorm was auf dem Kasten und obendrein in den Muckis hat, das merkt ein Blinder mit Krückstock. Sie kommt nicht zufällig heute her?«

»Nein, aber du triffst sie jetzt garantiert mit ihren kleinen Brüdern im Volksgarten an. Sie spielt freiwillig den Babysitter, um ihren Vater für das Bogenschießen weich zu kochen, es ist schließlich kein ganz billiger Sport und auch nichts, wobei man auf Anhieb an Mädchen denkt.«

»Deswegen hab ich ja Lust drauf.«

»Obwohl Lilly vermutlich mit von der Partie ist?«, neckte Juliane. »Oder ist sie für dich kein vollwertiges Mädchen?«

»Und ob. Sie ist schwer in Ordnung. Wie wär's, wenn wir sie zu dritt überraschen?«

»Dann könnten Sie gleich Ihr Auto abholen, das parkt ja noch ganz in der Nähe vom Park«, ergänzte Johannes und handelte sich einen anerkennenden Blick von Moritz ein. Dabei war die Einschätzung der Entfernung zwischen Südbahnhof und Stadtpark heftig untertrieben, der einzige gemeinsame Nenner war die Richtung. Es machte nichts, weil Juliane trotzdem einwilligte. »Meinetwegen«, sagte sie, »auf die Weise komme ich wenigstens dazu, noch mal frische Luft zu schnappen, bevor ich mich wieder in die Arbeit stürze.«

Im Volksgarten pfiff ein kräftiger Wind, was wiederum günstig für den Drachen war, den Lilly für ihre Geschwister steigen ließ. Ihre Augen blitzten triumphierend, als sie des Trios ansichtig wurde, sie schickte Juliane ein heimliches »Victory«-Zeichen zu, gerade so als ob diese die eigentliche Drahtzieherin dieses Treffens wäre. Dann widmete sie sich wieder ihrer Aufgabe, zwei kleine Brüder bei Laune zu halten, Moritz übernahm bereitwillig das Aufwickeln und Ablassen der Schnur. Das Jüngste saß im Buggy und wurde Juliane und Johannes überantwortet: »Am besten dreht ihr 'ne Runde, sonst geht das Ich-will-raus-Gekreische wieder los.«

Johannes ergriff wie selbstverständlich die Lenkstange des Buggys, für Uneingeweihte mussten sie wie Vater-Mutter-Kind aussehen, der nächste Gesprächsstoff war damit quasi vorgegeben. Sie unterhielten sich über Kinder und warum sie beide keine hatten. Im Gegensatz zu den meisten Frauen, die Johannes kannte, machte Juliane keinen Hehl daraus, dass sie heilfroh darüber war, in dieser Hinsicht niemals schwach geworden zu sein.

»Aber Sie mögen Kinder?«, warf er ein und bückte sich erneut nach dem Plastikpiraten, den ihr kleiner Schützling bereits zum dritten Mal aus dem Buggy geworfen hatte, nur um dann umgehend seine Rückkehr einzufordern. »Ganz besonders natürlich Lilly«, fügte er hinzu und begann in seinen tiefen Manteltaschen zu wühlen, er förderte ein Stück Kordel zutage. Das eine Ende band er der Spielfigur ums Bein, das andere befestigte er am Gestänge des Kinderwagens.

»Ganz schön clever.«

»Wer bequem ist, muss sich eben was einfallen lassen.« Er überlegte, ob sie ihm absichtlich keine direkte Antwort auf seine Frage gab oder annahm, das erübrige sich wegen ihrer unverkennbar starken Zuneigung zu ihrem Patenkind.

»Bequem sind Sie also auch? Haben Sie deshalb keine Kinder?«

»Wir waren bei Ihnen.«

»Bei mir ist das mit zwei Sätzen gesagt. Ich liebe Lilly, ich liebe meinen Beruf und mache lieber wenige Sachen gut als viele schlecht oder mittelmäßig.«

»Also sind Sie eine Perfektionistin?«

»Das bringt mein Beruf so mit sich.«

»Und was tun Sie, wenn ich fragen darf?«

»Ich verpacke Menschen oder auch Gebäude so, dass sie es leichter haben, ihr Ziel zu erreichen.«

»Haben Sie vielleicht auch René Habermann verpackt?«

»Könnte man so sagen.«

»Komisch.« Er begann zu lachen, sehr tief, passend zu seiner Stimme und Statur, sie gingen notgedrungen dicht nebeneinander her, jeder eine Hand am Lenker, wohl deswegen hatte Juliane das Gefühl, etwas von seiner Wärme würde zu ihr hinüberschwappen. Wie konnte ein Mensch bei diesen Temperaturen nur so viel Hitze im Leib haben? Überschüssige Kalorien, warf ihr kluger Kopf ein. Sie steckte die freie Hand noch tiefer in die Tasche ihrer Lammfelljacke, die Fingerspitzen fühlten sich an, als ob sie jede Sekunde abfielen.

»Und was ist daran komisch?« Sie fragte sich, ob er wusste oder ahnte, dass sie mit dem Galeristen mehr als nur der Job verband. Es konnte ihr natürlich egal sein, trotzdem wüsste sie gern, was die Gerüchteküche so verbreitete.

»Na ja, Sie verpacken Renés äußeren Menschen, und ich tue dasselbe mit seinen Gemälden.«

»Sie haben diese ausgefallenen Rahmen für Donald Duck gemacht?«

»Sie gefallen Ihnen also?«

»Ja, sie gefallen mir. Es sieht so aus, als ob Sie sich sehr viel dabei gedacht und keine Mühe gescheut hätten. Lohnt sich das überhaupt?«

»Fragen Sie sich immer, bevor Sie etwas tun, ob es sich lohnt?«

»Meistens, es ist sicherer.«

Johannes unterdrückte die Frage, was sie sich von diesem Spaziergang versprach, ob das hier für sie vergeudete Zeit war oder ob sie umrechnete, in welchem Verhältnis der erwünschte Nachschub an frischer Luft zu einem Gespräch stand, das ihrer Philosophie zufolge so viel brachte wie ein Loch im Kopf. Es schmerzte ihn, das zu denken. Er warf ihr einen Blick von der Seite zu, sie wirkte nicht gelangweilt, eher nachdenklich, und dann hob sie, scheinbar ohne sich dessen bewusst zu sein, eine Hand zum Mund und begann an einem Nagel zu knabbern. Wie ein Eichhörnchen, es sah zugleich putzig und herzerweichend aus, sie war in diesem Augenblick meilenweit von der coolen Erfolgsfrau entfernt, die alles und jedes exakt kalkulierte.

»Vorhin bei den Pusteblumen, haben Sie sich da auch etwas Sicheres gewünscht?«, fragte er leise.

Sie wich aus. »Im Zweifelsfall habe ich lieber etwas in der Hand.« Und mit einer ziemlich anzüglichen Betonung: »Sie sehen ja auch nicht gerade so aus, als ob Sie auf greifbare Genüsse pfiffen.«

Johannes sagte sich, dass sie mit diesem Nachsatz wohl kaum auf eine Gemeinsamkeit zwischen ihnen beiden hinweisen wollte.

»Wieder ein Seitenhieb auf meine Vorliebe für Süßes und die nicht zu leugnenden Folgen?« Er ließ die Metallstange gegen seine Leibesmitte rucken, im Mantel war der Bauch, den er zweifelsfrei vor sich hertrug, allerdings so gut wie unsichtbar.

»Nehmen Sie es wertneutral. Jeder Mensch hat ein Strickmuster, so sehe ich das, und dem sollte er treu bleiben, danach sollte er seine Ziele definieren.«

»Und was passt zu meinem Strickmuster? Mal abgesehen von Marzipanschweinen und einer gewissen Bequemlichkeit, die ich übrigens nicht leugne.«

»Vielleicht eine Ehefrau, die hervorragend kocht und backt und Sie für die Arbeit bewundert, die Sie leisten. Mit der Sie Ihre freie Zeit genießen. Ich schätze Sie als Genussmenschen ein.«

Juliane blieb stehen. »Eigentlich müssten Sie jetzt mit Ihrer Frau so spazieren gehen, wie wir das gerade tun.«

Er hätte ihr sagen können, dass Karin tatsächlich eine exzellente Köchin war und sie jede freie Minute miteinander verbracht hatten, bis ihr Vater zum Problemfall wurde. Wobei es noch die Frage war, dachte Johannes, was problematischer war: die Ausfälle seines Schwiegervaters oder die Reaktion seiner Frau. Nichts von alldem ließ er laut werden, einfach weil es ihm widerstrebte, mit Juliane über seine Frau zu sprechen.

»Ich genieße es, mit Ihnen spazieren zu gehen«, sagte er stattdessen und bückte sich nach dem kleinen Piraten aus Plastik, der gerade wieder in hohem Bogen auf der Erde gelandet war. Dabei hätte er nur an der Schnur ziehen müssen. Seine Begleiterin erinnerte ihn daran, zu dem, was er gesagt hatte, äußerte sie sich nicht. Er wünschte sich nichtsdestotrotz, dass sie etwas Ähnliches wie er empfände. Schon lange hatte er sich nicht mehr so gut gefühlt wie heute. So jung, randvoll mit Energie, wenn er so weitermachte, fing er am Ende auch noch an, sich wie sein Neffe sportlich zu betätigen. Ein Gedanke, der ihn erheiterte.

»Ist Ihnen noch etwas Komisches eingefallen?«

»Ja, ich habe mir gerade vorgestellt, wie ich mich wohl als Wilhelm Tell machte.«

»Und was wollen Sie treffen?«

»Sie«, erwiderte er wie aus der Pistole geschossen. Ein einziges Wort, trotzdem mehr als verräterisch, überraschend für sie und ebenso für ihn selbst, er begann sich ernsthaft zu fragen, was mit ihm vorging. Wie kam er dazu, einer praktisch Fremden Wünsch-dir-was-Blumen ins Haus zu tragen, sogar seinen Neffen zwecks Verschleierung einzuspannen und jetzt auch noch preiszugeben, dass er am liebsten sie treffen wollte. Ohne Pfeil und Bogen, aber nicht weniger treffsicher, der Gedanke, sie könnte durch sein Zutun aufklappen wie einst dieser Apfel, hatte etwas Berauschendes.

»Ich glaube, wir sollten jetzt kehrtmachen.« Sie tat so, als ob sie nichts gehört hätte, wendete ziemlich abrupt, er hatte keine andere Wahl, als mitzuziehen. Sie wurden schon ungeduldig erwartet. Von vier Kindern mit roten Nasen und Wangen, der Drachen hatte sich in einem Baum verhakt, selbst Lilly war es zu riskant gewesen, in die Krone zu klettern und den Flieger zu befreien.

»Wir stehen uns hier seit mindestens einer Stunde die Beine in den Bauch und frieren«, sagte sie. »Wo seid ihr denn nur so lange geblieben? Und der Drachen ist auch am Arsch.«

»Wir könnten bei mir in der Werkstatt einen neuen bauen«, schlug Johannes vor. »Einen, der zur Abwechslung mal ganz anders als die üblichen Drachen aussieht, solange die Statik stimmt, kann er genauso gut rund oder eckig sein.«

»Ginge auch der Kopf von *Sexyhound*?«, fragte Lilly.

157

»Wenn du mir eine passable Vorlage bietest, müsste das machbar sein.«

»Okay, dann liefere ich nur rasch die kleinen Nervensägen daheim ab, und dann fahren wir zu dir. Du wohnst ja gleich in der Nähe, hat Momo gesagt, das ist praktisch.«

Johannes stimmte zu. Sehr rasch, ihm war keineswegs entgangen, dass Juliane zum Protest ansetzen wollte. Die Vorstellung, noch etwas länger mit ihr zusammen sein zu können, gefiel ihm so sehr, dass er seine Hemmungen überwand und Lilly nach Kräften unterstützte. Er wehrte Julianes Einwand ab, dass er seine Zeit schließlich auch nicht gestohlen hätte, und betonte, dass es ihm das wert war. »Wenn die Kids solchen Spaß daran haben«, sagte er und hoffte, dass sie wenigstens Lilly zuliebe in dasselbe Horn blies.

»Und was ist mit Ihrer Frau? Bestimmt hat sie schon andere Pläne.«

»Tante Karin ist am Wochenende sowieso nie da«, trompetete Moritz dazwischen. Was Johannes einen, wie er fand, nachdenklichen Blick sowohl von Juliane wie auch von Lilly eintrug. Die beiden schienen zu überlegen, was das wohl zu bedeuten hatte. Andersherum wäre es eher verständlich, es gab durch den jeweiligen Job bedingte Wochenendehen, aber so … Er hätte eine ausreichende Erklärung liefern können, doch er tat es nicht. Es reichte, dass Juliane mitkam. Die Vorstellung, ihr sein Reich zu zeigen, gefiel ihm.

Seitenwechsel

Karin hätte selbst nicht zu sagen gewusst, warum sie sich für den Besuch bei ihren Eltern herausgeputzt hatte. Ginge es nach dem Kommentar von Johannes, könnte man glatt annehmen, sie plante sonst etwas. Das war definitiv nicht der Fall, das Gedränge auf den Straßen ließ ihr nicht einmal die Möglichkeit, sich in schönen Bildern zu ergehen, zu denen die unvergesslichen Melodien von Johann Strauß den Klang lieferten. Sie war seit jeher mehr ein Ohrenmensch, das galt für angenehme Töne wie am gestrigen Abend ebenso wie für unangenehme Geräusche, zu denen etwa dieses permanente Gehupe zählte. Reichte es nicht, dass Johannes ihre Nerven beim Frühstück mit der Butterdose malträtiert hatte? Sei es aus Gedankenlosigkeit oder um sie zu ärgern, nicht einmal Letzteres schloss sie mehr aus.

Jetzt hatte sie doch nicht aufgepasst, das Hupkonzert galt diesmal eindeutig ihr, sie hatte den Motor abgewürgt, was ihr sonst so gut wie nie passierte. Wenn sie Auto fuhr, konzentrierte sie sich aufs Fahren, sie tat praktisch nie zwei Dinge gleichzeitig, und wenn eine Situation ihr heikel erschien, machte sie lieber gleich einen Rückzieher. Das war auch der Grund, warum sie seit ein paar Wochen lieber mit dem Zug zu ihren Eltern fuhr, die Strecke war nicht ohne, besonders wenn es regnete, sogar mit Frost musste man um diese Jahreszeit schon rechnen. Sie startete neu und spürte, während sie anfuhr, wie rutschig die Straße war, erschwerend kam eine leichte Steigung hinzu, hier in der Voreifel eher die Regel als die Ausnahme. Ihr fiel ein, dass sie noch keine Winterreifen draufhatte, darum kümmerte sich normalerweise Johannes, sobald die ersten Minustemperaturen gemessen wurden. Diesmal nicht, so als ob er sagen wollte: Es zwingt dich ja niemand, bei Wind und Wetter aufs Land zu fahren.

Als sie Meckenheim erreichte und in die Straße einbog, wo sich außer einem Anstrich und neuen Fenstern kaum etwas geändert hatte, das galt für ihr eigenes Elternhaus ebenso wie für die Häuser rechts und links davon, machte sie schon von weitem zwei Gestalten im Vorgarten aus. Etwas war wieder los. Was trieb ihr Vater um die Essenszeit vor dem Haus, obendrein in seinem besten Anzug? Obwohl er in jüngster Zeit alles Mögliche durcheinander brachte, waren ihm die gewohnten Essenszeiten in Fleisch und Blut übergegangen. Wenn auf eines Verlass war, dann darauf, dass er um halb zwölf am Tisch saß und alle fünf Minuten fragte, wann es endlich Essen gäbe. Die übliche Zeit war zwölf Uhr.

Karin musste sich bremsen, um nicht zuerst mit der Frage herauszuplatzen, was das jetzt schon wieder sollte. Die Antwort erhielt sie ohnedies unaufgefordert von ihrer Mutter, kaum dass sie »Mahlzeit, ihr beiden« gesagt hatte.

»Mahlzeit ist gut. Weißt du, was dein Vater mit meinem Schmorbraten angestellt hat, als ich ihm zwei Minuten den Rücken zugekehrt habe, um Apfelmus aus dem Keller zu holen?«

»Sie wollte mich vergiften«, rief Karins Vater dazwischen.

»Da hörst du es selbst«, fuhr ihre Mutter fort, sie war sichtlich mit den Nerven am Ende. »Er behauptet allen Ernstes, mein Fleisch käme aus England von verrückten Rindern und ich wollte ihn verrückt machen. Ausgerechnet er sagt das.« Sie hielt erschöpft inne.

»Okay, was hat Vater mit deinem Braten gemacht?«

»Er hat ihn mitsamt Kasserolle in die Biotonne gekippt, glühend heiß, es ist ein Wunder, dass nicht alles abgefackelt ist, und die Herdplatte hat er natürlich auch wieder angelassen.«

»Aber es ist ja gut gegangen, Mutter, beruhige dich. Am besten geht ihr jetzt beide zurück ins Haus, und ich richte uns schnell ein Omelette oder Pfannkuchen, das geht beides schnell und erfordert keine besonderen Zutaten.«

Karins Mutter schüttelte den Kopf, der Vater tat dasselbe, trotzdem sah es nicht so aus, als ob sie etwas Gemeinsames im Sinn hätten.

»Gut, dann eben nicht. Soll ich etwas aus der Kneipe besorgen? Grünkohl mit Mettwurst, das mögt ihr doch beide gern.«

Die Reaktion auf diesen Vorschlag erfolgte in Form einer Gegenfrage.

»Hast du ihn dir mal angesehen?« Die ältere Frau ließ keinen Zweifel daran, dass sie dieses »ihn« genau so abfällig meinte, wie es klang.

»Mir ist aufgefallen, dass Vater seinen besten Anzug trägt«, antwortete Karin vorsichtig.

»Weil ich weiß, was sich gehört«, rief der alte Mann dazwischen. Es hörte sich triumphierend an.

»Er will allen Ernstes in den *Meckenheimer Hof* gehen und das Menü bestellen, das er früher immer genommen hat, wenn er sonntags mit uns essen gegangen ist. Er denkt nämlich, es wäre Sonntag, weil die Kirchenglocken geläutet haben, dabei war es nur wegen der Taufe. Du weißt schon, die Nackens schräg gegenüber haben ihr drittes Enkelkind bekommen, diesmal ist es endlich ein Mädchen geworden, sie wollten unbedingt ein Mädchen haben.«

»Mir würde ein Bub vollauf reichen.« Seltsam wach und direkt, ihr Vater sah sie sogar an, als er das sagte. Es gab Karin einen Stich, in diese blauen Augen zu sehen, die nun klar schienen, das war fast noch schlimmer, als wenn seine Mimik seinen wahren Zustand spiegelte.

Sie überging die Anspielung und hoffte, dass er nicht weiter auf diesem leidigen Thema herumreiten würde. »Wenn du unbedingt willst, Vater, fahren wir eben in den *Meckenheimer Hof* und schauen, wie weit du mit dem Menü kommst.«

»Lenk nicht ab.« Fast böse jetzt, ein knöchriger Finger tippte gegen ihr Brustbein. »Es geht um dich, wozu hast du einen Mann, wenn du …«

»… hör nicht auf ihn, er redet wieder mal lauter wirres Zeug«, warf die Mutter ein. Es war so, als ob sie nichts gesagt hätte, die Worte glitten an Karins Vater ab, er versteifte sich auf die Beantwortung seiner Frage, nur dass seine Stimme nun eher weinerlich klang.

»Warum habe ich kein Enkelkind? Kein einziges?«

»Es ist Karins Sache.« Wieder die Mutter. Hastig, so als ob sie einen Fehler gemacht hätte und ihn rasch wieder ausbügeln wollte, fügte sie hinzu: »Und natürlich die von Johannes.« Und an ihre Tochter gewandt: »Wie geht es ihm übrigens? Er hat sich schon länger nicht mehr blicken lassen.«

»Gut. Ich denke, es geht ihm gut. Es geht ihm ja meistens gut.«

»Ich will ein Enkelkind.« Der alte Mann stapfte auf, es wirkte lächerlich und anrührend zugleich, den beiden Frauen war es vor allem peinlich. Die Nachbarn nahmen an allem regen Anteil, es war wenig wahrscheinlich, dass sie ausgerechnet heute eine Ausnahme machten.

»Ich habe auch so genug um die Ohren, Vater.« Karin ließ durchklingen, dass sie am Ende ihrer Geduld war, so sprach sie sonst allenfalls noch mit Moritz, wenn er übers Ziel hinausschoss, weil Johannes wieder mal nicht beizeiten die Zügel anzog, sondern im Gegenteil selbst auf Teufel komm raus mit dem Jungen herumblödelte. Es war nicht in Ordnung, so ihr nächster Gedanke, den eigenen Vater wie einen vorlauten Zehnjährigen zu behandeln. »Wenn du wirklich in den *Meckenheimer Hof* willst«, fügte sie versöhnlich hinzu, »sollten wir jetzt losfahren.«

»Was meint sie mit ›um die Ohren‹?« Störrisch, er reagierte nicht auf den Versuch, ihn sanft Richtung Auto zu dirigieren.

»Sie meint dich«, erwiderte seine Frau. Und damit die Botschaft auch richtig ankam, fügte sie hinzu: »Unsere Tochter meint, dass du schlimmer als jedes Kleinkind bist und ihr die Lust auf ein echtes Kind endgültig vergällt hast.« Es war deutlich herauszuhören, dass die Sprecherin diese Ansicht teilte.

Als Karin es endlich geschafft hatte, die beiden alten Leute, die ihre Eltern waren, in den Golf und wenig später auf dem Parkplatz aus dem Golf in das Restaurant zu verfrachten, das sie an glückliche Kindertage erinnerte, die es nicht mehr gab, hätte sie am liebsten auf dem Absatz kehrtgemacht und wäre wieder davongefahren. Alles, was sie aufhielt, war ihr Pflichtbewusstsein, ganz leise gesellte sich die Frage dazu, wo sie denn hinsollte. Zum ersten Mal war sie sich nicht mehr sicher, ob Johannes wirklich froh sein würde, wenn sie unerwartet auftauchte und ihm sagte, dass sie das Wochenende doch lieber mit ihm verbringen wollte. Falls das überhaupt stimmte. Es erschreckte sie, daran überhaupt Zweifel zu haben und erneut an einen viel zu jungen Mann denken zu müssen, der für sie bislang lediglich als Angestellter existiert hatte.

Arabella war jung und hübsch und sich beider Tatsachen sehr wohl bewusst. Außerdem gab sie sich gern sanft, auch die Rolle der Naiven hatte sie besonders bei älteren Herren gut drauf, zu dieser Kategorie zählte aus der Warte der Neunzehnjährigen zweifelsfrei ihr Chef. René war immerhin zwanzig Jahre älter als sie selbst, ein Alter, in dem die Würfel gewöhnlich in die eine oder andere Richtung gefallen waren. René hatte es geschafft, er besaß eine renommierte Galerie und ein obergeiles Auto und mehr Charme als sechs Milchbubis zusammen, auch sein Body war nicht von schlechten Eltern, und was am meisten zählte: Er mochte sie. Er mochte sie sehr, nannte sie »mein Haserl«, und sie mochte ihn auch. Für einen so alten Mann war er wirklich enorm peppig, es war einfach stark, mit ihm auszugehen. Und im Bett war er – wieder gemessen an seinen deutlich jüngeren Vorgängern – Weltklasse. Sie war davon ausgegangen, dass sie einander noch viel Freude bereiten würden.

Damit war es seit bald zwei Wochen Essig. Seit seine Schwester zu Besuch da war, wich er ihr aus und behandelte sie wie eine dumme Göre, plötzlich war sie wieder nur die »Neue«, die man ganz nach Belieben hin und her schubsen durfte.

Arabella, haben Sie schon …? Können Sie bitte rasch … Nicht jetzt, Arabella!

Renés Schwester, die wirklich schon eine alte Kuh war, tutete ins selbe Horn und spielte sich auf, als ob ihr mindestens die Hälfte der Galerie gehörte. Ein paar Mal war Arabella drauf und dran gewesen, ihr reinen Wein einzuschenken. *Falls es Sie interessiert, René ist mein Liebhaber, und wir warten nur darauf, dass Sie endlich wieder verschwinden.*

Auch der zweite Teil dieser leider nie laut geäußerten Worte traf ins Schwarze. Genauso hatte René es neulich formuliert, als es Arabella gelungen war, ihn wenigstens für ein paar Minuten unter vier Augen zu sprechen. *Haserl, meine Schwester kratzt uns die Augen aus, wenn sie uns erwischt, hab noch a bisserl Geduld.*

Gut, Renés Schwester war abgereist. Vor zwei Tagen.

Gut und auch wieder nicht gut, denn René wich ihr noch immer aus. Angeblich, weil es nicht gut war, wenn in der Galerie über sie beide getuschelt würde. Arabella war sich nicht sicher, ob das stimmte, ihr Misstrauen war geweckt, er hatte doch nicht etwa eine andere? Seit zwei Tagen zerbrach sie sich darüber den Kopf, hatte den Samstagabend allein in ihrem nicht sehr hübschen Apartment verbracht und beschlossen, am Sonntag die Probe aufs Exempel zu machen. Sonntags war die Galerie bekanntlich geschlossen und niemand bekam mit, wenn sie und René sich vergnügten.

Gedacht, getan. Sie gab sich noch mehr Mühe als sonst mit ihrem Aussehen, erwog lange, wie sie ihn schneller weich kochte, in der Kleinmädchenverpackung oder betont sexy. Sie probierte dieses und jenes und entschied sich endlich für ein sehr züchtig wirkendes Oberteil aus fliederfarbener Wolle mit Angora – richtig schön kuschelig weich –, das es aber in sich hatte, denn bei jeder Bewegung blitzte ihr Bäuchlein. René hatte ausdrücklich betont, wie sehr ihm ihr Bauch gefiel. Dazu Minirock und hohe Stiefel, die Strumpfhose fleischfarben und so dünn, dass man glauben könnte, ihre Beine wären nackt. Weil es wieder mal regnete, investierte sie sogar sechzehn Mark in ein Taxi, sie neigte nämlich dazu, sich das linke Bein voll zu spritzen, immer nur das linke. Ihr letzter Freund hatte das lustig gefunden, aber so, wie sie René einschätzte, hatte er es in dieser Hinsicht lieber perfekt. Sie war perfekt, das bewiesen ihr auch die Stielaugen des Taxifahrers. Als es ans Bezahlen ging, schien er das Stück blitzende Haut zwischen Rocksaum und Stiefeln glatt mit dem Taxameter zu verwechseln. Das gab ihr zusätzlich Auftrieb.

Sie hatte sich völlig umsonst gemüht, wie sie nun wusste. Die Schmach wirkte noch immer in ihr nach, sie kochte vor Wut, René hatte sie nicht einmal reingelassen. »Tut mir Leid, Arabella, es passt jetzt wirklich nicht«, hatte er gesagt und sich auch nicht erweichen lassen, er hatte sogar durchklingen lassen, dass er von einer qualifizierten Mitarbeiterin erwarte, dass sie ihre Grenzen kannte. Wie war der denn drauf? Wollte er damit etwa andeuten, dass er ihren Probevertrag nicht verlängern wollte? Sie konnte ihn nicht einmal mehr fragen, weil er ihr die Korridortür vor der Nase zugemacht hatte. Da hockte sie nun in seinem noblen Treppenhaus auf der kalten Steintreppe, wünschte ihm die Pest an den Leib und lauschte gleichzeitig nach oben, ob er sich nicht vielleicht doch eines Besseren besann.

Er tat es nicht. Die Minuten vergingen, die Unterseite ihrer Schenkel war schon eiskalt, sie verspürte ein Kribbeln in der Nase, nieste herzhaft, schickte ein zweites und drittes Niesen hinterher, sie konnte das ebenso gut steuern wie ihren Tränenfluss, wie gesagt, sie war keineswegs nur hübsch. Sie war hübsch und clever, im Moment befahl ihr Instinkt ihr, rührend auszusehen. Wenn er sie so sähe, würde ihm bestimmt das Herz aufgehen.

Er kommt, frohlockte es in ihr, weil nun wirklich eine Tür aufging und Schritte ertönten. Leider aus der falschen Richtung, wie sie Sekunden später merkte. Wer immer da kam, näherte sich von unten aus dem Verbindungsflur zur Galerie. Sie sprang hastig auf, zog an ihrem Rock, der nun wirklich nur noch ein Lendenschurz war, der Anblick schien Donald zu gefallen. Donald, der Künstler aus Manhattan, dem René für die Zeitdauer seiner Deutschlandtournee ein Atelier unterm Dach zur Verfügung gestellt hatte.

»Hi!« Sie überlegte fieberhaft, wie sie erklären sollte, warum sie auf der Treppe vor Renés Wohnung hockte und Trübsal blies. Die Rolle des Mauerblümchens lag ihr gar nicht.

»Hi! Ist dir das nicht auf Dauer zu kalt da?« Er sprach leise, mit flacher Stimme, soweit sie sich erinnerte, verfügte er sonst über ein kräftiges Organ.

»Schon.« Sie senkte ebenfalls die Stimme. »Es regnet auch, es hört gar nicht auf zu regnen.«

»Wenn du Lust hast, kannst du dich bei mir aufwärmen.«

»In Ihrem Atelier?«

»So alt bin ich noch nicht, dass du ›Sie‹ zu mir sagen musst. Da lang geht's.«

Sie nickte und folgte ihm. Er hatte Recht, er war noch ziemlich jung, so Mitte bis Ende zwanzig, und er war ein echter Künstler. Der Raum, den sie kurz darauf betrat, entsprach allerdings in keiner Weise dem, was sie sich unter einem Atelier vorgestellt hatte.

»Also wenn ich Sie wäre, würde ich lieber im Hotel bleiben. Ich meine, wenn Sie schon nicht in Ihrem Atelier in Manhattan sein können.«

Er lachte, und dann legte er los, während er eine Literflasche Cola, eine Flasche Strohrum und zwei Gläser auf den Tisch mit der Nussbaumplatte stellte, an der Seite befand sich eine Kurbel, das Furnier war an mehreren Stellen abgeplatzt. Er erzählte ihr, dass er noch nie in Manhattan gewesen war und von René genauso gelinkt wurde wie sie selbst. Es dauerte eine Weile, bis sie das verdaute und nachfragen konnte.

»Und wie kommen Sie – pardon, wie kommst du darauf, dass er mich auch linkt?«

»Du bist 'ne heiße Braut, und er ist dein Chef, also hat er seine Chance genutzt und seine Griffel nach dir ausgestreckt, bis ihm die Sache zu heiß wurde. Schwups, bist du wieder aus dem Rennen, so sehe ich das.«

»Und wieso wird ihm die Sache zu heiß? Seine Schwester ist doch abgereist.«

»Ja, aber nicht ohne entsprechende Verhaltensmaßregeln, ich habe nämlich die Ohren gespitzt. Unser gemeinsamer Chef wäre längst pleite, wenn die Family nicht immer wieder nachgeschossen hätte, und weil bald nichts mehr zum Nachschießen da ist, soll er jetzt eine gute Partie machen und alles abstoßen, was ihm die Tour vermasseln könnte. Zum Beispiel dich.«

»Das ist … also das ist die Höhe.«

»Finde ich auch, zumal es einen hübschen Paragraphen für Chefs gibt, die Unzucht mit Abhängigen treiben, bei dir greift der voll.«

»So wie in diesem amerikanischen Film damals? Wie hieß er noch mal? Ist ja auch egal, jedenfalls hab ich gedacht, das gäb's nur drüben, weil die doch allesamt Puritaner sind.«

»Das funktioniert hierzulande nicht weniger gut, ich sag's dir.«

Donald, der in Wahrheit Dirk hieß, verriet ihr noch viel mehr, und das keineswegs nur in Worten. Auch wenn er kein Atelier in Manhattan besaß, blieb er immer noch ein echter Künstler, und obendrein war er voll und ganz auf ihrer Seite, er nannte es ihren Advokaten spielen. Auch wenn er im Bett bei weitem nicht so raffiniert wie René war, machte es doch eine Menge Spaß mit ihm, zumal er sie nach allen Regeln der Kunst bewunderte und sogar versprach, sie demnächst zu malen. Nicht übel! Sie stellte sich vor, wie sie als seine Muse zu Ruhm und Ehren kam, das natürlich erst, nachdem sie sich an diesem Verräter René gerächt hatte. Es würde ihm noch Leid tun.

Johannes mochte das Haus, in das er vor über fünfzehn Jahren mit Karin eingezogen war. Sein Bausparvertrag steckte ebenso darin wie ihrer, lange Jahre hindurch hatten sie jeden Penny für das Haus geopfert, inzwischen war es so gut wie abbezahlt. Es war kein besonders auffälliges Haus, das nicht, doch es bot alles, was nötig war, um sich darin wohl zu fühlen. Mal abgesehen von ein paar Möbelstücken wie diesem ultramodernen Sessel, den Karin gekauft hatte und dem er jeden ordinären Küchenhocker vorzog.

An diesem Wochenende sah er sein Haus erstmalig mit den Augen eines anderen Menschen, besser gesagt, er versuchte es. Aus unerfindlichen Gründen war es ihm enorm wichtig, was Juliane davon hielt. Am liebsten hätte er seinem Neffen gleich mehrfach den Mund verboten, wenn dieser mit Statements herausrückte, die er sich besser verkniffen hätte. Etwa zu diesem Design-Sessel, der als Erstes Julianes Aufmerksamkeit erregte. Kein Wunder, er stach einfach hervor, ein im Wohnzimmer geparktes Motorrad täte das ja auch.

»Sehr hübsch«, sagte sie und berührte die Lehne, die sich in ein Folterinstrument zu verwandeln pflegte, wenn man es wagte, den Rücken länger als zehn Minuten dagegen zu lehnen.

»Ja, es ist ein sehr ausgefallenes Teil.« Johannes überlegte angestrengt, wie zum Teufel noch einmal der Designer hieß und was Karin ihm sonst noch erzählt hatte, um ihm dieses Modell schmackhaft zu machen.

»Das sagt Onkel Jo jetzt nur wegen Ihnen«, warf Moritz bis zu seinen leicht abstehenden Ohren grinsend ein, »in Wirklichkeit mag er den Sessel überhaupt nicht, obwohl es ein Geburtstagsgeschenk für ihn ist. Er hat's lieber bequem.«

Johannes versuchte, diese Bemerkung zu übergehen, indem er vorschlug, vor der Arbeit an einem Drachen mit dem Konterfei von *Sexyhound* eine kleine Stärkung zu sich zu nehmen. Er hätte es bleiben lassen sollen, der nächste Flop war damit quasi vorprogrammiert. Er hatte einfach nicht bedacht, wie viel Wert Karin auf gesunde und vor allem kalorienreduzierte Ernährung legte, prompt nutzte sein Neffe die Chance, um auf jahrelange Kämpfe um seine Taille hinzuweisen.

»Tante Karin hat schon alles Mögliche probiert, damit Onkel Jo abspeckt, aber er sagt immer, der Speck ist für schlechte Zeiten gut. Weil er einfach nicht widerstehen kann, kauft sie jetzt nur noch Sachen ein, die garantiert nicht dick machen.« Moritz musste gar nicht auf die Schale mit Äpfeln und Pampelmusen zeigen, um zu verdeutlichen, was gemeint war. Knäckebrot, Halbfettmargarine und Möhrensaft vervollständigten das Bild.

»Du quasselst Unsinn, Moritz. Wie wär's mit Kaffee beziehungsweise Kakao und dazu die ersten Zimtsterne, Spekulatius hätte ich auch schon zu bieten, und wenn das nicht reicht, gibt es noch Baumkuchen.«

»Geil, hej! Hast du das wieder alles in der Werkstatt gebunkert?« Leider konnte Johannes schlecht das Gegenteil behaupten, wenn er die angebotenen Leckereien tatsächlich auftischen wollte. Er bat, Platz zu nehmen, und forderte seinen Neffen auf, ihm kurz behilflich zu sein. Den Abstecher zu dem süßen Schrank in seiner Werkstatt – offiziell beherbergte dieser natürlich keinen Süßkram, sondern wertvolle Werkstoffe wie etwa Goldstaub – nutzte er für einen Schnelldurchgang zum Thema Solidarität unter Männern.

»Wie kannst du mich nur derart vor Fremden in die Pfanne hauen? Merkst du nicht, wie peinlich das den beiden war?«

»War's gar nicht, Lilly hat sich schlapp gelacht, und ihre Tante fand es auch komisch.«

»Ja, auf meine Kosten.«

»Du bist doch sonst nicht so empfindlich, Onkel Jo. Außerdem war's die nackte Wahrheit.«

»Wär's dir lieb, wenn ich immer und überall die Wahrheit über alles auspackte, was du tust oder nicht tust? Beispielsweise könnte ich jetzt gleich beim Kaffeetrinken was zu deinen sportlichen Ambitionen erzählen, wir könnten mit deiner tollen Radtour zum Volksgarten beginnen.«

»Okay, ich hab verstanden.« Das hatte Moritz wirklich, die nächste halbe Stunde ging es nur noch um den Umgang mit Pfeil und Bogen und die erste Schnupperstunde, die er zusammen mit Lilly absolvieren wollte. Danach wechselten sie alle vier in die Werkstatt über und hörten zu, wie Johannes sich die Umsetzung von *Sexyhound* in einen Flugkörper vorstellte.

Endlich war er wieder in seinem Metier, zündete ein Feuerwerk von Ideen und merkte, dass sogar Juliane beeindruckt war. Sie würden einen aufblasbaren Popsänger in einem ovalen Rahmen aus Sperrholz kreieren, zu diesem Zweck musste das Profil von *Sexyhound* zuerst vergrößert, dann zweimal auf Nylon übertragen, ausgeschnitten, abgekettet und schließlich mit einem elastischen Band zusammengenäht werden. Je nach Stärke und Richtung des Windes würde der Star in der Luft die Backen aufblasen oder auch mal kurz abschlaffen. Das gab's noch nie, die nächsten Stunden waren sie vollauf beschäftigt. Das Resultat ließ sich sehen.

»Das wird der Hit«, befand Moritz. »Wie wär's, wenn wir noch *Christina Aguilera* dazunähmen? Wäre auch irgendwie gerechter, dann hätten wir was Männliches und was Weibliches.« Ein kurzer Wortwechsel zwischen den beiden Kids informierte Johannes und Juliane darüber, dass diese Christina die Interpretin des Hits *Genie in a Bottle* war. Sie hatte unlängst zusätzlich für Furore gesorgt, als sie sich im durchsichtigen Leopardentop als Wildkatze präsentierte, um ein für alle Mal klarzustellen, dass sie nicht das Schmusegirl für jedermann war, als das man sie vermarktete.

Die Sache schien beschlossen, ein zweiter »Drachen« musste her. Als Juliane ihre Nichte daran erinnerte, dass sie pünktlich um sieben zum Hauskonzert erwartet wurde, herrschte sekundenlang irritiertes Schweigen, dann wurde die Weiterarbeit kurzerhand auf den nächsten Tag verschoben. Juliane brachte es einfach nicht übers Herz, den Überschwang der beiden Kinder zu bremsen, indem sie ihre eigene Arbeit ins Spiel brachte. Auf die paar Stunden kam es nun auch nicht mehr an, dachte sie und fühlte sich auf angenehme Weise belebt und zugleich erschöpft. Es kam nicht oft vor, dass sie sich spontan mitreißen ließ. Auch ihre privaten Kontakte waren normalerweise exakt geplant und zeitlich limitiert, anders ging es einfach nicht, wenn man im Job obenauf schwimmen wollte. Allerdings war es ja auch nicht die Norm, fliegende Popikonen zu basteln. Die Idee war wirklich nicht übel. Johannes war zu dick, sein Geschmack bei der Einrichtung seines Hauses war bestenfalls durchschnittlich, besonders couragiert schien er auch nicht gerade zu sein, wenn er seine Süßigkeiten vor seiner Frau versteckte, doch an guten Einfällen mangelte es ihm nicht. Außerdem verbreitete er eine relaxte Atmosphäre, unterm Strich war es ein angenehmer Tag gewesen. Vielleicht sollte sie öfter einmal die Seele baumeln lassen und nach Herzenslust faulenzen …

René war frustriert. Da tat er alles, um sauber zu bleiben, was seiner Schwester zufolge die Voraussetzung für ein Gelingen seiner Heiratspläne war, und seine Zukünftige nahm seine Anstrengungen nicht einmal zur Kenntnis.
Obwohl er von ihr selbst wusste, dass es für sie praktisch keinen Unterschied zwischen Werktagen und Wochenenden gab und sie für ihre Kunden rund um die Uhr zu erreichen war, meldete sie sich weder am Telefon noch an der Gegensprechanlage. Zuletzt war er einfach zu Julianes Wohnung gefahren und hatte Sturm geklingelt, es war ihm sogar durch den Kopf gegangen, dass sie in ihrer Wohnung einen Unfall gehabt haben könnte. Ausgerutscht, so was passierte bekanntlich alle naselang, auch eine Grippe war denkbar. In seiner Phantasie sah er sich schon als Retter in der Not, nachdem der Hausmeister ihm ihre Wohnung aufgeschlossen hatte.
Gab es überhaupt einen Hausmeister?
Als Mann der Tat, der er war, schellte er im Parterre und machte einer Lady mit einem Afghanen rechts und einem zweiten

links – Hunde konnten sich ja ihr Frauchen nicht aussuchen – klar, dass es sich möglicherweise um einen Notfall handelte.

»Frau Oberle macht einfach nicht auf, sie ist sonst sehr zuverlässig, und allmählich mache ich mir ernsthaft Sorgen.«

Die wirklich hässliche und obendrein wahrlich nicht mehr taufrische Person teilte ihm mit, dass er sich keine Sorgen zu machen brauche, weil die Mieterin aus dem dritten Stock schon seit Tagen regelmäßig von einem sehr stattlichen Herrn abgeholt würde.

»Und woher wollen Sie das wissen?«

»Weil der Herr seine Limousine – einen schönen alten 7er BMW – direkt vor meinem Fenster geparkt hat und Leo und Lea angeschlagen haben. Das tun sie immer, wenn jemand uns nahe kommt, den sie noch nicht kennen. Heute Morgen haben sie nur noch sehr kurz gebellt, was wohl bedeutet, dass sie den Besucher von Frau Oberle bereits akzeptiert haben. Hunde sind bekanntlich die besseren Menschenkenner.«

»So, so, das war dann bestimmt der Bruder von Frau Oberle.«

René hatte keinen blassen Schimmer, ob Juliane überhaupt Geschwister besaß, er wusste so gut wie nichts über ihre Familie. Möglicherweise war das bei ihr ein wunder Punkt, und er sah es nicht als seine Aufgabe an, unangenehme Themen zu vertiefen. Ebenso wie er etwas dagegen hatte, selbst als der Gelackmeierte dazustehen, diese Rolle missfiel ihm gründlich, so wollte er nicht mal vor dieser alten Gewitterziege dastehen.

»Es sah nicht so aus, als ob er ihr Bruder wäre. Leo! Lea!« Zu war die Tür, und er stand dort wie belämmert und fragte sich, wie er diese Worte interpretieren sollte. Hatte dieser fremde Kerl sich etwa Freiheiten bei Juliane herausgenommen? In aller Öffentlichkeit? Er glaubte es nicht, nie im Leben, schließlich wusste er selbst am besten, wie spröde sie war. Und wenn doch? Ein verdammt mulmiges Gefühl beschlich ihn, was sollte er nur seiner Schwester und seiner Mutter sagen?

Nichts würde er sagen. Höchstens, dass alles prima lief. Es musste einfach gut laufen, da hing einfach zu viel dran, jede Menge Geld und ein Leben, auf das er nicht mehr verzichten wollte. Juliane war das Sahnehäubchen, sie brummte ähnlich hochtourig wie sein neuer Wagen, und ihre Karosserie war genauso windschnittig, er musste sie einfach besitzen. Wäre doch gelacht, wenn das nicht klappte. Er beschloss, auf der Stelle im *Adelmann* vorbeizufahren und sich zu erkundigen, wie sich das Geschäft anließ, das er Juliane zugeschanzt hatte.

Das Familienessen im *Meckenheimer Hof* war genau die Katastrophe gewesen, die Karins Mutter prophezeit hatte. Der Vater hatte auf Graupensuppe beharrt, weil er die früher immer gegessen hatte, doch mittlerweile gab es als Einlage nur noch Reis oder Fadennudeln. Prompt hatte er wie ein kleines Kind gebockt und die Suppe zurückgehen lassen, die Leute guckten schon komisch, dabei war das erst der Anfang. Als der Hauptgang folgte, beschwerte er sich, weil keine Rosinen in der zum Sauerbraten gereichten Soße waren, und beschimpfte den Chef, der die Reklamation persönlich entgegennahm, als »Betrüger und Hochstapler«. Karin wäre am liebsten vor Scham in den Boden versunken, kein gütliches Zureden half, ihr Vater wollte einfach nicht einsehen, dass mittlerweile der Sohn das Restaurant übernommen und mit Fug und Recht etliches geändert hatte, so auch die Zubereitung der Speisen. Aus Protest verweigerte ihr Vater sogar das Dessert, trotzdem hatte er es irgendwie geschafft, sich zu bekleckern, der Horrortrip endete für Karin vor dem Herd in ihrem Elternhaus, wo sie, wie ursprünglich vorgeschlagen, ein paar Eier in die Pfanne schlug. Danach säuberte sie den guten Anzug und bestand darauf, die Matratzen und Teppiche auszuklopfen und die Fenster zu putzen und eben all jene Arbeiten zu erledigen, die ihrer Mutter immer schwerer von der Hand gingen.

Was für ein Wochenende!

Abends sahen sie zu dritt fern, zuerst die Nachrichten, dann eine Show und schließlich noch einen Film, nichts von alldem interessierte Karin wirklich, es war einfach ein bequemes Mittel, den Vater ruhig zu halten. Bis auf ein leises Klappern mit der gelockerten Prothese – gegen die neue wehrte er sich vehement – war nun nichts mehr von ihm zu hören, allerdings schlief er auch nicht, denn kaum begannen die beiden Frauen, miteinander zu reden, richtete er sich in seinem Sessel auf und zischte »Ruhe!«. Als er endlich bereit war, sich ins Bett bringen zu lassen, ging es auf Mitternacht zu. Johannes hatte noch immer nicht angerufen.

Am Sonntagmorgen rasierte Karin ihren Vater, schnitt ihm die Bartspitzen und die Nägel und tat ihr Bestes, um einen neuerlichen Streit zwischen ihren Eltern beim Frühstück zu verhindern. Diesmal ging es um die Diätmarmelade, die Karins Mutter im Reformhaus gekauft und extra umgefüllt hatte, um den Vater zu überlisten. Der Arzt hatte geraten, seinen Zuckerkonsum zu reduzieren. *Das ist keine selbst gemachte Marmelade, nie im Leben.* Ihr Vater bohrte so lange nach, bis die Mutter genervt zugab, ihn beschummelt zu haben, die Erklärung, dass dies zu seinem eigenen Besten geschehen war, ließ er nicht gelten, für ihn stand fest, dass an ihm gespart werden sollte. Der Disput über die Marmelade hatte zur Folge, dass sie zu spät zur Messe kamen, einzig und allein dem mahnenden Blick des Pastors war es zu verdanken, dass die beiden Streithammel endlich verstummten.

Fünfzig Minuten Frieden, dachte Karin. Die Worte von der Kanzel, der dünne Gesang der Gemeinde, der Geruch von Weihrauch, das Knarren der alten Holzbänke waren eine altvertraute Kulisse, die ihr viele Jahre lang so etwas wie ein Gefühl von Geborgenheit gegeben hatte. Heute hingegen überwog die Aussicht auf eine endlose Zahl von Sonntagen dieser Art, die noch folgen mochten, ausgefüllt mit kleinlichen Streitereien von zwei Menschen, die sich einmal geliebt hatten. War es immer so? Würde es bei ihr selbst auch so sein? Hatte die Lieblosigkeit nicht bereits klammheimlich in ihrer Ehe Einzug gehalten? Angst stieg in ihr auf, fast so etwas wie Panik.

Bilder rollten ab, zeigten sie und Johannes, wie sie voller Stolz das eigene Haus bezogen, es jedes Jahr noch ein bisschen schöner machten, die Hypotheken abtrugen und das Geld in neue Geräte für die Werkstatt investierten. Sogar einen zweiten Wagen konnten sie sich leisten, dabei ging es ihnen beiden nicht darum, mit den anderen mithalten zu können, sondern um die

Sicherheit. Sie beide waren auf der sicheren Seite angekommen und hatten eine solide Basis geschaffen, von der aus man das Leben genießen konnte. Gute Musik, gesellige Abende im Theater, lange Spaziergänge Hand in Hand.

Plötzlich wäre Karin am liebsten aufgesprungen und losgefahren, heim zu Johannes, der so unglaublich lieb sein konnte. Ihr Fels in der Brandung, sie brauchte ihn doch. Sie brauchte Halt, um sich nicht von der düsteren Perspektive hier mitreißen zu lassen. Sie und Johannes würden es schaffen. Bei ihnen war es anders.

Dein Vater hat es heute früh schon wieder versucht, Karin!

Es wäre Karin lieber gewesen, wenn ihre Mutter geschwiegen hätte, sie wusste auch so Bescheid. Die Wand zwischen dem ehemaligen Kinderzimmer und dem elterlichen Schlafzimmer war nicht besonders dick, jedenfalls nicht dick genug, um zu verhindern, dass man die vorzugsweise am Morgen erfolgenden Attacken des alten Mannes auf seine noch schlafende Frau und deren Abwehr mitbekam. Als Tochter wollte Karin gar nicht wissen, dass ihr Vater noch immer sexuelle Gelüste hatte und sich nicht darum scherte, dass er seiner Frau nur noch wehtat. Er gab einfach nicht auf, nie, versuchte es immer wieder.

Wie Johannes, dachte Karin und erschrak, weil sie mit diesen zwei Worten die Bilder ihrer eigenen Ehe mit denen ihrer Eltern zusammenführte. Sie hatte nichts gegen Sex, bestimmt nicht, vorausgesetzt, alles andere passte. Die Stimmung, der Zeitpunkt, eben das ganze Drumherum. Wie konnte sie sich entspannen, wenn jeden Moment das Telefon läuten oder Besuch kommen konnte oder das Essen verkochte? Sie hatte es Johannes durch die Blume gesagt. Im Gegensatz zu ihrem Vater versuchte er niemals, sie zu überrumpeln, trotzdem ließ er gelegentlich seine Enttäuschung anklingen.

Weil sie sich ihm nicht auf Bestellung hingab?

»Am heutigen Sonntag sammeln wir für den neuen Gemeindesaal ...« Worte, die nun zu ihr durchdrangen, sich mit dem schlurfenden Schritt des Küsters verbanden, der die Kollekte durchführte, den Samtbeutel an dem langen Stock aus Edelholz gab es auch noch immer, nichts hatte sich geändert, und wie immer suchte sie aus ihrer Börse das nötige Silbergeld für ihre Eltern und sich selbst heraus. Einen Fünfer für den Vater und jeweils zwei Mark für ihre Mutter und sich selbst, an Feiertagen gaben sie mehr, auch dies ein festes Ritual.

Johannes war schon lange nicht mehr mit ihnen zusammen in den Gottesdienst gegangen. *Ich war früher mal Messdiener, das reicht.* Es reichte nicht, dachte Karin, er machte es sich auch in diesem Punkt verdammt einfach, er gab sogar zu, dass er schummelte. *Früher hab ich immer Knöpfe in den Klingelbeutel geworfen und die fünfzig Pfennig fürs Kino oder ein Eis gespart, bis meine Mutter sich gewundert hat, wo unsere ganzen Ersatzknöpfe geblieben sind.* Es war Betrug. Im Kleinen fing es an, im Großen hörte es auf. Karin zog nochmals ihre Börse aus der Handtasche und zog einen Zwanzigmarkschein hervor, der Küster sah erstaunt auf, lächelte. Es war eine Art Wiedergutmachung. Johannes war ihr Mann, sie leistete in seinem Namen Abbitte.

Zum Mittagessen gab es Hering in Sahnesoße und dazu Pellkartoffeln, das ging schnell; danach bereitete Karin noch rasch für den Abend einen Grießpudding mit vielen Rosinen vor, dann verabschiedete sie sich von ihren Eltern. Die immer früher einsetzende Dunkelheit und die Wettervoraussage waren ein willkommener Vorwand: »Ich sollte mich wohl beeilen, wenn ich sicher heimkommen will.«

Sie blieb trotzdem auf der Straße liegen. Weder die Dämmerung noch der Regen waren schuld, sie hatte keine Ahnung, warum der fast neue Wagen plötzlich solch seltsame Geräusche von sich gab und dann zu qualmen begann, um derlei hatte sie sich nie selbst gekümmert. Es war ihre erste Panne, sie wusste nicht einmal, ob für den Golf ebenso wie für den großen Wagen eine Versicherung beim ADAC abgeschlossen worden war. Sie stellte das Warndreieck auf und lief auf das nächstbeste Haus zu, um Johannes anzurufen, zum Glück war sie nicht mehr weit von Köln entfernt. Knapp zwanzig Kilometer. Es meldete sich niemand. Und jetzt? Sie blätterte in ihrem Terminkalender, überlegte, ob sie bei ihrer Schwägerin oder bei den Schwiegereltern anrufen sollte, verharrte bei einer neueren Eintragung und wählte.

Philipp meldete sich sofort.

»Es tut mir Leid, wenn ich störe, Karin hier, ich liege mit dem Auto fest und habe keinen blassen Schimmer ...«

»Wo genau liegen Sie fest?«

Sie sagte es ihm, damit war das Gespräch beendet.

»Ich komme sofort«, hatte er gesagt, so als ob es die selbstverständlichste Sache der Welt wäre, ihr an einem Sonntag aus der Patsche zu helfen. Als sie auf ihn wartete, fiel ihr ein, dass sie sich eben am Telefon mit »Karin hier« gemeldet hatte. Sie konnte sich nicht erinnern, wann zuletzt sie so formlos gewesen war. Zumal gegenüber einem Mann, der vielleicht nicht einmal wusste, wie sie mit Vornamen hieß. Offenbar wusste er es doch.

Die beiden Drachen waren fertig, natürlich wollten Lilly und Momo sie auf der Stelle ausprobieren, in Anbetracht der großzügig bemessenen Kordel schied der Stadtpark mit seinen dicht stehenden Bäumen aus, man einigte sich auf die Rheinwiesen. Der Wind blies hier noch frischer, binnen weniger Minuten hatten sie alle vier rote Wangen und kalte Fingerspitzen, die Nasen liefen, bis auf Enten und Schwäne sahen ihnen nur zwei Hundehalter zu.

»Dat wird hück wohl nix«, meinte der eine.

»Dat wird hück wohl watt«, konterte Johannes, es war unverkennbar, dass er im Kölner Dialekt beheimatet war. Dann reichte er Moritz den ersten Flugkörper, um damit loszulaufen, korrigierte kurz die Ausrichtung, zwei Anläufe gingen schief, beim dritten blähte das Konterfei von *Christina Aguilera* die Backen, sogar die Kulleraugen und Strubbelhaare waren deutlich zu erkennen.

»Iss ja doll«, sagte der Besitzer des Boxers.

Als auch noch *Sexyhound* wie eine Eins am Himmel stand, hatten sie zwei Fans und obendrein zwei Hunde, die den beiden Fliegern hinterherjagten und auf der Wiese ähnliche Kapriolen schlugen, es sah ungemein witzig aus, alle lachten herzhaft. Sie hatten überhaupt an diesem Nachmittag viel Spaß. Die Kälte war vergessen, erst als es dämmerte, fiel ihnen wieder ein, wie kalt es war.

»Jetzt brauchten wir dringend was Warmes«, sagte Momo und zog seine Steppweste aus, um sie Lilly umzulegen. Eine Fürsorglichkeit, die sein Onkel ihm nie zugetraut hätte, erst recht nicht einem Mädchen gegenüber.

»Bist du durchgeknallt? Ohne Weste holst du dir ja den Tod.« Das Mädchen wehrte ab, die Wortwahl war burschikos, doch der Tonfall machte deutlich, wie geschmeichelt sie sich fühlte.

Wieder war es Johannes, der ganz selbstverständlich Rat wusste. »Wie wär's, wenn wir uns alle hier in der Nähe aufwärmen? Soweit ich weiß, gibt es rund um den Ruderclub etliche Lokale, die werden Anfang November ja wohl noch nicht alle geschlossen sein.«

Die beiden fremden Männer kamen ihnen zu Hilfe. Sie geleiteten sie sogar persönlich zu einer Kneipe, die von außen nicht unbedingt einladend aussah, was vor allem an dem angeschwemmten Treibgut auf den Stufen und der zur Außengastronomie gehörigen und nun mit Brettern zugenagelten *Bierbud* neben dem Eingang lag. Doch im Inneren der Gaststube empfing sie kuschelige Wärme, wie selbstverständlich wurden sie an den Stammtisch geführt, zu dem eine gepolsterte Eckbank gehörte. Die erste Runde ging auf die beiden Einheimischen, die hier offenbar bestens bekannt waren und von den beiden Popidolen schwärmten, die soeben am Himmel geflattert hatten. Sie verabschiedeten sich erst, als die von ihnen wärmstens empfohlenen Wiener Schnitzel nebst Bratkartoffeln und Salat aufgetragen wurden.

Der Geruch versetzte Juliane in ihre Kindheit zurück. Damals war das ihr Lieblingsessen gewesen. Damals war nicht heute, wie sie sich im nächsten Moment sagte. Sie brauchte nur an den Fettanteil zu denken, den solch eine Portion hatte. Versteckte Fette führten bekanntlich die Liste der Ernährungssünden an, und auch wenn sie keine Probleme mit ihrer schlanken Linie hatte, wollte sie weder ihr Herz überstrapazieren noch an Gicht erkranken.

»Ich hoffe, Sie mögen etwas so Einfaches.« Johannes sah sie an, wohl weil sie die Einzige war, die ihr Besteck noch nicht in die Hand genommen hatte. Die Kinder säbelten bereits munter drauflos und verlangten mit vollen Backen nach Ketchup, das auch prompt gebracht wurde, ebenso wie Mayonnaise.

»Ich habe nichts gegen einfache Sachen.« Juliane hatte keine Wahl, wie sie fand, zumal sie vor ihrer Nichte nicht als Spielverderberin dastehen wollte. Das Fleisch schmeckte ihr erstaunlich gut, sehr zart und die Panade dünn und kross, nicht mal den Bratkartoffeln sah man die Unmengen Fett an, die zweifelsfrei zu ihrer Herstellung benötigt wurden. Plötzlich verspürte sie einen regelrechten Heißhunger. Ehe sie es sich versah, war ihr Teller ebenso kahl wie die Teller der Kinder, lediglich Johannes hatte über die Hälfte seiner gerösteten Kartoffeln übrig gelassen.

»Onkel Jo, die willst du doch nicht etwa zurückgehen lassen? Bist du etwa krank?«, fragte Moritz.

»Nur satt. Wenn du willst, greif zu!« Das brauchte er nicht zweimal zu sagen, sein Neffe teilte gerecht mit Lilly, sodann machten die beiden sich an die Erkundung der im Schankraum und im Treppenaufgang ausgestellten Pokale.

»Haben Sie die alle bekommen?«, fragte Lilly den Wirt.

»Nee, nee, kleine Dame, dat hat alles mein Sohn mit seiner Crew eingeheimst. Wenn ihr wollt, bring ich euch kurz rüber, die machen gerade ihre Kanus winterfest und stellen ihr Winterprogramm auf die Beine.«

Das ließ Lilly sich nicht zweimal sagen. Sport war ihr Ein und Alles, das galt erst recht, wenn es sich um eine Disziplin handelte, die noch nicht ganz so überlaufen war. Moritz folgte ihr und dem Wirt auf dem Fuß. Falls er dabei von heimlichem Widerwillen beseelt war, ließ er sich das jedenfalls nicht anmerken, überhaupt wäre an diesem Wochenende niemand auf die Idee gekommen, dass es sich bei dem Jungen um einen Sportmuffel handelte.

Genau diese Beobachtung griff Johannes auf, als er allein mit Juliane zurückblieb. Es war von jetzt auf gleich still geworden, so als ob die beiden Kinder jeglichen interessanten Gesprächsstoff mitgenommen hätten. Die Frau neben ihm auf der Eckbank sah plötzlich aus, als ob sie nur nach einem Vorwand suchte, um sich davonzumachen. Und weil das im Augenblick schon rein technisch schlecht möglich war – der Einfachheit halber waren sie wieder alle zusammen mit seinem Wagen gekommen –, verschanzte sie sich hinter dieser Maske der Fremdheit. Das wollte er nicht, also begann er aufs Geratewohl zu reden.

»Es ist schon ein Phänomen, was Ihr Patenkind mit Moritz anstellt.«

»Und was stellt Lilly Ihrer Meinung nach mit ihm an?« Eher widerwillig, so als ob sie diese Frage nur stellte, um der Konvention Genüge zu tun, von dem lockeren Gleichklang zuvor war nichts mehr übrig geblieben.

»Sie schafft, was meine Schwester und die ganze Familie bislang vergeblich versuchen, sie bringt ihn dazu, sich für Bogenschießen, Drachensteigen und jetzt womöglich noch fürs Kanufahren zu interessieren. Kein Ton über irgendein *level* bei irgendwelchen PC-Spielen, mit denen er sonst stundenlang die Zeit totschlägt. Er muss Lilly wirklich sehr mögen.« Johannes hätte gern hinzugefügt, dass das für ihn selbst im Hinblick auf Lillys Tante ebenso galt. Falls »mögen« das richtige Wort war, nie zuvor war das, was in ihm vorging, so rätselhaft gewesen wie dieses Gefühl.

»Fänden Sie es nicht besser, wenn Ihr Neffe der Sache wegen von etwas begeistert wäre? Was bringt es, wenn er nicht wirklich Spaß an alldem hat?«

»Aber das hat er doch, Lilly ist lediglich der Auslöser. Sie beweist einmal mehr, welche ungeheure Kraft, um nicht zu sagen Magie Menschen besitzen, die man mag.«

»Finden Sie nicht, dass Sie entschieden zu viel hineinpacken? Lilly ist neun, Moritz ist zehn, die beiden sind noch Kinder.«

Wenn er sich selbst gegenüber ehrlich war, musste er Juliane Recht geben. Für einen Außenstehenden musste sich das, was er eben gesagt hatte, völlig übertrieben anhören, aber er war eben kein neutraler Beobachter, sondern auf dem besten Weg, sich in

Gefühle zu verwickeln, die an Magie grenzten, weil sie weder zu seinem bisherigen Leben noch zu seinen Plänen für die Zukunft passten und ihn nichtsdestotrotz mitrissen, bescheidene Wünsche von einem Hund und Reisen und vielleicht noch dem Luxus, nicht ständig nur Aufträge für René Habermann anzunehmen, ausradierten. Er suchte krampfhaft nach einer sinnvollen Erklärung für seine Behauptung, aber alles, was ihm einfiel, war seine erste Liebe.

»Vielleicht ist das, was man als Kind aus einem starken Gefühl heraus tut, sogar besonders wichtig, in jedem Fall bleibt es unvergesslich. Für meine erste Liebe hätte ich alles im Stich gelassen, sogar meine Eltern, auch wenn ich noch ein Kind war.«

»Man beachte das Wörtchen ›hätte‹. Ist es nicht typisch, dass Männer im Konjunktiv immer Helden und in der Realität immer nur Opfer der Umstände sind? Womit wir wieder am Anfang angekommen wären: Wenn man seine Lebensumstände von Anfang an selbst in die Hand nimmt und sich nicht hinter dieser oder jener Liebe verschanzt, ist die Fallhöhe deutlich niedriger.« Und mit einem eindeutig spöttischen Auflachen: »Allerdings gehen einem dann auch die Ausreden aus, dann ist man für alles selbst verantwortlich.«

»Das hört sich so an, als ob Sie schon im Kinderwagen ein Konzept entwickelt hätten, wie Sie ihr Leben angehen.« Nicht spöttisch, eher mitleidig, was Juliane gegen ihren Willen dazu brachte, mehr preiszugeben, als sie eigentlich wollte.

»Sie irren sich. Die ersten sechzehn Jahre meines Lebens war ich richtungslos wie ein Schiff ohne Kapitän, mal ging's hierhin und mal dorthin, meine Mutter hat graue Haare darüber bekommen, sie hasste jede Form von Chaos und Schlendrian. Sie war Dekorateurin und hat immer wieder versucht, mich für die Ästhetik und den praktischen Nutzen eines aufgeräumten Zimmers oder pünktlich eingenommener Mahlzeiten zu erwärmen, damals vergeblich.«

»Und Ihr Vater?«

»Mein Vater ist gestorben, als ich sechzehn wurde, nüchtern betrachtet ist er ein Opfer seines eigenen Schlendrians geworden.«

Sie pausierte, sah in ein Paar braune Augen, deren Ausdruck sie nicht zu deuten wusste, die Vorstellung missfiel ihr, er könnte sie für herzlos halten. Es klang nicht eben nett, wenn man als Todesursache des leiblichen Vaters dessen Schlendrian angab. Trotzdem stimmte es. »Er war wieder mal zu bequem, eine Leiter zu benutzen, dabei hat meine Mutter ihm und mir immer wieder eingeimpft, wie gefährlich es ist, ständig zu improvisieren. Bei ihm kam ihr Rat zu spät, er hat sich nie etwas sagen lassen, er hat lieb gelächelt und trotzdem getan, wonach ihm gerade war. Dabei war er Beamter und zwanzig Jahre älter als meine Mutter, aber Alter schützt bekanntlich nicht vor Torheit, und er war ein Tor, ein ausgemachter Tor oder ein Kind im Rentenalter.«

Sie hatte gegen Ende hin immer schneller gesprochen, auch heftiger, sie spürte, wie ihr abwechselnd heiß und kalt wurde, es war kein Thema, über das sie reden wollte, erst recht nicht bei einem quasi Fremden. War es vielleicht gerade die Fremdheit, die ihr die Zunge gelockert hatte? Oder eine gewisse Ähnlichkeit zwischen diesem Mann hier und ihrem Vater? Beide taten glatt so, als ob man das Leben wie eine große Kuchentheke angehen sollte, und das, was gemeinhin Liebe hieß, waren die Streusel obenauf. Ihr Vater hatte behauptet, sie zu lieben, aber er hatte ihr mit seinem Vorbild wahrlich keinen Gefallen getan. Sechzehn Jahre lang oder zumindest so viel davon, wie sie bewusst erlebt hatte, hatte sie wie er in hübschen Gefühlen geschwelgt und dann von jetzt auf gleich erleben müssen, wie alles zusammenbrach. Ihre Mutter war zusammengebrochen, das ging ebenfalls auf seine Rechnung.

Sie hätte das Gesagte nun liebend gern wieder zurückgeholt. Wenn sie eins nicht brauchte, dann waren es kluge Kommentare eines Mannes, der nicht mal seine eigene Naschsucht in den Griff bekam und ihr die erste Liebe als Schlüsselerlebnis verkaufen wollte.

Klar war es schön gewesen, dieses Gefühl, es hatte sie hochgeschleudert und Kapriolen schlagen lassen wie eben diese beiden Flieger, allerdings war die Bauchlandung hinterher umso heftiger gewesen. Der Knabe hatte zum Beweis dafür, dass er mehr als nur ein paar Küsse bei ihr ergattert hatte, ihr Höschen mit dem eingestickten Monogramm herumgezeigt. Es war das Ersatzhöschen aus ihrem Turnbeutel gewesen, doch wen interessierte das schon?

»Es muss schlimm für Sie gewesen sein«, sagte die Männerstimme unmittelbar neben ihr. Die Worte trafen ins Schwarze, passten ebenso zu der Pleite ihrer ersten Liebe wie auch zum unrühmlichen Ende ihres Vaters.

»Es ist vorbei«, erwiderte sie, »lange vorbei, und es war mir eine Lehre.« Und betont locker: »Also seien Sie besser vorsichtig, wenn Sie mir unkontrollierte Gefühlsaufwallungen als etwas Positives verkaufen wollen, dabei kommt letztendlich selten etwas Gutes heraus.«

»Kommt es darauf an?«

»Worauf sollte es sonst ankommen?«

»Auf das, was hier und jetzt passiert.« Er sah sie auf eine Weise an, die sich nicht gehörte, seine Augen griffen nach ihr, tasteten sie ab, streichelten sie und hielten sie zugleich fest, es war absolut ungehörig, deplatziert, das musste sie ihm sagen. Auf der Stelle. Sie öffnete die Lippen, das Reden fiel ihr ungewohnt schwer, die Luft in dieser billigen Kneipe musste schuld sein, wahrscheinlich nistete der Qualm von Tonnen von Zigaretten in Polstern und Vorhängen, sie war erklärte Nichtraucherin.

»Und was passiert hier?«, fragte sie zurück, ihre Mundwinkel zuckten nach unten, um ihm unmissverständlich klarzumachen, was sie von alldem hielt: eine Posse, die ihr Spiegelbild in diesem billigen Ambiente fand. Ihre Hand beschrieb einen Bogen, ließ nichts aus, weder die protzigen Pokale noch die Aussicht auf die verrammelte Bierbude noch die schmutzigen Teller vor ihnen. Der Wirt hatte noch immer nicht abgeräumt, es war ihm wichtiger gewesen, die Kinder zu seinem Sohn zu bringen. Zwei potenzielle neue Mitglieder, mochte er sich sagen.

»Ja«, wiederholte Johannes sinnend, »was passiert hier? Da sitzen wir in einer Kneipe und reden über das Leben und plötzlich ist es da. Ganz nah, so nah habe ich es schon lange nicht mehr gespürt.

Wenn Sie jetzt sagen würden, ich sollte durch den Rhein auf die andere Seite schwimmen … also ich täte es auf der Stelle.«

Was sagte man auf so etwas? Was sagte sie? Es war peinlich, übte eine ähnliche Wirkung auf sie aus wie jene Filme, die sie sich gelegentlich im Spätprogramm ansah, wenn sie nicht einschlafen konnte. Filme, von denen sie von vornherein wusste, dass sie kitschig und vergeudete Zeit waren, was sie nicht davon abhielt, dem Druck auf ihre Tränendrüsen nachzugeben. Billig auch das, aber immerhin aus der Warte des Produzenten betrachtet clever. Das hier hingegen war nichts dergleichen, es war … sie wusste nicht, was es war … es kam sehr selten vor, dass ihr keine einzige passende Klassifizierung einfiel.

»Dann wären Sie verrückt und kämen allenfalls als Eisscholle an«, erwiderte sie schließlich, weil sie etwas sagen musste, um seinen Worten den Boden zu entziehen.

Er lachte. Ein fast spitzbübisches Lachen, das sie nicht verstand.

»Habe ich was verpasst?«

»Nein, aber Sie haben mir gerade Hoffnung gemacht.«

»Hoffnung? Ihnen?« Die Vorsicht gebot ihr, das Ziel dieser Hoffnung nicht weiter zu verfolgen, es reichte auch so. Wollte er mit ihr schlafen? Bildete er sich ernsthaft ein, sie litte in dieser Hinsicht Mangel? »Ich finde, es wird Zeit, endlich einmal zu schauen, wo Lilly und Moritz so lange bleiben.« Ohne sich weiter um ihn zu kümmern, stand sie auf, strich ihre Kleidung glatt und steuerte die Tür mit dem Schild »privat« an, durch die ihr Patenkind vor geraumer Zeit verschwunden war. Sie fand Lilly zusammen mit Moritz in einem aufgebockten Kanu sitzend, wo sie im Trockenverfahren gleichmäßige Ruderschläge übten, während der Wirt und sein Sohn – die Ähnlichkeit war frappierend – ihnen gute Ratschläge bezüglich Tempo und Haltung erteilten. Es war offensichtlich, dass Lilly und Moritz Zeit und Raum vergessen hatten. Sie strahlten sie an, von schlechtem Gewissen keine Spur, in ihrem Mitteilungsdrang ging alles andere unter. Es war das typische Verhalten von Kindern, die noch völlig in ihrem Spiel aufgingen und darüber jedweden Bezug zur Realität verloren.

Juliane sagte sich, dass sie kein Kind mehr war und sich darüber freuen sollte. Ebenso wie es eine Schande war, wenn ein gestandener Mann wie der Onkel von Moritz sich vorhin wie ein kleiner Junge aufgeführt hatte. Trotzdem hätte sie gerne gewusst, womit sie ihm angeblich Hoffnung gemacht hatte. Auch ohne sich umzudrehen spürte sie, dass er ihr gefolgt war und nun hinter ihr stand. Sie widerstand dem Impuls, an ihrer Hose zu zupfen, diese Jeans waren modisch schmal geschnitten und neigten dazu, bei langem Sitzen in den Schritt hochzurutschen. Ob es ihm auffiel?

In diesem Punkt hätte Juliane beruhigt sein können. Johannes war noch vollauf damit beschäftigt, jene Worte nachzukosten, mit denen sie ihn zweifelsfrei hatte abschrecken wollen und im Gegenteil ermuntert hatte. Sie hatte den Finger auf seine eigene Verrücktheit gelegt – ... *dann kämen Sie allenfalls als Eisscholle an –*, aber was war mit ihr selbst? Wenn sie alles so sauber bedachte, wie sie das behauptete, hätte sie als Erstes sagen müssen, dass sie nie im Leben auf eine so hirnverbrannte Idee käme, jemanden bei Temperaturen knapp über null ins eiskalte Wasser zu schicken, doch sie hatte es nicht getan. Und genau das war der Punkt, an dem seine Hoffnung auf etwas ansetzte, was so süß und luftig wie Zuckerwatte war.

Als kleiner Junge war er verrückt auf dieses Zeug gewesen, einmal hatte er sich mit seiner ersten großen Liebe eine Zuckerwatte geteilt, jeder naschte sich von einer Seite auf den anderen zu, die Nasenspitzen hatten ebenso wie Haare und Ohren geklebt. Als sich ihre Münder begegneten, war die Süße explodiert, das war sein erster Kuss gewesen. Der absurde Wunsch überkam ihn, auf der Stelle solch eine Zuckerwatte zu besorgen. Für sich und Juliane. Aber die Herbstkirmes war gerade vorbei, und der Weihnachtsmarkt wurde erst in knapp zwei Monaten eröffnet.

»He, Onkel Jo, pennst du zufällig mit offenen Augen?«

»Wie?« Johannes zuckte zusammen, Moritz stand nun unmittelbar vor ihm und wirkte eindeutig vorwurfsvoll, es musste etwas mit diesem aufgebockten Kanu zu tun haben, dem er soeben entstiegen war. »Sehr hübsch«, fügte er hastig hinzu.

»Du pennst wirklich, Onkel Jo. Ich habe dich gerade gefragt, was wir meiner Mutter und Lillys Eltern sagen, wenn sie sauer reagieren, weil wir so spät kommen. Juliane meint, die könnten stinksauer sein, weil wir mächtig über die Zeit sind. Und alles, was dir dazu einfällt, ist ›sehr hübsch‹.«

Johannes gab sich geschlagen: »Ich war wirklich in Gedanken weit weg.«

»War's wenigstens etwas Schönes?«

»So schön wie der Tag heute, und wenn's so richtig schön ist, muss man halt auch manchmal eine Portion Ärger in Kauf nehmen.«

»Okay, redest du mit Mama? Auf dich ist sie sowieso chronisch sauer, und ich will's mir nicht mit ihr verderben, du weißt schon warum.«

Auf der Heimfahrt ließen die beiden Kinder sich weiter über ihre Pläne aus, es hörte sich an, als ob sich zwei eingefleischte Sportfreaks austauschten, doch aus dem Schwärmen über Pfeil und Bogen hier und Flieger dort und vielleicht im nächsten Frühjahr obendrein schnittige Bootsleiber konnte ein aufmerksamer Zuhörer noch etwas anderes heraushören, und genau das tat Johannes. Er nahm es als Bestätigung für das, was sich in ihm selbst abspielte.

Der Drachen steigt höher

Der Einfachheit halber war Karin neben ihrem Wagen stehen geblieben, um auf Philipp zu warten. Sie vertraute instinktiv darauf, dass die Worte »Ich bin gleich da« bei ihm ähnlich wie bei ihr selbst wörtlich zu nehmen waren. Einmal hielt der Fahrer eines BMWs an und fragte, ob er ihr behilflich sein könne. Sie wehrte erschrocken ab, diese Automarke erinnerte sie automatisch an Johannes, der ihr eigentlich an Philipps Stelle zu Hilfe eilen müsste.

Aber wenn Johannes nicht erreichbar war …

Sie begann, unruhig das Stück zwischen Auto und Warndreieck abzugehen, nicht einmal die Kälte berührte sie mehr wirklich, das monotone Geräusch des Verkehrs war wie eine Wand, die sie von allem abschottete, von ihrem Elternhaus und ihrem eigenen Zuhause und den Menschen, die dorthin gehörten. Ein stetiges Summen in ihrer Ohrmuschel, zu dem sich unversehens eine Melodie gesellte, die sie vor sich hin summte.

Trinke, Liebchen, trinke schnell …

»Das ist Alfreds Trinklied«, sagte eine Stimme hinter ihr, »eine Polka.«

»Wo kommen Sie denn her?« Karin sah ihren Helfer entgeistert an. Ob er sich etwa als Geisterfahrer betätigt hatte? Die Richtung ließ nur diese Deutung zu, andererseits passte das einfach nicht zu ihm, ganz abgesehen davon, dass sie nichts gehört hatte.

»Übers Stoppelfeld, ich habe Sie schon von weitem entdeckt und die Abkürzung genommen, mit dem Roller ist das kein Problem. Es ist schön, dass Sie sich die Zeit mit unserem gemeinsamen Freund vertrieben haben.«

»Ja, *Strauß* und seine *Fledermaus* liegen mir noch immer im Ohr, diese Arien sind allemal vergnüglicher als eine Panne in der Einöde.«

»Dafür bin ich ja jetzt da. Schauen wir mal nach, oder besser, Sie erzählen mir genau, was passiert ist.«

Karin erzählte und wunderte sich, als er, statt die Motorhaube zu öffnen, ins Innere des Wagens spähte, sich vorbeugte, ihr solcherart die Sicht nahm und Sekunden später verkündete, dass der Schaden jetzt möglicherweise schon fast wieder behoben war. »Ich fülle nur rasch noch etwas Wasser nach, dann kommen wir mit etwas Glück zumindest bis zu einer Werkstatt.«

»Und was war es?«

»Die Handbremse. Sie sind mit angezogener Handbremse gefahren, und irgendwann qualmt es dann eben.«

»Mein Gott, ist das peinlich, und dafür störe ich Sie am Sonntagabend.«

»Muss Ihnen nicht peinlich sein, wirklich nicht, ganz im Gegenteil. Sie haben mir einen Gefallen getan.«

»Ich Ihnen? Weil Sie heimlich noch eine Reparaturwerkstatt betreiben?« Sie versuchte, die Sache witzig herunterzuspielen, obwohl das sonst gar nicht ihre Art war. Aber er zog nicht mit.

»Nein«, antwortete er sichtlich verlegen, trotzdem sprach er weiter: »Es ist nur so, dass ich mich nie getraut hätte, Ihnen einfach so vorzuschlagen, noch einmal etwas gemeinsam zu unternehmen, wenn Johannes verhindert oder nicht in Stimmung ist, um beispielsweise ins Konzert zu gehen. Für das Auto hätte ich aber trotzdem jemanden an der Hand, der mir Kleinigkeiten praktisch umsonst erledigt. Man sollte den Golf in jedem Fall kurz durchchecken lassen.«

»Sie haben ziemlich viele Leute zur rechten Zeit an der Hand, stimmt's?«

»Es sind Menschen, mit denen mich eine bestimmte Sache verbindet, die Freude an guter Musik oder am Theater oder am Rollerfahren, größtenteils Männer, weil die es eher verkraften, wenn jemand so ist wie ich.«

»Und wie sind Sie?«

»Eine der wenigen Freundinnen, die es länger mit mir ausgehalten hat, hat mich zum Abschied einen lyrischen Erbsenzähler genannt. Danach ist sie ausgezogen und hat mich buchstäblich am Boden zerstört zurückgelassen: in der einen Hand meinen Rilke und in der anderen den Kamm, mit dem ich gerade die Fransen vom Teppich glatt gekämmt habe, ich kann's einfach schlecht haben, wenn alles kreuz und quer ist. Es muss ziemlich idiotisch ausgesehen haben.«

»Sie besitzen einen richtigen Fransenkamm und benutzen ihn auch?«

»Sie dürfen lachen.«

»Ich habe auch einen und benutze ihn fast täglich.« Weil Johannes grundsätzlich nicht die Füße hebt, wenn er ins Wohnzimmer kommt, ergänzte sie stumm. Einmal, als er sie am Boden kniend und kämmend vorfand, hatte er wieder mal einen seiner pseudo-witzigen Sprüche an ihr ausprobieren müssen: *Toupierst du den guten Teppich auch?*

»Das ist phantastisch.«

»Na ja.«

»Ich meine, dass wir jetzt schon drei Gemeinsamkeiten haben. Das Theater, die Musik und einen gewissen Sinn für Ordnung.« Als Philipps Bekannter eine knappe Stunde später das Auto durchcheckte, ging es bereits auf fünf Uhr zu. Es war kein Denken mehr daran, dass Karin an diesem Wochenende besonders früh daheim sein würde. Wozu auch, dachte sie und sparte sich die Mühe eines weiteren Anrufs bei Johannes.

Die Leute, zu denen sie den Golf gebracht hatten, waren ausgesprochen nett, was sich keineswegs nur auf den sachkundigen Umgang mit Automobilen beschränkte. Zwei Brüder in Philipps Alter, der ältere hatte Musik studiert und wartete noch immer vergeblich auf eine Berufung ins Lehramt, solange nahm er jeden sich bietenden Job an. Der jüngere tat das auch, er hatte zusammen mit Philipp die Theaterschule besucht und wie dieser das Handtuch geworfen. Allerdings nicht, weil er zu gehemmt war, um alles in eine Rolle hineinzupacken, was er fühlte, sondern weil die anderen ihn ständig wegen des Kontrasts zwischen seiner schmächtigen Erscheinung und seiner tiefen, voluminösen Stimme hänselten.

»Dabei ist er der beste Hamlet, den ich kenne«, meinte Philipp und drängte auf eine Kostprobe.

Wer sie so zu viert in dem Hof mit Blick auf den Wachturm des benachbarten Gefängnisses beobachtet hätte, würde vermutlich an ihrem Verstand zweifeln. Lauter Autoersatzteile, dazwischen jemand, der Werkzeug anreichte und gleichzeitig in der Rolle des Freundes Horatio das Stichwort für einen Hamlet gab, der auf den ersten Blick nichts weiter als ein kleinwüchsiger Automechaniker war. Doch wenn man die Augen schloss, was Karin tat, brachte er einem tatsächlich das Herz zum Zittern, das galt sowohl für seinen Vortrag wie auch für den Text, den er nicht nur sprach, sondern verkörperte. Es ging um *blood* und *judgment*, *Blut* und *Verstand*.

Darüber diskutierten sie später, wie Karin es noch nie miterlebt hatte. Obwohl sie die meisten Dramen von Shakespeare aus dem Effeff zu benennen wusste und etliche davon im Schauspielhaus angesehen hatte, war ihr niemals in dieser Intensität klar geworden, wie aktuell der zentrale Konflikt in den Werken dieses Dramatikers nach wie vor war, worin genau er bestand. Es ging damals wie heute um des Menschen eigene Brunst, die ihn dazu trieb, seinen Verstand und seine Ehre und eben alles, was zählte, zu vergessen. Nur dort, wo sich beides im Gleichgewicht befand wie bei Hamlets Freund Horatio, da diente der Mensch nicht »Fortunen zum Pfeil« und war nicht länger »Sklave seiner Leidenschaften«.

Karin applaudierte laut, als der junge Schauspieler – denn für sie blieb er das trotz Quittierens der Bühne – nun auf allgemeines Bitten hin die Rollen vertauschte und auch noch selbst den Horatio gab. Sie war völlig hingerissen von dieser Authentizität und Klarheit, und wäre da nicht ihr eigenes Pflichtbewusstsein gewesen, so hätte sie sehr wohl noch länger bleiben mögen. Es ging nicht, sie brauchte sich nur vorzustellen, was passierte, wenn Johannes auf die Idee käme, bei ihren Eltern anzurufen, und erführe, dass sie schon vor einer Ewigkeit abgefahren war.

»Tut mir Leid«, sagte sie, »aber ich muss jetzt wirklich los, dank Ihrer Hilfe ist mein Auto ja jetzt auch wieder voll verkehrstauglich. Was darf ich Ihnen dafür bezahlen?«

Nichts, lautete die Antwort. Sie protestierte, doch sie hatte keine Chance, ebenso wie sie Philipp nicht davon abbrachte, sie zu begleiten. »Nur für den Fall, dass der Wagen doch noch einmal liegen bleibt«, sagte er und wollte auch nichts davon wissen, dass sein Feierabend sich solcherart immer weiter hinauszögerte.

»Sie wissen doch, dass ich allein nichts zu feiern habe und höchstens wieder anfange, meine Teppichfransen zu kehren, und mir dabei vorstelle, wie Sie ab und zu dasselbe tun. Falls Sie das nicht nur gesagt haben, um mich zu trösten.«

»Nein, ganz bestimmt nicht. Glauben Sie, ich könnte Ihren Freunden mit irgendetwas eine Freude machen, um mich für die Hilfe erkenntlich zu zeigen?«

»Ich wüsste da schon etwas.«

»Dann nur raus damit!«

»Kommen Sie wieder, die beiden mögen Sie und sind immer

dankbar für gutes Publikum, das sich nicht nur berieseln lässt.« Mehr sagte er nicht, er sah sie auch nicht an, doch sein langer Händedruck wenig später sprach beredter als Worte. Er mochte sie, darauf wettete sie. Diesmal kümmerte sie sich nicht darum, was die Nachbarn sagen könnten, als sie ihm nachwinkte, bis er um die Ecke verschwunden war.

Dann schloss sie auf, das Licht brannte, der Esstisch glich einem vorweihnachtlichen Schlachtfeld, überall Krümel von Plätzchen, die nach Muskat und Zimt rochen, sogar ihr guter Teppich war voll davon. Mechanisch begann sie, das Geschirr zusammenzustellen, zwei Becher mit Resten von Kakao und zwei Kaffeetassen, eine davon mit deutlichen Spuren von Lippenstift.

Wer war in ihrer Abwesenheit hier gewesen? Welche Frau?

Sie überlegte, ob sie das Beweismaterial sichern sollte, entschied sich dann aber gegen ein solch kindisches Verhalten, das war ihrer nicht würdig. Als alles wieder sauber war, ging sie durch die Räume und suchte nach weiteren Hinweisen, doch sie fand nichts. Wenn man von diesem Duft absah, der keineswegs von Weihnachtsgebäck stammte und sich sogar bis in die Werkstatt erstreckte, lediglich der Schlafraum im oberen Stock war verschont geblieben. Sie sah auf die Uhr, gleich zehn, und er war noch immer nicht zurück. Sie zog sich aus, duschte, putzte sich die Zähne und spürte, wie aller Elan wieder von ihr abfiel.

Wo steckte Johannes nur?

Als René am Montagmorgen die Galerie betrat, spürte er sofort, dass etwas nicht stimmte. Etwas lag in der Luft, bis zum Mittag erfuhr er auch, was genau das war. Diese kleine Schlampe versuchte allen Ernstes, ihn zu erpressen, so sah das aus. Wie auch immer, sie musste Wind von seinen Absichten bezüglich Juliane bekommen haben, trotz ihres Spatzenhirns war ihr auch nicht entgangen, wie wichtig es ihm war, seine Familie nicht zu enttäuschen, und so setzte sie ihm quasi mit Schalldämpfer die Pistole auf die Brust, als er ihr zum wiederholten Male auftrug, endlich ihren ebenso süßen wie trägen Popo zu bewegen und auf eine Leiter zu klettern, um die Lichtleisten über den Exponaten ordentlich abzustauben.

Er hatte zu spät geschaltet, als das Haserl sich daraufhin mit ängstlichem Gesicht – eine Mimik, die völlig neu an ihr war und ihn deshalb hätte warnen sollen – zu ihrer ältesten Kollegin verdrückte. Er hatte sich darauf verlassen, dass die ihr Dampf machen würde, doch das Gegenteil war der Fall. Er wollte seinen Ohren nicht trauen, als die Endvierzigerin ihm Schlag zwölf – von zwölf bis zwei war die Galerie geschlossen – mitteilte, dass sie *das* auf gar keinen Fall unterstützen würde.

»Was werden Sie nicht unterstützen, Elke?« In Gedanken war er noch bei Juliane, bei der er ständig nur auf der Mailbox landete. *Die von Ihnen gewünschte Teilnehmerin ist zur Zeit leider nicht bla-bla-bla.*

»Das mit Arabella.«

Er tappte voll in die Falle. »Sie haben meine vollste Unterstützung, sie soll gefälligst ihren süßen Arsch schwenken, wenn sie einen Blumentopf bei mir gewinnen will.«

»Schämen Sie sich nicht, so etwas auch noch zu wiederholen?«

»Wie?« Er legte den Hörer aus der Hand, versuchte einen roten Faden in dieses seltsame Gespräch zu bringen, eindeutig zu spät. Denn schon ging es los, seine gewohnt burschikose Wortwahl wurde ebenso als Beweis genommen wie das Ansinnen, seine jüngste Angestellte möge auf eine Leiter steigen, um ordentlich Staub zu wischen.

»Elke, nun hören Sie aber auf mit dem Blödsinn. Wie soll das Haserl – pardon, Arabella – denn sonst irgendwo drankommen? Sie wollen doch wohl nicht sagen, dass sie sich bei Ihnen beschwert hat, weil ich Wert auf saubere Lichtleisten lege?«

»Sie hat sich leider über etwas beschwert, was ich sehr viel heikler finde.«

»Raus damit, was hat sie gesagt, die kleine Schlampe?«

»Sie hat viel zu viel Angst vor Ihnen, um viel zu sagen, Herr Habermann. Alles, was ich aus ihr herausbekommen habe, ist, dass sie auf gar keinen Fall wieder auf die hohe Leiter steigen will, wenn Sie in der Nähe sind.«

»Interessant, hochinteressant, und was stelle ich bitte schön Böses mit ihr an, wenn sie da hochklimmt und ihren Feudel schwingt? Vor der kompletten Belegschaft und unserer Kundschaft wohlgemerkt.«

»Wenn Sie zwei Meter unter ihr stehen, reicht es schon, wenn Sie hochgucken.«

Ein Wort gab das andere, er verlor die Beherrschung, wurde laut und vielleicht auch unsachlich, zuletzt konnte er sich nicht einmal verkneifen vorzuschlagen, sie möge doch vertretungsweise selbst auf die Scheißleiter klettern: »Bei Ihnen starre ich bestimmt nichts weg, Elke, und falls doch, bleibt ja immer noch genug übrig, gell?« Okay, das wäre nicht nötig gewesen, andererseits dachte er nicht daran, sich in seinem eigenen Laden vorschreiben zu lassen, wohin er guckte und was er sagte. Wer war er denn? Er warf die Frage laut in den Raum und lieferte die Antwort gleich in einem mit. Er hatte einen Namen und das Sagen hier, und wenn ihm eines von diesen Weibern komisch kam, weg damit. Reisende sollte man nicht aufhalten …

Trotzdem war ihm verdammt mulmig, als unmittelbar nach dieser Auseinandersetzung seine Schwester anrief und wissen wollte, ob alles in Ordnung war. Bildete er sich nur ein, dass sie ihre Frage sehr eigentümlich betonte?

»Klar ist alles in Ordnung, bin gerade auf dem Weg zum Lunch mit Juliane, soll dich auch schön von ihr grüßen. Wie wär's, wenn wir heute Abend nochmals miteinander telefonieren? Ungestört, im Moment haben hier die Wände Ohren.« Diese Anspielung konnte er sich nicht verkneifen.

»Bist du wirklich sicher, dass du ungestört, sprich allein bist, wenn du von deiner Privatwohnung aus mit mir redest?«

»Du meinst wegen Juliane?« Ein hektisches Auflachen. »Keine Bange, sie hält dicht, egal was du und ich uns erzählen, zumal sie ja bald zur Familie gehört.«

»Ich rede nicht von Juliane.«

Also doch, diese blöde Kuh hatte es gewagt, ihn bei seiner Schwester anzuschwärzen. Welche von den beiden war's gewesen, die alte oder die junge? Aber vielleicht war's ja auch nur ein

Schuss ins Schwarze gewesen, um ihn ernsthaft bei der Stange zu halten, nach so vielen Jahren wusste sein Schwesterherz leider um eine gewisse Anfälligkeit für weibliche Beutestücke. Dieses Haserl hatte sich ihm förmlich an den Hals geworfen, wenn er gewollt hätte, so hätte sie gestern sogar im Treppenhaus die Beine für ihn breit gemacht. Er hatte nicht gewollt und sie fortgeschickt, genau das nahm sie ihm übel, eine verschmähte Schöne, falls man in diesem Fall wirklich von Schönheit reden wollte. Eine hübsche Eintagsfliege, die sich mausig machen wollte, das traf's besser.

Er begann zu beschwichtigen, abzuwiegeln und zuletzt zu betteln, es war eine durch und durch erniedrigende Rolle, die ihm aufgezwungen wurde.

»Na, hat's geklappt? Wie ist es gelaufen?« Donald alias Dirk hatte in dem schmalen Durchgang von der Galerie zur Mansarde gelauert, um Arabella abzupassen, sie hatten sich hier für die Mittagspause verabredet.

Das Mädel streckte den Daumen in die Luft und grinste breit: »Mein Popo hat ihn geschafft«, fügte sie selbstgefällig hinzu, nachdem sie dem Künstler in seine Bude unterm Dach gefolgt war, wo sie garantiert niemand mehr belauschen würde. Wer Arabella so sah, würde es nicht für möglich halten, dass es sich um dieselbe Person handelte, die eben völlig verängstigt bei einer älteren Kollegin vor ihrem zudringlichen Chef Zuflucht gesucht hatte.

»Dein Popo hat's ja auch in sich, da bricht sich glatt 'ne Mücke im Anflug das Genick dran, so knackig ist der.« Zum Beweis für die Richtigkeit dieser Worte ließ Dirk seine Finger Mücke spielen, er hatte nicht übertrieben, die Botschaft des appetitlichen Körperteils wurde umgehend an sein Tiefparterre weitergeleitet, er hätte nicht übel Lust gehabt, auf der Stelle einen weiteren Test folgen zu lassen, doch er bremste sich. Erst einmal wollte er wissen, ob wirklich alles nach Plan lief.

»Und Aunt Elke hat also mitgespielt und ist auf deine Ich-fühle-mich-belästigt-Masche reingefallen?«

»Logisch, du hättest sie hören sollen, als sie ihm ins Gewissen geredet hat. Einfach köstlich. Und der Anruf bei Renés Schwester – ich hab vier Bonbons auf einmal in den Mund genommen und zusätzlich ein Taschentuch um den Lautsprecher gewickelt, damit sie mich nicht erkennt – hat seine Wirkung auch nicht verfehlt. Er wird jetzt höllisch aufpassen, dass nichts davon an die große Glocke gehängt wird.«

»Und falls doch jemand – beispielsweise einer von uns beiden Hübschen – zu bimmeln beginnt …«

»… wird René blechen«, ergänzte Arabella.

»Und das nicht zu knapp. Er hat mir noch immer keinen Penny von meinem Honorar bezahlt, ich bin restlos pleite. Hast du übrigens an den Cognac gedacht?« Begierig sah er zu, wie sie den Flachmann, den er ihr mitgegeben hatte, aus ihrem Rockbund zog. Betont langsam, sie wusste genau, wie sehr ihn das antörnte. Nacktes Fleisch der Extraklasse, gepaart mit einem nicht minder edlen Tropfen aus der Bar, die René sich in seinem Büro hatte einbauen lassen, um einen guten Kunden oder sich selbst in Stimmung bringen zu können, wann immer ihm danach war. Den Schlüssel trug er stets bei sich. Es sei denn, er ging aufs Klo, dann hängte er sein Sakko an den Haken neben dem Waschbecken im Vorraum. Die Kleine sollte die kurze Spanne zwischen Rauschen der Klospülung und Verlassen der Kabine nutzen, um René auch hinsichtlich seiner Spirituosen zu erleichtern.

»Logisch. Ich weiß doch, wie lange er braucht, um sein Gemächt wieder so zu verpacken, dass sein Seidenhemd keine Falten wirft.«

»Damit hast du bei mir keine Probleme.« Er bewies es ihr, die Mittagspause dauerte bis zwei, er tat sein Bestes, um sie mit Ringen unter den Augen und leicht zitternden Knien an die Arbeit zurückzuschicken. Wetten, dass die brave Elke das ebenfalls ihrem Chef anlastete? *Das arme kleine Haserl!*

Erst unlängst hatte Dirk mitbekommen, wie Elke sich mit Renés Schwester austauschte und versprach, ein Auge auf ihn zu haben. Die Sache begann, ihm immer mehr Spaß zu machen, jetzt war endlich seine Stunde gekommen. Das Blatt wendete sich.

In der Gewissheit, dass im Moment nur der Auftrag von Tonio Pandolfi anstand, hatte Juliane sich am Montagmorgen einfach noch einmal auf die andere Seite gedreht und vor sich hin ge-döst. Eine sehr merkwürdige Erfahrung, im Bett zu liegen und zu verfolgen, wie um sie herum alles in hektische Geschäftigkeit verfiel, und selbst nichts zu spüren als die Wärme ihrer Schlaf-höhle. Ein idealer Ort, um Bilder zu empfangen, die ähnlich diffus wie das durch die schmalen Ritzen der Vorhänge drin-gende Licht in ihrem Schlafzimmer waren. Ziemlich verrückte Bilder, die sie da heimsuchten, das musste sie schon sagen, pas-send zu dem Mann, der sie zum Genuss von paniertem Schnit-zel und zu Bekenntnissen verleitet hatte, die völlig gegen ihre Natur waren. Sie hatte sich gestern wie ein einfältiges junges Ding benommen, das ohne Sinn und Verstand drauflosplap-perte.

An diesem Morgen fühlte sie sich noch immer ein klein wenig wie dieses unvernünftige Ding. Als wiederholt das Standtelefon und wenig später auch ihr Handy klingelte, stritten in ihr so et-was wie schlechtes Gewissen und der Gedanke *Ihr-könnt-mich-alle-mal*, auch dies ein Beweis dafür, dass sie ziemlich von der Rolle war.

Als sie sich kurz nach zehn aus dem Bett bequemt, geduscht und in Ruhe gefrühstückt hatte, begann sie endlich, Anrufbeantwor-ter und Mailbox abzuhören, die Nachrichten überschlugen sich. Am häufigsten hatte René angerufen, er wollte sich mit ihr zum Lunch verabreden, seine Stimme klang zuerst charmant, dann geheimnisvoll, schließlich drängend und zuletzt fast verzweifelt, offenbar ertrug er es nur schwer, wenn eine Frau ihn zappeln ließ. Keine schlechte Taktik, wie sie aus Erfahrung wusste, au-ßerdem hatte sie im Moment anderes zu tun, als sich mit René den Blick auf die Salatbar im *Adelmann* zu teilen. Garantiert eine Anspielung auf den Auftrag, den er ihr zugeschanzt hatte. Klei-ne Anmahnung zur großen Dankbarkeit!

Ein Gedanke, der sich ihr aufdrängte und rasch wieder in den Hintergrund trat, als sie neben jenen Infos, um die sie hinsichtlich des Auftrags für den italienischen Diplomaten gebeten hatte, auch noch eine Message bezüglich ihres erkrankten Malermeisters mit Hang zum Höheren empfing. Der Mann war wider Erwarten schon gesundet und drängte auf einen kurzfristigen Termin, das warf all ihre Pläne über den Haufen. Nun hatte sie doch wieder zwei Aufträge gleichzeitig am Hals und musste sich dranhalten.

Sie beschloss, das Kontaktgespräch mit dem Maler vorzuziehen, weil dabei möglicherweise sogar Tipps für die Gestaltung der Wände im zukünftigen Domizil ihres Italieners abfallen mochten. Eine Hand wusch die andere. Kurzer Rückruf, dann ein kaum weniger rascher Kleiderwechsel, über exklusive Wohnkultur nach Maß konnte sie schlecht in den Jeans vom Vortag verhandeln. Es passte ohnehin nicht zu ihr, unter der Woche Freizeitkleidung zu tragen. Gestiefelt und gespornt trat sie wenig später einem Mann gegenüber, dem man sehr viel eher das Führen eines Fiedelbogens denn eines Malerpinsels zutraute, er wirkte von Kopf bis Fuß ausgesprochen fein, was sich leider nicht von der Gegend sagen ließ, in der sich sein Betrieb befand. Der Gegensatz der hier vorgestellten Gipsprofile, Marmorierungen, Stuckarbeiten und Illusionsmalereien zu uniformen Reihenhäusern, denen jeweils einem Brutkasten gleich ein Wintergarten – quadratisch, praktisch, scheußlich – vor die Fassade gepackt worden war, konnte kaum größer sein.

Wie sag ich's meinem Kunden?, überlegte Juliane und fragte sich, wie ein Mensch, der zu solchen Höchstleistungen fähig war, sich ausgerechnet hier mit seiner Ausstellung ansiedeln konnte. Es war mehr als unwahrscheinlich, dass er bei den Brutkastenbesitzern auch nur einen einzigen Auftrag ergatterte.

»Ihre Ausstellung ist nicht weniger beeindruckend als das Konzept, das Sie mir vorab zugeschickt haben«, begann sie vorsichtig am Ende des Rundgangs.

»Danke, meine Arbeit findet auch immer wieder lobende Erwähnung in Architektur- und anderen Fachzeitschriften, meine innovativen Ideen und Methoden werden dort über den grünen Klee gelobt, trotzdem habe ich nach der Umstellung meines Betriebs eher weniger als mehr Aufträge. Mir bleiben buchstäblich die Kunden weg, und jene, von denen ich annehme, dass sie für meine Dienste am ehesten Verwendung hätten, suchen mich gar nicht erst auf.«

Juliane nickte, sie sagte absichtlich noch nichts, weil es sich in aller Regel als vorteilhaft erwies, wenn man einen neuen Auftraggeber zunächst einmal frisch von der Leber weg reden ließ. Waren die ersten Statements gewöhnlich noch sauber zurechtgelegt, so entwickelten sich mit jedem weiteren Wort Emotionen, die oft sehr viel aufschlussreicher waren.

Wie erhofft fuhr ihr Gegenüber nach einer kurzen Pause zu reden fort.

»Nun, ich hoffe, dass Sie mir aus der Patsche helfen können, bevor meine Bank mir ernsthaft Schwierigkeiten macht. Mein Bekannter, der Sie mir empfohlen hat, meinte, dass Sie oft mit vergleichsweise geringen Mitteln die richtigen Akzente setzen. Die Pinguine, die Sie ihm als Werbeträger empfohlen haben, sind wirklich stark, jetzt bleibt jeder vor seinem Schaufenster stehen. Vor allem, weil die Viecher sich auch noch bewegen. Vielleicht sollte ich mit laufenden Tapezierrollen auf mich aufmerksam machen, was meinen Sie?«

Es war für Juliane offenkundig, dass besonders die letzten Worte mit Galgenhumor gespickt waren. Ebenso klar war, dass man eine pfiffige Idee nicht einfach übertragen konnte, an erster Stelle musste immer die Ursache des jeweiligen Missstandes erforscht werden.

»Vielleicht verraten Sie mir erst einmal, warum Sie sich ausgerechnet in diesem Viertel niedergelassen haben?«

»Ganz einfach, weil ich hier geboren bin und keinen Pfennig Miete zahlen muss, hier hat schon mein Vater als Tapezierer angefangen, mittlerweile hat er sich zur Ruhe gesetzt.«

»Es könnte sein, dass der Standort das Grundübel ist. Die Klientel, für die Sie zweifelsfrei der richtige Mann sind, hat es nun mal nicht mit Wohnen von der Stange, und wer von denen Ihre

Ausstellung ansteuert, könnte im Vorfeld leicht den Eindruck bekommen, dass Sie nicht exklusiv genug sind.«

»Aber wer wie Sie hier eintritt, der sieht doch auf den ersten Blick, dass ich nur Handwerksarbeiten in höchster Perfektion und Exklusivität anbiete. Schauen Sie sich um, entdecken Sie irgendetwas von der Stange, wie Sie es auszudrücken belieben?«

»Nein, aber Sie bezahlen mich ja auch dafür, dass ich hereinkomme. Ihre Kunden hingegen sollen selbst in die Tasche greifen, und damit sie das tun, müssen Sie sie vorab umwerben, teure Anzeigen allein nützen da gar nichts. Gute Werbung speziell für den häuslichen Bereich bedient nun einmal vorrangig die Gefühlsebene, schafft ein Gefühl von Harmonie. *Hier fühle ich mich wohl* oder *Hier könnte ich mich wohl fühlen,* die wenigsten werden bereit sein, sauber zwischen dem, was Sie selbst anbieten, und dem, was die Nachbarschaft zusteuert, zu unterscheiden. Sogar wenn jemand den ersten Schritt gemacht hat und sich von dieser Ausstellung und Ihrem Know-how begeistern lässt, wird sein positiver Eindruck beim Gehen doch wieder durch Dinge getrübt, die er ablehnt.«

»Selbst wenn es so ist, wie Sie sagen, und es spricht einiges dafür, kann ich mir im Moment wirklich nicht noch die Miete für Geschäftsräume in einem Nobelviertel leisten.«

»Vielleicht doch, es wäre ein reines Rechenexempel. Angenommen, Sie vermieten dieses Haus und nutzen das Geld, um sich selbst etwas Repräsentatives zu mieten. Am besten in einer guten Lauflage mit Tiefgarage oder Parkhaus in der Nähe, das ist hier nämlich ebenfalls ein Problem. Ich bin bestimmt eine Viertelstunde gekreist, ehe ich einen Parkplatz gefunden habe.«

»Ihr Vorschlag hört sich ziemlich unbezahlbar an. Außerdem bezweifle ich, dass man in einer noblen Wohngegend Wert auf das Kreischen meiner Motorsäge oder den Geruch von Lackfarbe legt.«

»Ihre Werkstatt könnten Sie ja durchaus behalten, sie ist ohnehin in einem separaten Anbau, das dürfte machbar sein. Sie müssten lediglich mit der Ausstellung umziehen, die Öffnungszeiten könnten radikal gekürzt werden, oder aber Sie machen alle Termine nur noch mit Voranmeldung, bei einer gewissen Klientel ist das ohnehin Usus. Es könnte sogar sein, dass ich da schon etwas für Sie hätte, die Verkehrsanbindung ist gut, mit dem Auto sind Sie in gut zehn Minuten dort. Ein wunderschönes denkmalgeschütztes Haus, in dem Ihr *Stucco veneziano* phantastisch zur Geltung käme. Ich wollte Sie ohnehin fragen, ob Sie mich nicht dorthin begleiten wollen, weil ich dort drei Etagen sowie das Dachgeschoss für einen italienischen Diplomaten und seine Familie gestalten soll. Dabei habe ich praktisch freie Hand, die Substanz ist bestens, bestimmt wissen Sie viel besser als ich, wie man diese leicht angestaubte Schönheit wieder voll zum Leuchten bringen könnte. Und eine Etage im ersten Stock wird kurzfristig frei, wie mir die Besitzerin – ebenfalls eine Kundin – mitteilte.«

Der Meister wirkte noch nicht restlos überzeugt. Ihm war anzumerken, dass er insgeheim der Kalkulation von Juliane misstraute, obwohl er ihre Einschätzung der Lage grundsätzlich bejahte. Er war beileibe kein dummer Mann, aber eben ein Mann, dem es widerstrebte, sich von einer Frau bei mehr als nur der Auswahl eines Eyecatchers fürs Schaufenster oder die eigene Nase an die Hand nehmen zu lassen. Das merkte sie ihm deutlich an, wahrlich keine neue Erfahrung. Viele der Männer, die ihren Rat suchten, schlugen zunächst einmal Haken, womöglich um das Gesicht zu wahren. Ihr sollte es nur recht sein.

Johannes vermied jeden Kommentar zu Karins Ordnungswut, andernfalls wäre ihm womöglich die Hutschnur geplatzt. Nicht ganz fair vielleicht, aber was war schon fair? Er hatte einfach keine Lust mehr, jedes Wort auf die Goldwaage zu legen und sich Gedanken über Krümel auf dem guten Teppich zu machen, wenn es auf der Welt so viel Wichtigeres gab. Lachen war wichtig, das befreiende Gefühl, wenn man mit einem Flugdrachen um die Wette lief und von klirrender Kälte in wohlige Wärme tauchte und beim Anblick eines kross gebratenen Schnitzels dachte *Ob es ihr wohl schmeckt?* und aus heiterem Himmel sagte, man würde auf der Stelle in den Rhein springen, wenn sie es verlangte. Er hätte es getan, trotz Minustemperaturen, er hätte gestern Abend alles Mögliche tun mögen.

Der Schock bei seiner späten Heimkehr hätte nicht größer sein können.

Er war auf Ärger gefasst gewesen, weil er das Kaffeegeschirr stehen gelassen hatte, auf Fragen und vielleicht sogar Tränen, in jüngster Zeit hatte Karin mehrmals für ihn völlig unmotiviert zu weinen begonnen und nicht einmal selbst einen Grund dafür zu nennen gewusst, er hatte es ganz allgemein ihrer Erschöpfung angelastet. Wie gesagt, auf etwas in dieser Richtung war er gefasst gewesen, nicht aber auf die Beseitigung aller Spuren.

Es waren seine Spuren, verdammt. Es war auch sein Haus. Wenn er es nicht schaffte, vor Karins Heimkehr klar Schiff zu machen, dann räumte er eben hinterher auf. Er, nicht sie. Er empfand es als Anmaßung, wie seine Frau das Esszimmer wortlos in jenen sterilen Raum zurückverwandelt hatte, der er vor Julianes Besuch gewesen war.

Die Tasse mit dem Abdruck ihres Lippenstifts war ebenso verschwunden wie der Teller mit dem angebissenen Plätzchen. Juliane hatte es lediglich gekostet. *Lecker, aber ich stehe nun mal nicht sonderlich auf Süßes.* Er hatte sich ausgemalt, wie er heimkäme und das Plätzchen aufäße, solcherart indirekt ihre Lippen kostete und zum Kuss weiterspänne, auch das hatte Karin vereitelt. Und als der Wecker am nächsten Morgen schrillte, sah sie ihn an, als ob er ein Kapitalverbrechen begangen hätte.

Er war versucht, ihr zu sagen, dass jede einem großen Gefühl entspringende Tat ihm lieber war als dieses Lamentieren über Peanuts, stumm nun, quasi erstarrt. Er bezwang sich, klemmte sich frische Wäsche unter den Arm und steuerte die Treppe an. Er hatte soeben beschlossen, die Gästedusche im Erdgeschoss zu benutzen, rasieren konnte er sich dort auch. Der irritierte Blick, mit dem Karin ihn wenig später in der Küche empfing, tat ihm fast wohl, auch das völlig entgegen seiner gewohnten Natur. Er empfand es als gerechte Strafe für ein in den Mülleimer geworfenes Plätzchen und eine Tasse, die sie von Hand gespült haben musste, weil im Geschirrspüler nur noch eine von den guten Kaf-

feetassen gestanden hatte, diese ohne jeglichen roten Abdruck.
»Frühstückst du nicht?«, fragte Karin, selbst ihre Stimme war nun völlig ohne jede Farbe.
»Ich habe keinen Appetit.« Er rechnete mit einem anzüglichen Kommentar, doch dieser blieb aus. Ein Schluck Kaffee im Stehen und schon im Hinausgehen begriffen: »Ich bin übrigens heute Mittag nicht zum Essen da.«
»Bist du krank?«
»Nein, so kann man das nicht sagen.«
»Du bist anders. Du …«
Er rechnete damit, dass sie ihm jetzt den gestrigen Besuch vorhalten und nachbohren würde, er wappnete sich, doch nichts dergleichen passierte. Stattdessen teilte sie ihm mit, dass sie am Vortag eine Panne gehabt hatte.
»Ich denke, du hast dir vom ADAC helfen lassen.« Es interessierte ihn nicht wirklich, zumal sie ja offensichtlich wieder flottgemacht worden war.
»Nein, ich war mir nicht sicher, ob wir überhaupt … ich habe versucht, dich zu erreichen … kurz nach drei war das.«
»Ich war nicht da.«
»Ja«, sagte sie, und er hörte die Frage heraus, wo er gewesen war. Er würde es ihr nicht sagen, weil es nichts brachte. Nie im Leben würde sie verstehen, warum ein Mann von vierundvierzig Jahren Drachen zum Himmel steigen ließ und dabei alles verlor, was ihn im Lauf der Jahre schwer gemacht hatte. Lauter überflüssiger Ballast, das begann bei seinem Speck und endete in den Ritualen dieser Ehe, die nicht wirklich eine Ehe war. Nur noch Rituale, dachte er, sinnentleert und zunehmend lieblos. Wenn er so weitermachte, verwandelte er sich aus einem fühlenden Menschen in einen Eiszapfen. Eiszapfen. Eisscholle.
Dann kämen Sie allenfalls als Eisscholle an …
Seine Mundwinkel zuckten, seine Unterlippe fühlte sich prall und feucht an, so als ob jemand ihm just in dieser Sekunde einen lebensrettenden Kuss gegeben hätte, der ihn auftaute. Unwillkürlich wurde aus seinem Lächeln ein Lachen, satt und voll, es klang ihm angenehm in den Ohren.

»Was ist mit dir? Du bist doch krank!«

Er kehrte in die Gegenwart zurück, sah Karin an, die noch blasser als sonst wirkte, ihre Hände krampften sich um die weiße Kaffeetasse, der man nicht ansah, dass sie daraus getrunken hatte. Kein Fitzel rote Farbe, keine braune Spur von zu hastigem Abtrinken, Karin trank immer erst, wenn der Kaffee hinreichend abgekühlt war, und dann tat sie es in sauber bemessenen Schlucken. Alles an ihr war so unglaublich adrett und freudlos.

»Weil ich lache? Bin ich nach deiner Philosophie krank, nur weil ich lache?«, fragte er laut.

»Nein, natürlich kannst du lachen, soviel du willst. Es ist nur so ungewöhnlich, dass jemand am frühen Morgen ohne jeden ersichtlichen Grund loslacht.«

»Verstehe, man muss einen Grund zum Lachen haben, einen richtigen Grund, und zur Tageszeit muss er auch passen.« Seine Worte waren zynisch und verletzten sie, das blieb ihm nicht verborgen, es war nicht seine Art, sie zu verletzen, er wollte es nicht und wollte es doch, alles in ihm schrie nach einem Schnitt, der ihn loslöste wie diese Flugkörper, die sie gestern hatten steigen lassen. Hoch, immer höher und leichter, scheinbar grundlos. »Es tut mir Leid«, fügte er hinzu, ging rasch hinaus und drückte die Tür ganz leise hinter sich ins Schloss. Sie da drinnen, er hier draußen, er atmete tief durch und ging weiter in die Werkstatt, wo ihn schon Philipp erwartete.

Die Schultern des jungen Mannes ruckten an die Ohren hoch, der Rücken krümmte sich noch mehr als sonst, die Augen wichen aus, als er »Guten Morgen« sagte, die Stimme flach bis auf ein nervöses Hüsteln. Seltsamerweise bekam sie ebenso wie dieses bleiche Gesicht Farbe, als wenig später Karin den Raum betrat. Der spillerige Mann hüpfte wie ein Titschball auf sie zu, um ihr die Post abzunehmen. Wirklich ein komischer Vogel, dachte Johannes mit einem Anflug von Mitleid.

Er überlegte, wie er ein neues Treffen mit Juliane arrangieren konnte.

Wie aus heiterem Himmel

Juliane war mit dem Malermeister – an dieser Berufsbezeichnung musste sie ebenfalls noch stricken – in die City gefahren,
insgesamt vier Stunden lang hatten sie das wunderschöne alte
Haus in doppelter Mission begangen und sowohl für den italienischen Diplomaten als auch für Meister Piersch die optimale
Lösung gefunden, zumindest hoffte sie das. Die Beine taten ihr
vom vielen Treppauf- und Treppablaufen weh, in ihrem Kopf
schwirrten Muster diverser Wischtechniken und Verschalungen,
und als das geklärt war, rückte gleich als Nächstes ihr Elektriker
an, um mit ihr zusammen abzuklären, wie und wo man möglichst wirksam indirektes Licht platzieren konnte.

Ihr schwebten hinter den Stuckleisten versteckte Punktstrahler
und mit Panzerglas verschalte Lichtkanäle an jenen Stellen vor,
wo der Boden ohnehin tiefer gehend restauriert werden musste,
das Wechselspiel von Licht und Schatten würde den hohen Räumen zusätzliche Spannung verleihen. Sie gab keine Ruhe, bis
der Lichtspezialist alles sauber aufgelistet hatte, was zu bestellen
war, oft wartete man bei ausgefallenen Leuchtmitteln und Schal-
tersystemen wochenlang auf die Lieferung, und sie wollte auf
keinen Fall riskieren, dass die Familie Pandolfi pünktlich zum
Jahreswechsel anrückte und im Dunkeln stand.

Natürlich kam es nicht unbedingt auf einen Tag an, doch dieses
Wissen hielt sie nicht davon ab, an diesem Montag, der so ge-
mächlich angefangen hatte, das Tempo zu forcieren. Vielleicht
eine unbewusste Reaktion auf ihre vorangegangene Faulheit,
eine Art Wiedergutmachung, sie kam nicht dazu, dieser Frage
nachzugehen. Was ihr ganz lieb war, sie wollte möglichst rasch
von jenen kuscheligen Bildern loskommen, die sie heute Morgen ans Bett gefesselt hatten.

»So, Frau Oberle, das wär's dann wohl.« Der Elektriker reichte
ihr die Hand, sie ergriff sie, ihr Armband klimperte, das tat es
normalerweise nicht. Ihre Hand nebst Unterarm vibrierte wie
nach einem Stromschlag. Seltsam.

»Ja, das wär's für heute«, erwiderte sie und zog rasch ihre Hand zurück.

»Vielleicht sollten Sie sich auch mal eine Verschnaufpause gönnen, Frau Oberle, wenn ich mir die Bemerkung erlauben darf. Sie sehen so aus, als ob Sie jeden Augenblick aus den Pantinen kippen könnten.«

»Keine Bange, das tue ich ganz bestimmt nicht. Alles, was mir fehlt, ist ein Happen zu essen.«

»Ich hätte noch einen Müsliriegel und eine Dose Cola.«

»Nein, nein, das ist wahnsinnig lieb von Ihnen, aber ich mache sowieso gleich Schluss und esse dann richtig, mir ist nach etwas Herzhaftem.« Das stimmte, noch während sie sprach, spürte sie Heißhunger in sich aufsteigen, es wurde wirklich höchste Zeit, dass sie etwas in den Magen bekam.

Ein letzter Rundgang, um zu überprüfen, ob auch alle Fenster geschlossen waren, dann schlüpfte sie in ihren Mantel und griff nach ihrer großen Umhängetasche, sie hatte sich soeben für *Jans Bistro* entschieden, dorthin konnte sie bequem zu Fuß laufen. Fürs *Adelmann* galt das zwar auch, aber dort tauchte dann womöglich René auf, und sie hatte heute einfach keinen Nerv mehr für derlei. Sie war schon im Treppenhaus angekommen, als ihr Handy anschlug. Automatisch holte sie es heraus, seufzte gottergeben – und steckte es zurück. Für heute hatte sie ihr Soll erfüllt, egal wer es war, er mochte auf die Mailbox sprechen. Der Gedanke an einen bissfesten Seeteufel zu selbst gemachten Bandnudeln oder an etwas ähnlich Köstliches ließ sie schneller gehen, schon beim Eintreten in das mit wenigen Hilfsmitteln freundlich gestaltete Lokal fühlte sie sich wohler.

Jan begrüßte sie wie eine verlorene Tochter und brachte ihr auch nicht erst umständlich eine Karte, sondern servierte ihr, kaum dass sie an ihrem Lieblingstisch Platz genommen hatte, ein Glas eiskalten Champagner und dazu Brot, Schmalz, Kräuterquark, eingelegte Zwiebeln und Oliven. »Sie sehen aus, als ob Sie es gebrauchen könnten«, sagte er, »wenn es Ihnen recht ist, stelle ich Ihnen gleich etwas Leckeres für den Hauptgang zusammen.« Juliane nickte, nahm einen kräftigen Schluck und begann, sich zu entspannen. Sie würde schlemmen, manchmal musste das einfach sein. Heute. Jetzt. Ihr Pflichtbewusstsein veranlasste sie, trotzdem noch rasch ihre Mailbox abzuhören, schließlich konnte man ja nie wissen. Der Anruf kam aus der Seniorenresidenz, in der ihre Mutter wohnte, es war die Stimme der Hausdame, die hörbar aufgeregt um Rückruf bat. Gottergeben tippte Juliane die Nummer der Zentrale ein, die ihr in Fleisch und Blut übergegangen war. Fünf Minuten später stieg sie in ein Taxi. Kein Gedanke mehr an ein gemütliches Essen, ihre Anwesenheit wurde umgehend gewünscht, genauso hatte die zwar stets leicht reservierte, sonst aber nichtsdestotrotz sehr zuvorkommende Leiterin der noblen Anlage sich eben ausgedrückt. *Nein, Ihrer Mutter ist nichts passiert, Frau Oberle, aber Sie sollten trotzdem sofort herkommen. Es ist nichts, worüber man am Telefon sprechen kann.*

Die Fahrt hinaus nach Gladbach beanspruchte eine Dreiviertelstunde, der Taxifahrer fühlte sich bemüßigt, den Alleinunterhalter zu mimen und langatmig zu erklären, warum er diese Seitenstraße und jene Umgehung benutzte und welchen Einfluss demnächst vier Weihnachtsmärkte allein im Zentrum auf den Verkehrsfluss haben würden: »Eine Katastrophe, dann ist Köln zu, erst recht, wenn die Busladungen aus Holland und England anrollen.«

Wie betäubt von ihrer inneren Unruhe ließ Juliane das Gerede an sich vorbeirauschen und sehnte das Ende der Fahrt herbei. Doch kaum waren sie angekommen, wünschte sie sich das genaue Gegenteil. Sie hatte Angst, es könnte etwas wirklich Schlimmes passiert sein. Die Tatsache, dass sie keinen blanken Schimmer hatte, was das sein könnte, machte alles nur noch ärger.

Bildete sie es sich lediglich ein, dass die Begrüßung des Pförtners heute deutlich kühler ausfiel? In jedem Fall war er bereits darüber instruiert, dass seine Chefin Juliane erwartete. Auf dem Weg zu deren Büro begegnete sie zwei Pflegerinnen, die sie gut kannte und die wie auf ein geheimes Kommando wegsahen. Die Sache wurde wirklich immer mysteriöser.

»Bitte nehmen Sie Platz, Frau Oberle.« Die Hausdame zeigte auf einen von zwei zierlichen Sesseln, die für einen kleinwüchsigen Menschen bequem und für jemanden von Julianes Größe schon unter günstigeren Umständen eine Tortur waren. Sie kam sich vor wie eine unartige Schülerin, als sie dort saß und zu der Hausdame hochsah.

»Könnten Sie mir jetzt bitte endlich sagen, was passiert ist, Frau von Eschfeld?«

»Nun, das ist wirklich eine sehr heikle Geschichte, ich weiß kaum, wo ich beginnen soll. So etwas hat es in den bald zwanzig Jahren, die ich hier tätig bin, noch nicht gegeben, und von Ihrer Frau Mutter hätte ich das offen gestanden am wenigsten erwartet.«

»Was hätten Sie von ihr am wenigsten erwartet?«

»Dass sie einen Hund stiehlt. Die Hölle war los, es hätte nicht viel gefehlt, und die bestohlene Familie hätte die Polizei alarmiert. Stellen Sie sich das vor, diese Schlagzeile am nächsten Morgen, wir wären völlig in Misskredit geraten, ich habe mit Engelszungen geredet und hoffe, dass die Herrschaften es sich nicht doch noch anders überlegen.«

»Sie müssen sich irren.« Juliane entspannte sich, denn wenn sie eines wusste, dann, dass ihre Mutter Hunde hasste und nie im Leben ein Eigentumsdelikt beginge.

»Leider irre ich mich nicht. Das Corpus Delicti wurde im Bett Ihrer Frau Mutter sichergestellt, sie hat bis zuletzt geleugnet und wollte der Schwester weismachen, das Fiepen unter der Decke wäre ihr eigener Husten. Es handelte sich aber um genau jenen Welpen, den die Enkelin der Dame aus Apartment vierzehn mitgebracht und an der Brüstung der Terrasse vor der Bibliothek festgebunden hat. Wie Sie wissen, dulden wir keine Haustiere, zunächst haben wir angenommen, das Tier habe sich aus eigener Kraft losgerissen und stromere im Haus umher. Auf der Suche nach ihm haben wir sicherheitshalber auch in allen Zimmern und Wohnungen nachgefragt. Ihre Mutter hat uns gleich an der Tür abgewehrt, wer sollte auch auf die Idee kommen, dass ausgerechnet sie einem kleinen Mädchen seinen Hund entwendet? Wenn Schwester Susanne nicht beim Austeilen der Medikamente für die Nacht misstrauisch geworden wäre, würden wir wohl noch immer im Dunkeln tappen oder bereits Besuch von der Polizei haben.«

»Ich möchte zunächst mit meiner Mutter reden.«

»Das dürfte schwierig werden, wir mussten sie ruhig stellen. Sie war völlig außer sich, als wir ihr das Tier abgenommen haben. Sie bestand darauf, dass so junge Hunde warm gehalten werden müssen, weil sie sonst eine Nierenbeckenentzündung bekommen und sterben. Ich habe mich von ihr als Tierquälerin bezeichnen lassen müssen. Sie hat behauptet, ich wäre schuld, wenn *Ali Baba* jetzt stürbe. Vielleicht wäre es am besten, wenn wir einen Psychiater hinzuziehen, auch für den Fall, dass doch noch Strafanzeige erstattet wird. Wenn ich es mir recht überlege, deutet wirklich alles auf eine massive geistige Verwirrung hin. Bei dem Welpen handelte es sich übrigens eindeutig um eine Hündin, wie sie auf *Ali Baba* kommt, wissen die Götter.«

Ali Baba? Name mit Echohall, das Echo stülpte sich über Juliane, zog an ihr, einer Saugglocke gleich, sie hakte die Fingerspitzen ineinander, Halt suchend.

»Sie hat wirklich Ali Baba gesagt?«, fragte sie matt.

»Natürlich, wenn ich es Ihnen doch sage, solch einen Namen denkt sich doch niemand aus. *Jetzt ist Ali Baba wieder warm,* hat Ihre Mutter ganz stolz gesagt, immer wieder: *Jetzt ist Ali Baba wieder warm.* Wir hatten Mühe, ihr das Hündchen zu entwinden, vor lauter Aufregung hat es auch noch uriniert, aber nicht einmal das hat Ihre Mutter zur Vernunft gebracht, dabei ist sie sonst doch so etepetete. Es war wirklich fürchterlich, der reinste Albtraum, und wenn ich mir vorstelle, so etwas könnte sich wiederholen ...«

Wiederholenwiederholenwiederholen, dröhnte es in Julianes Ohren, in Ermangelung eines Tischs stützte sie beide Ellbogen auf die Knie und ihr Kinn auf die Handmulden, schon wieder klirrte das Armband, zierliche Kettenglieder aus Weißgold und Gelbgold, dieses weiß-gelbe Schaukeln machte sie so unglaublich benommen, zog sie nach rechts und nach links und endlich in einen Strudel, der nach unten führte, direkt auf den kaukasischen Wirkteppich mit lauter symmetrisch angeordneten Sternen und Achtecken zu. »Ich glaube, mir wird übel«, hörte sie sich noch sagen, dann erlosch alles in einem Flimmern, an dessen Ende ein dunkles Loch lauerte.

Das Nächste, was sie wieder mitbekam, waren etliche helle Masken mit dunklen Löchern hoch über sich. Die Löcher bewegten sich, es wäre ihr lieber gewesen, sie täten das nicht, vor und zurück, hin und her, instinktiv kniff sie die Augenlider zusammen. Die Antwort darauf waren zwei Klapse ins Gesicht. Nicht sehr fest, aber immerhin, in ihr rebellierte es, doch sie war zu schwach, um sich zu wehren.

»Müde«, murmelte sie.

»Sehen Sie mich an, Frau Oberle! Nein, Sie dürfen jetzt nicht schlafen! Bitte machen Sie die Augen auf.«

Mühsam, mein Gott, war das anstrengend. Und wofür all die Mühe? Um eine von diesen Masken anzuschauen, die nun immer näher auf sie zu rückte, so nah, dass sie ihr vage bekannt vorkam, dazu der weiße Kittel …

»Wer sind Sie?«, fragte sie, ihr Hals war wie ausgedörrt, eine Welle von Übelkeit erfasste sie, hoffentlich musste sie sich nicht erbrechen.

»Ich bin der Arzt Ihrer Mutter, erinnern Sie sich nicht?«

»Meine Mutter mag keine Hunde.« Sie wusste es ganz genau, trotzdem war da etwas gewesen, etwas war passiert, etwas, das die jahrzehntelangen Vorlieben und Abneigungen ihrer Mutter auf den Kopf stellte …

»Wie viele Finger sind das?« Vier für ihren Geschmack zu knubbelige Finger ragten nun unmittelbar vor ihr auf, wenn dieser Mensch nicht aufpasste, stach er ihr noch ein Auge aus. Was sollte der Blödsinn?

»Wissen Sie das nicht selbst?«, fragte sie zurück. Ihr war sterbenselend, sie war nicht gewillt, sich auf irgendwelche psychologischen Spielchen einzulassen.

»Ich möchte es von Ihnen wissen, Frau Oberle. Sie haben gerade im Büro von Frau von Eschfeld kollabiert. Wissen Sie noch, wer Frau von Eschfeld ist?« Eindringlich, geradezu penetrant, so als ob sie nicht nur kurz ohnmächtig geworden wäre, sondern ernsthaft einen an der Waffel hätte.

»Natürlich weiß ich, wer Frau von … könnten Sie mir vielleicht einen Eimer besorgen?«

»Einen Eimer?«

»Es könnte sein, dass ich sonst … mir ist schon wieder übel … mein Gott, ist mir übel.«

Etwas aus braunem Leder rückte auf sie zu, die mit vielen Ringen geschmückten Hände gehörten zu der Heimleiterin, vermutlich handelte es sich auch um ihren Papierkorb, selbst einer aus Leder war eher zu ersetzen als der echte *Soumak* aus dem Kaukasus, auf dem Juliane lag. Diese schreckliche Übelkeit und die Benommenheit hinderten sie keineswegs daran, derlei zu denken, es war schon mehr als paradox, in solch einer Situation eine Art Kostenabwägung vorzunehmen. Da war noch etwas gewesen, etwas, das viel wichtiger war … vor ihrer Ohnmacht … als junges Mädchen war sie regelmäßig umgekippt … warum machten die bloß solch ein Aufsehen?

»Hatten Sie das schon öfter, Frau Oberle?«

Sie nickte, gleich hatte sie es wieder, es hatte mit einem Hund zu tun gehabt.

»Sind Sie deswegen in ärztlicher Behandlung? Wer ist Ihr behandelnder Hausarzt? Haben Sie noch andere Symptome? Ist in jüngster Zeit ein EKG gemacht worden?« Fragen, lauter Fragen, die auf sie hinunterprasselten, während gleichzeitig ihre Beine in die Luft gehalten wurden. Halt, stopp, sie trug einen ohnehin reichlich kurzen Rock, in dieser Position musste man ihr bis zu den Mandeln hochsehen können.

»Würden Sie bitte endlich meine Beine loslassen?«, forderte sie so würdevoll, wie ihr das unter den gegebenen Umständen nur möglich war. Die Reaktion war gleich null, dieser Mediziner teilte ihr mit, dass mit so etwas – offenbar meinte er nicht das Panorama ihrer Beinlandschaft – nicht zu spaßen sei, zumal wenn sie derlei öfter habe. Er wollte wissen, ob sie darüber hinaus Schmerzen in der Herzgegend verspüre.

»Alles, was mir kriminell wehtut, ist mein Rücken.«

»Sehr bedenklich, es ist nicht ungewöhnlich, dass Herzschmerzen in den Rücken ausstrahlen, dann kommen wir um eine Einweisung ins Krankenhaus wirklich nicht herum.« Befehle schwirrten, Hektik brach aus, niemand kümmerte sich mehr um Julianes Protest, ihre Beine wurden weiter hochgestemmt, folglich könnte sie nicht einmal abhauen, wenn sie es schaffte, sich ohne fremde Hilfe aufzurappeln, und der Druck auf ihre Wirbelsäule nahm zu. Was immer das war, was unter ihr lag, es bohrte sich tief in ihren Rücken. Hoffentlich kein Messer, dachte sie, bevor eine neue Welle von Übelkeit über sie hinwegschwappte. Diesmal kam der teure Papierkorb zum Einsatz, aber das Erbrechen verschaffte ihr keinerlei Erleichterung, ihr leerer Magen sonderte lediglich eine gallebittere Flüssigkeit ab. War das widerlich. Und peinlich. Sie schloss die Augen und stöhnte und wünschte sich weit weg.

»Der Rettungswagen ist gleich da.«

Das schreckte sie auf, die meinten es ernst, die wollten sie tatsächlich mit Martinshorn ins Krankenhaus verfrachten. »Ich will …«, weiter kam sie nicht.

»Sie möchten jemanden benachrichtigen, der Ihnen das Nötigste bringt? Sie müssen bei Verdacht auf Herzinfarkt mindestens mit einer Nacht auf der Intensivstation rechnen, so gesehen genügen fürs Erste …«

»Haben Sie wirklich Intensivstation gesagt?« Verrückt, total verrückt, aber wenn sie jetzt ihrerseits einen Abtransport ihrer Peiniger ins Irrenhaus verlangte, rasteten die vielleicht erst recht aus. »Ich möchte auf der Stelle mein Handy haben.« Sie würde ihre Freundin Renate zu Hilfe rufen. Wer wie sie Tag für Tag vier Kinder und obendrein einen Musiker und eine wechselnde Menagerie von Haustieren bändigte, kam auch mit dem Heimarzt klar. Unverkennbar ein Mediziner, der keinen Widerspruch gewohnt war, das lag bestimmt an seiner Klientel. Aber sie, Juliane, war weder altersschwach noch debil. Sie stemmte beide Hände auf den Boden und versuchte, sich abzudrücken.

Der Gegendruck war stärker. »Sie sollten sich jetzt nicht bewegen. Den Anruf erledigen wir für Sie, sagen Sie uns nur die Nummer.«

»Im Handy gespeichert«, das letzte Wort dröhnte laut, was an der Metallschüssel lag, die man ihr mittlerweile als Ersatz für den Papierkorb besorgt hatte. Das Metall reflektierte das Licht, spiegelte die Gesichter ringsum, verzerrte die Proportionen und schickte Juliane in eine zweite Ohnmacht.

Mickymaus als Wandschmuck schien zu boomen, René Habermann wollte schon wieder ein Dutzend jener Rahmen haben, die Johannes kreiert hatte. Mittlerweile hing es Johannes jedoch zum Hals hinaus, von morgens bis abends stilisierte Golddukaten herzustellen und zu verleimen, das hatte nichts mehr mit kreativer Arbeit zu tun, sondern grenzte an Fließbandarbeit. Wie viel Spaß hatte dagegen die Produktion jener beiden Flugkörper gemacht.

»Teilen Sie Herrn Habermann bitte mit, dass ich diese Woche nicht dazu komme«, sagte er aus diesem Gedankengang heraus zu Philipp, der ihn prompt ansah, als ob er der heiligen Mutter Gottes unter den Rock gegriffen hätte.

»Aber wir haben doch noch Kapazitäten frei, Johannes.«

»Würden Sie es bitte mir überlassen, wie ich diese freien Kapazitäten fülle, Philipp. Falls meine Frau nach mir fragt, ich bin jetzt unterwegs.«

»Zu einem neuen Kunden?«

»Zu einem sehr alten Kunden, der die Zeit neu erfunden hat.« Es war, wie Johannes auf der Fahrt in die Südstadt dachte, gar keine so schlechte Idee, mal wieder bei Jip-Jip vorbeizuschauen. Gesagt, getan, voller Stolz präsentierte der Künstler ihm einen Karton mit Briefen und Zeitungsausschnitten zu seiner Performance, durch die Bank positiv bis euphorisch.

»Es ist wirklich gigantisch, die Leute waren hin und weg. Gesoffen haben sie übrigens auch wie die Stiere. Um das wieder reinzuholen, muss ich mindestens ein Dutzend Köln-Bilder verhökern, bei denen ist die Spanne noch am üppigsten. Wo bist du übrigens auf einmal mit deiner Herzensdame abgeblieben?«

»Sie hatte Lust auf einen bequemen Stuhl und frische Luft und etwas zu essen.«

»Ja, sie sah ganz so aus, als ob sie gelegentlich das Essen vergäße. Könnte dir ja nie passieren, alter Freund, wie?«

Dazu sagte Johannes nichts, obwohl er tatsächlich bis zu diesem Moment keinen einzigen Gedanken daran verschwendet hatte, dass er noch immer nüchtern war. Es war ihm wichtiger, Juliane zu verteidigen.

»Mir gefällt sie jedenfalls so, wie sie ist.«

»Das hat man gemerkt. Hoffentlich handelst du dir da bei deiner Karin keinen Ärger ein, offen gestanden halte ich dich für zu ehrlich, um auf zwei Hochzeiten zu tanzen. So, wie du gestrickt bist, fällst du damit nur auf die Schnauze. Wo hast du die Lady überhaupt kennen gelernt?«

»In der Galerie Habermann.«

»Und was hat sie dann bei meiner Performance gesucht? Kunden von diesem *Küss-die-Hand-gnä'-Frau*-Lackaffen haben durch die Bank eine Aversion gegen krumme Wände und Böden und ein Faible für alles, was so gefühlsecht wie ein Kondom aus dem Automaten ist.«

»Ich habe nicht gesagt, dass sie seine Kundin ist.«

»Was ist sie dann? Etwa seine Geliebte? Das ist ja noch schlimmer …«

»Sie arbeitet lediglich von Zeit zu Zeit für ihn, genau wie ich auch.«

»Aber das ist nicht alles, was euch beide verbindet.«

»Nein, das ist nicht alles.« Obwohl Johannes wusste, dass es dumm war, konnte er nicht länger an sich halten. All die wunderbaren Dinge, die er über Juliane zusammengetragen hatte, mussten heraus. Wie nett sie mit Kindern war, dass sie fast selbst wieder zum Kind wurde, wenn sie Holzleim an den Fingern kleben hatte oder einem Drachen hinterherjagte, der wie ein Popidol aussah, und wie der letzte Rest künstlicher Zurückhaltung von ihr abfiel, wenn sie ihren Teller blitzblank leer aß und das Blut ihr in die Wangen schoss und sogar ihre Fingerspitzen warm wurden. Er wollte sie wiedersehen. Er musste sie wiedersehen.

Jeder Vorwand war ihm recht. Und er musste über sie reden, es war nur ein Ersatz, aber immerhin.

»Hört sich an, als ob du die Liebe soeben neu erfunden hättest«, meinte Jip-Jip. »Wenn ich du wäre, würde ich jetzt erst recht aufpassen. Wie heißt es so schön? Alte Schnüre brennen lichterloh.«

Johannes hatte gerade gegen die Unterstellung von »Liebe« protestieren wollen, das ging zu weit, viel zu weit, doch dann bohrte sich ihm diese Formulierung »alte Schnüre« unter die Haut.

»Glaubst du, ich bin zu alt für sie?«

»Also doch, es hat dich wirklich erwischt, und das nicht nur hinterm Hosenstall. Frag mich nicht, ob ich dich zu alt finde, das ist alles 'ne Sache der Perspektive. Als ich dich zuletzt mit deiner Frau zusammen gesehen habe, warst du alt wie Methusalem oder die Ölschinken, die du für irgendein Mausoleum rahmst. Vorletzten Freitag dagegen … frag deine Flamme halt selbst, wenn es dich so juckt.«

Können vor Lachen, dachte Johannes. Im Geist ging er die verschiedensten Möglichkeiten der Kontaktaufnahme durch: Noch einmal Pusteblumen schenken wäre phantasielos. Die Überreichung einer Eisscholle wäre immerhin eine gute Metapher, könnte aber zum Flop werden, wenn sie nicht zu Hause war und bei ihrer Heimkehr lediglich eine Pfütze vorfand. Und noch ein weiterer Flugkörper? Er stellte sich vor, wie er auf dem Umweg über seinen Neffen und dessen neue Freundin Lilly ein Foto von Juliane organisierte und daraus einen dritten Drachen bastelte. Noch größer und schöner, eben ein Wirklichkeit gewordener Traum.

Aber auch ein solches Vorhaben war gespickt mit Fußangeln, das begann schon bei der Produktion, wenn Karin oder Philipp in die Werkstatt kämen und wissen wollten, für wen denn die fliegende Schöne gedacht sei, wen sie überhaupt darstellte. Trotzdem keine üble Idee, allemal besser als sein eigenes Konterfei in Ballonform, ihn musste man nicht erst aufblasen, um ihn rund zu machen. Allerdings rutschte ihm seit ein paar Tagen die Hose, der Bund war zu weit geworden, und das ohne eine jener Diäten, die Karin ihm in regelmäßigen Intervallen unterjubelte. Karin, die seine Frau war, da biss die Maus keinen Faden ab.

»Hast du zufällig gerade auf ein Senfkorn gebissen?« Frage von außen, niemand konnte in ihn hineinsehen, trotzdem passte es.

»Könnte man so sagen«, erwiderte Johannes.

»Und was machst du jetzt? Ich meine, irgendwas musst du ja machen.«

»Wie wär's, wenn ich dir erst mal etwas Ordnung in deinen Saustall bringe? Immer vorausgesetzt, all das Zeug, das da in mehreren Reihen an den Wänden lehnt, soll Kunst sein und aufgehängt werden. Nicht, dass ich mich darum reiße, etwa einen Kölner Dom garniert mit Tortenspitze aufzuhängen, andererseits sage ich mir, dass du mich vermutlich nur wieder anpumpst, wenn du deine Ware nicht so präsentierst, dass wenigstens theoretisch einer anbeißen und deine Kasse füllen könnte. Gibt es hier irgendwo einen Hammer und ein paar vernünftige Nägel?«

»Du bist ein echter Freund. Und was die Tortenspitze betrifft, so ist das einfach das Ausdrucksmittel eines Kölner Künstlers, und wenn irgendwas läuft, dann die Sachen mit Dom drauf. Also klopf sie an die Wand, wenn ich zehn Bilder verkauft habe, lade ich dich zu einem Zug durch die Gemeinde ein oder gebe dir gute Tipps zu deinem verkorksten Liebesleben.«

»Hört sich toll an, vor allem aus deinem Mund. Warst du überhaupt jemals verliebt? Ich meine außer in dein Idol Hundertwasser?«

»Ein Hundertwasser ist besser als ein ganzer Harem. Bei den rosa Domspitzen ist was abgebrochen, da musst du vorsichtig sein, sonst knallt uns die ganze Abendstimmung auf den Boden.«

Sie machten sich an die Arbeit. Johannes zog sein Sakko aus, suchte einen Platz auf dem Sofa, wo es weder von offenen Milchtüten noch Schokoladenriegeln und Gummibärchen gefährdet war, eine weitere Marotte von Jip-Jip, der felsenfest davon überzeugt war, dass ein paar Liter gute Milch jede Ernährungssünde kompensierten. Er ernährte sich praktisch ausschließlich von

Milch und Süßkram. »Greif zu!«, sagte er auch jetzt und murmelte etwas in seinen Bart, als Johannes ablehnte und stattdessen nach einer Wasserwaage verlangte, die sich schließlich eingehüllt in Wollmäuse unter dem Sofa fand.

»Du bist echt eine Pottsau«, sagte Johannes, während er das Teil sauber wischte, »aber irgendwie mag ich dich trotzdem.«

»Gegensätze ziehen sich eben an, ich mag dich auch, obwohl deine Frau im Lauf der Jahre den reinsten Pingelskopf aus dir gemacht hat.«

»Aber ich kämme noch keine Teppichfransen.«

»Nee, das tust du zum Glück noch nicht.«

Achtzehn Bilder waren aufgehängt – etliche davon notdürftig mit Hilfe eines Stücks Pappe auf der Rückseite stabilisiert, damit die Kunst nicht wirklich auf den Boden oder potenziellen Käufer fiel –, als es summte.

»Telefon«, nuschelte Johannes, der zwischen die Lippen geklemmte Nagel machte seine Aussprache undeutlich.

»Telefon würde ich so was nicht nennen. Das Gebimmel kommt übrigens aus deinem Sakko. Bestimmt deine Frau, Frauen haben 'ne Nase dafür, wenn was in der Luft liegt.«

»Dann geh dran und sag ihr, dass ich im Moment mit dem Kölner Dom wahlweise in Tortenspitze und Pastell beschäftigt bin.«

»Nur weil du es bist. Ich hab was gegen Mikrowellen am Ohr.«

Jip-Jip griff in die Jackentasche von Johannes und hielt das Mobiltelefon in gebührendem Abstand zu seiner Ohrmuschel, als er sich meldete. »Sekretariat Herr Hopstein.« Dann sagte er eine Weile nichts mehr.

Johannes drehte sich auf seiner Leiter herum, fragend. Er fand, dass sein Kumpel reichlich irritiert aus der Wäsche sah. Warum?

»Ich glaube«, sagte Jip-Jip, »du musst doch mal selbst an den Apparat kommen, wenn mich nicht alles täuscht, geht es um deine Juliane.«

Johannes tat einen Satz von der Leiter, die zum Glück nicht sehr hoch war. »Juliane?«, fragte er in die Sprechmuschel. Der Vorname entschlüpfte ihm, vielleicht lag das an Jip-Jips Vorgabe oder daran, dass er ständig an sie dachte und neuerdings sogar über

sie redete, dann wurde automatisch aus »Frau Oberle« eine Juliane, seine Juliane …

»Nein, hier spricht ihr Arzt, genau genommen bin ich allerdings
der Arzt von Frau Oberle senior, doch in einem akuten Notfall
wie diesem stehe ich selbstverständlich auch Besuchern der Anlage zur Verfügung.«

»Notfall?«, wiederholte Johannes. Er hörte sich sprechen, kam
sich vor wie eine Sprechpuppe, die mechanisch die richtigen
Fragen formulierte, der Schreck saß ihm tief in den Knochen,
hoffentlich war es nichts Schlimmes. Er betete zu Gott, dass es
kein Herzinfarkt war. Wie sollte ausgerechnet jemand wie Juliane an einen Herzinfarkt kommen? Sie war noch so jung, gerten-
schlank, aß wie ein Vögelchen und lauter gesundes Zeug, und
Sport trieb sie bestimmt auch, niemand flitzte wie sie stundenlang über die Rheinwiesen, ohne aus der Puste zu kommen, und
litt gleichzeitig an verstopften Arterien. Niemals. Hoffentlich
nicht.

»Und? Was ist?«, fragte Jip-Jip, kaum dass Johannes das Handy
sinken ließ.

»Juliane ist zweimal in Ohnmacht gefallen und soll jetzt mit Verdacht auf Herzinfarkt ins Krankenhaus gebracht werden. Ich
glaub's einfach nicht, aber dieser Heimarzt meint, dass sie möglicherweise zu der Risikogruppe der ›Stresstypen‹ gehört. Ich
fahre sofort hin.«

»Sie hat dich also in höchster Not zu Hilfe gerufen, sieh mal
einer an. Das tut man ja wohl wirklich nur, wenn man jemanden
mag.«

»Ja. Nein. Ich glaube, es war nur ein Zufall. Tut mir Leid, aber
die letzten zwei Bilder musst du jetzt allein aufhängen.« Johannes stürmte hinaus, achtete nicht auf die erstaunten Blicke der
Passanten und kümmerte sich auch nicht um das wütende Gehupe, als er vorschriftswidrig wendete. Die Strecke zu der Adresse,
die der Arzt ihm angegeben hatte, dehnte sich endlos. Als er
endlich ankam, standen schon der Rettungswagen und der PKW
des Notarztes vor dem Portal des Seniorenheims, beide leer. Johannes parkte direkt daneben, lief erneut los, die Richtung

musste er nicht erfragen, weil Julianes wütende Stimme bis zum Empfang hin zu hören war. Sie schimpfte wie ein Rohrspatz, folglich war sie aus ihrer Ohnmacht erwacht.

Als er den Raum betrat, in dem sie auf der Erde lag, neben sich einen Sanitäter, den Notarzt und ein portables EKG, richtete sich ihre Wut zunächst einmal umgehend auf ihn.

»Was willst du denn hier?«

Du, frohlockte es in ihm, sie hat »du« gesagt. »Man hat mich angerufen, offenbar war meine Nummer in deinem Handy gespeichert.«

»Diese Idioten! Da siehst du, was das für Idioten sind. Sie sollten Renate – du weißt schon, Lillys Mutter – anrufen, nicht mal das schaffen sie, und ich hatte keine Chance, weil ich kurzfristig abgedriftet bin, übel ist mir auch, und wenn nicht bald einer das Küchenmesser aus meinem Rücken entfernt, bringe ich noch jemanden um.«

»Ein drohender Herzinfarkt strahlt gerne in den Rücken aus«, warf der Arzt ein, »das EKG ist allerdings in Ordnung.«

»Alles ist in Ordnung, wenn Sie mich endlich in Ruhe lassen und wieder verschwinden.«

»Das dürfen wir nicht. Es sei denn, Sie unterschrieben uns, dass Sie auf eigene Verantwortung …«

»Her mit dem Wisch!«

Erneutes Gegenreden, vom bloßen Zuhören konnte einem sterbenselend werden. Johannes wurde als Mittelsmann angegangen, er sollte Juliane gut zureden, ehe es zu spät war, mit dem Herzen durfte man nun mal nicht spaßen.

»Und was würden Sie im Krankenhaus machen?«, fragte er und ignorierte Julianes Zwischenruf, dass ihn das einen feuchten Kehricht anginge, weil sie sowieso nie im Leben …

»Man würde sie über Nacht auf der Intensivstation beobachten und eine Blutuntersuchung der Enzyme veranlassen, daraus lassen sich weitere Rückschlüsse ziehen.«

»Und wann würde das Blut untersucht? Noch in der Nacht?«

»Wohl eher morgen früh, wenn das Labor wieder regulär arbeitet, es handelt sich ja nicht um einen Fall auf Leben und Tod.«

»Eben, und deshalb bringen mich auch keine zehn Pferde ins Krankenhaus.«

Johannes räusperte sich, was ihm umgehend die geballte Aufmerksamkeit des medizinischen Teams eintrug. Es war offenkundig, was man von ihm erwartete, er sollte diese störrische Patientin zur Räson bringen. »Also ich schlage vor, dass ich Frau Oberle, wenn sie partout nach Hause will, begleite und permanent beobachte, von ihrer Wohnung aus ist man in wenigen Minuten im Severinsklösterchen, und in jedem Fall kommen wir morgen früh zur Blutuntersuchung.«

Der Vorschlag von Johannes wurde angenommen. Offenbar war man es leid, noch länger zu diskutieren. Die Sanitäter und der Notarzt verschwanden mitsamt ihren Gerätschaften, auch der Heimarzt verabschiedete sich, und es blieb Johannes überlassen, Juliane aufzuhelfen. Sie stöhnte laut, was ihm zu denken gab, hoffentlich hatte er nichts Falsches getan.

»Sollen wir vielleicht doch ins Krankenhaus …?«

»Bestimmt nicht. Es sei denn, mir schießt das Blut aus dem Rücken.«

»An deinem Rücken ist nichts.«

»Wenn da nichts ist, fresse ich einen Besen mit Stiel.« Sie entledigte sich ihrer Kostümjacke, schob die Bluse hoch, beugte sich vor, schwankte leicht, forderte aber nichtsdestotrotz: »Nun guck schon!«

»Da ist eine knallrote Stelle von der Größe einer Kinderfaust.«

»Na siehst du! Und jetzt brauchst du nur noch die Kinderfaust unter diesem dämlichen Teppich sicherzustellen, das grenzt nämlich an Körperverletzung. Ich setze mich solange lieber hin, jemand muss Wackelpudding in meine Knie gefüllt haben.«

Johannes tat wie geheißen, schlug den Teppich zurück und förderte eine Metallschelle zutage. Er wunderte sich noch, wie diese dorthin kam – auch die zurückgekehrte Heimleiterin wusste dafür keine Erklärung –, als der Stuhl plötzlich wieder leer war und Juliane erneut auf dem Boden landete.

»Um Gottes willen!« Johannes sank neben ihr in die Knie.

»Nun hab dich nicht so, im Moment fühle ich mich einfach in

der Horizontalen besser, erst recht ohne dieses Mordsinstrument unter mir. Nur eine Minute, dann packe ich's bis zum Auto.« Und an Frau von Eschfeld gewandt, die noch immer fassungslos die Metallschelle drehte und wendete: »Kann ich die Schüssel mitnehmen? Nur für den Notfall, sonst ruiniere ich noch das Auto.«

»Das ist mir egal.« Es stimmte, nie zuvor war Johannes etwas so gleichgültig gewesen wie sein geliebter BMW. Hauptsache, es ging Juliane wieder besser. Egal, was sie sagte, er würde diese Nacht auf sie aufpassen. Bei dem Gedanken, sie zu beschützen, schlug ihm das Herz bis zum Hals. Am liebsten hätte er sie hochgehoben und getragen, doch das duldete sie nicht. Immerhin ließ sie zu, dass er einen Arm unter ihre Achsel schob und sie führte, ihr Herzschlag war dicht an seinem, ihr schmaler Körper fühlte sich kalt an, das spürte er durch die Kleidung, und ihre Fingerspitzen waren eisig. Gleich würde er sie wärmen. Er würde alles für sie tun. Sein Herz war randvoll mit Sorge und Liebe. So voll, dass er darüber völlig seine Frau vergaß.

Karin war Philipp bereits den ganzen Vormittag über ausgewichen, was nicht ganz einfach war, wenn man lediglich durch eine Glasscheibe voneinander getrennt war und obendrein stundenlang allein miteinander blieb. Sie war froh, als er endlich nachgab und losfuhr, um ein angeblich dringliches Paket zur Post und ein paar Überweisungen zur Bank zu bringen. »Am besten hängen Sie gleich Ihre Mittagspause dran«, hatte sie ihm geraten und sich rasch wieder in ihre Unterlagen vertieft, weil sie diesen fragenden Blick nicht ertrug. Fragend war mächtig untertrieben, er hatte so ausgesehen, als ob er die Welt nicht mehr verstünde. Aber sie würde sie ihm nicht erklären, das durfte und konnte sie nicht. Besser nicht mehr an Dinge rühren, die besser nie geschehen wären. Auch wenn sich nichts davon in handfesten Taten manifestiert hatte, kam sie nicht gegen das Gefühl an, sich schuldig gemacht zu haben und nun die Quittung dafür zu erhalten. Johannes hatte Ernst gemacht und war nicht zum Mittagessen erschienen. Sie bereitete sich auch nichts zu, weil das für sie allein zu viel Aufwand war. Sie begnügte sich mit einem Apfel und einer Banane, beides verzehrte sie im Büro, sie wollte auf gar keinen Fall die Rückkehr von Johannes verpassen. Es beunruhigte sie zusätzlich, dass er Philipp ganz unverblümt mitgeteilt hatte, diesem Hungerkünstler Jip-Jip den Vorzug vor einem renommierten Galeristen wie René Habermann geben zu wollen.

Lediglich eine weitere Trotzreaktion, weil er sich vernachlässigt fühlte? Die meisten Männer schafften es, die Dinge vor sich selbst so zu drehen und zu wenden, dass am Schluss sie selbst die Geschädigten waren. Ihr Vater gehörte ebenso zu dieser Kategorie wie mindestens vier Männer aus dem Theaterkreis. Wenn die zugehörigen Ehefrauen das mitunter anschnitten, war Karin regelmäßig erleichtert gewesen, weil Johannes sie mit derlei Allüren verschonte. Bis jetzt, besser gesagt bis gestern Abend. Je länger und intensiver sie über seine späte Heimkehr und sein seltsames Verhalten heute Morgen nachdachte, umso mehr glaubte sie daran, dass er sich doch nicht grundsätzlich von seinen Geschlechtsgenossen unterschied. In gewisser Weise hoffte sie es sogar. Sie hoffte, dass er nie erfuhr, wie wohl sie sich tags zuvor in Gegenwart von Philipp gefühlt hatte. Wenn Johannes das wüsste, hätte er einen Grund, so mit ihr umzugehen. Sie war seine Frau, sie waren seit einer kleinen Ewigkeit miteinander verheiratet, sie gehörten zusammen.

»Ich hoffe, das ist nicht alles, was Sie zu sich genommen haben?« Philipp, sie hatte ihn nicht zurückkommen gehört, zeigte auf die Bananenschale und den Apfelkitsch auf dem Obstteller neben ihrem PC.

»Wir essen heute Abend warm.« Sie betonte das Wörtchen »wir«.

»Natürlich«, erwiderte er, dabei sah er schon wieder so komisch drein, als ob er mit Worten kämpfte, die er sagen wollte und sich verkniff. Sie würde nichts tun, um ihm seine Hemmungen zu nehmen, es war besser so.

Den ganzen Nachmittag über tat Karin, als ob es nichts Besonderes wäre, dass Johannes sich noch immer nicht blicken ließ. Er rief nicht einmal an. Die Stunden bis zum Feierabend zogen sich zäh wie Kleister dahin, ausgerechnet heute gingen etliche Anfragen ein, die nur Johannes selbst beantworten konnte, hinzu kam eine wütende Beschwerde von René Habermann, der wissen wollte, was zum Teufel mit Johannes los war.

»Ist ja nicht so, als ob wir erst seit gestern zusammenarbeiteten«, dröhnte er ins Telefon, »da kann man ja wohl erwarten …«

Zuletzt folgte das Angebot, zehn Prozent Aufschlag zu zahlen, wenn die gewünschten Rahmen binnen drei Tagen fertig gestellt wurden.

»Tut mir Leid, aber das kann wirklich nur mein Mann entscheiden.«

»Dann fragen Sie ihn, verdammt.«

Karin versprach, alles zu tun, damit der Galerist so bald wie möglich die gewünschte Antwort erhielt. Nachdem das Gespräch beendet war, überlegte sie, ob das nicht genau die richtige Gelegenheit war, um Johannes über Handy anzurufen. Sie tat es nicht, eine seltsame Scheu hielt sie davon ab, sie fürchtete sich davor, er könnte erneut so abweisend wie ein paar Stunden zuvor sein. Als es endlich fünf Uhr war, schickte sie Philipp nach Hause, noch länger hielt sie diese Maskerade nicht durch.

»Aber ich kann gerne noch bleiben, bis Johannes kommt.«

»Nein, das ist wirklich nicht nötig, ich schließe jetzt ab und fange mit Kochen an.«

»Was gibt es denn Leckeres?«

Wollte Philipp sie testen? Ohne weiter nachzudenken nannte sie eine der Lieblingsspeisen von Johannes. Sie hätte sie schon deshalb gar nicht kochen können, weil sie die nötigen Zutaten nicht im Haus hatte. Und einkaufen gehen wollte sie aus den bekannten Gründen ebenfalls nicht. In der Wohnung angelangt, begann sie erst einmal mechanisch aufzuräumen, wischte Staub und säuberte das Bad und obendrein die Gästedusche, die Johannes heute benutzt hatte. Der Spiegel zeigte ihr blasses Gesicht und Haare, die völlig außer Form waren und jedem Versuch widerstanden, ihnen mit Kamm und Bürste beizukommen. Bestimmt, weil ihre Periode im Anmarsch war, dann spielten ihre Haare regelmäßig verrückt.

Um halb sieben besann sie sich nach einer Inspektion von Kühl-schrank und Vorratskammer auf den Lieferservice des Feinkost-ladens, den sie anlässlich ihres letzten Geburtstags in Anspruch genommen hatten, als der Theaterkreis unangemeldet vor der Tür stand. Weil sie sich genierte, einen solchen Aufwand für zwei Personen zu treiben, tat sie am Telefon so, als ob sie überra-schend Besuch bekommen hätten. Sie wählte lauter Dinge aus, von denen sie wusste, dass man sie problemlos drei bis vier Tage im Kühlschrank aufbewahren konnte. Lauchcremesuppe, etwas Pastete, Kasseler im Teigmantel und zum Dessert etwas mit Mar-zipan.

»Mein Mann ist einfach verrückt nach Marzipan«, sagte sie.

»Unser Fahrer ist bis spätestens halb acht bei Ihnen, Frau Hop-stein, reicht das?«

»Das reicht«, sagte sie. Die nächste halbe Stunde verbrachte sie in unmittelbarer Nähe von Telefon und Haustür, jedes Mal wenn draußen ein Auto verlangsamte, hob sie die Zeitung hoch und ließ sie wieder sinken, weil doch niemand kam. Kurz nach sie-ben fiel ihr ein, dass ihre Aufmachung kaum für die Anwesen-heit von Gästen sprach, hastig schlüpfte sie in ein Kleid, von dem sie wusste, dass es Johannes besonders gut gefiel, zumin-dest war das noch vor einem halben Jahr so, als sie sich das Kleid gekauft und beim Abendessen in einem neu eröffneten Lokal eingeweiht hatte.

Hübsch, hatte Johannes gesagt, *sehr hübsch.*

Soweit sie sich erinnerte, war dies das letzte Mal gewesen, dass sie allein zusammen aus gewesen waren, danach häuften sich die Hiobsbotschaften aus Meckenheim.

Es muss etwas passieren, dachte sie und schrak zusammen, als es nun wirklich klingelte. Johannes, war ihr erster Gedanke, aber natürlich war es nur der Bote des Feinkostladens. Sie füllte die Suppe in einen Topf um, schob die Aluschale mit dem Kasseler in den Backofen und richtete die Pastete auf zwei Vorspeisentel-lern an, deckte den Tisch ein und sagte sich, dass Johannes nun gleich bei seiner Heimkehr wissen würde, dass sie ihm die Hand zur Versöhnung reichte. Spätestens dieser Duft von Marzipan musste ihn weich stimmen, derlei kam auf ihre eigene Veranlassung hin sonst allenfalls zu Weihnachten ins Haus und dann eher spärlich bemessen. Jetzt warteten vier Portionen Lebkuchenpudding mit Marzipanbirne darauf, verzehrt zu werden, der Duft war unglaublich intensiv.

Wie sollte er davon angelockt werden, wenn er nicht kam?

Es wurde acht Uhr, neun Uhr, ihre Versöhnungsbereitschaft schlug in Wut um, diesmal hatte sie keine Hemmungen mehr, seine Handy-Nummer anzuwählen.

Der von Ihnen gewünschte Teilnehmer ist zurzeit leider nicht erreichbar ...

Obwohl der Wagen weich gefedert war und Johannes sich alle Mühe gab, Unebenheiten im Straßenbelag abzufangen, nahm jedes noch so leichte Rucken Juliane mit und schwemmte eine neue Welle von Übelkeit hoch, zuletzt saß sie mit über die Metallschüssel gebeugtem Kopf da, während ihre Haare im Wind flatterten, denn auf ihre Bitte hin hatte Johannes alle vier Fenster geöffnet. Es war kein Denken mehr daran, dass sie ihn vor ihrer Haustür mit einem höflichen Dankeschön verabschiedete, allein würde sie es nie im Leben bis in ihre Wohnung schaffen, diese dumme Ohnmacht saß ihr tief in den Knochen. Und der Auslöser dafür ...

Wie ein Kind ließ sie sich von Johannes unterfassen, sie war sogar zu schlapp, eigenhändig den Schlüssel aus ihrer Handtasche zu kramen, auch das erledigte er für sie. Vor dem Aufzug zögerte sie automatisch, selbst in Topform vermied sie es, diesen schaukelnden Kasten zu benutzen.

»Lieber zu Fuß«, nuschelte sie und tastete nach dem Handlauf der Treppe. Eine Stufe, noch eine, es war ihr schleierhaft, wie sie es bis oben schaffen sollte. Ihre Sorge war überflüssig, denn schon hob er sie hoch und trug sie auf seinen Armen so behutsam, als ob sie zerbrechlich wäre, sein warmer Atem streifte ihren Hals, seine Brust hob und senkte sich, er schnaufte leise.

»Gleich haben wir es geschafft.« Er sagte »wir«, auch das registrierte ihr Unterbewusstsein, während sie an nichts anderes dachte, als sich hinzulegen, endlich wieder festen Untergrund zu spüren. Sie wollte in ihr Bett, nur noch in ihr Bett, dieses Schwanken sollte endlich aufhören.

»Geradeaus und dann links«, sagte sie und hätte jubeln mögen, als er sie auf der Matratze absetzte, mit einer geschickten Bewegung die Tagesdecke zurückschlug, ihr die Schuhe abstreifte, ihre Beine anhob und sie zudeckte.

»Geht es so? Soll ich das Fenster aufmachen?«

Sie nickte schwach und war froh, dass er sofort begriff, dass sie außer frischer Luft nur noch Ruhe brauchte. Und wenig Licht, aber keineswegs völlige Dunkelheit, weil dann erneut alles zu schwanken begann. Es war auch gut, dass er das Fußteil von ihrem Bett höher stellte, allmählich hörte der Nebel in ihrem Kopf auf, sie atmete ruhiger und schlief, ehe sie es sich versah, ein. Als sie aufwachte und Durst verspürte, standen bereits eine Flasche Mineralwasser und ein Glas bereit.

»Durst?«, fragte er und schenkte ihr im selben Moment Wasser ein, reichte ihr das Glas und stützte sie ab und schien auch bereits geahnt zu haben, dass sie danach ins Bad wollte. Er schlug die Decke zurück und zog ihr die Hausschuhe an, die weder zu ihr noch zu ihrer Einrichtung passten, sondern nur bequem und schon leicht ausgelatscht waren und neben der Eingangstür stehen blieben, wenn sie gerade keinen festen Liebhaber hatte. So wie derzeit. »Schaffst du es im Bad allein?«, fragte er an der Tür und sah sie besorgt an.

»Ja, es geht mir schon viel besser. Eigentlich bin ich nur noch fürchterlich müde und habe ein mulmiges Gefühl im Bauch.«

»Könnte es sein, dass du Hunger hast?«

»Jetzt, wo du es sagst …, ja, das könnte durchaus sein. Ich saß nämlich gerade in *Jans Bistro* und wartete auf mein Essen, als der Anruf aus dem Heim kam. Ich war ziemlich aufgeregt, weil die Leiterin sich so seltsam anhörte, und alles zusammen hat dann halt dazu geführt, dass ich schlapp gemacht habe.«

»Gut, dann richte ich dir jetzt etwas, wenn ich darf. Was Leib und Magen betrifft, bin ich bekanntlich Spezialist.« Er rieb sich über seinen Bauch, der ihr an diesem Abend sehr viel weniger unangenehm ins Auge stach, ihr Zustand oder das gedimmerte Licht der Bodenlampe mochte ihm schmeicheln, im Grunde spielte es keine Rolle. Es war einfach nett von ihm, ihr zu helfen, er war ein netter, hilfsbereiter Mensch, und das sagte sie ihm auch, bevor sie unter der Dusche verschwand.

»Übrigens, du bist ein ziemlich netter Mensch. Und wenn's dir nichts ausmacht, hätte ich gerne zwei Brote mit Leberwurst und dazu eine Gewürzgurke.«

»Wird gemacht.« Er hielt Wort und hatte sogar ihr Bettzeug frisch aufgeschüttelt, als sie gewaschen und im Bademantel über Slip und T-Shirt – einen Pyjama besaß sie nicht – zurückkam. Das Tablett stand auf dem Glastisch, der sonst von Prospekten und Magazinen überquoll, deren Lektüre sie untertags nicht bewältigte.

Es hatte nicht eben viele Männer in ihrem Leben gegeben, von denen sie sich die Brote schmieren ließ, genau genommen nur ihren Vater und außerdem einen befreundeten Graphiker, mit dem sie eher zufällig ein paar Umarmungen ausgetauscht hatte, danach waren sie einvernehmlich in eine rein platonische Freundschaft zurückgeglitten. In beiden Fällen hatte das Ergebnis kulinarisch betrachtet nicht an die gute Absicht herangereicht, und es war ihr schwer gefallen, in die nicht besonders appetitlichen Stullen zu beißen. Diesmal war es anders. Johannes hatte nicht übertrieben, als er sich zum Experten erklärte. Er hatte Butter und Wurst sauber bis zum Rand gestrichen, nicht zu dick und nicht zu dünn, die Gurke hatte er in Fächer geschnitten und noch ein paar Radieschen dazu dekoriert, das Wasser lief ihr im Mund zusammen, sie griff zu und aß mit Heißhunger und vergaß völlig, wie unappetitlich sie es fand, im Bett zu essen. Kurz bevor sie fertig war, stand Johannes auf und verschwand erneut in der Küche. Ihr fiel ein, dass er bestimmt ebenfalls Hunger hatte.

»Tut mir Leid«, sagte sie, als er mit einer zweiten Portion zurückkam, »ich habe glatt vergessen, dir auch etwas anzubieten.«

»Das ist alles für dich.«

»Bin ich ein Vielfraß?«

»Nein, nur völlig ausgehungert, wahrscheinlich hat das deine Ohnmacht überhaupt erst ausgelöst.«

»Der Auslöser war *Ali Baba*«, widersprach Juliane mit vollen Backen, sie ging so völlig in ihrem genüsslichen Kauen auf, dass ihr gar nicht sofort bewusst wurde, was sie da gesagt hatte. Und als sie es merkte, waren die Worte schon ausgesprochen. Sie hatte gerade einem praktisch fremden Menschen den Schlüssel zu etwas gereicht, das weit, weit zurücklag und auf einen Außenstehenden völlig belanglos wirken musste und doch heute alles Mögliche in ihr hochgeschwemmt hatte.

»Du meinst nicht den Räuberhauptmann?« Es war nicht wirklich eine Frage, eher eine Feststellung.

»Nein«, gab sie widerstrebend zu.

»Es hat wohl etwas mit deiner Mutter zu tun?« Behutsam, ohne dieses sensationsgeile Flackern in den Augen, das sie auf den Tod nicht leiden konnte. Eher so, als ob er schon ahnte oder wüsste, worum es ging – was nüchtern betrachtet paradox war. Doch in dieser Nacht war Juliane weit davon entfernt, die Dinge nüchtern anzugehen und genau abzuwägen, was sie sagte. Die alten Bilder waren plötzlich wieder ganz nah, drängten aus ihr heraus, ebenso wie diese dummen Tränen, von denen sie hoffte, dass er sie im Halbdämmer nicht bemerkte.

»Ja und nein, es ging eigentlich um diesen jungen Hund, den sie heute praktisch stibitzt und mit zu sich ins Bett genommen und versteckt hat. Dabei verabscheut sie Hunde, deshalb durfte ja damals auch der Welpe, den mein Vater mir mitgebracht hatte, nicht im Haus bleiben.«

»Hat dein Vater sich denn vorher nicht mit deiner Mutter abgesprochen?«

»Nein, er hat einfach zugegriffen, als ein Kollege auf dem Amt das Hündchen angeboten hat. Meine Mutter erfuhr erst davon, als sie heimkam, sie hat damals als Dekorateurin gearbeitet und kam oft erst sehr spät nach Hause. Mir war das alles egal, ich war nur unglaublich glücklich, weil ich schon immer einen Hund haben wollte. Und dann hatte ich von jetzt auf gleich einen. Ich habe auf der Stelle mein Sparschwein geschlachtet, um ein richtiges Körbchen für ihn zu kaufen, das sollte natürlich in meinem Zimmer stehen, und als das erledigt war, haben mein Vater und ich ihn mit Limonade und Hundekuchen *Ali Baba* getauft, weil das gerade mein Lieblingsmärchen war. Aber dann kam meine Mutter heim, sie hat *Ali Baba* buchstäblich gerochen, er hatte gerade wieder ein Bächlein in der Diele gemacht. Das war's dann. Meine Mutter hat ihn gepackt und nach draußen in den Garten verfrachtet. Hunde gehören nicht ins Haus, hat sie gesagt, und so große erst recht nicht. Dabei war er noch längst nicht ausgewachsen, ein süßer Mischling mit langen flappigen Ohren und glänzenden braunen Augen, eine Mischung aus Cockerspaniel und Labrador, total verspielt war er auch. In der ersten Nacht draußen hat er gefiept und an der Haustür gekratzt, da hat meine Mutter ihn mit der Leine an einem Baum auf der Wiese festgebunden. Die Wiese war feucht, eine Woche später hatte er ganz trübe Augen und humpelte, zuerst haben wir gedacht, er wäre in eine Scherbe getreten, aber das war's nicht, er hatte sich die Nieren verkühlt und starke Schmerzen beim Pipimachen. Und dann war er tot. Meine Mutter hat ihn einschläfern lassen, während ich in der Schule und mein Vater auf dem Amt war. Und jetzt, mit zig Jahren, ja mit Jahrzehnten Verspätung nennt sie einen wildfremden Hund *Ali Baba* und holt ihn zu sich ins Bett und will ihn nicht mehr hergeben. *Jetzt ist Ali Baba wieder warm,* hat sie in einem fort gesagt und die Heimleiterin eine Tierquälerin genannt, stell dir das vor.«

»Ja«, sagte Johannes, »manchmal braucht es eben sehr lange, bis man seine Lektion gelernt hat.« Es hörte sich so an, als ob er genau wüsste, wovon er sprach. So, als ob er direkt betroffen wäre. Nicht die Spur Distanz klang mit, dabei hatte Juliane die Erfahrung gemacht, dass die meisten Menschen sich rasch zurückzogen, sobald es unangenehm oder allzu persönlich wurde. Ein Verhalten, das sie selbst perfektioniert hatte. Einer der Hauptgründe, warum sie René Habermann ernsthafte Chancen einräumte: Man konzentrierte sich auf die Dinge, die machbar waren, und verschwendete keinen Gedanken an das, was ohnehin Vergangenheit war. Heute hingegen berührten sich Vergangenheit und Gegenwart, vertrugen sich, es war eine ebenso merkwürdige wie schöne Erfahrung.

Trotzdem war sie froh, dass Johannes offenbar keinen Kommentar von ihr erwartete, sondern nur darauf drängte, dass sie die zweite Portion ebenfalls vertilgte. Bis auf eine halbe Schnitte schaffte sie alles, dann stöhnte sie zugleich wohlig und leicht theatralisch auf und rieb sich über ihren flachen Bauch, lediglich der dicke Knoten des Frottierbademantels stand vor. Keine besonders angenehme Vorstellung, darauf zu schlafen, ihre Lieblingsposition war nun mal auf dem Bauch.

»Und du willst wirklich die ganze Nacht bleiben?«, vergewisserte sie sich.

»Du bekommst mich hier nicht weg, ich habe es versprochen.«

»Und du hältst immer, was du versprichst?« Es sollte neckisch klingen, aber es war auch ernst gemeint. Sie wollte wissen, wie er wirklich war, dieser Johannes. Menschenfreund, Kinderfreund, Biedermann, Ehemann, Mann …

»Ich gebe mir Mühe. Und nun solltest du wieder schlafen.«

»Macht es dir etwas aus, wenn ich dieses Frottierungetüm ausziehe? Keine Bange, ich habe genug darunter an, um dich nicht in Verlegenheit zu bringen.«

»Es macht mir nichts aus.« Nicht mehr, nicht weniger, kein noch so winziger Versuch, die Chance zu einem Flirt zu ergreifen.

»Und wenn ich nackt darunter wäre, würde es dir dann etwas ausmachen?«, insistierte sie.

»Es würde keinen Unterschied machen.« Ruhig, sehr bestimmt. War er ein Heiliger, der nur bei Marzipan schwach wurde? Ein Gedanke, der ihr trotz der wohligen Schläfrigkeit, die sich in ihr ausbreiten wollte, missfiel. »Weil du keine nackten Frauen magst?«, stichelte sie.

»Weil ich dich zu sehr mag. Und nun schlaf, bitte!« Wie ein Kind packte er sie ein, nachdem er den Bademantel ordentlich über das Fußende gelegt hatte, dann schaltete er das Licht aus. Nun brannte nur noch die Bodenleuchte in der Diele. Mit Leinen bespannt in der Farbe einer Blutorange, es war der einzige Farbtupfer in einer Ton-in-Ton-Sinfonie aus Nichtfarben, sogar Hand-

tücher und Bettwäsche waren in Schwarz und Weiß gehalten. Sie hörte, wie er das Tablett in die Küche zurück trug und eine neue Flasche Wasser neben sie stellte, den Sessel heranzog und sich setzte. Wollte er etwa die ganze Nacht im Sitzen verbringen? Sie richtete sich auf. »Ich habe leider kein Gästezimmer.«
»Das macht nichts, der Sessel hier ist bequem.«
»Im Bett wäre es bequemer, Platz genug ist auch, es ist ein französisches Bett.« Sie rückte ein Stück beiseite, es war wirklich Platz genug für zwei. Sie waren moderne, aufgeklärte Menschen, wie sie sich sagte, niemand musste das Opferlamm spielen.
Johannes gab keine Antwort, eine Weile lang blieb es still, nur seine Atmung beschleunigte sich, dann stand er auf, die Matratze federte, als er sich neben sie legte. Er auf der Decke, sie darunter, dabei blieb es. »Mir ist warm genug«, sagte er, »mir ist immer warm.« Das stimmte, seine Wärme strahlte durch die Daunendecke zu ihr durch und umhüllte sie wie ein schützender Kokon. Jetzt bin ich wieder ganz warm, dachte sie. Es waren die Worte ihrer Mutter, sie hatte lediglich den Namen von *Ali Baba* durch sich selbst ersetzt, doch auch das war ihr nicht bewusst.

Mittlerweile war es zehn Uhr, Karins Wut verrauchte, Angst begann in ihr zu keimen, das hatte es noch nie gegeben. Nicht einmal im Herbst, als ihre Mutter sich die Hand verstaucht und Karin deshalb wie selbstverständlich die Kurzreise nach Berlin abgesagt und schlicht vergessen hatte, Johannes darüber zu informieren. Meine Güte, war er sauer gewesen. Er hatte schon gepackt gehabt, stand da buchstäblich mit dem Köfferchen in der Hand, als sie es ihm sagte, sich verteidigte, wissen wollte, ob sie ihre arme Mutter etwa im Stich lassen sollte.
Du hättest es mir zumindest sagen können, wenn du es schon nicht schaffst, für drei Tage eine fremde Hilfe zu organisieren. Weg war er, mitsamt Koffer, aber zwei Stunden später war er wieder zurück gewesen und hatte sich sogar entschuldigt.
Diesmal war er länger weg, viel, viel länger, sie hielt die Unruhe einfach nicht mehr aus. Zuerst rief sie bei ihrer Schwägerin an, dann bei den Eltern von Johannes, aber niemand hatte ihn an

diesem Tag gesprochen, geschweige denn gesehen. Über die Auskunft besorgte sie sich die Nummer von Jip-Jip, doch alles, was sie erreichte, war, eine mehr als alberne Bandansage abzuhören, über die sie sich normalerweise aufgeregt hätte. *Seien Sie willkommen beim letzten lebenden Jünger des großen Meisters …* Sie regte sich nicht auf, gemessen am unerklärlichen Verschwinden von Johannes war dieser Schwulst nur banal. Als es Mitternacht geworden war, informierte sie die Polizei, wo man ausgesprochen skeptisch reagierte, so als ob abgängige Ehemänner an der Tagesordnung wären.

»Aber Sie müssen etwas unternehmen«, beharrte sie.

»Ist Ihr Mann auf Medikamente angewiesen?«

»Nein, er ist kerngesund, er ist höchstens leicht übergewichtig, aber mit der richtigen Diät und etwas mehr Bewegung …«, sie stockte, weil das garantiert nicht gemeint war.

»Gut.«

»Nicht gut, überhaupt nicht gut, er ist …«

»Ist er orientierungslos?«

»Wenn er wo hinwill, kommt er auch hin, und wenn es im dritten oder vierten Anlauf ist. Er fragt grundsätzlich nicht, sondern fährt drauflos und benutzt nicht mal einen Plan, und wenn ich etwas sage, meint er bloß, auf die Art und Weise kämen wir zugleich in den Genuss einer Stadtrundfahrt.«

»Das hört sich ebenfalls nicht nach einer hilflosen Person an.«

»Und wenn er einen Unfall hatte?«

»Ist er mit dem Wagen unterwegs? Falls ja, können Sie uns das Kennzeichen durchgeben, und wenn er sich morgen noch immer nicht gemeldet haben sollte, sehen wir weiter. Aber wahrscheinlich ist er bis dahin längst zurück, in neunundneunzig Prozent aller Fälle ist das so, am besten legen Sie sich jetzt schlafen.«

An Schlaf war nicht zu denken. Karin lag in ihren Kleidern auf dem Bett und starrte in die Deckenlampe, das grelle Licht tat ihr in den Augen weh, doch sie schaltete es nicht aus. Sie musste wach bleiben und auf das erste Läuten des Telefons reagieren oder die Tür öffnen können. Sie mühte sich umsonst. In dem Haus gegenüber wurden die Rollläden hochgezogen, der Mann dort war Busfahrer und hatte wohl wieder mal die Frühschicht. Nach und nach erwachte die gesamte Straße zum Leben, Kinderstimmen erklangen, dazwischen Fetzen von zu laut gestellter Musik, das Knattern eines defekten Auspuffs, dann klapperte der Briefkasten, das war der Zeitungsjunge, alles ging seinen gewohnten Gang.

Alles bis auf Johannes.

Obwohl die Heizung voll aufgedreht war, fröstelte Karin, daran änderte sich auch nichts, als sie sich einen Pulli überstreifte. Ob dieser Jip-Jip jetzt endlich in seiner Galerie war? Er war's nicht, und Sigrid sah noch immer keinen Grund zur Sorge. »So sind die Kerle nun mal«, meinte sie, »warum sollte mein Bruder eine Ausnahme bilden? Das habe ich mit dem Vater von Moritz oft genug mitgemacht.« Es folgte eine Auflistung der beliebtesten Ausreden, Autopannen und leere Akkus lagen ganz weit vorne. Nicht einmal die Eltern von Johannes schienen wahnsinnig beunruhigt zu sein. So, als ob es höchste Zeit würde, dass auch der brave Johannes einmal etwas tat, was man eigentlich nicht tat. »Im Zweifelsfall hat er sich ein Hotelzimmer genommen und schläft seinen Rausch aus, bevor er dir gesteht, dass er nach einem Zug durch die Gemeinde den Hausschlüssel verloren hat«, meinte sein Vater und ließ durchblicken, dass er selbst vor zwanzig Jahren für ein solches Verhalten ebenfalls gut gewesen wäre. Karin war geneigt, am Verstand der ganzen Welt zu zweifeln. Als es endlich doch an der Haustür klingelte, rannte sie wie von Furien gejagt los und riss den Schirmständer um, der Stockschirm von Johannes verfing sich in ihrem Pullover, sie kümmerte sich nicht darum, zog ihn einfach mit, riss die Tür auf, rechnete zugleich mit dem Schlimmsten und dem genauen Gegenteil, war ebenso auf einen Polizisten – *Ihr Mann hatte einen Unfall* – wie auf einen torkelnden und lallenden Johannes gefasst, doch nichts davon traf zu. Vor ihr stand Philipp. Er starrte sie wie einen Geist an.

»Was ist denn passiert, Frau Hopstein?«

»Wie kommen Sie darauf, dass etwas passiert ist?« Krampfhaft bemüht, die Fassade aufrechtzuerhalten und nicht schon wieder bei Philipp schwach zu werden, nur ja nicht bei ihm, doch dann holte sie ihr eigener Anblick ein. Norwegerpulli, darunter zipfelte ihr schönstes Kleid, an den Beinen Nylons und die Füße in einem Paar alter Socken von Johannes, ihre Haare mussten einfach scheußlich aussehen, ihr war schrecklich zumute, sterbenselend, und im Haus nebenan klapperte etwas. Es brachte nichts, wenn sie zusätzlich den Nachbarn ein Spektakel bot, sie tat einen Schritt zur Seite und wartete, bis Philipp eingetreten und die Tür geschlossen war, bevor sie mit der Wahrheit herausrückte. Sie skizzierte die Situation so knapp und sachlich wie irgend möglich, aber zuletzt gingen doch die Emotionen mit ihr durch. »Ich mache mir wahnsinnige Sorgen«, schloss sie. Und Vorwürfe, ergänzte sie stumm.

»Ja, das verstehe ich. Aber es nützt Johannes nichts, wenn Sie jetzt schlapp machen. Haben Sie schon etwas gefrühstückt? Oder wenigstens etwas Warmes getrunken? Sie zittern ja wie Espenlaub.« Als sie den Kopf schüttelte, dirigierte er sie zum nächstbesten Stuhl, sie wehrte sich nicht, saß da regelrecht apathisch und hörte ihn in ihrer Küche hantieren. Als er ihr kurz darauf dampfenden Tee eingoss, dachte sie, dass dies jetzt genau das Richtige war. Gehorsam nippte sie an ihrer Tasse und fühlte, wie etwas von ihrer Erstarrung sich löste. Philipp begann, die beiden Vorspeisenteller mit der Pastete, die unappetitlich zerlaufene Butter und den erstarrten Toast hinauszutragen, noch immer roch es intensiv nach Marzipan, das Dessert stand auf der Anrichte. Nie zuvor hatte sie erlebt, dass ein Mann so leise und behutsam hantierte.

»Danke, Philipp.«

»Sie müssen mir nicht danken. Und jetzt sollten wir vielleicht überprüfen, ob das Handy von Johannes wieder aktiviert worden ist.«

»Bestimmt nicht, ich habe es schon tausendmal versucht.«

»Dann lassen Sie es mich zum tausendeinsten Mal versuchen, bevor wir weitere Schritte einleiten.«

Sie nickte, es war klar, was er meinte. Der nächste Schritt war die Polizei, vielleicht würde man einen Mann dort ernster nehmen. Es wäre gut, wenn Philipp sie begleitete. Oder ob ein Beamter herkam? Sie hatte keine Ahnung, aber vielleicht wusste Philipp das auch. Es kam ihr so vor, als ob er sehr viel wüsste, sie vertraute ihm. Stumm beobachtete sie, wie er zum Standtelefon ging, den Hörer abnahm und wählte, offenbar wusste er die Nummer seines Chefs auswendig. Zu ihrer Verblüffung begann er zu reden, und zwar keineswegs wie jemand, der auf eine Mailbox sprach. Allerdings hörte er sich auch nicht so an, als hätte er Johannes an der Strippe.

»So«, hörte sie ihn sagen, dabei kratzte er sich am Hals, mehrmals, bis rote Striemen zurückblieben. Sie saß da wie erstarrt und konnte sich keinen vernünftigen Reim auf das alles machen, eine innere Stimme warnte sie davor, Philipp den Hörer aus der Hand zu nehmen. Mit wem sprach er? Sie hörte ihn sagen, dass Johannes bitte schnellstmöglich bei sich zu Hause zurückrufen möge, dann legte er auf. Sehr bedächtig, er ließ sich alle Zeit der Welt, doch seine Hand trommelte nervös auf das Telefonbuch, das sie nicht weggeräumt hatte, und er vermied es, ihr ins Gesicht zu sehen.

»Nun sagen Sie schon, was ist! Wer dran war. Warum war Johannes nicht selbst dran? Ist er in Ordnung?«

»Es geht ihm gut, und wer am Apparat war, kann ich leider auch nicht sagen, ich kenne die Person nicht.«

Die Person? Alarmsirenen ertönten in Karins Kopf. »War es – eine Frau?«

»Ja, es war eine Frauenstimme, aber das will nichts besagen. In den meisten Büros und Arztpraxen bedienen Frauen das Telefon.«

»Ja, aber bestimmt nicht das private Handy meines Mannes.«

»Es wird eine Erklärung dafür geben. Soll ich schon einmal rüber in die Werkstatt gehen und nach der Post schauen?«

»Ja, Philipp, das wäre nett.« Sie wusste, dass er es ihr ersparen wollte, in seiner Gegenwart noch weiter gedemütigt zu werden. Sein rücksichtsvolles Verhalten bestärkte sie in der Annahme, dass ihr Verdacht ins Schwarze zielte. Wie hypnotisiert starrte sie auf das glänzend schwarze Gehäuse, ein altmodisches Telefon,

Johannes mochte altmodische Dinge und Marzipan und überhaupt alles, was gut schmeckte und roch und ihm ins Auge stach. Ihre Gedanken verwirrten sich, nie im Leben hätte sie geglaubt, jemals in eine solche Situation zu geraten. Was sollte sie seinen Eltern sagen? Seiner Schwester? *Hört mal, war alles falscher Alarm, Johannes geht es gut, ich habe ihn gerade bei einer Frau erwischt ...* Und wenn es doch anders war? Wenn es gegen alle Wahrscheinlichkeit eine plausible Erklärung gab?

Das Schrillen des Telefons tat ihr physisch weh, wie in Zeitlupe streckte sie die Hand aus, wollte entgegen ihrem Naturell den Moment der Wahrheit hinauszögern, meldete sich mit einer Stimme, von der sie geschworen hätte, dass es nie im Leben ihre eigene wäre.

»Karin? Bist du es?«

Sie krächzte ein »Ja!«.

»Ich werde dir alles erklären, wenn ich heimkomme, gegen Mittag bin ich da.« KLICK. Er hatte aufgelegt. Er hatte »gegen Mittag« gesagt. Er hatte es nicht einmal nötig, auf der Stelle zu kommen, um ihr reinen Wein einzuschenken. Sie war seine Frau. Sie hatten sich gelobt, in guten wie in schlechten Tagen zusammenzustehen. Wollte er sein Gelöbnis brechen? Das durfte er nicht, niemand durfte das, sie hatten vor Gott und der Welt geschworen ...

Wer war SIE?

Es war eine Nacht, die Johannes nie vergessen würde. Er hatte praktisch kein Auge zugetan, als er neben Juliane lag. Randvoll mit Sorge und Zärtlichkeit, jedes Wort drehend und wendend, das sie zuvor gesagt hatte. Und das, was sie nicht ausgesprochen hatte, ergänzte ihr Mienenspiel. Offen, wie aufgebrochen, und der Schlüssel war so märchenhaft wie der Name: *Ali Baba*. Es passte zu ihr, dass sie ihren Hund so getauft hatte, und es passte auch zu ihr, dass sie ihren Kummer all die Jahre geleugnet hatte. Manchmal musste eben etwas eigentlich Schlimmes passieren, um diese alten Krusten aufzubrechen und das Lebendige darunter zutage zu fördern.

Johannes fühlte sich so lebendig wie nie zuvor in seinem Leben, als er spürte, wie der schlanke Körper neben ihm locker und warm wurde, sich endlich im Schlaf an ihn schmiegte, sich noch einmal kurz zurückzog und dann wieder auf ihn zurückte, es war das schönste Geschenk, das er sich vorstellen konnte. Schöner als die heißesten Umarmungen, obwohl er doch seit Monaten in dieser Hinsicht wie ausgehungert war.

Dabei war es keineswegs so, dass er Juliane nicht begehrte, es verlangte ihn im Gegenteil nach ihr auf eine Weise, die seinen ganzen Körper in Erregung versetzte und ihm das Schlucken schwer machte. Ausgerechnet er, der so anfällig für jede sinnliche Verführung war, die sich ihm darbot, genoss nun das Abwarten. Keine Askese, beileibe nicht, sondern vielmehr das Schwelgen in zarten Bildern und Andeutungen und Hoffnung. Er würde auch niemals vergessen, wie Juliane ihn todmüde auf die Probe gestellt hatte. Ein neckisches Kind, dem die Augen schon zufielen, das bewährte Verhaltensmuster aufgriff und ihn doch keine Sekunde lang über die Angst hinwegtäuschte, die in ihr war. Die Angst davor, wieder enttäuscht zu werden.

Er war vielleicht kein großer Philosoph, aber er spürte genau, wenn ein Mensch an den Grenzen seiner Belastbarkeit angelangt war. Genau das traf auf Juliane zu. Sie hatte das Leben in großen gierigen Happen verschlungen und nicht einmal gemerkt, dass viel Unverdauliches dabei war und das Wichtigste fehlte. Ähnlich wie er selbst, auch wenn der Gegensatz zwischen ihnen äußerlich betrachtet kaum größer sein könnte. Es waren letztendlich nicht Äußerlichkeiten, die zählten.

In dieser Nacht erkannte Johannes, was wirklich für ihn zählte.

Neben Juliane liegend, nahm er die Geräusche des anbrechenden Morgens in sich auf, es war lauter als bei ihm daheim, das lag zweifelsfrei daran, dass es in dieser Straße nur Mehrfamilienhäuser und wenig Grün gab, alle naselang wurde ein Auto gestartet, auch das Quietschen der Straßenbahn war deutlich zu hören, wenn sie gut hundert Meter weiter um die Ecke bog. Doch nichts von alldem weckte Juliane, sie lag noch immer auf dem Bauch, das Gesicht ihm zugewandt, die Lippen standen leicht offen, am Haaransatz kräuselten sich ein paar nachwachsende Härchen, sie hatte ein Knie angezogen und dabei die Bettdecke weggestrampelt, im Lauf der Nacht hatte er das vorwitzige Bein immer wieder zugedeckt, nun lugte es schon wieder hervor. Samtig weich, er musste an sich halten, um nicht darüber zu streicheln, er hätte sie jetzt umschlingen und nicht mehr loslassen mögen. Jenes Begehren, das er in den zurückliegenden Stunden so mühelos abgestreift, ja nicht einmal wirklich empfunden hatte, überrollte ihn nun mit aller Macht. Hoffentlich merkte sie nichts, wenn sie aufwachte.

»Du bist ja wirklich geblieben.« Plötzlich war sie doch wach, blinzelte, in ihrem Blick glaubte er eine Mischung aus Vorsicht und Verlegenheit zu erkennen.

»Natürlich. Und gleich fahren wir wie versprochen ins Klösterchen und lassen dir Blut abnehmen.«

»Musst du nicht heim?« Ihr Blick hielt ihn fest, so fest, dass es kein Entweichen gab.

Was war er für ein Trottel! Er hatte Karin vergessen, er hatte glattweg die Frau vergessen, mit der er seit fast zwanzig Jahren zusammen war. Gab es das? Offensichtlich ja, so unglaublich es klang. Er, der schon anrief, wenn er sich eine halbe Stunde verspätete, hatte Karin zuletzt vor über vierundzwanzig Stunden gesehen und gesprochen und seitdem praktisch keinen Gedanken mehr an sie verschwendet. Er hatte ihre Ordnungswut und ihre Vorhaltungen benutzt, um sich für ein paar Stunden aus dem Pflichtenkarussell abzuseilen, und war in etwas geraten, das zeitloser als die Ewigkeit, aufregender als jedes Abenteuer, tiefer als das Meer, süßer als Marzipan und schöner als alles war, was er mit seinen nicht eben ungeschickten Händen erschaffen konnte. Der Gedanke tat ihm weh, Karin zu beunruhigen, falls sie überhaupt bemerkt hatte, dass er diese Nacht nicht heimgekommen war. Aber noch viel mehr schmerzte es ihn, von Juliane mit dieser scheinbar harmlosen Frage darauf hingewiesen zu werden, dass er nicht wirklich hierher gehörte. Noch nicht.

»Später«, sagte er, »ich werde später kurz anrufen. Geht es dir wirklich wieder gut? Kein Drehen im Kopf und kein Pudding in den Beinen mehr?«

»Du hast mich gut gepflegt. Und was ist mit dir?«

»Alles, was ich brauche, ist eine Dusche und vielleicht ein Bügeleisen, meine Kleider dürften ziemlich verknittert sein.«

Sie einigten sich darauf, dass er zuerst ins Bad ging. Er ließ abwechselnd heißes und kaltes Wasser auf sich herabprasseln und versuchte gleichzeitig, seine Gedanken zu ordnen. Liebe spüren war die eine Sache, doch es war etwas anderes, sie im Alltag zu installieren. Er trocknete sich gerade mit dem flauschigen Handtuch ab, das Juliane ihm gegeben hatte, und stellte sich vor, dass es normalerweise ihren Körper umhüllte, als er sie nebenan sprechen hörte. Bestimmt arrangierte sie gerade ihre Termine für heute um. Ob etwas Privates dabei war? Hoffentlich nicht, wenn sie in festen Händen wäre, hätte sie wohl kaum das ganze Wochenende mit ihm und den beiden Kindern verbracht.

Aber er selbst war in festen Händen. Es wurde wirklich höchste Zeit, dass er sich bei Karin meldete, mittlerweile musste sie auf sein. Und Philipp dürfte vor der Werkstatt stehen und sich wundern. Gleich, sagte er sich, wenn Juliane im Bad ist, rufe ich an. Er wickelte sich das Handtuch um und öffnete die Tür, um wenigstens seine Hose aufzubügeln, als ihm sein Handy entgegengehalten wurde. Konnte Juliane Gedanken lesen?

»Da war gerade ein Anruf für dich, es tut mir Leid, aber ich bin drangegangen, weil du das gleiche Handy wie ich hast, und es lag auf dem Tisch. Du sollst sofort zurückrufen.«

Es stand außer Frage, bei wem. Karin stand zwischen ihnen. »Es muss dir nicht Leid tun«, sagte er und aktivierte seine eigene Nummer.

Wenig später geleitete er Juliane wie vereinbart ins Krankenhaus, wo ihr Blut abgenommen und sicherheitshalber ein weiteres EKG gemacht wurde, den Befund der Blutuntersuchung konnte sie später telefonisch abfragen, der Dienst tuende Arzt wertete den Kollaps sehr viel weniger dramatisch als seine Kollegen vom Vorabend, was natürlich auch daran liegen mochte, dass die Patientin nun wie das blühende Leben aussah.

»Darf ich dich gegen Mittag anrufen?«, fragte Johannes. »Oder, besser noch, vorbeikommen, um mich davon zu überzeugen, dass dir wirklich nichts fehlt?«

»Ich glaube, das ist keine so gute Idee, bei mir türmt sich die Arbeit, außerdem habe ich Lilly versprochen, sie um sechs Uhr zu ihrer ersten Schnupperstunde mit Pfeil und Bogen zu begleiten.«

»Dann schlage ich vor, dass ich mit Moritz dazustoße.«

Der Widerstreit in ihrem Gesicht war ihr deutlich anzusehen. Da waren die hautnah miteinander verbrachten Stunden hier und ihr gewohntes Leben dort, trotzdem willigte sie schließlich ein. Johannes nahm es als gutes Omen.

Beträte ein Außenstehender das Haus, so würde ihm nichts auffallen. Ein hübsches Haus, würde er denken, alles sehr liebevoll ausgewählt und aufgeräumt obendrein, es gab bei den Hopsteins weder Wollmäuse noch Spinnweben, denn egal, wie wenig Zeit Karin hatte, ihren Haushalt hielt sie stets tipptopp gepflegt. Hätte jemand sie noch vor kurzem gefragt, wie sie ihre Qualitäten als Hausfrau und Ehefrau beurteilte, so hätte sie sich ein gutes Zeugnis ausgestellt, denn für den Ärger mit ihrem Vater konnte sie nichts. Käme dieselbe Frage jetzt, in diesem Moment, so würde sie nur ratlos die Schultern zucken.

Nach allem, was Johannes eben zu ihr gesagt hatte, konnte nichts mehr von dem stimmen, worauf sie gebaut hatte. Sehr viel hatte er nicht gesagt. Trotzdem war es zu viel gewesen. Noch immer saß sie wie gelähmt auf dem Stuhl am Esstisch, auf dem sonst Johannes saß. Sie hatte diesen Platz ausgewählt, weil ihr schummerig geworden war, als die Haustür hinter ihm ins Schloss fiel. Komm zurück, hatte sie rufen wollen, ich brauche dich doch. Aber sie hatte nichts dergleichen getan, sondern sich nur schwerfällig auf seinen Stammplatz fallen lassen. So als ob sie hoffte, dieser Sitz, auf dem er seit ihrem Einzug in dieses Haus jeden Tag um die zwei Stunden verbracht hatte, könnte ihr verraten, was wirklich passiert war. Warum. Doch nichts dergleichen geschah, ihre tränenlosen Augen – warum weinte sie nicht? –

schweiften durch den Raum und blieben zuletzt an der Anrichte hängen.

Die Kristallschale mit der Silberhaube war ein Hochzeitsgeschenk ihrer Eltern gewesen, dazu passend gab es ein Dutzend Dessertteller aus schwerem Bleikristall, zwei davon standen noch unberührt auf dem Tisch vor ihr. Nebst Löffelchen aus echtem Sterling-Silber mit Monogramm. Es duftete noch immer nach Marzipan, ob er es nicht gemerkt hatte? Wäre es anders gekommen, wenn sie ihn gleich bei seiner Ankunft mit diesem Liebesbeweis konfrontiert hätte?

Sie stand auf und hob die Haube ab, die die Nachspeise so frisch gehalten hatte. Sie hob die schwere Schüssel an ihre Nase und atmete den Duft ein, von dem sie wusste, dass er Johannes immer wieder schwach machte. Keine noch so geschickt lancierte Diät kam gegen diese Gier an. War er ein hemmungsloser Mensch? Konnte es sein, dass seine Gelüste schon immer sehr viel breiter gestreut gewesen waren, als sie das jemals für möglich gehalten hatte? Betrog er sie? Seit wann? War die andere schöner, jünger, eine Schlampe?

Sie griff nach einem der beiden Löffel und setzte ihn an der ersten Marzipanbirne an, stach ein Stück ab und führte es zum Mund und fuhr immer so fort, sie kam nicht dagegen an, bis die Schale leer war. Nie zuvor hatte sie eine solche Unmenge an Süßem gegessen. Es war widerlich, sie ekelte sich vor sich selbst, dabei war Johannes derjenige, der vor sich ausspucken sollte.

Nichtsdestotrotz sprang Hoffnung in ihr auf, als es eine Weile später an die Wohnzimmertür klopfte. Johannes war doch nicht gegangen oder aber leise zurückgekommen, um sich zu entschuldigen, dachte sie. Sie wandte sich um, streckte die Hand aus und war bereit, ihm noch einmal zu verzeihen.

»Tut mir Leid, dass ich einfach so hereinkomme, Frau Hopstein, aber ich habe mir Sorgen gemacht. Ich habe wieder und wieder versucht, Sie über die Hausanlage zu erreichen, und weil der Durchgang zur Werkstatt noch offen stand ...«

»Es ist schon gut, Philipp.«

»Wirklich? Sie sehen nicht so aus, als ob es Ihnen gut ginge. Wenn ich Ihnen irgendwie helfen kann?«

»Mir ist nicht zu helfen. Mein Kopf ist wie eine Rumpelkammer, mein ganzes Leben ist wie eine Rumpelkammer, voll gestopft mit allem Möglichen, was niemand mehr haben will. Offenbar war ich die Einzige, die geglaubt hat, dass dieses Gerümpel wertvoll ist. Ehrlichkeit, Treue … was ist das schon?«

»Johannes hat also wirklich …?«

»Fragen Sie mich nicht, was er hat oder nicht hat. Ich will es gar nicht wissen. Ich will nicht wissen, was er noch alles kaputtschlagen will. Er kümmert sich ja nicht einmal mehr um die Werkstatt, oder war er etwa drüben?«

»Nein, das war er nicht.«

»Sehen Sie.« Und dann kamen die Tränen, zunächst spärlich und schließlich wie ein Sturzbach, so ähnlich musste man sich fühlen, wenn man ausblutete, aber zugleich war es eine Erlösung, weil das Weinen keinen Raum mehr für etwas anderes ließ. Nicht einmal für den Schmerz und ihren verletzten Stolz. Es machte ihr auch nichts mehr aus, dass Philipp sie so erlebte. Völlig selbstverständlich schlüpfte er erneut in die Rolle ihres Helfers.

In der Halle herrschte angespannte Ruhe. Nur das Zischen der abgeschossenen Pfeile war zu hören und das Geräusch, wenn die Pfeilspitzen sich in die Stellwände aus gepresstem Stroh bohrten. Etwa zwei Dutzend Bogenschützen standen hochkonzentriert achtzehn Meter von den Wänden entfernt, nahmen Pfeil um Pfeil aus dem Köcher, legten an und schossen Richtung Hallenende. Plötzlich war die Stille vorbei: Stimmengewirr, Gelächter, die meisten Köcher waren leer, das Schießen wurde unterbrochen, die Schützen – zwischen zwölf und sechzig Jahre alt – liefen durcheinander und sammelten ihre Pfeile für die nächste Runde ein.

»Das, was ihr gerade seht, ist das Einschießen, um die Muskulatur warm zu machen«, erklärte der Trainer, woraufhin Moritz und Lilly einträchtig nickten. Sie nickten auch noch, als sie erfuhren, dass allein zum Aufwärmen fünfzig Schüsse nötig waren und der Bogensport folglich extrem anstrengend war, ohne eine gute Kondition und eisernes Üben ging da nichts, zumal hier Hobbysportler und Leistungssportler gemeinsam trainierten und der Ehrgeiz der Laien groß war, im Vergleich nicht allzu schlecht abzuschneiden.

»Und das traut ihr euch wirklich zu?«, fragte der eher zierliche Mann am Ende der nächsten Runde. Wieder nickten beide Kinder. »Gut, dann kommt mal mit, eure Eltern können solange hier bleiben und weiter zuschauen.« Damit waren zweifelsfrei Johannes und Juliane gemeint, es blieb keine Zeit mehr zu protestieren, selbst wenn sie es gewollt hätten. Ein letztes Grinsen von Moritz, dann war das Trio verschwunden. Ein jüngerer Mann übernahm das Kommando, Sekunden später sausten erneut die Pfeile durch die Halle.

»Wie bei Robin Hood sehen die hier wirklich nicht aus«, sagte Johannes. Einfach, um überhaupt etwas zu sagen, irgendwie musste er ja den Anfang machen. Auch eine Art Aufwärmen.

»Nein«, stimmte Juliane ihm zu, »die sehen eher wie *Star-Trek*-Krieger mit Hightech-Waffen aus. Ich bin gespannt, ob das etwas für Lilly ist.«

»Sie sah ziemlich begeistert aus. Genau wie Moritz. Ist es nicht wunderbar?« Er sah sie an, zwischen ihnen war so gut wie kein Abstand, vor ihnen die schwirrenden Pfeile, zeitlich versetzt zwanzigfaches Plop, wenn die Spitze traf. Er ließ keinen Zweifel daran, worauf sich seine eigene Begeisterung bezog. Auf sie selbst. Wie stellte er sich das vor? Sie waren keine Kinder mehr, diese Nacht war vorbei, so wie ein Märchen vorbei war, wenn man das Buch zuschlug, in dem es geschrieben stand.

»Ich hoffe«, sagte sie laut in seine verehrungsvollen Braunaugen hinein, »dass du keinen Ärger mit deiner Frau hattest. Wegen mir. Ich meine, weil ich versehentlich an dein Handy gegangen bin. Nicht, dass sie am Ende etwas Falsches denkt.«

»Ich habe ihr die Wahrheit gesagt.«

»Die Wahrheit?«, wiederholte sie und wusste im selben Augenblick, dass sie besser nicht gefragt hätte. Etwas lag in der Luft, etwas Gefährliches, sie musste an jenes Gewitter denken, das sie einmal in den Bergen miterlebt hatte. Es war von grandioser Schönheit, sie hatte das Naturspektakel auf einer Felsnase stehend genossen, später hatten die Einheimischen ihr gesagt, dass das Gestein hoch eisenhaltig war. Niemand hatte verstanden, warum sie sich nicht in eine der Schutzhütten geflüchtet hatte. Heute war sie klüger … Ihr Kopf klärte sich, sie sagte sich, dass Johannes alles andere als gefährlich aussah, ihre Assoziation war an den Haaren herbeigezogen. Auch seine Betonung bei den folgenden Worten war nicht auffällig, er sprach weder besonders laut noch besonders leise und ohne jegliches Pathos, trotzdem hatte das, was er sagte, die Wirkung eines Blitzschlages.

»Ich habe ihr gesagt, dass ich dich liebe.«

»Du bist verrückt.« Sie musste weg von diesem Verrückten, auf der Stelle. Sie tat einen Schritt vor, noch einen, dann umschloss eine kräftige Hand ihren Oberarm und riss sie zurück, die polternde Stimme galt eindeutig ihr: »Wohl verrückt geworden, was? Wollen Sie hier Teesieb spielen oder was?«

Sie entschuldigte sich, kehrte an ihren Platz zurück und hoffte, dass sie sich die Szene eben nur eingebildet hatte. Niemand, der noch halbwegs bei Sinnen war, eröffnete seiner Ehefrau aus heiterem Himmel die Liebe zu einer anderen, mit der er nichts hatte und nichts haben würde. Niemand außer Johannes tat so etwas.

Viele Wege führen nach Rom

Dem Gespräch mit seiner Schwester war ein Gespräch mit seiner Hausbank gefolgt, das eine kaum weniger unangenehm als das andere, notgedrungen rief René noch am späten Montagnachmittag bei seiner Mutter an und erfuhr, dass sie sich schlicht geweigert hatte, sein Konto auszugleichen. Und das, ohne ihn wenigstens vorzuwarnen.

Wie stand er denn jetzt da? Wie stellte sie sich das vor? Wovon sollte er beispielsweise den Sprit für seinen Luxuswagen bezahlen? Im Moment war er wirklich restlos pleite, und seine noble Kundschaft war einfach nicht von der Sorte, bei der man das Geld cash bei Lieferung verlangte. Von nichts kam nichts, gerade die Superreichen liebten es, sich mit der Bezahlung ein paar Wochen Zeit zu lassen. Es war wirklich nur eine Frage der Zeit, wann er wieder im Geld schwimmen würde, die verfremdeten Mickymäuse verkauften sich wie warme Semmeln, er konnte gar nicht so schnell nachliefern, wie neue Bilder verlangt wurden. Die Summe seiner Außenstände rechtfertigte ohne weiteres die paar Kleinigkeiten, die er sich zusätzlich zu dem Cabrio geleistet hatte.

Natürlich war er nicht so deppert, seiner Mutter gegenüber die neue Uhr und die beiden italienischen Maßanzüge zu erwähnen, die zwölf Mille dafür packte er der Einfachheit halber auf die Umsatzsteuernachzahlung drauf, die ihm, um das Maß voll zu machen, dieser Tage ins Haus geflattert war.

»Versteh das doch, Muttchen«, sagte er, »einerseits sind wir im Moment nicht ganz flüssig, aber letztlich stehen wir blendend da, sogar diese beknackte Umsatzsteuer ist ja letztlich nichts weiter als ein Indiz dafür, wie viel wir verdienen. Gib deinem Herzen einen Stoß und hilf mir noch einmal aus der Klemme, ich schwöre dir bei allem, was mir heilig ist …«

Seine Mutter fiel ihm ins Wort, es war mehr als offensichtlich, dass sie von seiner Schwester geimpft war. Aus eigenen Stücken würde sie niemals so mit ihm reden. Kaltherzig. Kalt wie eine Hundeschnauze. Sie machte nicht einmal große Worte, sondern berief sich nur auf das letzte Gespräch dieser Art: »Ich habe dir gesagt, das ist endgültig das letzte Mal, und das war es auch.«

Sollte er dagegenhalten, dass es dieses »letzte Mal« schon seit Jahren gab und seine Außerkraftsetzung schon eine Art Gewohnheitsrecht darstellte? Vermutlich nicht gerade der beste Ansatz, er verlegte sich auf die Beschwörung jener Perspektiven, die eine Hochzeit mit Juliane ihm bot, malte sie in den rosigsten Farben aus, es fehlten praktisch nur noch Brautstaat und Datum.

»Hast du sie überhaupt schon gefragt, ob sie dich heiraten will?«, fragte seine Mutter. »Deine Schwester ist nämlich der Auffassung, dass du in dieser Hinsicht möglicherweise ähnlich vorschnell bist wie bei deinen Prognosen für die Galerie. Bei eurem gemeinsamen Dinner zu dritt hatte sie nicht unbedingt den Eindruck, dass ...«

Er fiel ihr ins Wort, die Erfahrung hatte ihn gelehrt, dass Dinge, die einmal ausgesprochen waren, eine seltsame Eigendynamik entwickelten. Diesen Prozess musste er bremsen, auf der Stelle, zumal er in den nächsten Tagen noch ein Paar antike Manschettenknöpfe und eine Krawattennadel aus fürstlichem Besitz erwartete, eine solche Okkasion durfte man sich einfach nicht entgehen lassen, und eine Rückgabe war ausgeschlossen. Vereinbart war Zahlung bei Lieferung.

»Natürlich weiß Juliane um meine Absichten, ich habe sogar schon über den Ankauf von Preziosen aus dem Besitz eines echten Grafen verhandelt.« Was erstens nicht gelogen und zweitens die Idee überhaupt war, einer Frau wie Juliane konnte er zur Hochzeit unmöglich mit einem Nullachtfünfzehn-Geschmeide kommen, diese Verbindung musste genau so anfangen, wie er sie sich auf Dauer vorstellte: etwas vom Feinsten, Extraklasse de luxe ...

»Und wann soll die Trauung stattfinden?«

»So bald wie möglich.« Sehr diplomatisch, wie er fand, trotzdem gab seine Mutter sich noch immer nicht zufrieden, was garantiert an der soufflierenden Stimme im Hintergrund lag. Jetzt war es eindeutig, er hatte sich nicht geirrt, seine Schwester machte Ernst und hetzte ihre arme alte Mutter gegen ihn auf. Angeblich zu seinem eigenen Besten, aber er war alt genug, um selbst zu wissen, was ihm gut tat.

»Das reicht mir nicht, Rainer. Wir wollen den exakten Termin wissen.«

»Juliane und ich wollten heute Abend darüber reden.«

»Gut, dann sag mir morgen Bescheid.«

»Und was ist nun mit dem Konto?«

»Das entscheiden wir dann auch morgen.« Kein »Rainerle« und kein »Bussi«, es war das kühlste Telefonat mit daheim, an das er sich erinnern konnte.

Mit Ultimatum.

Er hatte keine Wahl, er musste auf die Tube drücken, in solchen Momenten machte sich seine Abstammung bezahlt. Bergbauern, so zäh wie der Boden, den sie beackerten, so jemand gab nicht auf, wenn's ein bisserl steinig wurde. Steine waren da, um aus dem Weg geräumt zu werden. Natürlich brauchte er dazu nicht mehr wie seine Altvorderen Muskelkraft, zum Glück hatte die Natur ihm außer einer gehörigen Portion Zähigkeit jede Menge Köpfchen und Charme in die Wiege gelegt.

Er dachte kurz nach, dann rief er seinen Lieblingsblumenladen an, in dem er obendrein anschreiben lassen konnte. Das galt auch für sein Lieblingsrestaurant, in dem er einen Tisch bestellte. Egal wie, heute Abend musste er mit Juliane ins Reine kommen, er würde die Festung im Sturm nehmen. Frauen wollten erobert werden, das würde bei einer Karrierefrau nicht anders sein. In ihrem Herzen war auch Juliane eine echte Frau und nicht nur dort, wie ihm die Reaktion auf seine Handküsse der besonderen Art verraten hatte.

Lilly machte keinen Hehl aus ihrer Enttäuschung, als Juliane darauf bestand, sie sofort nach ihrer ersten Schnupperstunde mit Pfeil und Bogen heimzufahren. Dabei hatte der Onkel von Momo, wie sie Moritz inzwischen nannte, sie zur Feier des Tages alle vier zum Essen in den *Nudelpalast* einladen wollen. »Tut mir Leid«, hatte Juliane gesagt, »aber ich habe noch eine Verabredung.« Davon war zwei Stunden zuvor noch keine Rede gewesen, ganz im Gegenteil hatte Juliane sich bei Lillys Mutter nicht festlegen wollen und lediglich versprochen, dass Lilly spätestens um zehn wieder zu Hause sein würde.

Jetzt war es gerade mal halb acht. Etwas war passiert.

Gedankenverloren spielte Lilly mit dem Schalter, der die Fenster automatisch hoch- und wieder runterfuhr. Wenn sie nachdachte, musste sie ihre Finger irgendwie beschäftigen, und in einem Auto waren die Möglichkeiten dazu notgedrungen reduziert.

»Könntest du das bitte lassen, Lilly.« Auch das hörte sich nicht nach Juliane an. Total steif und so, als ob sie ihre eigene Gouvernante wäre.

»Warum bist du eigentlich so schlecht gelaunt?« Lilly sah ihre Patentante an, sie chauffierte auch anders als sonst, saß da mit durchgedrückten Armen und einem Gesicht, als ob sie jeden Moment damit rechnete, dass ihnen ein Verrückter auf die Kühlerhaube jumpte.

»Wieso sollte ich schlecht gelaunt sein? Verdammter Idiot!« Juliane betätigte die Hupe, dreimal hintereinander, das galt offenbar einem ortsfremden Verkehrsteilnehmer, der gehofft hatte, von ihr beim verspätet angezeigten Spurwechsel unterstützt zu werden. Diese Stelle war selbst für Kölner nicht ohne, wer hier auf der rechten Spur blieb, landete gnadenlos auf der anderen Rheinseite. Normalerweise hatte Juliane in dieser Hinsicht viel Verständnis.

»Weil du uns den Abend versaut hast und dieses arme Würstchen nach Deutz rüberschickst.«

»Das arme Würstchen dürfte im Besitz eines Führerscheins sein und sollte folglich die Verkehrsregeln kennen, hier ist eindeutig eine durchgezogene Linie. Und was den versauten Abend betrifft, so war ich bislang der Meinung, ich hätte dir eine Freude mit dem Schnupperkurs gemacht.«

»Davon rede ich ja nicht, natürlich ist es klasse, dass du mitgekommen bist und mir sogar einen Profi-Bogen kaufen willst, genau wie Onkel Jo für Momo, ihr beide seid so ziemlich die nettesten Erwachsenen außer meiner Mutter, die ich kenne. Aber gerade weil du eigentlich so nett bist, kapier ich nicht, was heute los ist. Magst du keine Nudeln mehr?«

Ich will nicht vom Blitz erwischt werden, hätte Juliane am liebsten erwidert, noch sehr viel mehr plastische Bilder schossen ihr durch den Kopf, und alle hatten miteinander gemeinsam, dass sie versuchten, dieses ungeheuerliche Bekenntnis von Johannes greifbar zu machen. Aber wie sollte man etwas begreifen, was jenseits aller Vernunft lag? Sie begnügte sich damit, erneut auf ihre Verabredung hinzuweisen, wobei ihr klar war, dass Lilly ihr kein Wort glaubte. Die Reaktion ihrer Mutter wenig später gab Wasser auf Lillys Mühlen.

»Wieso seid ihr denn schon so früh zurück?«, fragte Renate arglos. »War's doch nicht so gut, wie Lilly sich das vorgestellt hat?«

»Es war genial, alles Weitere fragst du besser Juliane.« Das Mädchen stürmte in ihr Zimmer hoch, auf den mahnenden Zuruf ihrer Mutter hin wandte sie sich noch einmal kurz um und rief »Danke auch!«.

Leider, dachte Juliane, waren ausgerechnet heute keine Kleinkinder zur Stelle, um Renate mit Beschlag zu belegen, Carsten hatte sie alle drei mit zu einer Probe genommen.

»Nun pack schon aus!«, verlangte die Freundin und versuchte, Juliane in die Küche zu ziehen. Die Tür stand offen, auf dem Tisch stand ein Stövchen, darauf eine bauchige Teekanne, daneben die ersten selbst gebackenen Lebkuchen, es roch verführerisch und beschwor Bilder vom nahen Weihnachtsfest im Kreis der Familie.

Auch das schied für Juliane aus, sie wusste genau, warum sie sich seit Jahren standhaft weigerte, Renates Einladung für Heiligabend anzunehmen. Ihr Platz am 24. Dezember war weit weg an einem Pool und unter Palmen, wo nichts sie daran erinnerte, wie es um diese Zeit daheim war. Ihr fiel ein, dass sie unbedingt dieser Tage im Reisebüro anrufen und fest buchen musste. Als Nächstes fiel ihr *Ali Baba* ein. Ob ihre Mutter sich noch daran erinnerte, was gestern geschehen war? Und wenn, ob sie darüber reden würde?

Sie wehrte den Zugriff ihrer Freundin ab. »Nein, es geht wirklich nicht, ich habe noch eine Verabredung.«

»Mit einem Mann?«

»Lass mich ja mit Männern in Ruhe!«

»Also doch ein Mann!« Es klang zufrieden und so, als ob ein Mann das Leben einer Frau erst rund machte.

Auf Renate mochte das zutreffen, zumal ihr Carsten seinen Zweck schon dadurch erfüllte, dass er ihr zu vier prächtigen Kindern verholfen hatte und dafür sorgte, dass die Familie auch ohne ihr Zutun finanziell gut über die Runden kam. Völlig andere Voraussetzungen, wie Juliane sich sagte, als sie wenig später aus der Parklücke stieß, unsanft über den Bordstein rumpelte und eine Mülltonne touchierte. Die Tonne fing sich wieder, was Juliane als gutes Zeichen nahm.

Sie würde sich nicht davon irritieren lassen, dass ein Bär von Mann auf dem Umweg über seine Frau bei ihr zu landen versuchte. Total plemplem und obendrein geschmacklos, die arme Frau, hatte er denn gar kein Herz und kein Gefühl für Anstand?

Doch, protestierte es in ihr, dieser Störenfried in ihrem Inneren lieferte prompt Beweismaterial für die Herzensgüte des Mannes, der alles stehen und liegen ließ, um ihr zu helfen, und nicht den kleinsten Versuch unternommen hatte, um die Situation in ihrem Bett auszunutzen. Obwohl sie ihm goldene Brücken gebaut hatte. Warum sie das getan hatte, wussten die Götter, es mochte sogar sein, dass ihre verfehlte Koketterie ihn erst auf dumme Gedanken gebracht hatte.

Ich habe ihr die Wahrheit gesagt. Ich habe ihr gesagt, dass ich dich liebe.

Juliane drückte das Gaspedal durch und wurde erst wieder langsamer, als hinter ihr eine Sirene ertönte. Das galt zum Glück nicht ihr, zwei Polizeiwagen rasten an ihr vorbei, dicht gefolgt von einer Ambulanz und dem Wagen des Notarztes.

Gab es verdammt nochmal nichts, was sie nicht an die letzte Nacht erinnerte?

Ihre Wohnung war kaum dazu angetan, die Erinnerungen zu verscheuchen, überall nisteten Spuren, es half auch nichts, dass sie sich vorhielt, mehr als albern zu sein. Was war schon passiert? Nichts, genau genommen nichts, zum Glück gab es keine mehr oder weniger leidenschaftliche Umarmung, die sie bereuen musste. War es vielleicht gerade das? Sie überlegte, ob sie einfach das entgangene Abendessen in *Jans Bistro* nachholen sollte, um auf andere Gedanken zu kommen, als es klingelte. Sie stand da wie erstarrt. Es klingelte erneut, wieder und wieder, jemand klingelte bei ihr Sturm. Ein Verrückter! Der einzige Verrückte, den sie kannte …

Sie lief zur Tür und drückte auf und sah, wie der Aufzug auf ihrer Etage anhielt und einen Busch langstielige rote Rosen entließ. Vor lauter Rosen konnte sie den Mann dahinter nicht sofort erkennen, die Botschaft der Rosen erzeugte ein eher schales Echo in ihr, die Pusteblumen neulich hatten ihr sehr viel besser gefallen als diese unproportionierten, maßlos überteuerten Stängel. Sie hätte nicht gedacht, dass Johannes versuchte, ihr auf diese Weise zu imponieren, es enttäuschte sie, obwohl sie keinerlei Erwartungshaltung ihm gegenüber hatte. Sekunden später bemerkte sie ihren Irrtum, der Rosenkavalier war nicht Johannes. Zu René passte ein solches Bukett sehr wohl.

»Sei nicht böse, Juliane, wenn ich dich so überfalle, aber ich habe es einfach nicht länger ausgehalten. Ich finde, es wird höchste Zeit, dass wir beide Nägel mit Köpfen machen, wir sind schließlich beide erwachsene Menschen, die wissen, was sie wollen. Aber müssen wir das wirklich hier draußen im Treppenhaus bereden? Wie wäre es, wenn wir etwas essen gehen – ich habe mir erlaubt, einen Tisch bei *Da Bruno* zu reservieren – und in aller Ruhe sehen, wie wir unseren engen Terminplan mit unserem Privatleben in Einklang bringen?«

»Tja, ich weiß nicht, ich stecke wirklich bis über beide Ohren in der Arbeit.«

»Wahrscheinlich war es dumm von mir, dir mit diesem Großauftrag für den Schwager vom *Adelmann* noch mehr aufzubürden, wenn dir nicht mal mehr Zeit fürs Essen bleibt.«

»Nein, das war ganz im Gegenteil sehr nett von dir, es ist nämlich eine Arbeit, die mir sehr liegt. Ich habe sogar schon etwas Geeignetes für die Pandolfis gefunden.«

»Ich schlage vor, das erzählst du mir in aller Ruhe bei Bruno.«

Das tat sie. Es war durchaus wohltuend, alle ungelösten Probleme beiseite schieben zu können und bei einem vorzüglichen Menü und nicht weniger hervorragenden Weinen von ihren Erfolgen zu reden, die unstrittig waren. René war ein aufmerksamer Zuhörer, der an den richtigen Stellen die richtigen Fragen stellte, und Juliane, als sie ihr Thema erschöpfend abgehandelt hatte, seinerseits mit amüsanten Anekdoten unterhielt, von denen eine sogar in diesem Lokal spielte. Ganz unverkennbar war er Stammgast im *Da Bruno*, wogegen sie selbst heute zum ersten Mal hier war. Die Atmosphäre gefiel ihr, man saß dicht beieinander, der Wirt war ebenso locker wie sein Personal, man konnte tatsächlich den Eindruck gewinnen, es handele sich um eine große Familie, lediglich die Speisekarte verriet, dass es sich um ein Restaurant der Spitzenklasse handelte.

»Weißt du überhaupt, wer neben uns sitzt?«, tuschelte René dezent hinter vorgehaltener Hand und nutzte die Gelegenheit, mit den Lippen ihr Ohrläppchen zu berühren.

»Du meinst die beiden Herren?«

»Der eine ist Toni Schumacher und der andere Mister *Ich-habe-fertig*.«

Obwohl Juliane sich nicht für Fußball interessierte, war ihr dieser zum geflügelten Wort avancierte Spruch des italienischen Trainers ebenso geläufig wie der Name des Kölner Lokalmatadors. Trotzdem war ihr nicht ganz klar, inwieweit die Anwesenheit dieser beiden von Bedeutung war.

»Schwärmst du etwa für Fußball?«

»Nein, keine Sorge, ich wollte dir nur zeigen, dass ich nicht übertreibe. Jeder zweite Tisch ist hier mit einem Promi besetzt. Und wer's noch nicht ist, steht kurz davor. Weißt du, Juliane, wir beide zusammen wären echt unschlagbar.«

»Wobei? Wolltest du mir eine Beteiligung anbieten?« Es sollte ein Scherz sein, ein Ablenkungsmanöver, vielleicht war es doch keine so gute Idee gewesen, Renés Einladung anzunehmen.

»Juliane, du weißt doch genau, wovon ich rede, lass uns endlich mit dem Versteckspiel aufhören. Was hältst du davon, wenn wir unsere Freunde und Bekannten und das heilige Köln mit einer Verlobungsfeier überraschen, die es in sich hat?«

Juliane lag ein »Spinnst du?« auf den Lippen, sie schluckte es hinunter. Wenn sie ehrlich zu sich selbst war, musste sie zugeben, dass Renés Vorschlag keineswegs so abwegig war. Seit Monaten wusste sie, worauf seine zahlreichen Anrufe und Einladungen hinausliefen, sie war ja bereits selbst zu dem Schluss gekommen, dass eine solche Verbindung sehr sinnvoll wäre.

Alles, was ihr auf die Schnelle als Gegenargument einfiel, war der von ihm skizzierte Rahmen.

»Offen gestanden habe ich privat nicht viel für große Auftritte übrig.«

»Wenn du willst, können wir auch sofort in aller Stille heiraten.«

»Du willst sagen, dass du die Katze im Sack kaufen willst?«, entfuhr es ihr.

»Falls du dich sorgst, ob wir im Bett zusammenpassen, sollten wir einfach die Probe aufs Exempel machen.«

Ein Vorschlag, auf den sie in Anbetracht von zwei Fußballhelden in Hörweite nichts erwiderte. Sie griff lediglich hektisch nach ihrem Weinglas. René folgte ihrem Beispiel und bestand darauf, mit ihr anzustoßen, wohl um die Peinlichkeit zu überspielen. Sie wehrte sich nicht, in Gedanken war sie schon wieder weit weg. Die soeben vorgeschlagene »Probe aufs Exempel« beschäftigte sie, doch ihr Mitspieler war keineswegs der Mann, der ihr gegenübersaß und über genug Charme verfügte, um damit den Kölner Dom zu überzuckern.

Selbst auf der Rückfahrt – René hatte ein Taxi bestellt und neben ihr im Fond Platz genommen – schaffte sie es nicht, diese beiden Ebenen sauber voneinander zu trennen. Der zweifelsfrei gekonnte Kuss, der an ihren Fingerspitzen begann, verknüpfte sich mit einer unglaublichen Wärme und Nähe und dem Wunsch, die Flammen zum Lodern zu bringen.

Magst du keine nackten Frauen?, hatte sie gefragt.

Ich mag dich zu sehr.

Was für ein dummes Zeug, sie waren schließlich keine verschwärmten Pennäler mehr, warum hatte Johannes die Gelegenheit nicht beim Schopf ergriffen, wenn sie sich bot?

Der Mann, der sie auf dem Rücksitz des Taxis bearbeitete, kannte derlei Hemmungen nicht. Ein Routinier, seine Küsse waren wohl dosiert, er roch gut und fühlte sich gut an, alles an ihm war perfekt, und es gab auch keine Ehefrau im Hintergrund und keinen Drang zu Marzipanschweinchen und überhaupt nichts, was einem Probelauf im Wege stand.

Widerstandslos ließ sie sich von René in ihre Wohnung begleiten, wo er ihr zuerst den Mantel und dann nach und nach ihre Pumps, die Bluse, den schmal geschnittenen Rock und die Strumpfhosen abstreifte. Auch das eindeutig gekonnt, er unterbrach seine Zärtlichkeiten keine Sekunde lang, hatte buchstäblich alles im Griff und schaffte es, sie auf Touren zu bringen. Sie spürte, wie sie feucht wurde.

Sie verspürte noch etwas anderes, einen schalen Geschmack, vielleicht hätte sie den Rotwein weglassen sollen, es war ein sehr schwerer Wein gewesen, ein besonders edler Tropfen, sonst trank sie eher fruchtig-leichte Weißweine und Wasser, viel Wasser. *Durst?*, hörte sie eine Stimme fragen, doch da war niemand, der ihr ein Glas Wasser anreichte und ihr den Nacken stützte. Die Hand, die sie jetzt berührte, war fordernd, daran bestand kein Zweifel. Und während ein Teil von ihr das bejahte und unterstützte, klinkte sich ein anderer Teil von ihr aus, so als ob er nichts mit dem hier zu tun haben wollte.

»Ich glaube ...«, setzte sie an und brach den angefangenen Satz wieder ab, weil sie sich selbst nicht schlüssig war, was sie überhaupt wollte.

»Ich glaube auch, dass wir es uns etwas gemütlicher machen sollten, diese Designer-Sofas sind ebenso schön wie unpraktisch, wenn es darauf ankommt. Wetten, dass du ein wunderbar bequemes Bett dein Eigen nennst?«

Ihr Bett war bequem und groß, an dem Bett gab es nichts zu bemängeln. Höchstens, dass es eine Geschichte erzählte, die noch zu frisch war, um einfach beiseite geschoben zu werden. Sie lauerte überall, in den Kissen und der Decke und der Matratze, deren leises Federn ein diffuses Sehnen wach kitzelte, von dem sie schlagartig wusste, dass es hier und heute keine Erfüllung finden würde. Obwohl die Heizung noch voll aufgedreht war und René buchstäblich keinen Zentimeter ihres nun nackten Körpers aussparte, begann sie zu zittern.

»Du bist mir ja eine ganz Wilde.«

»Ich bin nicht wild, ich friere.« War er wirklich so unsensibel, dass er den Unterschied nicht mitbekam?

»Wetten, dass ich dich warm bekomme.« Die nächste Attacke, heftiger nun, das zärtliche Vorspiel war vorbei, nun ging's zur Sache, diese Beute hielt er fest, es gab kein Entkommen, seine Armmuskeln spielten Schraubstock, seine Zunge drängte in ihren Mund, nicht zu fassen, sogar eine Frau wie Juliane konnte es nicht lassen, mal kurz das geschamige Weibchen zu markieren.

»Lass los! Lass mich auf der Stelle los!«

»Nun komm schon, Haserl, wir wissen doch beide, wo's langgeht.« Dann ein Aufjaulen, Juliane hatte ihn zielgenau zwischen den Beinen erwischt.

Als René wenig später ihre Wohnung verließ, verriet sein fassungsloses Mienenspiel, dass er noch immer nicht glaubte, was ihm soeben widerfahren war.

Juliane glaubte es ja selbst nicht.

Es gehörte zu ihren Prinzipien, eine Sache durchzuziehen, wenn sie sie einmal angefangen hatte. Sie hatte René ermutigt, angeheizt, alle Signale gesetzt, die einen Mann üblicherweise um den Verstand brachten, und als es so weit war, hatte sie abgeflaggt. Es gab keinen vernünftigen Grund dafür. Gerade weil diese Witzfigur namens Johannes sie nicht losließ, wäre es klug gewesen, Teufel mit Beelzebub auszutreiben. Sie hatte es nicht geschafft. Nicht in diesem Bett …

Johannes war auf alles Mögliche gefasst: Dass Karin ihn bei seiner Heimkehr mit einer Szene oder zumindest Vorwürfen überfiel, war ebenso denkbar wie ein Brief. Etwa des Inhalts, dass sie auf unbestimmte Zeit zu ihren Eltern gefahren war, weil sie es nicht ertrug, auch nur noch eine einzige Nacht mit einem Mann, der eine andere liebte, unter einem Dach zu verbringen. Er hielt es nicht einmal für ausgeschlossen, dass sie schnurstracks einen Scheidungsanwalt aufgesucht hatte. Lauter Möglichkeiten, die ihm durch den Kopf gingen, nachdem er Moritz wieder bei seiner Mutter abgesetzt hatte und notgedrungen zu sich heimfuhr. Allein dieses Wort »heim« erschien ihm auf einmal fragwürdig.

Durch seinen Kopf geisterten plötzlich lauter Fragen und Bedenken. Dabei hatte die nicht eben überschwängliche Reaktion von Juliane ihn keine Sekunde lang schwankend gemacht. Er liebte sie. Und er bedauerte es keineswegs, seiner Frau gesagt zu haben, dass er Juliane liebte. Darauf hatte Karin ein Recht, er kannte kaum einen anderen Menschen, der so gradlinig wie sie war. Unter diesem Aspekt hielt er es im Grunde auch für wenig wahrscheinlich, dass sie das tat, was zumindest in einschlägigen Filmen betrogene Ehefrauen zu tun pflegten. Er konnte und mochte sich nicht vorstellen, dass Karin ihre Würde verlor und plötzlich zu zetern oder – schlimmer noch – zu weinen begann. Nicht einmal, als die Sache mit ihrem Vater immer schlimmer geworden war, hatte sie geweint. Soweit er sich erinnern konnte, hatte er sie nur ein einziges Mal ein paar Tränen vergießen sehen, das war, als ihnen ein dicker Scheck geplatzt war und es ganz kurz so aussah, als ob sie das Haus und die Firma nicht halten könnten. Der erste große Auftrag der Galerie Habermann hatte sie gerettet, den Kontakt hatte Karin hergestellt, andernfalls wären sie vielleicht wirklich pleite gewesen und müssten sich – so sein nächster Gedanke – jetzt keine Gedanken darüber machen, wie sie ihr gemeinsames Hab und Gut aufteilten.

Es stand für Johannes außer Frage, dass dies so schnell wie möglich geschehen musste, ebenso wie für ihn feststand, dass Karin nicht auch noch in finanzieller Hinsicht Schaden nehmen durfte. Es war seine verdammte Pflicht und Schuldigkeit, wenigstens auf ihr stark ausgeprägtes Sicherheitsbedürfnis Rücksicht zu nehmen. Das war außerdem, so sah er das, die Voraussetzung dafür, Juliane ernsthaft den Hof machen zu dürfen. Ein altmodischer Ausdruck, doch genau das schwebte ihm vor. Er würde ihr beweisen, wie ernst es ihm war und wie gut sie zueinander passten. Die letzte Nacht hatte gezeigt, dass alles, was sie scheinbar voneinander trennte, mehr oder weniger äußerlich und damit unwichtig war.

Glaubst du wirklich, dass es für eine Frau wie Juliane unwichtig ist, wenn der Mann an ihrer Seite von der Hand in den Mund lebt? Eine Frage, die sich ihm aufdrängte und ihn so rasch nicht wieder losließ, es half auch nicht viel, dass er sein Talent als Kunstschreiner dagegenhielt.

Angenommen, das Haus und die zugehörige Werkstatt kamen tatsächlich unter den Hammer, dann musste er sich eine Stelle suchen. Als was? Seine Profession war vom Aussterben bedroht, fast alles wurde heutzutage mehr oder weniger vom Fließband gefertigt, egal ob Bilderrahmen oder Fensterrahmen, für alles gab es maschinelle Vorsätze und Schablonen, auch wenn der Kunde »Maßarbeit« bestellte und bezahlte. Das hieß gewöhnlich nichts anderes, als dass eine Maschine umprogrammiert wurde. Niemals würde er sich mit einer solchen Arbeit identifizieren können, eher fing er bei der Müllabfuhr an.

Na prima! Juliane war genau die Frau, die auf Müllmänner abfuhr.

Er fuhr nun langsamer, fühlte Schwäche in sich aufsteigen, er umklammerte das Lenkrad der schweren Limousine, die er möglicherweise auch nicht würde halten können. Nach und nach bröckelte vor seinem geistigen Auge alles Mögliche ab, was gemeinhin als Zeichen für ein gutes Leben galt. Die Wohnung, in der er die vergangene Nacht zugebracht hatte, verriet einiges über das Anspruchsniveau ihrer Besitzerin. Wo bei ihm gerade mal ein einziger Sessel von *Piero Lissoni* stand, tummelten sich bei Juliane praktisch ausschließlich so genannte Designmöbel, lediglich ein Paar ausgelatschte Schlappen war aus dem ästhetischen Gesamtbild herausgebrochen. Es war haarig, so sein nächster Gedanke, ein Paar gammelige Hausschuhe als Indikator dafür zu nehmen, dass Juliane modernen Komfort und Luxus zwar mochte, sich aber auch durchaus mit Dingen vertrug, die schon älter und einfach waren. Außerdem war es immer noch ein Unterschied, freiwillig diesen oder jenen Ausreißer zu dulden oder gar nicht anders zu können.

Die Dimension dessen, was möglicherweise bei einer Trennung von Tisch und Bett auf ihn zukam, eröffnete sich ihm auf dieser Fahrt durch die Innenstadt erstmalig mit voller Wucht, es wollte ihm auch nicht gelingen, seine eigene Sichtweise als Schwarzmalerei herunterzuspielen. Von Natur aus war er ein Optimist, und wenn ihm doch mal etwas gegen den Strich ging, gab es bewährte Mittel, um sich zu trösten. Vorzugsweise aus der süßen Abteilung, doch nicht einmal das blieb ihm erhalten, seine Gier auf Naschwerk hatte einem Sehnen Platz gemacht, das sehr viel umfassender war.

Juliane, dachte er, immer wieder landete er bei ihr. Hoffen und Bangen, ihm schwante, dass es wahrlich nicht einfach sein würde, sie für sich zu gewinnen. Warum sollte sie sich mit weniger begnügen, wenn sie es gewohnt war, aus dem Vollen zu schöpfen? Und wenn er eines wusste, dann, dass er nicht als Almosenempfänger dastehen wollte. Ganz im Gegenteil! Er wollte sie auf Händen tragen, ihr jeden Wunsch von den Augen ablesen und sie beschützen, Tag und Nacht, niemand sollte ihr mehr wehtun dürfen.

Ich schaffe es! Er sagte es sich vor, während er mechanisch einparkte und seinem Nachbarn zunickte, der gerade drei Bierkästen aus seinem Kofferraum wuchtete. Ganz kurz überlegte er, ob er klingeln sollte, um Karin auf seine Ankunft vorzubereiten, aber er entschied sich dagegen. Angenommen, sie war überhaupt noch da, empfände sie es mit Gewissheit als Demütigung, wenn die Nachbarschaft auf diese Weise Wind davon bekäme, dass bei den Hopsteins etwas im Busch war.

Wisst ihr schon das Neuste? Der Hopstein klingelt an seiner eigenen Haustür!

Er schloss auf und wich zurück. Es hätte nicht viel gefehlt, und er hätte sein eigenes Namensschild konsultiert, um sich zu vergewissern, dass er sich nicht geirrt hatte. Die Diele war dunkel, doch im Esszimmer flackerte Kerzenlicht. Durch die Ornamente der Glastür erkannte er mühelos, dass sowohl der sechsarmige Silberleuchter auf dem Esstisch als auch die beiden einzelnen Kerzenhalter auf der Anrichte brannten. Was sollte das? War Karin in ihrem Kummer vielleicht übergeschnappt? Er zog die Tür auf, und was er nun erblickte, war keineswegs dazu angetan, seine Besorgnis zu dämpfen.

Wenn ein Fremder Karin so sähe, könnte er glatt denken, sie wollte gleich zu einer Gala aufbrechen, was wohl kaum der Fall war. Sie war geschminkt und toupiert und trug ein zweiteiliges Kleid, das sehr viel eher zu einer wärmeren Jahreszeit passte. Ein wahrlich dünner Stoff, im Gegenlicht der Pendelleuchte über dem Esstisch konnte er sogar die Spitze ihres Büstenhalters erkennen, und um das Ganze erst recht absurd zu machen, war der Tisch geradezu festlich für zwei Personen gedeckt, dazu roch es nach frischer Vanille und Zimt. Bei seinem Anblick sprang sie auf, hektische rote Kreise färbten Wangen und Schlüsselbein.

»Da bist du ja«, sagte sie und blieb mit hängenden Armen vor ihm stehen.

»Da bin ich«, wiederholte er und fühlte sich denkbar unwohl in seiner Haut, seine Augen schwenkten zwischen ihr und dem Tisch hin und her, er versuchte krampfhaft, sich einen Reim auf diese Inszenierung zu machen. Im Hintergrund lief gedämpfte Musik. Seine Musik, es war eine von jenen CDs, die Karin als zu oberflächlich ablehnte. »Du erwartest nicht zufällig Besuch?«, fügte er hinzu.

»Doch.« Sie tat einen Schritt auf ihn zu. »Dich.«

»Aber …« Er ging einen Schritt zurück. Ein Reflex.

»Natürlich weiß ich, dass du kein Besuch bist, es ist dein Zuhause genauso wie meines. Ich habe den ganzen Nachmittag darüber nachgedacht, der arme Philipp musste heute zusehen, wie er ganz allein in der Werkstatt zurechtkam.« Sie lachte nervös auf. »Versteh mich nicht falsch, das soll kein Vorwurf sein.«

An dieser Stelle hätte Johannes ihr gern gesagt, dass ihm Vorwürfe allemal lieber wären, doch er kam nicht dazu. Karin war noch längst nicht am Ende, sie erzählte ihm, wie sie zunächst wie bei einem neuen Migräneschub alles verdunkelt und sich hingelegt hatte und eigentlich nur noch sterben wollte.

»Das war, als ob jemand sich auf mich setzte und mich platt machte. Mich und alles hier, eine Dampfwalze war nichts dagegen. Da bin ich aufgesprungen und in die Küche gerannt und habe aufs Geratewohl angefangen zu backen. Rat mal, was dabei herausgekommen ist?«

»Etwas mit Vanille und Zimt.« Es war nicht weiter schwierig, die Ingredienzien dieser Backorgie zu identifizieren, dafür war der

Grund hierfür ihm umso rätselhafter. Was sollte das? War er im falschen Film?

»Exakt. Ich habe ganz ohne Rezept deine Lieblingsmehlspeise von früher gebacken. Weißt du noch? Vanillehefezopf, zum Glück hatte ich noch frische Vanilleschote im Haus, beim Ausrollen und Flechten habe ich mich auf einen Schlag wohler gefühlt, plötzlich war mir klar, dass ich dir helfen muss. Es ist meine Pflicht als deine Frau, dir aus dieser Sackgasse herauszuhelfen.«

»Karin, so ist es nicht. Es ist keine Sackgasse. Und es ist erst recht nichts, was du mit einer Mehlspeise aus der Welt schaffen kannst.«

»Der Vanillezopf ist ja nur der Anfang. Ein Symbol, wenn du so willst. Du musst es nur zulassen. Es versuchen. Probier mal!« Als sie nun die Abdeckhaube über der Platte anhob, intensivierte sich der Duft noch und schlug ihm glatt auf den Magen, während er ihm noch vor kurzem das Wasser im Mund hätte zusammenlaufen lassen. Er wehrte ihre Hand ab, sie schien ihn tatsächlich füttern zu wollen, so als ob es genügte, ihm etwas Süßes zu verabreichen, um ihn Juliane vergessen zu lassen. Wie bei einem kleinen Kind, das man mit einem Lutscher köderte.

»Karin, so begreif es doch endlich: Ich liebe sie. Es ist dir gegenüber unfair, du kannst mich mit Fug und Recht für einen Schurken halten, aber es ändert nichts. Natürlich wäre es mir lieber, wenn wir uns als gute Freunde trennen könnten, aber wenn du das ablehnst, verstehe ich das, aus deiner Sicht bin ich treulos, objektiv betrachtet bin ich's wohl auch, aber etwas in mir ist stärker.«

»Ja«, sagte Karin und knallte die Haube unerwartet heftig zurück auf das Porzellan, »und ich weiß auch, was. Um das zu bekommen, musst du auch nicht gehen.«

Was nun folgte, war schlimmer als jeder Albtraum, denn ehe er sie daran hindern konnte oder auch nur verstand, was sie im Sinn hatte, knöpfte sie ihre Bluse auf, stand plötzlich im BH vor ihm, der ihre kleinen Brüste hochquetschte wie Ware, die man um jeden Preis loswerden wollte. Schon zogen ihre Finger an dem Metallklipp des Wickelrocks, Sekunden später bauschte sich der Stoff zu ihren Füßen, diesen Slip kannte er, es war ein Mitbringsel von ihm gewesen, halb spaßig, halb animierend gemeint, doch sie hatte den Tanga nie angezogen. Bis heute. Er gäbe sonst etwas darum, das hier ungeschehen machen zu können. Pin-up-Pose mit dem Gesicht eines todtraurigen Harlekins, dazu dieser Duft und von draußen die Stimme des Nachbarn, der seiner Frau etwas zurief, es ging um das Bier, das er gekauft, und den Saft, den er vergessen hatte. »Dein Bier vergisst du nie, aber den Multivitaminsaft für die Kinder ...«

»Karin, tu das nicht, bitte nicht. Es ist deiner nicht würdig.«

»Und was ist mit dir? Mit deiner Würde? Ich weiß doch, wo du hinterher bist, du hast es mir ja oft genug signalisiert. Wo ist der Unterschied zwischen ihr und mir? Bin ich weniger hübsch oder schon zu alt? Bin ich dir auf einmal zu alt und langweilig? Hast du unsere Pläne vergessen? Alles, was wir noch vorhaben, wir wollten Reisen und lange Spaziergänge machen, wir wollten so viel, und wir haben schon so viel zusammen erreicht, willst du mir sagen, dass das alles plötzlich nichts mehr wert ist?« Sie zitterte, der Kontrast zu ihrer Aufmachung könnte nicht größer sein, die Arme hingen rechts und links vom Körper herab, wie bei einer Puppe. Er wusste kaum, wo er hinsehen sollte. Ihr Gesicht war ihm so unendlich fremd, sein Blick glitt zu ihren Schienbeinen hinab, sie musste sich schon wieder beim Rasieren geschnitten haben, für eine Frau war sie sehr kräftig behaart. Anfangs hatte sie so getan, als ob die Haut an ihren Beinen und im Schritt von Natur aus so glatt wie ein Babypopo wäre, und er hatte sie in ihrem Glauben gelassen, um sie nicht zu verletzen. Er hatte sie nie verletzen wollen. Jetzt verletzte sie sich selbst.

»Komm, zieh das wieder über.« Er trat auf sie zu, bückte sich, schob Karins einen Arm und dann den anderen in die Bluse, knöpfte und verfuhr ähnlich mit dem Rock und sprach dabei beruhigend auf sie ein und fragte sich, wie so etwas geschehen konnte. Warum man einen Menschen, den man mochte, so verletzen musste, um sich selbst zu retten. Denn genau dieses Gefühl hatte er: Wenn er jetzt nachgäbe, ginge er selbst unter. Er steuerte die Treppe an, die hinauf ins Schlafzimmer führte, packte das Nötigste in einen Koffer und ging wieder hinunter, verharrte an der Tür zum Wohnzimmer und sah, dass sie sich nicht von der Stelle gerührt hatte. Er hatte ihr die Bluse falsch zugeknöpft, der Stoff saß schief, er widerstand dem Impuls, das Kleidungsstück zu richten. Sie könnte es missverstehen.

»Ich gehe jetzt, Karin«, sagte er leise. »Und egal was passiert, ich will nicht, dass es dir schlecht geht, denk daran.«

»Dann bleib!«

»Das kann ich nicht. Alles, nur das nicht.«

»Wenn du jetzt gehst, wenn du wirklich gehst, dann ist es für immer.«

»Ich weiß.« Ein letzter Blick, es war ein kurzes Abschiednehmen von allem, von Möbeln, die er lieb gewonnen hatte, von dem Blick in den Garten, wo schon wieder die Spatzen die Grünfinken verjagten und zwei Eichhörnchen wie jedes Jahr von der Ulme auf die Brüstung der Terrasse und weiter zu dem Stapel Kaminholz hüpften, hinter dem sie immer ihre Nüsse versteckten. Da waren die Bilder, die er gerahmt hatte, der dicke Rotweinfleck auf dem Teppich, da waren tausend Erinnerungen an Schönes und Trauriges, Worte geisterten durch die Luft, Streit und Versöhnung. Wenn sie sich versöhnt hatten, war ihre Ehe hinterher für eine Weile lebendiger gewesen, doch auch das hatte sich geändert. Mit der Zeit waren sie vorsichtiger geworden, so als ob sie spürten, wie brüchig ihre Ehe an manchen Stellen wurde. Jetzt waren sie eingebrochen. Er war es gewesen, der die Axt ergriffen und zugeschlagen hatte, ein sauberes Loch, er bereute es nicht. Es war besser, als stückweise zu versinken und es vielleicht nicht einmal mehr zu spüren.

»Servus«, sagte er, um das Wort Wiedersehen zu vermeiden. Dann ging er, ohne sich noch einmal umzusehen.

Der Schein trügt

Juliane war aufgestanden und hatte sich gezwungen, den Tag genau wie jeden anderen anzufangen. Ein schwieriges Unterfangen. Beim Blick in den Spiegel fühlte sie sich billig, ohne einen vernünftigen Grund dafür nennen zu können, sofern sie überhaupt noch fähig war, ihre Vernunft zu aktivieren. Der Kuddelmuddel in ihrem Inneren war kaum zu überbieten, sie musste etwas tun, um ihm Einhalt zu gebieten. Weil ihr nichts Besseres einfiel, zog sie das Bettzeug ab und stopfte es in die Waschmaschine, das Leinen in ihrer Hand schien »Verräterin!« zu flüstern, sie knallte das gläserne Bullauge zu und stellte den Kochwaschgang ein. Was für ein Schwachsinn! Als ob tote Dinge sprechen könnten. Sie verzichtete auf das Frühstück in der Hoffnung, Askese beim Essen würde mehr als nur ihren Magen zur Vernunft bringen. Trotzdem kam sie nicht gegen die Bilder von vier dicken Scheiben Roggenbrot mit Leberwurst an. In ihrer Wut über sich selbst riss sie den Kühlschrank auf und warf den Rest Hausmacher Leberwurst mitsamt den verbliebenen Gurken in den Müll, der süß-saure Geruch der Lake verfolgte sie bis zu ihrem Schreibtisch.

Arbeite gefälligst, befahl sie sich, dann vergehen dir die Flausen von allein. Nichts hatte einen solch wohltuenden Einfluss auf sie wie konzentriertes Arbeiten. Doch warum zitterte ihre Hand dann so, als sie auf die Wiedergabetaste des Anrufbeantworters drückte? Warum war sie enttäuscht, als sich lediglich Malermeister Piersch zu Wort meldete? Sie sollte sich freuen, der gute Mann hatte endlich begriffen, dass ihr Vorschlag seine letzte Rettung war. Weiter im Text, ihre Mitarbeiterin bat dringend um Rückruf, bestimmt ging es um die dritte und letzte höfliche Zahlungsaufforderung an einen so genannten Promi oder die überfälligen Musterhefte aus der Schweiz.

Juliane irrte sich erneut. Es ging um Weihnachten, besser gesagt um ihre beiden Vormerkungen für die Kanarischen Inseln. Ihr Reisebüro hatte vergeblich auf die bis Ende letzter Woche zugesagte Bestätigung für das eine oder andere Hotel gewartet.

»Normalerweise würden sie die Reservierungen nach Ablauf der Frist automatisch canceln, aber bei besonders guten Kunden drücken sie schon mal ein Auge zu. In deinem Fall waren es schon zwei Augen, wie die Sachbearbeiterin meinte, sie hat dir auch bereits mehrmals auf den privaten AB gesprochen, ohne Erfolg, und jetzt bekommt sie Druck von oben, weil die Nachfrage einfach immens ist. Soll ich das übernehmen? Da in der einen Anlage kein Einzelzimmer mit Meerblick zu haben ist und bei Einzelbelegung im Doppel lediglich das zweite Frühstück abgezogen würde, bleibt praktisch nur das *Vista Palace* übrig. Klein, aber fein, man bekommt schon vom Erzählen Lust darauf, das reinste Eldorado und allemal dem Stress mit einem Puter vorzuziehen, an dem meine Familie doch wieder waş zu meckern findet. Einmal ist er zu trocken und das andere Mal falsch gefüllt, wie man's macht, macht man's falsch. Also, soll ich bestätigen?«

»Nein, besser nicht, Esther.«

»Aber dann ist das Zimmer endgültig weg, und was dann noch übrig bleibt, ist möglicherweise Schrott oder zumindest Risiko.«

»Offen gestanden weiß ich noch gar nicht, ob ich dieses Jahr überhaupt über Weihnachten verreise.«

»Heißt das, wir machen doch keine Betriebsferien? Mir wäre es ja egal, mit einem unbeschäftigten Teenager plus Großeltern komme ich sowieso nicht zur Ruhe.«

»Nein, nein, wir machen wie immer bis *Drei Könige* dicht. Also, bis später.« Juliane legte rasch auf, dabei war ihr klar, dass ihre Mitarbeiterin nur zu gerne den Grund dafür wüsste, warum die Chefin zum ersten Mal seit langem nicht verreiste oder zumindest mit diesem Gedanken spielte, was auf dasselbe herauskam, wenn alles ausgebucht war. Unverkennbar erwartete man von ihr, dass sie zeit ihres Lebens so präzise wie ein Uhrrädchen funktionierte. Diese Abweichung schuf Verwirrung, am meisten war Juliane selbst irritiert.

Ihr Verhalten war weder geplant noch vernünftig. Bevor sie zum Hörer gegriffen hatte, existierte dieser Rückzieher für sie nicht einmal ansatzweise in ihrem Kopf, es war eine reine Bauchentscheidung und dumm obendrein. Jetzt saß sie in Köln fest und musste aufpassen, damit niemand sie sah und zur Teilnahme an einer fremden Idylle rund um den Tannenbaum überredete. Beispielsweise ihre Freundin Renate, die alle möglichen falschen Schlussfolgerungen ziehen mochte.

Steckt ein Mann dahinter?, hatte sie noch gestern gefragt. Und kurz darauf regelrecht triumphierend: *Also doch ein Mann!*

Juliane war fest entschlossen, sich selbst treu zu bleiben. Ihre Mutter war das beste Beispiel dafür, was passierte, wenn man sich mit einem Mann einließ, der träge und genusssüchtig und außerstande war, das reale Leben zu meistern. Egal, wie sehr man sich wehrte, irgendwann färbte das ab, und sei es wie im Fall ihrer Mutter mit etlichen Jahren Verspätung.

Unter diesem Aspekt sollte sie auch den Vorfall mit dem Welpen werten. Es war ein Indiz für geistige Verwirrung, wenn man einen fremden Hund stibitzte, unter der Bettdecke versteckte und eine Ausrede benutzte, die allenfalls zu einem Kind passte. Im Grunde hatte ihre Mutter damals Recht gehabt: Ein Hund, der ausgewachsen bald so groß wie ein Pony war, gehörte nicht ins Haus, die Nierengeschichte mochte schon vorher existiert haben, überhaupt war letztlich der Vater verantwortlich, weil er wie immer im Alleingang und ohne nachzudenken gehandelt und seiner Frau den schwarzen Peter überlassen hatte.

Nicht nur bei *Ali Baba* war das so, bis zum heutigen Tag musste seine Familie seinen Leichtsinn ausbaden. Ihr Vater war es schließlich gewesen, der unter Hinweis auf seinen Pensionsanspruch als Beamter darauf gedrängt hatte, sich den Rentenanspruch der Mutter aus der Zeit als Angestellte auszahlen zu lassen. Mit dem Effekt, dass heute ohne Julianes Zubuttern nicht mal genug Geld für ein gewöhnliches Altersheim übrig wäre, geschweige denn für eine Seniorenresidenz der Luxusklasse. Es gab wirklich keinen Grund, sentimental zu reagieren und die Nerven zu verlieren.

Manchmal braucht es eben sehr lang, bis man seine Lektion gelernt hat. Kommentar eines gewissen Johannes zum Versuch ihrer Mutter, mit drei Jahrzehnten Verspätung einen Welpen zu wärmen, der längst zu Staub und Asche zerfallen war, wenn der Tierarzt den Kadaver damals nicht versilbert hatte. Aus den Knochen, so hatte sie noch unlängst gelesen, ließ sich alles Mögliche produzieren. Der ultimative Beweis dafür, dass Geld die Welt regierte und durch den Rost fiel, wer nicht mithalten konnte. Wetten, dass Johannes bei seinem voreiligen Bekenntnis keine Sekunde lang den Rattenschwanz von Folgen bedacht hatte, den er auslöste? Womöglich gar den eigenen Ruin, denn wenn seine Frau schlau war, brachte sie ihre Schäfchen ins Trockene. Die gerechte Strafe für jemanden, der zuerst handelte und dann nachdachte.

Juliane beschloss, ihre Mutter nicht auf *Ali Baba* anzusprechen, sondern sie im Gegenteil mit etwas abzulenken, was keine alte Wunde aufriss. Bloß womit? In deren Regalwand stapelten sich ungelesene Bücher, nur eine Hand voll alte Titel wies deutliche Gebrauchsspuren auf, bei CDs war es noch schlimmer, die meisten waren noch originalverpackt. Auf Blumen reagierte sie allergisch, sie aß keine Pralinen und rauchte nicht. Wenn man sie dazu überredete, das Heim für ein paar Stunden zu verlassen, war sie hinterher regelmäßig so überreizt, dass es kaum auszuhalten war. *Man muss immer eine Leiter nehmen* … Dann war keine Trittleiter vor ihr sicher, irgendwann brach sie sich noch den Hals.

Lilly, fuhr es Juliane durch den Kopf, ihr Patenkind hatte neulich eine äußerst wohltuende Wirkung auf die alte Dame gehabt. Sie würde Lilly fragen, ob sie noch einmal mitkäme. Bestimmt tat sie das. Lilly hatte bei aller Schnoddrigkeit ein weiches Herz.

Auf dem Marktplatz vor dem alten Neptunbad hatte sich wirklich nichts geändert. Nach wie vor war mittwochs Markt, es wimmelte von Ständen, die Ware wurde in einem Mischmasch aus Kölsch und Türkisch angeboten. Johannes tastete automatisch nach der weinroten Geldbörse mit dem messingfarbenen Knipsverschluss, die seine Mutter ihm eben aufgenötigt hatte.

Etwas abgegriffen, statt zwei Telefongroschen steckte jetzt eine Telefonkarte im Seitenfach, aber es war noch immer die alte Börse.

Es war, so dachte Johannes, ein verdammt komisches Gefühl, mit vierundvierzig Jahren in die Rolle des Jungen zurückzuschlüpfen, der er einmal war. Immerhin gab es daheim jetzt keine große Schwester mehr, die ihn nervte, natürlich würde ihm auch niemand vorschreiben, was er aß oder wie lange er Fernsehen sah. Trotzdem kam Johannes sich wie jemand vor, den man in einen Anzug gesteckt hatte, der ihm zwar lieb und teuer, aber nichtsdestotrotz längst zu klein war. Er schwankte zwischen der Angst, eine lächerliche Figur abzugeben, und dem tröstlichen Gefühl, nicht allein mit seinem Kummer zu sein.

Seine Eltern hatten nicht schlecht gestaunt, als er vorgestern Abend mit seinem Köfferchen bei ihnen vor der Tür stand. Der Vater in jenem gestreiften Bademantel, den er vor Urzeiten zu Weihnachten bekommen hatte, im Hintergrund lief überlaut der Fernseher, weshalb das Rufen der Mutter nicht sofort zu verstehen war. Sie lag schon im Bett, auch das war wie früher, sie ging regelmäßig vor ihrem Mann schlafen.

Sie hatte erneut gerufen. »Wer ist da?«

»Dä Jung«, hatte sein Vater erwidert und hinzugefügt, dass es ganz so aussähe, als ob Johannes länger bliebe. Der kölsche Dialekt war ein deutlicher Hinweis auf eine gewisse Befremdung angesichts dieser nächtlichen Invasion.

Eine Minute später war die Mutter im bodenlangen Nachthemd aufgetaucht. »Habt ihr euch gestritten, du und Karin?«

»Gestritten wäre der falsche Ausdruck«, sagte Johannes, »wir haben uns getrennt.«

»Ich habe es kommen sehen, wenn eine Frau ihren Mann ständig allein lässt, muss sie sich nicht wundern.« Seine Mutter hatte plötzlich hektische rote Flecken über dem Schlüsselbein bekommen, der Vater hatte nichts gesagt.

»Mutter, es ist anders, die Verantwortung liegt allein bei mir.« Johannes hatte erklärt, oder vielmehr, er hatte es versucht, ohne mehr als nötig preiszugeben. Er hätte sich gar nicht derart anstrengen müssen, für seine Mutter stand ohnehin fest, dass keine Frau gut genug für ihn war.

Sein Vater war so rasch wie möglich zum praktischen Teil übergegangen.

»Und was ist nun mit der Werkstatt und dem Haus? Schließlich hast du dir das alles hart erarbeitet, das ist deine Existenz. Nicht dass du glaubst, ich hätte etwas dagegen, wenn du wieder eine Weile bei uns wohnst, ganz im Gegenteil, dann hat deine Mutter wenigstens zwei Männer, an denen sie ihre neuen Rezepte ausprobieren kann. Auf einmal probiert sie ständig neue Rezepte aus, ich muss jetzt sogar Stockfisch essen. Hast du schon mal Stockfisch probiert?«

Eine Frage, die Johannes guten Gewissens verneinen konnte. Was seine berufliche Zukunft anging, war er ausgewichen. Er hatte sein altes Zimmer bezogen, das seine Mutter mittlerweile zum Nähen benutzte, die Nähmaschine hatte inzwischen seinen in der Höhe verstellbaren Schülerschreibtisch verdrängt, ansonsten war wenig verändert worden. Leider waren auch die Wände nicht schalldichter geworden. Wenn er telefonierte, begann er automatisch zu flüstern, zwei Nächte und ein Tag hatten tatsächlich ausgereicht, um ihn ein Stück weit in seine Kindheit zurückzuversetzen.

Und wie damals brannte in ihm die Ungeduld, das richtige Leben zu packen und festzuhalten, es in vollen Zügen zu kosten. Er hatte schon mehrmals bei Juliane angerufen, aber stets nur den Anrufbeantworter erwischt und rasch wieder aufgelegt. Sollte er ihr etwa auf Band wiederholen, dass er sie liebte? Er musste sich etwas anderes einfallen lassen. Hoffentlich begleitete sie ihr Patenkind heute zur zweiten Schnupperstunde, dann wäre es einfacher, zumindest hoffte er das …

»Darf es sonst noch was sein?« Ein freundliches Lächeln auf dem runden Gesicht, das Johannes ansah, um die Haare ein Kopftuch, zwischen ihnen beiden Berge von Obst und Gemüse, appetitlich aufgetürmt, es roch auch gut.

»Danke«, erwiderte Johannes, »das wär's, glaube ich.« Er warf einen kurzen Blick in den Korb, der nun voll bis zum Rand war, den Korb hatte seine Mutter ihm ebenso aufgenötigt wie die Geldbörse: »Nun nimm schon, Junge, da geht am meisten rein!« An der Seite steckte der Einkaufszettel, er entzifferte das unterste Wort, beinahe hätte er den Stockfisch vergessen.

Als er endlich alles beisammen hatte, war es eigentlich höchste Zeit, die Einkäufe zu seiner Mutter zu fahren. Selbst wenn sie nichts davon fürs Mittagessen brauchte, würde sie schon auf der Lauer liegen und sich fragen, wo er denn blieb, auch daran hatte sich bestimmt nichts geändert. Trotzdem zögerte Johannes, ihm war gerade eingefallen, was Moritz gestern am Telefon gesagt oder vielmehr gefragt hatte. *Kommst du mich bald wieder mal mit dem Auto an der Schule abholen? Mama rennt jetzt nämlich in ihrer Mittagspause immer zu so einem Gesundbeter, sie kommt mich hundertprozentig nicht holen.*

Es war weder die Sorge um seine Schwester noch der Wunsch, Moritz einen Gefallen zu tun, der Johannes veranlasste, einen Umweg am Apostelgymnasium vorbei zu fahren. Im Vordergrund stand eindeutig der Drang, etwas über Juliane zu erfahren. Beispielsweise ob sie heute Abend mit zum Training kam, was nüchtern betrachtet nicht nötig war, weil ihr Patenkind praktisch bei sich vor der Haustür ein- und hundert Meter von der Halle entfernt aussteigen konnte. Das galt ebenso für Moritz, die beiden waren alt genug, um diese Strecke allein mit der Straßenbahn zu fahren.

Trotzdem hoffte Johannes inständig, dass es anders kommen würde.

Er hupte dreimal, um Moritz auf sich aufmerksam zu machen. Er war umgeben von einem halben Dutzend anderer Jungs, trotzdem stach er ihm sofort ins Auge. Einmal durch seine Größe und dann durch seine Haltung, obwohl er bis vor kurzem nachweislich wenig für sportliche Aktivitäten übrig hatte, hielt er sich sehr gerade, ohne dabei staksig zu wirken, und wenn er sich bewegte, tat er dies mit einer gewissen Eleganz. Der geborene Tänzer, fuhr es Johannes durch den Kopf, er verspürte Bedauern, weil er selbst das Tanzen vor Jahren an den Nagel gehängt hatte. Karin war ihm zuliebe zwar in zwei, drei Tanzkurse

mitgegangen, doch es lag ihr einfach nicht, das Gelernte so umzusetzen, dass es etwas Eigenes wurde und Spaß machte. Ob Juliane gern tanzte? Johannes seufzte und versuchte, über sich
selbst zu lachen, gleichzeitig beugte er sich zur Seite und stieß
die Beifahrertür auf.

»Na, junger Mann, Freifahrt gefällig?«

»Voll fett, Onkel Jo.«

»Ich glaube, ›echt geil‹ sagt mir angesichts meiner Proportionen
als Lob eher zu. Es war doch positiv gemeint?«

»Logisch, aber ›geil‹ ist einfach ›out‹.«

»Einfach so?«

»Ich hab mich mit Lilly drüber ausgequatscht, die ist einfach voll
auf der Höhe.«

»Weiß sie zufällig auch, ob ihre Tante heute wieder mitkommt,
wenn du und Lilly *Wilhelm Tell* spielt?«

Moritz zuckte die Achseln, sein Gesicht spiegelte Ratlosigkeit.
»Nee, was Juliane betrifft, versteht Lilly im Moment die Welt
nicht mehr. Die ist total durch den Kamin. Lilly sagt sogar, dass
sie es nicht mal für ausgeschlossen hält …« Mitten im Satz brach
der Junge ab und winkte übertrieben lange und intensiv, wie Johannes fand, seinen Klassenkameraden zu. Morgen früh sahen
sie sich schließlich wieder.

»Was hält Lilly nicht für ausgeschlossen?«, hakte er nach.

»Ach, halt nur so, ist ja vielleicht auch nicht so wichtig.«

»Und wenn es doch wichtig wäre? Für mich beispielsweise?«

»Du hast ja Tante Karin.«

»Wir haben uns getrennt.«

»Au Backe! Muss sie jetzt ausziehen?«

»Ich bin ausgezogen. Fürs Erste zu deinen Großeltern in mein
altes Kinderzimmer.«

»Find ich echt anständig von dir, wo doch eigentlich alles dir gehört.«

»Wie kommst du denn auf so einen Blödsinn?«

»Na ja, ist doch so, ohne die Werkstatt hättet ihr das Haus nicht,
und die Werkstatt, das bist du, Tante Karin bekommt ja nicht
mal ’nen Nagel gerade in die Wand geklopft. Und Mama hat ge-

sagt – das war, als sie sich von meinem Vater getrennt hat –, dass der schon deshalb keinen Anspruch auf die Apotheke hat, weil er nicht mal ein Aspirin von Rattengift unterscheiden kann.«

»Das wird bei deiner Tante und mir anders laufen. Zumal ich – wie man so sagt – der allein Schuldige bin.«

»He, du meinst, du bist ein Ehebrecher?«

»Nicht ganz.«

»Das hört sich an, als ob's dir Leid täte, dass du keiner bist.«

»Kluger Junge!«

»Das heißt, ich hab Recht?«

»Könnte man indirekt so sagen.«

»Und mit wem hättest du gern die Ehe gebrochen, wenn du's geschafft hättest?«

»Wir waren bei deinem Training heute Abend.«

»Kapiere.«

»Nichts kapierst du. Bist du überhaupt angeschnallt?«

»Sofort. Und bei Juliane, also da helfe ich dir, das kriegen wir schon hin. Mal hören, was Lilly dazu sagt, bei so was sind Mädels ja sowieso fixer, die lesen ja auch viel mehr Liebesromane. Mannomann, wetten, dass sie Bauklötze staunt, wenn sie das hört? Hoffentlich ist Mama noch nicht von ihrem Gesundbeter zurück, damit ich schön lang mit ihr telefonieren kann, Lillys Mutter sieht das nämlich viel lockerer. Also, ich ruf dich dann bei Oma und Opa an. Ist echt komisch, dass du jetzt wieder im Kinderzimmer wohnst.«

»Mein Handy durfte ich behalten.«

»Okay, dann ruf ich dich da drüber an. Und halt die Ohren steif, Onkel Jo, die Posse schaukelt das schon.«

»Die Posse?«

»So nennt man jetzt seine besten Freunde. Und noch was, wenn du bei Juliane landen willst, solltest du vielleicht was sampeln, so heißt das Mixen von Modestilen. Es ist ziemlich langweilig, wenn alles aus einem Guss ist, du könntest beispielsweise zu der Hose hier – das ist Schurwolle, stimmt's? – was Peppiges aus Leinen anziehen, natürlich nicht in die Hose reingestopft, sondern obendrüber.«

»Wir haben quasi Winter, meine bunten Leinenhemden sind dünn und kurzärmlig.«

»Das macht nichts, überhaupt ist doch drinnen fast überall gut geheizt, außerdem fühlen sich höchstens *Nerds* an so was wie Jahreszeiten gebunden. Du willst doch wohl kein *Nerd* sein? Das heißt übrigens so viel wie Schwachkopf.«

»Danke.«

»Keine Ursache. Also dann bis später.« Moritz stieg aus, es war ihm deutlich anzusehen, wie sehr er sich in seiner Rolle gefiel. Endlich eine Chance, seinem Onkel Jo auch mal zu helfen.

Einmal die Woche in der siebten Stunde nahm Lilly am Flötenunterricht teil. Fünfundvierzig Minuten, die sie investierte, um ihren Vater friedlich zu stimmen, mit seiner Musik war er wirklich mehr als eigen. An diesem Mittwoch war das Flöten Lilly noch länger und fader als sonst erschienen, was natürlich auch daran liegen konnte, dass sie erstens einen Mordshunger und zweitens ein Zeitproblem hatte. Was es heute wohl zum Mittagessen gab? Noch sehr viel mehr beschäftigte sie allerdings die Frage, wann sie am Abend zu Hause sein musste. Gleich nach dem Bogenschießen? Wenn Juliane mitkäme, stünden die Chancen eindeutig besser, noch ein oder zwei Stunden dranzuhängen …

Wenn, dachte Lilly, und trat kräftiger in die Pedale, so als ob sie dadurch auch ihre Patentante auf Trab bringen könnte. Wenig später empfing ihre Mutter sie mit den Worten, sie möge bitte mal in der Tomatensoße rühren und aufpassen, damit die Zwillinge nicht irgendwelchen Blödsinn in der Küche anstellten, während sie oben dem »kleinen Scheißerle« die Windeln wechselte: »Und dann sollst du noch Moritz anrufen.«

Auf der Stelle vergaß Lilly ihren Hunger und folglich auch die Soße nebst den beiden kleinen Quälgeistern und stürmte zum Telefon. Was sie zu hören bekam, war so spektakulär, dass sie weder die Kabbelei ihrer Brüder noch den leicht angebrannten Geruch aus der Küche mitbekam; sie schreckte erst hoch, als ihre Mutter zu zetern begann.

»Ich glaube, ich muss mal kurz aufhören, Momo, aber ich ruf dich sofort wieder an.«

Ihre Mutter war anderer Ansicht, sie war ziemlich wütend, weil alles voller roter Sprenkel und die Soße obendrein ungenießbar war. »Wag dich nicht ans Telefon, bevor du hier alles wieder sauber gemacht hast, ich koche in der Zwischenzeit eine neue Soße. Ich find's das Letzte, dass du dich einfach nicht darum gekümmert hast, obwohl ich dich extra …«

»Es war ein akuter Notfall, Mama.«

»Und was nennst du akut? Soweit ich das mitbekommen habe, hast du bloß wieder mit Momo telefoniert. Nichts gegen deinen neuen Freund, aber …«

»Mama, es war total wichtig. Es geht um Juliane und Momos Onkel. Du weißt schon, dieser Onkel Jo, wirklich ein total netter Typ, höchstens was vollschlank, aber das kann man ja ändern, genauso wie die Klamotten und die Frisur.«

»Und was hat das mit deiner Patentante zu tun?«

»Sie mag nun mal lieber schlanke und schicke Männer, ist ja auch klar bei ihrem Beruf.«

»Und weshalb soll sie ausgerechnet den Onkel von deinem neuen Freund mögen?«

»Mensch, Mama, kapierst du noch immer nicht? Weil der sich unsterblich in sie verliebt hat und genau der Richtige wäre.«

»Klar. Er ist goldrichtig. Erstens, weil er verheiratet ist, und zweitens, weil er, wie du selbst sagst, das genaue Gegenteil von dem ist, was Juliane gefällt.« Renate gab zwei Löffel Mehl und Tomatenpüree in das aufschäumende Fett, rührte mit dem Schneebesen und goss gleichzeitig Brühe zu, es war dies die Schnellversion für Notsituationen wie diese. »Ich bete zu Gott, dass du bei deiner nächsten Klassenarbeit nicht ähnlich konfus denkst, deine Logik stinkt zum Himmel und fast so schlimm wie die verbrannte Soße eben.«

»Mama, es ist anders, es ist wirklich anders. Denk doch mal scharf nach, du hast vorgestern selbst zu Juliane gesagt, dass sie saukomisch ist und da bestimmt ein Mann dahinter steckt.«

»Es gibt in diesem Millionendorf noch ein paar mehr Männer als diesen Onkel Jo.«

»Ja, aber mit keinem außer ihm war Juliane in den letzten Tagen praktisch jede freie Minute zusammen, mit ihm und natürlich mit Momo und mir, und da war was, ich sag's dir. Da war hundertprozentig was, sie ist wie umgedreht. Besser gesagt, sie ist dabei, sich umzudrehen, und kriegt die Kurve nicht, irgendwo und irgendwie steckt sie fest, und wir haben einfach die Pflicht, ihr zu helfen. Ich hätte auch schon eine Idee, wie wir die Sache wieder ans Laufen bekommen könnten.«

»Pass auf, jetzt essen wir erst mal, dann versuchen wir, deine Geschwister zu einem Mittagsschläfchen zu überreden, und wenn das geschafft ist, reden wir weiter. Vorausgesetzt, meine Küche ist bis dahin wieder blitzsauber, die Töpfe inklusive.«

»Alle? Ich hab doch nur die Kasserolle verbrochen. Okay, ist schon gut, ich mach's ja freiwillig.« Lilly hielt ihr Versprechen, sie war gerade fertig damit und wartete ungeduldig darauf, dass ihre Mutter endlich aus dem Kinderzimmer kam – diese kleinen Biester waren echt nervig –, als erneut das Telefon anschlug.

Doch statt Moritz war es Juliane, sie hörte sich mit einem Mal wieder sehr verbindlich an, das ließ Lilly hoffen. Vielleicht hatte ihre Patentante ja bereits aus eigenen Stücken geschnallt, wie extrem nett der Onkel von Momo war, und obendrein war er jetzt frei, da musste man doch einfach zupacken, zumal sie auch nicht jünger wurde. Wer sagte denn, dass sie in ein paar Jahren noch immer so irre gut aussah?

Lilly war frohgemut, doch sie irrte sich. Juliane hatte eine Bitte, die absolut nichts mit Johannes zu tun hatte. Es ging um die Mutter von Juliane. In Lillys Kopf arbeitete es fieberhaft, dann kam ihr die zündende Idee.

»Klar«, sagte sie, »natürlich komm ich mit, es macht mir überhaupt nichts aus, dich gleich nochmal ins Heim zu deiner Mutter zu begleiten, nur wär's mir lieb, wenn du hinterher wieder mit mir zum Training kommst. Allein darf ich nämlich nicht, weil da wieder so ein Typ die Gegend nach jungen Mädchen abklappert, und ich bin genau im gefährlichen Alter, findet Mama.«

»Was finde ich?«, rief Renate dazwischen. Zum Glück quakte es von oben »Mama, Pipi!«. Lilly konnte ihr Gespräch ungestört beenden. Geschafft! Mit Engelsmiene wartete sie darauf, dass endlich alle Kleinen schliefen und das Wir-helfen-Juliane-egal-ob-sie-will-oder-nicht-Programm verabschiedet werden konnte. Ein wenig fühlte Lilly sich wirklich wie ein Schutzengel, der im Gegensatz zu dem Pennbruder aus der Werbung – *Wenn Ihr Schutzengel mal wieder schläft, sind wir da!* – keine Sekunde lang pennte. Natürlich war's besonders nett, sich diese Rolle mit jemandem wie Momo teilen zu können, sie beide würden noch jede Menge Spaß miteinander haben, und vielleicht würde sie sich sogar in ihn verlieben und alles mit ihm anstellen, was man so machte, wenn man alt genug dafür war. Juliane war's schon lange. Es wurde wirklich höchste Zeit, dass sie begriff, was sie da verpasste.

Johannes fühlte sich nicht ganz wohl in seiner Haut. Sein Neffe hatte ihn auf der Fahrt zur Halle stolz darüber informiert, dass er und Lilly alles Nötige in die Wege geleitet hätten, um diesen Abend zu einem Erfolg werden zu lassen.

»Du wirst staunen, Onkel Jo.«

»Kannst du das vielleicht mal etwas konkretisieren?«

»Na ja, es geht damit los, dass Lilly Juliane einen tierischen Bären aufgebunden hat, vor zehn Uhr ist bei ihr angeblich niemand daheim.«

»Und was heißt das im Klartext?«

»Dass der Nudel-Palast uns heute sicher ist und du 'ne reelle Chance hast, mit Juliane ins Reine zu kommen. Natürlich werden Lilly und ich uns rechtzeitig verkrümeln. Luft schnappen oder so, uns fällt schon was ein.«

»Danke vielmals!«

»Keine Ursache, Onkel Jo. Und denk dran, immer hübsch am Ball bleiben.«

Doch aus dieser Empfehlung wurde nichts. Dabei hatte Juliane bereits zugestimmt, noch etwas zusammen zu unternehmen, um die Zeit bis zur Rückkehr von Lillys Familie zu überbrücken. Sogar ein Tisch für vier Personen war reserviert. Es würden trotzdem nur zwei Personen daran Platz nehmen, das lag an Sigrid. Wenn es ihr nur halb so schlecht ging, wie sie sich am Telefon anhörte, ging es ihr mordsmäßig schlecht. Johannes steckte sein Handy, das ihm soeben die Hiobsbotschaft übermittelt hatte, zurück in die Tasche und beeilte sich, um die drei anderen einzuholen. Sie befanden sich bereits auf dem Parkplatz. Die beiden Kinder waren sich noch nicht schlüssig, bei wem sie mitfahren sollten, diese Entscheidung erübrigte sich nun auch.

»Es tut mir Leid, aber ...«

»Ist doch kein Tisch mehr frei?«, fragten die Kids wie aus einem Mund.

»Nein, mit der Reservierung hat das nichts zu tun, es geht um deine Mutter, Moritz. Sie fühlt sich sehr schlecht und braucht Hilfe, deshalb müssen wir so schnell wie möglich heim.«

»Bullshit! Bist du dir sicher, dass es ihr sooo schlecht geht?«

»Wenn sie mich um Hilfe bittet, muss es ihr schon wirklich schlecht gehen. Also komm!« Johannes vermied es, Juliane anzusehen, er hatte sich so gefreut und gehofft, der von den beiden Kids eingefädelte Plan würde ihn wenigstens ein Stück weiterbringen. Und nun das. Aber es half alles nichts, und als er eine halbe Stunde später Sigrid gegenüberstand, wusste er, dass ihr Hilferuf mehr als berechtigt war.

Sie sah entsetzlich aus und konnte sich nicht einmal mehr aufrecht halten, sondern tastete sich gekrümmt zurück zum Sofa. Obwohl Johannes nie wirklich warm mit ihr geworden war, verspürte er jetzt das dringende Bedürfnis, ihr zu helfen. Er umschlang ihre Hüfte und stützte sie, so gut es ging. Zu seinem Erstaunen ließ sie sich widerstandslos helfen.

»Mein Gott, Sigrid, was ist nur mit dir los? Soll ich den Arzt rufen?«

Sie schüttelte den Kopf, während gleichzeitig ein neuer Krampf sie schüttelte.

»Mama geht schon lange nicht mehr zum Arzt«, warf Moritz ein, »weil sie selbst am besten weiß, was für ein Gift die einem verschreiben. Dafür geht sie jetzt immer zu ihrem Gesundbeter, und der hat ihr eine neue Zitronenkur verschrieben, die noch strenger als die alte ist. Pro Tag sechs Zitronen und sonst nichts.«

Sigrid schüttelte heftig den Kopf, reden konnte sie offenbar nicht, sie presste sich eine Serviette vor die Lippen und krümmte sich noch stärker. Es musste ihr verdammt dreckig gehen, wenn sie zuließ, dass ihr Sohn so vom Leder zog.

»Okay«, sagte Moritz, »zu den sechs Zitronen kommt noch Zitronenessig, den streicht sie auf 'ne halbe aufgeschnittene Zitrone drauf und lutscht sie aus, und das jede Stunde, bis alles aufgebraucht ist. Ihr Gesundbeter behauptet, dass sie damit ihren Körper reinigt und wieder total fit wird, im Moment ist sie nämlich nicht fit genug beim Laufen, deshalb will diese Gudrun womöglich doch nicht mit uns zu Weihnachten nach Bad Bergzabern fahren.« Es war dem Jungen anzumerken, dass er das keineswegs als Strafe empfände.

Der Protest seiner Mutter erstickte in gutturalen Lauten, das weiße Tuch wies nun rote Sprenkel auf, der Schreck fuhr Johannes in die Glieder. Medizinisch betrachtet war er ein absoluter Laie, zum einen, weil er selbst nie krank war, und zum anderen aus Protest gegen alles, was Sigrids Domäne ausmachte. Aber dass es gefährlich wurde, wenn jemand Blut spie, das war auch ihm auf der Stelle klar. Ohne weiter zu diskutieren steuerte er das Telefon an und rief den Arzt an, der ihn ebenso wie Sigrid schon als Kinder betreut hatte. Ein kurzer Wortwechsel, dann informierte er seine Schwester über den anstehenden Arztbesuch, ihr Widerspruch hielt sich in Grenzen. Es war ziemlich offensichtlich, dass sie es nun selbst mit der Angst zu tun bekommen hatte.

Ein paar Stunden später wussten sie, dass der alte Hausarzt mit seiner Diagnose richtig gelegen hatte und Sigrid an einem Magengeschwür litt. Hervorgerufen von Zitrusfrüchten, Zitronenessig und jeder Menge schwarzem Kaffee, ohne den sie morgens ihren Kreislauf nicht auf Trab bekam. Drei »Säurelocker«, die in dieser Kompaktversion selbst die gesündeste Magenschleimhaut schafften. Eine Woche lang wollte man Sigrid zur Beobachtung und endgültigen Absicherung der Diagnose in der Klinik behalten, lautete die offizielle Version. Doch in Wahrheit war es eher so, dass man der widerborstigen Patientin den Ernst der Lage verdeutlichen und sie zu einer Umkehr zwingen wollte, bevor es wirklich zu spät war. Eine Magenblutung wie die ihre konnte sehr rasch einen Schockzustand bewirken, im Wiederholungsfall wäre vielleicht kein Telefon in Reichweite, und die Diskrepanz zwischen Fachverstand und Handeln lag in ihrem Fall klar auf der Hand.

»Man muss deine Schwester vor sich selbst beschützen«, hatte der alte Doc aus Kindertagen beim Abschied geknurrt. Er hatte es sich nicht nehmen lassen, im Krankenwagen mitzufahren, ebenso wie Johannes, der bei aller Sorge an die Ohnmacht von Juliane denken musste. Juliane war neulich gerade noch an einem Transport mit Martinshorn vorbeigekommen. Dank seiner Hilfe. Ob sie ihm eine weitere Chance gab? Er hatte seine Gedanken energisch zurückzwingen müssen, alles Mögliche schoss ihm bei dieser Fahrt mit der Ambulanz durch den Kopf, zum Beispiel, ob er seine Eltern informieren sollte, spätestens ab Mitternacht würden sie unruhig werden, wenn er noch nicht eingetroffen war. Und was geschah überhaupt mit Moritz? Eine Frage, die Johannes nochmals laut stellte, als seine Schwester versorgt war. Sein Neffe war keine Sekunde lang um eine Antwort verlegen.

»Ich komme einfach mit dir zu Oma und Opa und bleibe da, bis meine Mutter wieder aus dem Krankenhaus kommt. Und Lilly muss ich auch unbedingt anrufen, damit sie sich keine Sorgen macht, es wäre was Schlimmeres. Es ist doch nichts Schlimmeres, Onkel Jo? Manchmal belügen die einen ja …«

»Nein, wir haben Glück gehabt. Glück im Unglück.« Hoffentlich, ergänzte Johannes stumm, galt das auch in anderer Hinsicht. Wie Moritz hätte er ungeachtet der späten Stunde am liebsten noch sofort einen weiteren Anruf getätigt. Bei Juliane, natürlich würde er nichts dergleichen tun. »Deinen Anruf bei Lilly wirst du dir allerdings bis morgen verkneifen müssen«, fügte er hinzu, »und wir beide werden versuchen, uns ganz leise bei

deinen Großeltern ins Haus zu schleichen, um sie nicht aufzu-
wecken.«

Ein hoffnungsloses Unterfangen, wie sich herausstellte. Sie hatten die Treppe noch nicht erreicht, als die Stimme seiner Mutter
ertönte.

»Johannes? Johannes, bist du das?«

»Ja, wir sind's.« Ein falsches Wort war ihm entschlüpft, er merkte es zu spät, Sekunden später stand seine Mutter vor ihnen und
wollte wissen, was los war.

Johannes seufzte und berichtete, das Ende vom Lied war, dass
Moritz zumindest für die nächste Woche fest eingeplant wurde.
Und nicht nur er. Es stand außer Frage, dass Johannes den Jungen zur Schule hinfahren und wieder abholen würde, und nachmittags konnten sie dann alle zusammen zu Sigrid ins Krankenhaus fahren. Johannes begann zu bedauern, dass er den
radikalen Schnitt von allem, was mit Karin zu tun hatte, derart
übereilt publik gemacht hatte. Ein Mann ohne Frau und ohne
Arbeit war für die eigenen Eltern anscheinend automatisch wieder das Kind, über dessen Kopf hinweg man nach Gutdünken
entscheiden durfte. Wobei es nicht darum ging, wie er grundsätzlich etwa zu derlei Chauffeurdiensten stand. Er wollte sich nur
nicht völlig vereinnahmen lassen, er wollte frei für etwas Neues
sein. Wobei in den Sternen stand, ob und wann dieses Neue begann.

Lilly hatte Spaghetti Bolognese bestellt, das war zurzeit ihr Lieb-
lingsgericht, trotzdem brauchte sie diesmal unglaublich lange,
um ihren Teller zu leeren. Sie war allzu sehr damit beschäftigt,
auf Juliane einzureden, der ebenfalls der rechte Appetit zu fehlen schien. Sie hatte für sich gefüllte Auberginen bestellt.

»Alles in Ordnung, Signora?«, fragte der Kellner besorgt.

»Alles bestens«, antwortete Juliane und schob sich pflichtschul-
dig eine Gabelspitze voll in den Mund. Schließlich konnte die
Küche nichts dafür, dass sie mit sich selbst im Unreinen war.

Wie sollte sie einer knapp Zehnjährigen erklären, dass man als
erwachsene Frau nicht mehr kopflos vorpreschen und tun und

lassen konnte, wonach es einen gelüstete? Selbst wenn sie tatsächlich etwas für Johannes übrig hätte – was noch längst nicht erwiesen war –, passte er einfach nicht zu ihr und ihrem Leben. Sie hatte ihr Leben so eingerichtet, dass nichts sie mehr aus der Bahn werfen konnte. In dem Versuch, ihr Patenkind abzulenken, begann Juliane, von dem erst wenige Stunden zurückliegenden Besuch bei ihrer Mutter zu sprechen.

»Du hast es tatsächlich geschafft, sie auf andere Gedanken zu bringen, Lilly. Dabei war sie die letzten beiden Tage wieder besonders schlimm dran. Im Moment habe ich wirklich genug mit meiner Mutter und meinem Job zu tun. Ich liebe meinen Job, das weißt du doch.«

»Und deine Mutter, liebst du die auch?«

»Natürlich, ich würde alles tun, damit es ihr gut geht.«

»Aber es geht ihr nicht wirklich gut. Sie wirkt so unglaublich traurig, irgendwie ganz weit weg. Bestimmt hat sie deinen Vater sehr geliebt, wenn sie seit seinem Tod so ist.«

»Liebe ist eine sehr relative Geschichte. Er hat meiner Mutter nicht gut getan, er war ein Weichei, so nennt man das heute wohl. Sie hat es gewusst und sich trotzdem von ihm verschleißen lassen. Ohne ihn wäre sie besser dran gewesen.«

»Johannes ist jedenfalls kein Weichei.«

»Wer redet von Johannes? Aber wenn wir schon dabei sind: Besonders in sich gefestigt ist er wohl wirklich nicht. Erliegt jedem Marzipanschwein und trennt sich mal eben so von seiner Frau und denkt anscheinend keine Sekunde lang an die Konsequenzen. In unserem Alter ist das eine Todsünde. Wovon will er denn leben, bitte schön, wenn er seine Werkstatt drangibt? Jeder halbwegs intelligente Mensch denkt nach, bevor er handelt.«

»Ich glaube, er hat nur an dich gedacht.«

»Dann hat er die Rechnung ohne den Wirt gemacht. Willst du noch einen Nachtisch? Sonst fahren wir jetzt wohl besser heim, ich bin ziemlich groggy.« Juliane schob ihren noch mindestens halb vollen Teller zur Seite, dieses Gespräch hatte ihr endgültig den Appetit verschlagen. Wer hatte schon noch Lust auf gefüllte Auberginen, wenn eine Neunjährige einen mit solch kritischen

Augen musterte? Hoffentlich hielt Lilly sie jetzt nicht für ein kaltherziges Monster. Sie war nicht kalt, sondern nur vernünftig. Eine Frau, die vom Leben gelernt hatte, dass man alles genau planen musste und für jeden unüberlegten Hüpfer bezahlte.

Lilly knüllte ihre Papierserviette zusammen und drapierte sie so über ihren Nudeln, dass man nicht sah, wie viel sie übrig gelassen hatte. »Meinetwegen können wir fahren, ich hab überhaupt keinen Hunger mehr. Aber vielleicht könnten wir wenigstens nochmal bei Johannes anrufen und fragen, wie es der Mutter von Momo geht.«

»Abends um halb zehn ruft man einfach nicht mehr bei fremden Leuten an.«

»Rufst du ihn denn wenigstens morgen an?«

»Vielleicht, mal sehen, eigentlich reicht es ja, wenn du dich bei deinem Freund Moritz meldest. Er ist übrigens wirklich ein sehr hübscher und sympathischer Junge.«

»Ja, und das genaue Abbild von Johannes, das sagen alle Leute. Und erst die Fotos. Momo hat mir alte Fotos von seinem Onkel mitgebracht, wenn die Klamotten nicht so altmodisch wären, könnte man glatt denken, das wäre Momo.«

Juliane überging das, indem sie dem Kellner signalisierte, dass sie jetzt zahlen wollte. Den Grappa aufs Haus lehnte sie dankend ab, im Auto stellte sie sofort das Radio an und drehte die Lautstärke hoch, ihr war wirklich nicht mehr nach Diskutieren. Sie war zum ersten Mal froh, Lilly loszuwerden.

»Sag Renate einen Gruß von mir, ich fahre heute lieber gleich durch zu mir.«

»Kommst du denn wenigstens am Freitag wieder mit zum Training? Du weißt doch, Mama will auf gar keinen Fall ...«

»Okay, ich hole dich dann wie immer ab.« Nicht weiter gefährlich, dachte Juliane, zumal ja nicht einmal feststand, ob Johannes wieder mit von der Partie war. Sicherheitshalber würde sie dafür sorgen, dass sie unmittelbar nach der nächsten Schnupperstunde von Lilly und Moritz eine Verabredung hatte. *Weil du Angst hast, du könntest doch schwach werden?,* raunte es in ihrem Inneren. Blödsinn! Sie doch nicht, sie hatte sich voll im Griff, und es müsste mit dem Teufel zugehen, wenn sie für den Freitagabend keine Einladung auftrieb. Der beliebteste Tag der Woche für Vernissagen und Eröffnungen jedweder Art.

Noch ehe sie ihre Straßenschuhe gegen die herrlich bequemen Hauslatschen austauschte, konsultierte sie den Terminkalender auf ihrem Schreibtisch und atmete beruhigt auf. Niemand konnte von ihr erwarten, dass sie Mark Brömmelhaupt einen Korb gab. Ein gemessen an seiner Glatze noch ziemlich junger Mann, obendrein reich bis zum Abwinken und ständig auf der Suche nach neuen Kapitalanlagen. Diesmal hatte er sein Geld in ein elektronisches Musterhaus gesteckt, das voll vernetzt war und es dem stolzen Besitzer erlaubte, alles von der Waschmaschine bis zum Backofen von unterwegs aus in Gang zu setzen, gleich in einem den Bestand des Kühlschranks abzufragen und lediglich auf YES drücken zu müssen, wenn er gefragt wurde, ob alles nachgeordert werden sollte. Eben der neueste Trend aus den Staaten für all jene, die es sich leisten konnten, und für sie selbst ein Muss. *Sehen und gesehen werden,* lautete die Devise.

Es genügte, sich einen Johannes Hopstein in diesem illustren Kreis vorzustellen, um zu wissen, wie völlig absurd eine solche Verbindung war. Er passte nicht dorthin, das wäre gerade so, als ob man eine Fichte in den Tropenwald verpflanzte.

Die dritte Schnupperstunde war vorbei, offenbar kamen freitags immer besonders viele Eltern und Freunde zum Zuschauen mit, jedenfalls war kein Denken an ein persönliches Wort gewesen, solange der Abstand zu den anderen sich in Zentimetern bemaß. Endlich zerstreuten sich die Leute, das war genau die Gelegenheit, auf die Johannes gewartet hatte. Trau dich!, ermunterte er sich selbst, zugleich spürte er, dass Juliane auf der Hut war. Er räusperte sich, schaffte gerade ein belangloses »Also …«, als Lilly mit Moritz im Schlepptau angerannt kam, beide noch in voller Montur.

»Nur damit ihr schon mal Bescheid wisst: Momo darf heute bei uns schlafen.«

Johannes war perplex. Was bedeutete das konkret für ihn selbst? Warum hatte sein Neffe auf der Hinfahrt keinen Ton gesagt? Offenbar war auch Juliane völlig überrascht, sie holte tief Luft und schien nicht übel Lust zu haben, Lilly die Meinung zu sagen, begnügte sich dann aber mit einem »Und wann habt ihr das ausgekocht?«.

»Ich hab mir gedacht, es wäre gut für Momo, wenn er mal wieder freie Luft atmet«, wich das Mädchen geschickt aus. »Seine Großeltern sind zwar total nett, aber auf Dauer wohl ziemlich heavy, sie wollen nicht mal, dass er am Wochenende mit ins Kino geht, angeblich ist das zu gefährlich, weil sich lauter komische Typen am *Cinedom* rumtreiben. Und für Johannes ist es ja auf Dauer auch 'ne Zumutung, wenn er ständig den Chauffeur und so spielen muss. Deshalb habe ich Mama gefragt, und sie ist damit einverstanden, dass Momo bis Sonntagabend zu uns kommt. Wir gehen dann zusammen in *Harte Jungs*, das soll noch besser als *American Pie* sein.«

Auf diese Erklärung ließe sich allerlei erwidern. Beispielsweise, dass die Furcht vor »komischen Typen« im Dunstkreis der großen Kinos allemal berechtigter war als rund um diese Sporthalle, deren Besuch Lillys Mutter angeblich nur in Begleitung eines Erwachsenen erlaubte. Höchst seltsam, wenn sie andererseits grünes Licht fürs *Cinedom* gab. Hinzu kam, dass die Sorge, Johannes könnte über Gebühr in Anspruch genommen werden, nicht unbedingt typisch für Moritz oder einen Zehnjährigen im Allgemeinen war.

»Also ich muss schon sagen …«, meinte Johannes und wusste beim besten Willen nicht, was er wirklich sagen wollte oder sollte. Er sah Juliane an, um zu sehen, wie sie reagierte.

»Ich finde auch, dass ihr uns ruhig etwas eher in eure Pläne hättet einweihen können«, ergänzte diese kaum weniger steif.

»Keine Sorge, wir wollen euch auf keinen Fall den Abend verderben.« Lilly setzte genau jene Miene auf, mit der sie gewöhnlich ihren Vater davon zu überzeugen suchte, dass sie noch immer das kleine, unschuldige Mädchen war, als das er sie am liebsten sah. »Ganz im Gegenteil.« Ihr Mienenspiel bekam etwas Spitzbübisches. »Ohne Momo und mich könnt ihr beide auch mal wohin gehen, wo es keine Nudeln und keine Pizza und nicht mal Wiener Schnitzel gibt.«

Diesmal war Juliane schneller als Johannes mit einer Erwiderung bei der Hand. »Tut mir Leid, ich habe sowieso schon etwas vor, so gesehen …« Ihr Blick streifte den Mann, der sie seit Tagen über Gebühr beschäftigte. Gegen ihr besseres Wissen – wer viel redete, signalisierte bekanntlich Unsicherheit – fuhr sie fort: »Da ist nämlich heute Abend eine Präsentation, an der ich unbedingt teilnehmen muss, außerdem ist es bestimmt sehr interessant, einmal hautnah zu erleben, wie ein voll elektronisch gesteuertes Haus funktioniert.«

»Das interessiert Johannes bestimmt auch«, warf Lilly ein und warf ihrem neuen Freund einen beschwörenden Blick zu.

»Ganz bestimmt«, pflichtete Moritz ihr bei.

Obwohl Johannes es zeit seines Lebens vermieden hatte, sich in irgendeiner Form aufzudrängen, war ihm klar, dass er jetzt über seinen eigenen Schatten springen musste. Noch ehe Juliane etwas einfiel, wie sie seine Begleitung ablehnen konnte, ohne extrem unhöflich zu sein, versicherte er laut, dass so etwas bestimmt hochinteressant wäre.

»Aber …«, setzte Juliane an.

»Natürlich nur, wenn ich nicht lästig falle«, entgegnete er.

»So ein Blödsinn, warum solltest du ihr lästig fallen?«, trompetete Lilly dazwischen. »Warum ihr Erwachsenen euch nur immer so zieren und alles unnötig kompliziert machen müsst. Das wird garantiert toll.«

»Garantiert«, echote Moritz.

Wie es aussah, hatte Juliane wirklich keine andere Wahl, nicht einmal der Hinweis auf eine gewisse Kleiderordnung nützte etwas. Johannes reagierte erstaunlich souverän auf die Vorstellung, womöglich der einzige Herr ohne Krawatte und Sakko zu sein. Sie fuhren bis zu Lillys Elternhaus Kolonne, setzten dort die beiden Kinder mitsamt Rucksack – Moritz hatte bestens vorgesorgt – ab und fuhren dann weiter zu dem festlich illuminierten Musterhaus am alten Hafen.

Sie waren beileibe nicht die einzigen Besucher, es war alles vertreten, was in Köln Rang und Namen hatte oder sich zumindest einbildete, es wäre so. Das Outfit der meisten hätte ebenso gut zu einer Gala gepasst, auch das war typisch. Top-Designer wie *Armani, Kenzo* und *Joop* hätten ihre helle Freude gehabt, weil sie massenhaft vertreten waren. Vor dem Gastgeber hatte sich eine beachtliche Schlange gebildet, es war unverkennbar, dass die meisten Ankömmlinge Wert auf eine ausgiebige persönliche Begrüßung legten, um solcherart ihre Vertrautheit mit einem derart einflussreichen Mann zu betonen. Ein Verhalten, das Juliane seit jeher zuwider war.

»Wenn es dir recht ist, sehen wir uns erst mal um und sagen Mark später hallo, dieser Herdenauftrieb ist nicht unbedingt mein Ding.« Sie sah Johannes von der Seite an, sie wüsste zu gern, ob er beeindruckt war und nun doch bedauerte, derart leger gekleidet zu sein.

Doch er verzog keine Miene, sondern bahnte ihr lediglich den Weg, nahm für sie ein Glas von dem Tablett, das ein Roboterarm anreichte, sobald jemand näher kam – »Du trinkst doch am liebsten Champagner!« –, und tat überhaupt gerade so, als ob sie bestens miteinander vertraut wären. Linkisch wirkte er jedenfalls nicht, im Gegensatz zu etlichen anderen verfiel er auch nicht in rückhaltlose Bewunderung angesichts von Wänden, die sich wie von Geisterhand dirigiert aus dem Boden hoben und wieder verschwanden, sogar die riesige Badewanne und das Bett und auch der mindestens drei Meter lange Esstisch aus Granit mit eingehängten Sitzelementen waren beliebig versenkbar. Im Leerzustand erinnerten die Räume an einen Industriebau, dazu trug auch die hellgraue Kunstharzbeschichtung an Wänden und Böden bei.

Eine hervorragende Kulisse für jene Licht-, Video- und Audioinstallationen, mit denen der Hausherr seine Gäste nun überschütten ließ. Aus einer blaustichigen Eisgrotte wurde in Sekundenschnelle eine warme Höhle in Erdtönen, die wiederum plötzlich von innen heraus zu glühen schien und vielfaches »Ah!« und »Oh!« im Publikum erzeugte. Zum krönenden Finale kam der zuvor abgesenkte Esstisch wieder hoch, nunmehr mit lauter Köstlichkeiten bestückt.

Statt des üblichen »Das Büfett ist eröffnet!« ertönten in bester Tonqualität Schmatzlaute und Grunzen, ein Hinweis auf die originelle Ader von Mark Brömmelhaupt, der einerseits begierig war, seine jeweiligen Neuerwerbungen vorzuführen, anderseits dazu neigte, sich über seine Zuschauer zu mokieren. Wobei diese das vielfach gar nicht so richtig mitbekamen und lediglich als weitere skurrile Marotte eines mehrfachen Millionärs verbuchten. Schon setzte der Run aufs Büfett ein, der Andrang war so heftig, dass Juliane und Johannes kurzfristig voneinander getrennt wurden.

»Na, wie gefällt es dir, Honey?« Der Hausherr hatte sich Juliane von hinten genähert und hauchte ihr einen recht innigen Kuss in den Nacken, bevor er hinzufügte: »Ich hoffe, ich bin nicht wieder irgendwo ins Fettnäpfchen getreten, wenn du mich nicht mal aus freien Stücken begrüßt. Oder gefällt dir nur meine Technik nicht?«

»Falls du deine Neuerwerbung hier meinst, so denke ich, dass es dir wieder mal gelungen ist, allen zu zeigen, dass du die Nase vorn hast.«

»Sehr geschickte Antwort. Auf gut Deutsch, du gedenkst nicht, dich von mir verkabeln zu lassen. Übrigens habe ich längst etwas Neues auf dem Kieker, du kennst mich ja: Sobald etwas fertig ist, beginnt es mich zu langweilen. Was natürlich nicht heißt, dass ich dir nicht sehr verbunden wäre, wenn du deinen zahlreichen Kunden nahe legtest, sich mit einem meiner multimedialen Projekte aufpeppen zu lassen, über die Prozente einigen wir uns dann schon. Erinnere mich daran, dass ich dir gleich meinen Geschäftsführer vorstelle. Guter Mann, hoffe ich jedenfalls, wenn der Verkauf mit seiner Begeisterung Schritt hält, bin ich zufrieden.«

»Und was sagt Larissa zu einem Hightech-Haushalt?« Juliane erinnerte sich vage, dass die Frau, die Mark vor gut einem Jahr geehelicht hatte, sich wiederholt zu unverfälschten Genüssen bekannt hatte. Es war ziemlich unwahrscheinlich, dass jemand, der

Sahne lieber per Hand schlug und in den höchsten Tönen für alte Ziehbrunnen schwärmte, plötzlich zum Technikapostel mutierte.

»Larissa ist passé, wir werden demnächst in bestem Einvernehmen geschieden.«

»Du kaufst dich also wieder mal frei. Die wievielte Ehe war das jetzt? Allmählich verliere ich den Überblick.«

»Geht mir genauso. Aber mit Janet könnte es etwas anderes sein. Ich hoffe, ihr lernt euch bald einmal kennen. Sie ist einfach phantastisch cool, eben typisch britisch, ich musste sie wochenlang belagern, ehe sie ja gesagt hat. Und das obendrein zu ihren Bedingungen. Stell dir vor, ich soll demnächst einen großen Teil meiner freien Zeit in Wales verbringen.«

»Du wirst dir bestimmt etwas einfallen lassen, um das Quantum deiner freien Zeit deinen persönlichen Wünschen anzupassen. Janet wird es nicht leicht haben, fürchte ich.«

»Deine Verehrer haben's ja auch nicht eben leicht. Wer ist übrigens derzeit der Glückliche? Hast du Denis geschasst und dem guten René die Chance gegeben, auf die er lauert wie ein Hund auf einen dicken Knochen? Er hat für heute übrigens kurzfristig abgesagt, ein Vögelchen hat mir geflüstert, dass seine Mutter sich dauerhaft bei ihm einquartiert hat. Muss eine sehr energische und putzwütige alte Dame sein, fürs Turteln nicht eben ideale Bedingungen.«

»Keine Sorge, René ist definitiv aus dem Rennen, ebenso wie Denis.«

»Das heißt, du bist heute solo hier?«

»Nein, mein Begleiter steht dort drüben, die fressgierige Meute hier hat uns getrennt. Du wirst ihn nicht kennen.«

»Branche?«

»Bis vor kurzem hat er in Bilderrahmen gemacht. Richtige kleine Kunstwerke …« Weiter kam sie nicht, weil ihr Gegenüber nun einen Schritt vortrat, die Hand ausstreckte und eine andere Hand schüttelte.

»Hi, Johnny! Wie stehen die Aktien, alter Junge?«

Juliane war perplex. »Ihr kennt euch?«

Johannes begnügte sich mit einem Nicken.

Es war Mark, der die Natur dieser Bekanntschaft spezifizierte, dabei boxte er Johannes freundschaftlich gegen den Brustkorb. »Natürlich kenne ich Johnny, wer kennt ihn nicht? Mittlerweile hat er bestimmt schon in einem halben Dutzend Wohnungen für mich gewirkt, leider nur dort, die Verschönerung meiner Büros hat er glattweg abgelehnt, weil der Architekt die Wanddekoration uniform haben wollte und Johnny derlei für unter seiner Würde hält. Habe ich das eben richtig verstanden: Du hast deiner Rahmenkunst den Rücken zugekehrt, Johnny?«

»Könnte man so sagen.«

»Und was machst du jetzt?«

»Mal sehen.«

»Hör mal, wenn du zwischendurch etwas Zeit erübrigen könntest, wäre ich dir unglaublich verbunden, wenn du mal einen Blick auf mein neues Baby werfen könntest. Irre Idee, könnte jede Menge Money mit zu machen sein, aber irgendwo sitzt noch der Wurm drin. Du bist doch der reinste Hobbytüftler, wie wär's?«

»Kommt drauf an, worum es konkret geht.«

»Fällt indirekt in dein Ressort. Schon mal was von ›running pictures‹ gehört? Solange die Flachbildschirme erstens noch schweineteuer sind und zweitens ab einer gewissen Größe nicht aus den Kinderschuhen herauskommen, sind beleuchtete Displays mit laufenden Bildern für draußen und drinnen in der Werbung einfach der Hit. Vorausgesetzt, sie funktionieren, im Moment haben wir eine Fehlerquote von mehr als siebzig Prozent, dabei ist mir der Produzent wärmstens empfohlen worden. Also, wie wär's mit morgen Vormittag? Mittags muss ich nämlich schon wieder nach Wales zu meiner neuen Braut.«

Johannes sagte zu. Vielleicht, so sagte er sich, bot sich hier ja eine Möglichkeit, eine Arbeit für den Übergang zu finden. Ganz abgesehen davon, dass es ihm nicht lag, Däumchen zu drehen, kämen ihm ein paar Mark ganz gelegen. Es widerstrebte ihm, weiter Privatentnahmen vom Geschäftskonto zu tätigen, solange nicht abgeklärt war, was überhaupt aus seiner Firma wurde.

Auch wenn das eher unwahrscheinlich war, durfte man die Möglichkeit nicht völlig ausschließen, dass sich doch noch jemand fand, der die Werkstatt mitsamt Haus übernehmen wollte. Und in einem solchen Fall war es wichtig, nicht mit roten Zahlen in die Verkaufsverhandlungen einzutreten, das machte sich einfach nicht gut.

Es gab noch einen weiteren Grund, warum Johannes dem Termin zustimmte, vielleicht war das sogar der Hauptgrund. Es schien Juliane warum auch immer zu imponieren, dass jemand wie Mark Brömmelhaupt Wert auf seinen Rat legte.

Die Kurznachricht auf dem Handy besagte lediglich, dass es günstig wäre, wenn Johannes am Montagmorgen in die »Benesisstraße 7« käme. Es war sehr eigentümlich, fand Johannes, wenn das Haus, das man selbst gebaut hatte, plötzlich nur noch eine x-beliebige Adresse war, an der man sich zu einer bestimmten Uhrzeit einfinden sollte. Sehr geschäftlich, passend zu der Nachricht selbst, obwohl der Absender zweifellos seine Frau war. Noch war Karin ja seine Frau.

Er fragte sich, ob sie bereits einen Scheidungsanwalt aufgesucht hatte, wie derlei überhaupt ablief und ob es nötig sein würde, sich ebenfalls einen Anwalt zu nehmen. Auf gar keinen Fall würde er zulassen, dass diese Ehe nachträglich durch den Schmutz gezogen wurde, es sollten gute Erinnerungen an eine gute Zeit übrig bleiben, und was finanziell zu regeln war, würde geschehen, dazu stand er.

Seit dem Gespräch mit Mark Brömmelhaupt am Samstagvormittag hatte er wieder etwas mehr Luft, auch wenn er im Grunde nichts anderes tun würde, als ein paar Wochen lang den Aufpasser für einen Mann zu mimen, der frisch verlobt war und von seiner Braut ständig nach Wales zitiert wurde. *Wenn ich schon vor der Hochzeit nie da bin, nimmt sie mich gar nicht erst, und ich bin verrückt nach Janet. Verstehst du das, Johnny?*

Und wie er das verstand, auch wenn er viel mehr als nur verrückt nach Juliane war. Um sie für sich zu gewinnen, würde er alles Mögliche tun. Kurzerhand bestätigte er den von Karin gewünschten Termin auf dem Anrufbeantworter, den er selbst vor knapp einem Jahr bei sich zu Hause installiert hatte. Es wunderte ihn nicht weiter, dass sie nicht abnahm, am Wochenende würde sie wie üblich bei ihren Eltern sein, in Anbetracht der geänderten Umstände trieb sie am Sonntag kein wartender Ehemann mehr heim.

Es erstaunte Johannes allerdings sehr, dass ihm am Montagmorgen Philipp die Haustür öffnete. Er konnte sich nicht erinnern, den Auszubildenden jemals in seiner Privatwohnung gesehen zu haben. Noch mehr wunderte er sich, als dieser ihn völlig selbstverständlich ins Wohnzimmer geleitete und am Esstisch Platz zu nehmen bat.

»Du kennst dich ja aus. Karin kommt sofort.«

Johannes unterdrückte die Frage, ob Philipp nicht drüben in der Werkstatt sein müsste, immerhin bekam er noch immer seine Ausbildungsvergütung gezahlt, und selbst wenn sich kein Käufer fand, war noch genug zu tun. Das Inventar musste in jedem Fall aufgenommen, laufende Aufträge mussten abgewickelt werden, natürlich war auch abzuklären, wer Philipp bis zu seiner Abschlussprüfung in zwei Monaten betreute. Andererseits mochte es auch sein, dass er bereits selbst aktiv geworden war, überhaupt machte er heute einen ungewohnt dynamischen Eindruck. Etwas war im Busch. Hoffentlich hatte Karin ihm nicht etwas versprochen, was dann gar nicht einzuhalten war. Johannes tröstete sich damit, dass eine Frau, die, solange er sie kannte, stets übervorsichtig und sehr bedacht auf die Einhaltung irgendwelcher Formalitäten gewesen war, in dieser Hinsicht wohl kaum Grund zur Sorge geben würde.

Nochmals nahm Johannes sich vor, ihr goldene Brücken zu bauen, das war er ihr einfach schuldig. Und angenommen, sie würde aus ihrem verletzten Stolz heraus geneigt sein, eine Lösung zu ihren Gunsten abzulehnen, so würde er auf gar keinen Fall nachgeben. An diesem Punkt seiner Überlegungen angelangt, fühlte Johannes sich gleich viel besser und konnte sich sogar auf seinem Stuhl zurücklehnen und die Blicke schweifen lassen. Mein Gott, war ihm das alles vertraut und zugleich fremd. Sein

Blick blieb an der Anrichte hängen, auf der das Silbertablett stand, das sie zur Hochzeit bekommen hatten. Darauf stand noch das Frühstücksgeschirr, am meisten irritierte ihn das zweite Gedeck. Hatte sie etwa Philipp aufgefordert, ihr Gesellschaft zu leisten? Oder hatte er sich gar aufgedrängt? In Anbetracht seines Naturells ein absurder Gedanke, aber nach diesem seltsamen Debüt eben vielleicht doch nicht so abwegig …

»Hallo, Johannes, da bist du ja.« Karin war eingetreten, er hatte sie nicht gehört, weil sie noch ihre Hausschuhe trug. Irgendwie unpassend, fand Johannes, schließlich war Philipp noch immer mit von der Partie.

»Ja, da bin ich.« Er stand auf, reichte ihr die Hand. Sie schaffte es, nur eben seine Fingerspitzen zu streifen, bevor sie am gegenüberliegenden Kopfende Platz nahm. Er konnte ihr nicht verübeln, dass sie so viel Distanz wie möglich schuf. Trotzdem war es seiner Meinung nach nicht nötig, dass Philipp noch immer anwesend war. Besäße er auch nur eine Spur Taktgefühl, so hätte er sich längst aus eigenem Antrieb zurückgezogen. Aber wenn Philipp es nicht anders wollte und Karin sich nicht traute, würde er ihn eben selbst als noch amtierender Ausbilder in seine Schranken weisen.

»Philipp, ich denke, wir brauchen Sie im Moment nicht mehr«, sagte er betont höflich. »Ich komme dann nachher hinüber in die Werkstatt, um mit Ihnen die Dinge zu bereden, die Sie persönlich betreffen.«

»Alles, was hier zu bereden ist, betrifft auch Philipp.« Karin sah auf, es war ein sehr eigentümliches Lächeln, das sie dem Lehrling zuwarf. Noch sehr viel seltsamer war dessen Reaktion, er setzte sich nämlich auf den Stuhl unmittelbar neben ihr und strich ihr dabei kurz über die Hand, eine Geste des Zuspruchs, völlig unangemessen, fast schon zärtlich zu nennen. Den Grund für dieses Verhalten erfuhr Johannes in der folgenden Stunde. Es war eine Stunde, die er so rasch nicht vergessen würde. Mit allem hatte er gerechnet, nur damit nicht.

Seine Ehefrau hatte beschlossen, sich mit Philipp zusammenzutun, und zwar beruflich ebenso wie privat. Sie hatte auch nicht die geringsten Schwierigkeiten damit, eine finanzielle Regelung anzustreben, die ihr nützte, ganz im Gegenteil. Allerdings überließ sie es Philipp, ihm ihre Vorstellung von einer fairen Lösung zu unterbreiten, sie nominierte den wesentlich jüngeren Mann kurzerhand zu ihrem Sprachrohr, und noch ehe Johannes protestieren konnte, wurde er mit einer »Lösung« konfrontiert, die jenseits von allem lag, was er erwartet hatte.

Philipp sollte die Werkstatt in eigener Regie weiterführen, statt aufwendiger Einzelarbeiten für alle möglichen Kunden würde man in Zukunft nur noch für René Habermann arbeiten, eine entsprechende Abmachung war bereits getroffen worden. Die Marge war deutlich geringer, dafür gab es ein Fixum, mit dessen Hilfe alle laufenden Unkosten bestritten und obendrein monatlich fünfhundert Mark an Johannes gezahlt werden konnten.

»Je nach Umsatz bekommst du natürlich mehr, es ist logisch, dass wir dir deinen Anteil am Zugewinn so rasch wie möglich auszahlen wollen. Andererseits bringt es keinem etwas, wenn wir uns jetzt auf eine zu hohe Summe einigen und deshalb womöglich ins Schleudern geraten. Gerade am Anfang brauchen wir ein gewisses Liquiditätspolster, zumal Philipp die nächsten beiden Monate noch jede Menge mit seiner Prüfung zu tun hat. Die Handwerkskammer hat übrigens schon einen Ersatz für dich als Ausbilder nominiert, es ist alles geregelt.«

Starker Tobak! An ihm vorbei waren Dinge geregelt worden, die eindeutig in sein Ressort fielen. Andererseits musste Johannes zugeben, dass er durch sein Fernbleiben die Basis für ein solches Verhalten geschaffen hatte. Trotzdem musste er erst mal schlucken, es fiel ihm nicht leicht, sachlich zu bleiben. Was war zum Beispiel mit der Wohnung hier? Zwei Etagen plus ausgebautes Dachgeschoss, er überschlug, was als Miete für das Haus zu erzielen war. Ein Verkauf schied aus, wenn die beiden seine Werkstatt übernahmen.

»Und was ist mit dem privat genutzten Teil des Hauses?«, fragte er laut.

»Dort werden wir wohnen, was sonst? Es ist sogar möglich, dass wir demnächst meine Mutter zu uns holen, eigentlich ist es sogar sehr wahrscheinlich.«

»Und was ist mit deinem Vater?«

»Wenn er noch einmal das Haus unter Wasser setzt, kommt er sowieso ins Heim, das ist für meine Mutter einfach nicht mehr zumutbar. Wir werden hier in der Nähe etwas für ihn suchen.«

»Aber du hast doch immer gesagt, die Abschiebung ins Heim wäre für ihn der Tod.«

»Der Arzt sagt, es ist zu seinem eigenen Schutz, und alles andere wäre fast schon kriminell. Überhaupt frage ich mich, wieso du dich auf einmal für meinen Vater interessierst.« Karin reckte das Kinn vor, es zitterte leicht, ebenso wie ihre Hände, die sie rasch unter der Tischplatte verschwinden ließ. Es war dies das erste Anzeichen dafür, dass diese Szene ihr ebenfalls mehr unter die Haut ging, als sie zugeben wollte. Sogar ihre Stimme schwankte, als sie nun fortfuhr: »Du hast ihn schon ewig lange nicht mehr gesehen, du weißt ja gar nicht, wie schlimm er geworden ist.«

»Ich habe immer gefragt, wie es ihm geht«, verteidigte sich Johannes. »Und wenn ich nicht genau gewusst hätte, wie wenig ihm an meinem Besuch liegt – schließlich hat er sich immer was Besseres für seine einzige Tochter gewünscht, am besten einen Akademiker –, wäre ich natürlich wieder mal mitgekommen. Weißt du noch, wie er sich beim letzten Mal aufgeregt hat, als ich mitkam? Du hast selbst gesagt, es wäre besser, wenn ich in Zukunft daheim bliebe.«

»Dir fällt immer etwas ein, um dich herauszureden.« Karin schloss die Augen, sie wirkte erschöpft, doch das war noch längst keine Rechtfertigung für die Beschützerrolle, die Philipp prompt einnahm. Diesmal nahm er seine tätschelnde Hand nicht einmal mehr weg.

So als ob man Karin vor ihrem eigenen Ehemann beschützen müsste.

Dieser Anblick gab Johannes den Rest. Nur weg!, dachte er. Andernfalls hätte er vielleicht doch noch diese oder jene Bedingung an sein Einverständnis geknüpft, so aber stimmte er einfach zu, segnete auch den Notartermin ab und wollte nur noch eines: fort. Er fühlte sich verraten und verkauft und war, wie er wusste, zugleich selbst der Verräter. Er war es gewesen, der all dies lostrat.

Aus lauter Liebe

Juliane hatte Mark Brömmelhaupt aus einem Impuls heraus auf seine Mailbox gesprochen. *Falls du Zeit und Lust hast, ruf doch mal kurz zurück!* Weil sie wusste, dass er mittlerweile in Wales angelangt sein musste, rechnete sie sich keine besonders großen Chancen aus, dass er diese Message überhaupt abhörte oder gar erwiderte. Mark zählte zu den wenigen Menschen aus ihrem Bekanntenkreis, die es schafften, ihre Mailbox tagelang zu ignorieren. *Ich mache mich doch nicht abhängig von solch einer Kiste.* Vielleicht hoffte sie ganz tief innen sogar, dass er seinem Prinzip auch diesmal treu bleiben möge. Es fiele ihr schwer, ihm genau zu sagen, was sie überhaupt von ihm wollte.

Ausgerechnet diesmal meldete er sich prompt, sein Anruf erwischte sie kalt, es war unmittelbar nach dem Aufstehen. Das Wechseln der Bettwäsche hatte wenig gebracht, noch immer setzte der Anblick dieses Betts Gedanken in ihr frei, die sie zum Teufel wünschte und im nächsten Augenblick zurücksehnte. Das Klingeln des Telefons ließ sie wie jemanden mit einem extrem schlechten Gewissen zusammenzucken, etwas davon musste auch in ihrer Stimme mitschwingen. Mark verstand sich nicht nur darauf, sein Kapital zu mehren, er war auch ein exzellenter Menschenkenner und sezierte sogar seine eigenen Beziehungsexzesse haarscharf. Leider meist erst dann, wenn es zu spät war. »Hi, Honey, störe ich dich gerade bei etwas Schönem?« Sein Tonfall ließ keinen Zweifel daran, worauf er anspielte.

»Bestimmt nicht. Es ist Montagmorgen und ein völlig normaler Arbeitstag.«

»Du verpasst etwas, Honey. Janet und ich haben soeben beschlossen, uns den ganzen Tag lang nicht aus unserem Apartment zu rühren und nur zu …«

»Ich weiß schon, was du meinst.«

»Dachte ich mir, wie eine Klosterschülerin wirkst du ja nicht unbedingt. Letzten Freitag hast du übrigens besonders sexy ausgesehen. Könnte es zufällig sein, dass unser Freund Johnny dich entflammt hat?«

»Johnny, wie du ihn nennst, ist der Onkel von dem kleinen Freund meines Patenkindes, die beiden – also ich meine natürlich die Kinder – gehen jetzt sogar zusammen zum Bogenschießen, Johannes und ich bringen sie lediglich hin, natürlich redet man zwischendurch auch ein paar Takte miteinander … ich möchte übrigens auf keinen Fall, dass er von diesem Telefonat erfährt.«

»Es geht also um Johnny?«

»Nun ja, ich dachte, du könntest ihn vielleicht wirklich für deine *running pictures* gebrauchen. Nicht dass du glaubst, ich hielte nichts von seinen Fähigkeiten. Wenn ich am Freitag etwas ruppig war, so hatte das andere Gründe. Seine Rahmungen sind jedenfalls first class, allein diese Einfälle muss man erst mal haben … warum sollte er da nicht auch für dein Projekt eine zündende Idee haben?«

»Eben.«

»Das heißt, ihr seid schon miteinander ins Reine gekommen?«

»Johnny will während meiner Abwesenheit schon mal nach dem Rechten sehen.«

»Und wie lange wirst du abwesend sein?«

»In der Zeit bis zu meiner Hochzeit vermutlich ziemlich viel, schließlich will ich nicht, dass Janet es sich doch noch anders überlegt. Zumal ich jetzt auch noch in ein Haus investiere, das im Grunde nicht mal den Namen Haus verdient.«

»Und warum steckst du dann dein Geld rein?«

»Die Liebe, alles nur wegen der Liebe. Janet hat sich in einen Erdhügel an der Küste von Wales verliebt, wenn du darauf zufährst, siehst du nur einen Grasbuckel und vielleicht noch ein paar Bullaugen aus dem Schiffsbedarf. Selbstverständlich hat Janet keine Ahnung, dass ich sie damit zur Hochzeit – wir heiraten im Mai – überraschen will, bis dahin muss alles fix und fertig sein. Wie wär's, hättest du nicht Lust, die Innenausstattung von der Klobürste bis zur Salatschüssel zu übernehmen? Passend zu dieser kargen Landschaft und einem Haus, das die Form von einem flach geklopften Ei hat, eine echte Herausforderung, ich hätte auch nichts dagegen, wenn Johnny dich begleitet und sich was für die Wände ausdenkt.«

»Ich denke drüber nach. Außerdem soll Johannes ja erst mal hier in Köln für dich nach dem Rechten sehen. Und danke auch.«

Juliane hatte bereits aufgelegt, als ihr bewusst wurde, wie missverständlich ihre Worte gewesen waren. Das hörte sich ja glatt so an, als ob sie nichts dagegen hätte, in Zukunft Seite an Seite mit Johannes in einem gottverlassenen Winkel in Wales zu arbeiten. Außerdem konnte der Eindruck entstehen, dass sie alles tat, um ihn mit Arbeit zu versorgen. Dabei ging sie das im Grunde überhaupt nichts an. Hoffentlich plauderte Mark nicht aus dem Nähkästchen. Sie würde vor Scham sterben, wenn das hier herauskam.

Johannes hätte sich ohrfeigen mögen. Leider war es schon zu spät, um noch etwas von dem zurückzunehmen, was er in trauter Familienrunde erzählt hatte. Angetrieben von dem Wunsch, seine Eltern endlich zum Schweigen zu bringen und vor seinem Neffen nicht nur als Looser dazustehen, waren die Pferde mit ihm durchgegangen. Dabei hätte er sich vorher denken können, dass sein Vater und seine Mutter keine Ruhe geben würden, bis sie erfuhren, wie das Gespräch mit seiner Noch-Ehefrau gelaufen war. Ein weiterer Fehler, dass er dieses Treffen überhaupt erwähnt hatte. Als er mittags zurückkam, platzten sie bald vor Neugier.

»Na, hast du dich mit Karin geeinigt?«

Was sollte er tun? Lügen? Das hätten sie ihm erst recht übel genommen, außerdem war er noch viel zu verwirrt, um sich etwas auszudenken, was zugleich plausibel war und die Wahrheit erträglicher machte. Kurz und gut, es hatte keine zehn Minuten gedauert, bis sie alles wussten.

»Du willst sagen, deine Frau nimmt sich jemanden als deinen Nachfolger, der fast ihr Sohn sein könnte und darüber hinaus dein Lehrling war?« Seiner Mutter fielen bald die Augen aus dem Kopf, sie vergaß sogar, das Wasser abzudrehen, das sie gerade einlaufen ließ, um den Salat zu waschen.

»Und obendrein kassiert sie das Haus und die Werkstatt«, ergänzte sein Vater und sah ihn an, als ob er es mit einem Irren zu tun hätte.

Johannes führte die fünfhundert Mark ins Feld, die er jeden Monat bekommen sollte, er hätte es besser bleiben lassen sollen. Sie waren gerade so weit, dass seine Mutter in den Kopfsalat weinte und sein Vater ihm empfahl, sein Gehirn untersuchen zu lassen, als es Sturm klingelte. Moritz, durchfuhr es Johannes. Er hatte glatt vergessen, ihn von der Schule abzuholen. Er machte ihm die Tür auf, entschuldigte sich und wünschte sich, dass seine Eltern den Mund halten würden. Den Teufel taten sie, wahrscheinlich hätte es sowieso nichts gebracht, weil der Junge den Braten, kaum dass er die Küche betrat, zu wittern schien.

»He, was ist denn hier los? Sind Läuse im Salat, oder ist es was Größeres?«

»Nichts ist los«, wehrte Johannes ab.

»Der Salat ist in Ordnung«, schniefte seine Mutter und zerrupfte die schwimmenden Salatblätter in Schnipsel von der Größe eines Fingernagels, während sein Vater mit gespreizten Beinen und auf dem Rücken verschränkten Armen vor dem Wandbord mit den Sammeltellern stand, die er gewöhnlich als Staubfänger beschimpfte oder keines Blickes würdigte.

»He, haltet ihr mich für blöd? Ist was mit meiner Mutter?«

»Mit Sigrid ist alles in Ordnung«, versicherte Johannes und war froh, wenigstens in dieser Hinsicht Entwarnung geben zu können.

»Und was ist dann gebacken?«

»Dein Onkel hat gerade alles verschenkt, was ihm gehört«, knurrte der Großvater von Moritz und sah so aus, als ob er nicht übel Lust hätte, den bunten Tellern in dem weiß lackierten Gestell den Garaus zu machen.

»Und warum hast du das getan, Onkel Jo?« Irgendwie klang trotz allem noch etwas wie Vertrauen mit, als Moritz das fragte. So, als ob der Junge sich einfach nicht vorstellen könnte, dass Johannes etwas tat, ohne einen handfesten Grund dafür zu haben. Es war gut, dachte Johannes, dass wenigstens einer in dieser Familie an ihn glaubte. Aber wie sollte er einem Zehnjährigen erklären, was ihn trieb? Weg von Karin, hin zu Juliane. Weg von seinem alten Beruf, hin zu … ja wohin?

»Ich hab's getan«, begann er schwerfällig, »weil ich einfach endgültig einen Strich ziehen und den Kopf frei für etwas Neues haben will.«

»Davon hast du aber bis jetzt nichts gesagt, dass du schon einen neuen Job in petto hast«, warf sein Vater ein. »Als was denn?« Es hörte sich abfällig, fast schon zynisch an. Gerade als ob Johannes nur noch auf einen schlecht bezahlten Aushilfsjob rechnen dürfte.

Dies war womöglich jener berühmte Tropfen, der das Fass zum Überlaufen brachte und Johannes veranlasste, übers Ziel hinauszuschießen. Ehe er es sich versah, hatte er begonnen, jenes doch recht unverbindliche und zudem zeitlich limitierte Angebot von Mark Brömmelhaupt – im Grunde nichts als ein besserer Aushilfsjob – auszuschmücken. Die Wirkung auf seine drei Zuhörer war frappierend, was wohl vor allem daran lag, dass noch in der Wochenendausgabe der Zeitung ein großer Artikel über diesen Mann gestanden hatte.

»Und er hat dich wirklich gefragt, ob du ihm hilfst, seine neue Firma auf Vordermann zu bringen?«, hakte sein Vater nach.

»Natürlich hat er das getan«, fuhr Moritz dazwischen, »Onkel Jo ist einfach der Beste, demnächst steht er selbst in der Zeitung, wartet es nur ab. Und dann …«

»Immer hübsch langsam mit den jungen Pferden. Ich habe nicht gesagt, dass …«

Es war zu spät, wie gesagt, die Euphorie trieb Blüten, plötzlich war jedem verständlich, wie Johannes so unbesorgt auf alles pfeifen und sich mit fünfhundert Mark im Monat begnügen konnte. Die generöse Geste von einem, der ab sofort Geschäfte mit jemandem machte, dem der Ruf vorauseilte, alles, was er anpackte, verwandele sich in Gold.

Juliane hatte den Auftrag für Tonio Pandolfi so gut wie erledigt. Zwangsläufig war sie wiederholt bei diversen Handwerkern in Vorleistung getreten, normalerweise wäre es spätestens jetzt an der Zeit gewesen, eine Rechnung an den Schwager der Pandolfis zu schicken, der als ortsansässiger Mittelsmann die geschäftlichen Dinge regelte. Zumindest wäre die Bitte um einen angemessenen Vorschuss fällig. Sogar ihre Mitarbeiterin hatte schon aufgemerkt, weil wiederholt Abbuchungen, jedoch kein einziger Eingang für die Pandolfis erfolgten. Wenn das so weiterging, würde sie sich bald ihren eigenen Reim auf das veränderte Verhalten ihrer Chefin machen.

Wobei in diesem Fall keineswegs Johannes für Julianes Zögern verantwortlich war. Es widerstrebte ihr einfach, für ein Geschäft zu kassieren, das René Habermann ihr vermittelt hatte. Andererseits konnte sie ihm wohl schlecht einen Scheck schicken und als Zahlungsgrund »Vermittlungsprovision« angeben, solcherart würde sie sich erst recht mit dem Galeristen gemein machen. Deshalb zögerte sie die Rechnungsstellung hinaus und fiel aus allen Wolken, als der Schwager des italienischen Botschafters anrief und seinerseits energisch auf Zahlung drängte.

»Es ist meiner Schwester und ihrem Mann einfach unangenehm, in Ihrer Schuld zu stehen, es liegt ja nicht einmal eine Kontoverbindung von Ihnen vor. Überhaupt haben die beiden mich gebeten, in ihrem Namen die Endabnahme vorzunehmen. Wie wäre es mit heute, früher Nachmittag? Zwischen zwei und fünf ist bei mir im Lokal sowieso weniger zu tun.«

Juliane stimmte zu. Besser, sie brachte die Sache zum Abschluss. Die Zeit war auch okay, Lillys Training mit Pfeil und Bogen begann erst um sechs. Dann sah sie auch Johannes wieder.

Sie sahen sich jetzt mindestens dreimal die Woche, stets waren ihre beiden kleinen Schützlinge der Auslöser dieser Treffen: In stillem Einvernehmen hatte man nach Ablauf des zehnstündigen Schnupperkurses mit Pfeil und Bogen einen weiteren Kurs belegt, einen Intensivkurs mit wechselweise Theorie und Praxis, hinterher tranken sie zusammen eine Limo oder gingen zu *Burger King*. Montags und mittwochs war schon deshalb nicht mehr drin, weil Lilly und Moritz am nächsten Morgen in die Schule mussten.

Trotzdem hatte Juliane nichts gegen diese beiden Termine. Schon viermal war sie an solch einem Tag mit Johannes allein noch etwas trinken und eine Kleinigkeit essen gegangen, außer seinem Neffen und ihrem Patenkind war nun auch Mark Brömmelhaupt zu einer Art Bindeglied geworden. Sie sprachen viel über dessen neues »Baby«, gelegentlich dachte Juliane, dass sie diesem Thema sogar zu viel Aufmerksamkeit widmeten. Andererseits glaubte sie zu wissen, wie enorm wichtig es für Johannes war, mit diesen Displays Erfolg zu haben. Wenn seine Rechnung aufging, konnte er viel Geld damit verdienen.

Wobei es ihr nicht auf das Geld als solches ankam, schließlich nagte sie selbst auch nicht am Hungertuch. Sie wollte nur dieses dumme Gefühl loswerden, wenn Johannes sie drängte, etwas Teures zu bestellen. Zum ersten Mal in ihrem Leben achtete sie auf den Preis, und genau das schien er zu spüren. Wetten, dass hier der Grund für seine Zurückhaltung zu suchen war? Obwohl er ihr seine Liebe erklärt hatte, machte er keine Anstalten, sie zu küssen. Zumindest nicht mit seinen Lippen, wohl aber mit Blicken, seine dunkelbraunen Augen konnten einen süchtig machen. Nie zuvor hatte ein Mann sie so angesehen wie Johannes. Johannes, immer wieder Johannes. Sie schalt sich einen Schwächling, weil es ihr einfach nicht gelingen wollte, diesen Namen wenigstens ein paar Stunden lang zu vergessen.

Immerhin schaffte sie es, trotz ihres erneuten Spaziergangs ins Land der Träume – und das bei der Arbeit – pünktlich um zwei vor der alten Stadtvilla einzutreffen. Der Gastronom, mit dem sie hier verabredet war, kam wenige Minuten später, die Führung entlockte ihm nichts als Lob, seine Begeisterung wirkte so echt, dass Juliane ihm einen »guten Schluck« auf das gute Ergebnis einfach nicht abschlagen konnte. Zumal sie gleichzeitig einen Barscheck in Empfang nehmen sollte und der Stundenzeiger noch nicht mal die Vier erreicht hatte. Lilly erwartete sie erst um halb sechs, folglich blieb ihr alle Zeit der Welt. Eher zu viel als zu wenig, weil Leerlauf bekanntlich dazu führte, dass sie erneut zu phantasieren begann.

Wenig später wünschte sie, ihren Spinnereien freien Lauf gelassen zu haben. Kaum war der genau richtig temperierte Champagner eingeschenkt und die gelungene Arbeit begossen worden, als die Tür des Lokals aufging. Der Gast, der eintrat, war René. Bei Julianes Anblick blieb er wie vom Blitz getroffen stehen, seine attraktiven Züge verzogen sich auf eine wenig ansehnliche Weise, dann ging es los. Er steuerte direkt auf den Zweiertisch zu, stemmte die Hände mit durchgedrückten Armen auf die Holzplatte und legte los. Ohne Rücksicht auf Verluste, er kümmerte sich auch nicht um Zuhörer. Wer ihn so hörte, musste zu der Überzeugung gelangen, dass Juliane ihn aufs Übelste gelinkt hatte. Und schlimmer noch, er war felsenfest davon überzeugt, den wahren Grund für die Auflösung eines Verlöbnisses – das es offiziell nie gegeben hatte – zu kennen. Seinen eigenen unschönen Part schien es hingegen nie gegeben zu haben. Gleich sein erster Satz machte klar, dass er nicht vorhatte, ein Blatt vor den Mund zu nehmen.

»Sieh mal einer an, die schöne Juliane, ausnahmsweise ohne ihren Fettsack.«

»Ich weiß nicht, wovon du sprichst«, wehrte Juliane ab, »außerdem bin ich beschäftigt, wie du siehst.« Der Griff nach dem Scheck neben ihrem Sektglas erfolgte automatisch, das dünne Papier zitterte in ihrer Hand wie Espenlaub.

»Verstehe, dein neuer Lover braucht Kohle, nachdem seine Frau ihn vor die Tür gesetzt hat, und das gleich in doppelter Hinsicht, seine Firma ist er ja nun auch los. Bezahlst du jetzt für alle seine süßen Gelüste und obendrein für den dicken BMW? Die Lady, die unten bei dir im Haus wohnt, hat eine sehr zutreffende Beschreibung abgegeben, überhaupt eine höchst aufmerksame Beobachterin, ohne sie wäre ich dir vielleicht nie auf die Schliche gekommen.«

Sekundenlang verschlug es Juliane die Sprache. Was für eine Unverschämtheit, und so jemanden hätte sie womöglich wirklich geheiratet. Dieser Mensch log das Blaue vom Himmel herab. Sie winkte ab, als der Wirt sich einmischen wollte, diese Sache zog sie allein durch.

»Falls du wirklich von Johannes reden solltest, so kann ich dir versichern, dass er in jeder Hinsicht der aktive Teil war. Er ist gegangen, weil er etwas Besseres in Aussicht hat.«

»Und das bist du? Na ja, man kann dir nicht absprechen, dass du hübscher und reicher als Karin Hopstein bist, andererseits hätte ich nicht gedacht, dass du dich so offen dazu bekennst, einen Mann auszuhalten.«

»Keine Bange, Johannes hat nicht nur einen guten Riecher für zukunftsträchtige Projekte, sondern besitzt obendrein die Fähigkeit, die richtigen Leute davon zu überzeugen.«

»Und wo sitzen die richtigen Leute? Bei der Schuldenverwaltung oder beim Sozialamt?«

»Sagt dir zufällig der Name Mark Brömmelhaupt etwas?«

»Du willst mir doch nicht weismachen, dein Rahmendrechsler a. D. verkabelt demnächst Privathaushalte? Tolles Ding!« René verstellte seine Stimme, bevor er fortfuhr: »Kommando an Backofen, bitte losschmoren!« Und dann mit einem süffisanten Unterton: »Oh, Pardon, dein Dicker hat's ja lieber süß, wahrscheinlich kann man in den von ihm vernetzten Häusern dann nur noch Pudding und Kuchen programmieren. Ob der gute Mark wohl weiß, was er sich da antut?«

»Du bist wieder mal nicht auf dem Laufenden. Mark hat längst etwas Neues auf dem Kieker, und dabei geht es hundertprozentig nicht um Haushaltsgeräte oder Ähnliches.«

»Sondern?«

»Wart's nur ab! Und so lange darfst du verschwinden, irgendwie ist die Luft hier nämlich seit deiner Ankunft deutlich schlechter geworden.« Juliane wandte sich demonstrativ von René ab und versuchte, dort anzuknüpfen, wo sie eben unterbrochen worden war.

Aufs Geratewohl plapperte sie über die Chance, in unmittelbarer Nähe des neuen Domizils der Pandolfis einzukaufen, sich im Stadtpark zu ergehen oder einen Biergarten aufzusuchen, ganz zu schweigen von der Vielzahl von kulturellen Angeboten rings-um, auch an Schulen und Kindergärten mangelte es nicht. Es war, als ob sie ein bereits verkauftes Paar Schuhe zum zweiten Mal verkaufen wollte, zum Glück spielte ihr Gegenüber mit.

René verschwand trotzdem nicht, sondern hängte sich auf einen der hohen Hocker vor der gut vier Meter entfernten Theke, be-stellte sich einen Martini und sonderte Kommentare ab, die all-gemein klangen, es aber nicht waren. Als die Anzüglichkeiten eindeutig schlüpfrig wurden, stand Juliane ziemlich ruckartig auf.

»Ich glaube, ich gehe jetzt besser.«

Sie war froh, als sie draußen war und wieder frische Luft atmen konnte, allmählich klärten sich auch ihre Gedanken. Was René gesagt hatte, war infam, und wenn er auf diese Weise bei ihr Gift spritzte, war damit zu rechnen, dass er es auch andernorts tat. Was, wenn es ihm gelang, Johannes ernsthaft Knüppel zwischen die Beine zu werfen? Jemand, der sich gerade auf neues Terrain begab, hatte es ungleich viel schwerer, Fuß zu fassen, wenn über-all Tretminen lauerten. Man durfte einen René Habermann nicht unterschätzen, offenbar war er tief in seiner Eitelkeit ver-letzt, und wenn ihm jetzt tatsächlich einerseits seine Familie und zum anderen seine jüngste Angestellte im Genick saßen, mochte er in seiner Bedrängnis noch heftiger um sich schlagen. René gehörte zweifelsfrei zu jener Spezies Mensch, die grundsätzlich nie bei sich selbst den Grund suchte, wenn etwas schief lief, son-dern sich an vermeintlich Schwächeren rächte. Juliane war fest entschlossen, Johannes zu helfen, ohne sie hätte René schließ-lich nicht das Messer für ihn geschliffen.

Plötzlich konnte sie es kaum erwarten, Johannes zu sehen. Ihn allein. Ganz allein. Ohne einen fremden Kellner, der alle nase-lang wissen wollte, ob es schmeckte oder ob die Herrschaften noch etwas wünschten. Man konnte dem Kellner schlecht sagen, was man sich wirklich wünschte. Man konnte es ja nicht mal Jo-hannes selbst sagen. Ich kann es nicht, verbesserte sie sich und erkannte sich selbst nicht wieder. Wo war die so unglaublich souveräne Frau geblieben, die nichts und niemand und erst recht kein Verehrer erschüttern konnte?

Der erste Eindruck, den Johannes an jenem Samstag von Mark Brömmelhaupts »jüngstem Baby« gewonnen hatte, bestätigte sich in den folgenden Wochen. Mark war seitdem nur ein einziges Mal kurz aufgetaucht. Wales, seine Braut und das im Umbau befindliche Hochzeitsgeschenk belegten ihn vollauf mit Beschlag. Immerhin hatte er sich Zeit genug genommen, um Johannes offiziell zu seinem »Speaker« zu nominieren. Andernfalls hätte der Produktionsleiter Johannes vermutlich Hausverbot erteilt. Aus seiner subjektiven Warte sogar mit gutem Grund. Was hier abging, stank zum Himmel, und mit jedem Tag kam Johannes der Wahrheit ein Stück näher.

Büro und Produktion befanden sich unter einem Dach, alles sah ungemein prächtig aus, das begann beim Empfang und endete bei den vier festen Mitarbeitern, selbst die Werkhalle wirkte wie geleckt, und der Produktionsleiter präsentierte sich auch unter der Woche stets mit Schlips und Kragen. Hatte er sich in Gegenwart von Mark Brömmelhaupt noch zurückgehalten, so ließ er im Folgenden keinen Zweifel daran, dass er die Anwesenheit von Johannes für mehr als überflüssig hielt. Das begann gleich am ersten Tag.

Als Johannes nämlich Anstalten machte, sich die herumstehenden Zubehörteile für Displays – deren Abmessungen in etwa denen einer Notrufsäule mit aufgesetztem Großbildschirm entsprachen – genauer anzusehen, und zu diesem Zweck den mitgebrachten Blaumann überstreifte, kündigte Norbert van der Grün umgehend offenen Protest an.

»Das geht zu weit, Herr Hopstein, davon hat Herr Brömmelhaupt nichts gesagt. Meinetwegen schauen Sie in die Montageanleitungen oder Skizzen rein, sonderlich viel davon verstehen werden Sie ohnehin nicht. Ich arbeite seit zwei Jahren an diesen Kisten und bin froh, wenn mir keiner was durcheinander macht.«

»Ich verspreche Ihnen, nichts durcheinander zu bringen.«

»Jeder, der keine Ahnung von dieser diffizilen Technik hat, tut das zwangsläufig. Was glauben Sie, warum wir noch immer eine solch hohe Rücklaufquote haben? Wenn ich die Motion-Displays ausliefere, ist noch alles paletti, aber sobald der erste Laie sich daran zu schaffen macht, fängt der Ärger an. Ich schlage vor, Sie gehen wieder rüber ins Büro und helfen meiner Tochter, die neue ISDN-Anlage in Betrieb zu nehmen. Wenn Sie da 'ne falsche Schraube erwischen, können wir immer noch sagen, die Telekom war's.«

Ein Statement, das Johannes gleich in doppelter Hinsicht zu denken gab. Der Mann schien es mit der Ehrlichkeit nicht allzu genau zu nehmen und war für sein Empfinden allzu sehr daran interessiert, dass ihm keiner auf die Finger sah. Gleichzeitig roch es verdächtig nach Vetternwirtschaft.

»Ihr Monteur ist nicht zufällig auch mit Ihnen verwandt?« Johannes nickte zu dem jungen Mann hin, der als Einziger emsig beschäftigt war, dies allerdings mit dem falschen Objekt. Er widmete sich soeben hingebungsvoll einem Motorrad, das genau genommen nichts in der Halle zu suchen hatte.

»Was dagegen? Auf die eigene Familie ist wenigstens Verlass.«

Johannes verkniff sich die Frage, ob diese Verlässlichkeit sich im vorliegenden Fall tatsächlich aufs eigentliche Geschäft bezog und damit dem Mann diente, der ihn selbst gebeten hatte, hier nach dem Rechten zu sehen. Ohne sich weiter um den Protest seines Gegenübers zu kümmern, nahm er sich das erstbeste Gerät vor und begann, es auseinander zu nehmen. Aufmerksam begutachtete er jedes einzelne Teil und verglich es nicht nur mit der Montageanleitung, sondern obendrein mit dem Werbeprospekt, der einfache Handhabung und optimale Wirkung durch Größe, Licht und Bewegung versprach. Er ließ sich auch nicht davon irritieren, dass die beiden Männer nichts unversucht ließen, um ihn zu vertreiben. Während um ihn herum plötzlich Betriebsamkeit entbrannte, wo bis gerade eben noch träge Ruhe geherrscht hatte, checkte er weiter die gesamte Hardware und auch die Steuerungselektronik. Die Zeit verging wie im Flug, er hörte erst auf, als eine Frauenstimme vom Eingang her wissen wollte, wann denn heute endlich Schluss wäre. Johannes warf einen Blick auf die Uhr, bis zum offiziellen Feierabend waren es immerhin noch vierzig Minuten, auch diesbezüglich schien einiges im Argen zu liegen. Stillschweigend begann er, alles wieder in den ursprünglichen Zustand zu versetzen.

»So, das wär's für heute«, sagte er.

»Was heißt hier für heute? Der Chef hat nichts davon gesagt, dass Sie in der Produktion den Betrieb lahm legen sollen. Spätestens in vier Wochen müssen die neuen Prototypen rausgehen und funktionieren, sonst machen wir dicht, bevor es richtig losgeht.«

»Und was ist daran neu?« Johannes zeigte mit dem Schraubenzieher auf das Metallgehäuse vor sich.

»Das ist sehr speziell und für einen Laien praktisch nicht nachvollziehbar. Ich nutze hier das Know-how, das ich in Jahrzehnten erworben habe.«

»Ich dachte, diese Displays gibt es erst seit zwei Jahren?«

»Bilden Sie sich ein, ich hätte vorher Däumchen gedreht? Herr Brömmelhaupt weiß schon, warum er mich gebeten hat, für ihn die Produktion zu übernehmen, wir sind seit langem miteinander im Geschäft. Ich habe allein zwei Wintergärten und einen Gartenpavillon für ihn gebaut, ganz zu schweigen von der Terrasse aus Panzerglas. Eine Wahnsinnskonstruktion, die meisten Leute haben Angst, einen Fuß darauf zu setzen, dabei könnte man eine Herde Rinder drüberschicken, so tragfähig ist das. Sie können mir schon glauben, mit Metall und Glas und dessen Verarbeitung kenne ich mich aus, da hole ich das Optimum raus. Der Markt, den wir jetzt anpeilen, ist noch viel ergiebiger. Plakate sind ein alter Hut, wir schaffen die Möglichkeit, das Werbemittel beliebig zu positionieren und auszutauschen, das ist genial.«

»Es wäre genial, wenn der Austausch tatsächlich so problemlos vonstatten ginge, wie in den Prospekten versprochen, und man nicht zuerst mühsam Folien von jedem Plakat ziehen müsste. Haben Sie schon einmal dran gedacht, ganz normales Papier einzusetzen?«

»Das gäbe nur noch mehr Probleme und wäre sowieso zu simpel, lassen Sie sich das von einem alten Hasen sagen. Die Leute wollen was Aufwendigeres für ihr Geld haben, und wir geben es ihnen. Klappern gehört nun mal zum Handwerk.«

Darauf hatte Johannes zunächst nichts erwidert, doch in seinem Kopf arbeitete es. Er hatte eine Idee, und wenn das klappte, wäre man schon einen großen Schritt weiter, dieses Produkt zu vermarkten. In bald zwanzig Jahren hatte er gelernt, dass man sich gegen die große Konkurrenz nur dann behaupten konnte, wenn man erst mal allen Schnickschnack beiseite ließ und sich auf das Wesentliche konzentrierte, das war in seinem alten Metier zum einen eine angemessene Präsentation und zum anderen eine gute Handhabung. Was nützte etwa der schönste Wechselrahmen, wenn man sich beim Austauschen eines Bildes sämtliche Fingernägel abbrach? Nichts, und bei diesen Werbeträgern stellte sich das Problem aus seiner Sicht ähnlich dar. Was der Produktionsleiter entweder nicht begriff oder aber nicht begreifen wollte.

Nach drei Wochen wusste Johannes nicht nur, dass dieser Mann hoffnungslos damit überfordert war, eine ursprünglich gute Idee umzusetzen, sondern hatte auch schon eine präzise Vorstellung davon, wie man die Technik vereinfachen und optimal nutzen könnte. Das funktionierte allerdings nur, wenn Norbert van der Grün mitsamt seiner Sippe abtrat. Es sprach einiges dafür, dass er das freiwillig tat, sobald seine Machtbefugnisse drastisch gekürzt und die Anforderungen an seine Arbeitskraft hochgeschraubt wurden.

Eine geeignete Nachfolgetruppe stand schon in den Startlöchern bereit, Johannes hatte in jeder Hinsicht vorgesorgt. Sein Freund Jip-Jip war von der Idee begeistert gewesen, gleich auf einen Schlag jene zwei Köln-Künstler in Brot und Arbeit zu bringen, die bislang noch kein einziges Bild verkauft hatten. Ihre Dom-Abbildungen erinnerten eher an technische Skizzen, was bei Souvenirkunst von Nachteil, hingegen bei Lichtwerbung von Vorteil war.

Bis Ende Dezember war der neue Prototyp allerdings so oder so nicht zu schaffen, sie brauchten mindestens noch drei, besser vier Monate, um endlich mit einem Produkt aufwarten zu können, das auf Anhieb überzeugte.

Bedauerlicherweise gehörte Geduld nicht unbedingt zu Marks Tugenden, er erwartete, dass seine »Babys« sich innerhalb der geplanten Frist amortisierten und das von ihm gesetzte Budget nicht überschritten. Die Mittel, die er für dieses Projekt zur Verfügung gestellt hatte, waren mittlerweile dank Norbert van der Grün restlos aufgebraucht, der von der Bank bewilligte Kreditrahmen war überschritten, alles sprach dafür, dass Mark die »running pictures« bei seiner nächsten Stippvisite abschießen würde. Mit seinen voll vernetzten Häusern war er unlängst ebenso verfahren. Ein Verlustgeschäft, für das in Deutschland einfach noch kein Markt vorhanden war … Was, davon war zumindest Johannes überzeugt, nicht für Lichtwerbeanlagen galt, die einfach zu bestücken und zu bedienen waren. Ein Stück Pappe reinschieben und einen Knopf drücken konnte jeder, und wie man die gemessen an herkömmlichen Plakaten hohen Investitionskosten wieder hereinholen konnte, wusste Johannes nun auch.

Wer sagte denn, dass der Käufer einer solchen Anlage diese ausschließlich für das eigene Produkt nutzen musste? Wer die Werbefläche aufteilte und anteilig vermietete, holte nicht nur die Investitionskosten schnell wieder herein, sondern verdiente auf Dauer sogar kräftig. Geradezu ideal etwa für Tankstellen, Bahnhöfe, Kaufhäuser, Supermärkte und andere Drehpunkte mit viel Publikumsverkehr und breit gefächerter Produktpalette.

Wie meist verstand man in der Trainingshalle sein eigenes Wort nicht. Juliane nahm bereits den dritten Anlauf, um Johannes klarzumachen, dass sie sich später gerne in aller Ruhe noch etwas mit ihm unterhalten würde. Ohne die beiden Kids.

»Bei einem Glas Wein, wie wär's?«

»Du willst einen Wein? Ich glaube nicht, dass es hier Wein gibt, und wenn, ist er bestimmt nicht besonders gut.« Johannes sprach notgedrungen ebenfalls ziemlich laut, seine Stimme war tiefer als die ihre und drang deutlich besser durch, ein anderes Elternpaar drehte sich zu ihnen um und vermittelte Juliane das Gefühl, als Alkoholikerin dazustehen. Meine Güte, war das schwierig.

»Ich meine nicht jetzt, sondern später.«

»Soll ich versuchen, noch einmal einen Tisch im Nudelpalast zu erwischen?«

Juliane schüttelte den Kopf und trat so nahe an ihn heran, dass keine Hand mehr zwischen sie beide passte. Ihr Mund befand sich nun knapp unterhalb von seinem Ohr, er roch sehr angenehm, und das lag nicht nur an dem Rasierwasser, das er benutzte. Es war derselbe Duft, der ihrem Bettzeug angehaftet hatte, bevor sie es übereilt abgezogen hatte.

»Zum Beispiel bei mir, da hätten wir Ruhe. Ich wollte dir nämlich etwas vorschlagen.«

»Aber heute ist Freitag, die Kinder werden enttäuscht sein, wenn wir nichts mit ihnen unternehmen.«

»Lilly darf heute zum ersten Mal bei Moritz schlafen, seiner Mutter geht es ja zum Glück wieder besser. So gesehen …«

»So gesehen …«, wiederholte Johannes und sah auf eine unnachahmliche Weise gleichzeitig hilflos und angriffslustig aus.

So als ob er Angst hätte, dachte Juliane, die Hand nach den sprichwörtlich zu hoch hängenden Trauben auszustrecken. Es war ihr verflixt gut gelungen, ihm Angst vor der eigenen Courage zu machen. Von Lilly wusste sie, wie sehr der Onkel von Moritz darunter litt, von seinen Eltern wieder wie der kleine Junge behandelt zu werden, der er einmal war. Ohne festen Job. Ohne eigenes Zuhause. Ohne Frau. So etwas ging unweigerlich an die Substanz, er brauchte dringend etwas, was ihm sein Vertrauen in sich selbst zurückgab und ihm Mut machte.

Sie unterdrückte den Impuls, seine Hand zu streicheln, so wie er es vor wenigen Wochen bei ihr getan hatte. Eine innere Stimme sagte ihr, dass es ihm nicht gut täte, wenn sie vorpreschte. Johannes gehörte, so viel verstand sie nun immerhin, zu jener vom Aussterben bedrohten Spezies, die eine Frau umwerben und verwöhnen und erobern wollte. Hoffnungslos altmodisch, aber genau das, was etwas in ihr zum Klingen brachte. Sie sehnte sich danach, von Johannes umworben, verwöhnt und erobert zu werden. Und je länger er zögerte, den entscheidenden Schritt zu tun, umso heftiger wurde diese Sehnsucht. Sie musste an diesem Abend sehr behutsam vorgehen, soviel stand fest.

Lilly und Moritz stimmten vielleicht einen Touch zu bereitwillig zu, als Juliane ihnen nach dem Training vorschlug, sie sofort zu dem Jungen nach Hause zu fahren. »Dann habt ihr wenigstens noch was vom Abend«, sagte sie, woraufhin die beiden Kinder einander in der Aufzählung all jener Aktivitäten übertrumpften, die auf ihrem Programm standen.

»Sonst wären wir natürlich rasend gern mit euch in den Nudelpalast oder so gegangen«, schloss Lilly mit einem Augenzwinkern, von dem Juliane hoffte, dass Johannes es nicht mitbekam.

»Ihr könnt ja 'ne Portion für uns mitessen«, ergänzte Moritz.

»Wird gemacht«, sagte Juliane und sah rasch beiseite, um sich nicht zu verraten. Schließlich wussten diese beiden Trabanten ganz genau, dass an diesem Freitag kein Nudelgericht auf ihrem Programm stand. Im Gegensatz zu Johannes schienen sie sogar eine ziemlich konkrete Vorstellung davon zu haben, was Juliane anstrebte.

Bis zum Haus von Moritz fuhren sie Kolonne. Nachdem sie die beiden Kids verabschiedet und auch noch Sigrid kurz guten Tag gesagt hatten, stieg Juliane in den BMW von Johannes um. Es war ihr Vorschlag, angeblich weil sie einfach keine Lust mehr zum Autofahren hatte.

»Überhaupt ist dein Wagen viel bequemer«, sagte sie, kuschelte sich in den Sitz und fragte sich, wie der Mann an ihrer Seite reagieren würde, wenn er ihre Wohnung betrat. Ob ihm überhaupt etwas auffiel? Die meisten Männer waren ziemlich unsensibel, wenn es um das Erkennen von Veränderungen ging, sei es ein neues Kleid am Körper ihrer Frau oder ein neues Bild an der Wand. In ihrem Fall war das Neue noch viel versteckter ...

»Am besten gehe ich vor.« Statt wie sonst die Halogenstrahler an der Decke einzuschalten, knipste sie lediglich die Bodenlampe in der Diele an, deren farbige Keramik – bislang der einzige

Farbtupfer in lauter Nichtfarben – nun ein Echo in dem terrakottafarbenen Überwurf auf dem Sofa – schwarzes Leder plus Chrom, die Form ähnelte eher einer Bank – und den vier Stumpenkerzen in dem Kranz auf dem niedrigen Tisch davor fand. Es war der erste Adventskranz, den sie selbst gekauft hatte. Es roch nun intensiv nach Tannenzweigen und dem Gebäck in der Schale daneben. Zimtsterne, Printen, Lebkuchen, sogar Marzipankartoffeln waren dabei.

»Ich hätte nicht gedacht, dass du etwas für Weihnachtsstimmung übrig hast.«

»Ich auch nicht.«

»Und warum …?«

»Es überkam mich so. Gefällt es dir nicht?«

»Doch. Aber du wolltest etwas mit mir bereden, hast du gesagt.« Es war schwieriger, als sie es sich vorgestellt hatte. Offenbar wusste er nicht, was er hiervon halten sollte. Vielleicht glaubte er sogar, alles entspränge nur einer Laune und wäre nach Heiligabend wieder vorbei. Sie standen noch immer da, seltsam ungelenk, sahen sich an, sie besann sich auf das, was er gerade gesagt hatte.

»Ja«, sagte sie hastig, »ich wollte etwas mit dir bereden, aber nimm doch erst mal Platz und sag mir, was du trinken willst. Weißwein, Rotwein, ich bin ziemlich gut sortiert.«

»Das denke ich mir.« Johannes hatte das Zimmer vor Augen, das er nun seit vier Wochen bewohnte. Ein Monat hatte genügt, um ihn davon träumen zu lassen, endlich wieder sein eigener Herr zu sein. Herr über sein Bett und seinen Weinkeller und noch viel mehr. Er träumte nun oft davon, wie es wäre, wenn er Mark von seinen Plänen überzeugen, voll durchstarten und Juliane mit allem verwöhnen könnte, was ihr gefiel. Stattdessen holten ihre Worte ihn nun unmissverständlich auf den Boden der Tatsachen zurück. Sie war »gut sortiert«, wogegen er ihr im umgekehrten Fall allenfalls mit einem »Trittenheimer Altärchen« aus dem Bestand seiner Eltern aufwarten könnte.

»Wir können auch erst reden.«

»Ja, reden wir. Was wolltest du mich fragen? Geht es um die Kinder? Um die Weihnachtsferien? Natürlich wäre Moritz enttäuscht, wenn aus der Woche nach Weihnachten zusammen mit Lilly und ihrer Familie nichts würde. Obendrein an der See, im Winter ist das noch ganz etwas anderes, die beiden schwärmen schon von einer Nachtwanderung mit Fackeln durch den Schnee und einer Fahrt mit dem Pferdeschlitten. Sonst muss Moritz halt mit mir vorlieb nehmen, seine Mutter tritt auf jeden Fall am Siebenundzwanzigsten ihre Kur an …«

»Der Urlaub mit Lilly geht schon klar.«

»Gut, das ist gut, sehr gut.« Trotzdem sah Johannes nicht unbedingt glücklich aus, als er das sagte. Es wollte ihm einfach nicht gelingen, sich auf das Glück seines Neffen zu konzentrieren. Glück aus zweiter Hand. Egal wie sehr er den Jungen mochte, im Moment war ihm das Hemd näher als der Rock. Juliane war ihm näher, sie saß keine Handbreit von ihm entfernt, das Kerzenlicht zauberte helle Lichter in ihr Haar und ließ auch ihr Gesicht sehr weich aussehen, trotzdem durfte er sich nichts vormachen. Plötzlich erschien es ihm regelrecht absurd zu hoffen, die Dinge könnten sich ernsthaft so entwickeln, wie er es sich wünschte. Sehr viel wahrscheinlicher war, dass Mark in den nächsten Tagen in Köln auftauchte und nach Einsicht in die Bücher den Laden dichtmachte. Dann konnte er, Johannes, erst mal auf Jobsuche gehen.

»Also, ich habe mir so meine Gedanken gemacht über das, was du mir über Marks jüngstes Baby erzählt hast. Wenn ich dich recht verstehe, habt ihr noch eine Durststrecke von etwa drei Monaten zu überbrücken und braucht eine letzte Kapitalspritze. Die Bank hat abgewinkt, Mark will auch nicht mehr so recht ran, vermutlich weil er sich in Wales verausgabt, da bleibt praktisch nur noch ein privater Geldgeber.«

»Der aber nicht auf der Straße rumliegt und spätestens dann einen Rückzieher macht, wenn er Einsicht in die Bücher nimmt und sieht, dass der jetzige Produktionsleiter bestens in der Lage ist, jede beliebige Summe in kürzester Zeit auf den Kopf zu hauen.«

»Hattest du nicht eine Idee, wie man diesen Mann und seine Sippe elegant ausbooten könnte, indem man eine zweite Gesellschaft gründet, die Werbeflächen vermietet, auf diese Weise Geld hereinholt und so letztendlich am Drücker ist? Ich würde mein Geld natürlich nur in diese neue Firma investieren.«

»Du willst da einsteigen?«

»Lediglich als stille Gesellschafterin, die Zinsen bei Festverzinslichen kannst du derzeit sowieso vergessen, und der Aktienmarkt ist so aufgeblasen, dass ich ernsthaft meine Zweifel habe, ob das noch lange gut geht. Außerdem habe ich einfach bei diesen neuen Papieren zu wenig Ahnung von der Materie, um beurteilen zu können, ob es sich um mehr als heiße Luft handelt. Hier hingegen wüsste ich genau, was Sache ist, du hast mir alles so klar dargelegt, dass ich einfach davon überzeugt bin, dass dein Baby ein Renner wird.«

»Halt! Stopp! Die Firma gehört immer noch Mark.«

»In der neuen Gesellschaft müsste es umgekehrt oder zumindest pari sein, immerhin ist es allein deine Idee, wie man die Sache doch noch schaukeln könnte. Andernfalls ist es eine Totgeburt, so gesehen hat Mark kaum eine andere Wahl, als dich mit ins Boot zu nehmen. Zumal er noch einen weiteren Grund hat, dich bei Laune zu halten. Er möchte nämlich, dass wir beide sein neues Haus in Wales ausstatten. Du mit dem passenden Wandschmuck und ich mit dem übrigen Inventar.«

»Wenn ich diese Vertriebsgesellschaft aufbauen soll, wenn ich diese Chance wirklich bekomme, wird es in den nächsten Jahren nichts anderes mehr für mich geben. Das ist ein dickes Geschäft.«

»Und was ist privat?« Juliane streckte eine Hand aus und begann, an der nächstbesten Kerze zu spielen. Das Wachs war weich und ließ sich leicht verformen, was man von Johannes wirklich nicht behaupten konnte. Sie hatte damit gerechnet, dass er sie spätestens jetzt in den Arm nahm und erneut seiner Liebe versicherte, alles davon abhängig machte, was sie wollte. Er tat es nicht. Weil ihm dieses dicke Geschäft wichtiger war als sie? Angenommen, sie würde wirklich für eine Weile nach Wales gehen wollen, was war dann?

»Und was wäre, wenn ich wirklich bis zum Sommer nach Wales ginge?«, fügte sie hinzu, ohne ihn anzusehen. »Manchmal habe ich einfach keine Lust mehr, hier ewig so weiterzumachen, da reizt es mich, auch etwas Neues anzupacken wie du.«

»Ich würde dich jedes Wochenende besuchen, wenn du einverstanden wärst.«

»Die Verbindung dorthin ist grauenvoll, sagt Mark. Gleichgültig, ob du fliegst oder den Zug oder das Auto nimmst.«

»Das würde mir nichts ausmachen. Außerdem glaube ich nicht, dass du wirklich gehst.«

Juliane fühlte sich durchschaut, kein unbedingt angenehmes Gefühl, in jedem Fall seltsam, ihrer Philosophie zufolge war es immer riskant, allzu kalkulierbar zu sein. Das führte nur zu rasch dazu, hin und her geschoben zu werden. Andererseits gab es da ein leises Frohlocken in ihr, weil Johannes trotz seiner misslichen Situation sehr genau zu wissen schien, was er wollte, wenn er einmal Kurs genommen hatte. Im Job war das so. Und privat?

»Und wieso glaubst du das?«, fragte sie laut.

»Ich kann mir nicht vorstellen, dass du deine Mutter länger als ein paar Wochen allein lassen würdest.«

Sollte sie ihm sagen, dass sie die Existenz ihrer Mutter einen Augenblick lang glatt vergessen hatte? Dass sie im Begriff war, alles zu vergessen, wovon sie wusste, dass es die einzig tragfähigen Säulen im Leben waren. Ausgerechnet Johannes erinnerte sie daran, es war verrückt. Er zeigte Stärke, wo sie schwach wurde, obwohl sie genau wusste, wie ohnmächtig er sich seit Wochen fühlte. Sie hatte ihm helfen wollen, vielleicht hatte sie sogar gehofft, durch ihre Kapitalspritze das alte Gleichgewicht wiederherzustellen: sie oben und am Drücker, ihr Liebhaber unten und immer darauf bedacht, es ihr recht zu machen. Und nun das. Dabei war Johannes noch nicht einmal ihr Liebhaber …

Ihre Fingerspitzen drückten fester zu, die Flamme erlosch, gleichzeitig schrie sie auf.

»Hast du dich verbrannt?« Näher nun, wunderbar nah und so herrlich besorgt, er beugte sich vor und bettete ihre Hand in seine Handmulde, begutachtete den leicht geschwärzten Finger, streichelte ihn.

Sie begann leise zu stöhnen und hoffte, dass er nicht merkte, dass keineswegs der Schmerz sie trieb. Er merkte es trotzdem, denn nun sah er halb schräg in ihr Gesicht, ihre Blicke trafen sich, seine dunkelbraunen und ihre schiefergrauen Augen schienen sich magnetisch anzuziehen. Die beiden rückten einander immer näher, bis zuerst ihre Nasenspitzen gegeneinander tippten und endlich ihre Münder zusammentrafen, weich und fest, zärtlich und wild. Sie glitt in Arme, die sie kräftig und doch behutsam umschlangen, nicht mehr losließen, nicht einmal als sie mitsamt dem terrakottafarbenen Überwurf von der Couch rutschten, die eher wie eine Bank geformt und viel zu unbequem war.

Kaltes nacktes Leder auf Chromfüßen, davor der niedrige Tisch mit dem Kranz, auf dem noch drei Kerzen flackerten. Sie rutschten in den Spalt dazwischen und vergaßen alles, der Spalt zwischen Couch und Tisch klaffte immer größer, die Kerzen tropften und rußten, sie merkten es nicht. Und als sie wieder in die Wirklichkeit zurückfanden, weil die am weitesten abgebrannte Kerze ein Stück goldenes Engelhaar erwischt hatte und es plötzlich fürchterlich zu stinken begann, war es eine andere Wirklichkeit als jene, in der Juliane einundvierzig Jahre lang gelebt hatte. Da lag sie nackt auf dem edlen Granitboden ihrer Wohnung und weidete sich am Anblick des Mannes, der gerade Anstalten machte, ihr teures Inventar vor dem Abfackeln zu bewahren. Sie selbst rührte keinen Finger, fühlte sich wie ein Kind, dem es am Heiligen Abend beim Anblick des Gabentischs die Sprache verschlug. Ihr Gabentisch war groß und kräftig, vor Wochen hätte sie vielleicht noch korpulent dazu gesagt, doch das war ein kaltes Wort. So kalt wie vieles in ihrem alten Leben. Kalt und geleckt, so sollte es nie mehr sein.

»Du machst das prima«, sagte sie leise und meinte nicht das Ersticken der übergreifenden Flamme.

»Und was bekomme ich dafür?«, fragte Johannes zurück. Sehnsüchtig, fordernd, die Stimme randvoll von Liebe.

»Mich«, flüsterte sie und schloss die Augen, damit er die Tränen nicht sah, die sie blind und zugleich sehend machten. Es war lange her, seit sie zuletzt geweint hatte. Diesmal waren es Freudentränen. Und er kniete sich neben sie und nahm sie mit seinen Lippen auf. Jede einzelne. »Du«, sagte er, mehr nicht. Es war genug.

Lea Wilde

Männer aus zweiter Hand

Roman

Band 13084

Sarah Urban ist frisch geschieden und kennt die Männer. In der Ehe schlaffen sie ab und außer Haus sind sie feurig funkelnde Liebhaber. Kurzerhand beschließt die selbstbewußte Solo-Mutter, den Spieß umzudrehen. Fortan funkeln bei ihr zwei Leihmänner in Wechselschicht: Ein grundsolider (verheirateter) Arzt liebt Sarah werktags, ein flotter (verheirateter) Starfotograf peppt ihre einsamen Mutter-&-Kind-Wochenenden auf. Anfangs weiß Sarah nur, was sie nicht mehr will: nie mehr einen Ehemann, der an ihren Koch-, Putz- und Erziehungskünsten herummäkelt und bei anderen Frauen den Paradiesvogel markiert. Sie glaubt, ihr Allheilmittel in den Männern aus zweiter Hand gefunden zu haben. Alles läuft nach Plan, bis eine der beiden Ehefrauen als Kochbuchautorin Karriere macht. Sarah soll deren Mann, Tochter und Musterküche nun rund um die Uhr übernehmen. Doch sie pfeift auf den Dreierpack und greift statt dessen auf ihre alte Liebe zurück, einen begnadeten Hobbykoch und feurig funkelnden Solo-Vater, den sie nur mit vier Kindern teilen muß.

Fischer Taschenbuch Verlag

fi 2007 / 4

Lea Wilde

Adam, rück den Apfel raus

Roman

Band 13767

Eva Besser lebt auf dem Land, teilt Bett und Job mit einem diplomierten Gernegroß und träumt davon, noch einmal ganz von vorn zu beginnen. Die Begegnung mit einem Top-Vermögensverwalter erscheint Eva als Wink des Schicksals, sie startet zum Run auf die Großstadt. Hier scheint es allerdings von schicken Karrierefrauen nur so zu wimmeln, die Eva plastisch vor Augen führen, wie unterentwickelt die Weibchenmasche bei ihr selbst ist. Schon will sie die Segel streichen und in ihr Dorf zurückkehren, als ein gefragter Großstadt-Adam mobil macht. Aber warum? Sucht Manfred Bosse bloß eine Kinderfrau für seinen Sohn? Ein zweiter Adam bietet mit, eine Rivalin schießt quer, und Eva läuft zu Hochtouren auf. Sie enttarnt das doppelte Spiel von zwei cleveren Apfeldieben und erliegt dem dritten – natürlich erst, nachdem sie durchschaut hat, daß dieser Michael Meinhard keinesfalls so harmlos ist, wie er tut.

Fischer Taschenbuch Verlag

fi 709 / 8

Susanne Fülscher

Lügen & Liebhaber

Roman

Band 14732

Gerade hat Sylvie ihr Examen bestanden, da konfrontiert ihr Dozent, Sylvies große Liebe, sie mit der knallharten Wahrheit: Es ist aus zwischen ihnen. Die Verletzung geht tief, denn Ablehnung ist etwas, das Sylvie von frühester Kindheit an von ihrem Vater erfahren hat. So nimmt sie sich jetzt vor, sich an den Männern dieser Welt zu rächen. Sie stürzt sich in ein chaotisches Liebesleben, ein Lover nach dem anderen wird belogen, betrogen und abserviert, sobald er mehr als nur »das eine« will. Karl, der dickliche Pornosynchronsprecher, der ewig jugendliche Fotograf Skip und Oskar, modischer Dandy und Hypochonder – sie alle werden zu willenlosen Figuren in Sylvies Rachespiel, das sie mehr und mehr auf die Spitze treibt. Eines Abends läßt sie sich sogar mit dem Liebsten ihrer besten Freundin Toni ein. Es kommt zum Bruch zwischen den beiden Frauen. Als Sylvie schließlich begreift, von welch unschätzbarem Wert die Freundschaft zu Toni war, ist es fast schon zu spät ...

Fischer Taschenbuch Verlag

fi 1024 / 4

Christine Vogeley
Liebe, Tod und viele Kalorien
Roman
Band 14001

»Meine Gene sehen bestimmt aus wie Bierdeckel«, behauptet die
sehr runde Frau Dr. Imma Markmann, die eine starke Affinität (erb-
liche Anlagen?) zur Gastronomie hat. Mit fünfzig will sie es noch
einmal wissen. Sie trennt sich von ihrem chronisch untreuen Gatten
und wendet sich ihrer neuen großen Liebe zu: einem rheinischen
Gasthof. Besitzerin dieses zweihundertjährigen Prachtstückes mit
schlammbrauner Fassade, kaputter Regenrinne und defektem Heiz-
kessel ist die dünne, zaghafte Hedwig, die das marode Haus geerbt
hat und Hilfe gut gebrauchen kann. Imma, die ehemalige Medizi-
nerin, will das alte Restaurant wieder in Schwung bringen. Aber vorher türmen sich die Probleme: Wie kommt man an den geheimen
Safe des Noch-Gatten, der anläßlich der Scheidung behauptet, ganz
arm zu sein? Wo ist das Bargeld, das Hedwigs Erbtante hinterlassen
wollte? Wieso kann der nette Bankdirektor Friedemann Standbein
nicht weiterhelfen? Fragen über Fragen. Aber keine, die sich nicht
bei Rotwein und Sahnesauce beantworten ließe.

Fischer Taschenbuch Verlag